Herstellung und Verlag:
BoD - Books on Demand, Norderstedt
ISBN 978-3-7347-4564-5

Farbenblind

Von Kevin Leutner

Für Anni

Personenregister

Evan

Jonas

Partnerschaften

Elia – Evans Partnerin

Amy – Jonas' Partnerin

Althea – Evans beste Freundin

Familien

Alexander – Evans Vater

Brenda – Evans Mutter

Klaus – Elias Vater

Andrea – Elias Mutter

Andreas – Jonas' Vater

Ingrid – Jonas' Mutter

Nico – Evans Bruder

Robert – Jonas' Bruder

weitere wichtige Personen

Shona

Irvine – Shonas Ehemann

Vorwort

Die erste Frage, die sich viele Menschen stellen, wenn sie die erste Seite eines Buches aufschlagen, ist, ob das Folgende auf wahren Geschehnissen beruht. Ich vermag es nicht, diese Frage in Gänze zu beantworten.

Die hier erzählte Geschichte basiert auf Erlebnissen eines Traums.

Was ist nun aber ein Traum? Zählen Träume in eine andere Welt, sodass sie Hirngespinste unserer Phantasie sind? Haben sie keinerlei Funken Wahrheit in sich? Ich möchte es Ihnen überlassen, was Sie in Träumen sehen, was Sie damit verbinden und wie Sie diese für Ihr Leben nutzen.

Es ist mir allerdings ein Anliegen, Ihnen vor Augen zu führen, dass ein Traum einen gewissen Teil einer jeden einzigartigen Person widerspiegelt.

Können wir bei Träumen deshalb gleich von Hirngespinsten sprechen? Sind sie nicht genauso Teil unserer Persönlichkeit? Können wir unsere Träume von uns abgrenzen? Ich bin der Meinung, dass das nicht möglich ist.

Wir verarbeiten in unseren Träumen jene Sachen, die uns am meisten beschäftigen. Wir befassen uns in Träumen in erster Linie aber mit unserer eigenen Geschichte.

In der folgenden Geschichte wird es um eine Gruppe von Menschen gehen, die sich nicht immer an ein und demselben Ort befindet, aber auf eine gewisse Weise stetig miteinander verbunden ist und somit eine große gemeinsame Geschichte und viele kleinere Geschichten teilen.

Auch wenn diese Menschen nur Teil eines Traumes waren, so waren sie doch verbunden und Verbindungen zwischen Menschen sind ohne jeden Zweifel Realität.

Haben Sie Ihren Eltern früher nicht auch voller Begeisterung erzählt, was Sie in der Nacht zuvor geträumt haben? Oder springt Sie am Sonntagmorgen nicht sogar Ihr eigenes Kind an, das Ihnen voller Begeisterung von den geträumten Geschehnissen berichten will? Und haben Sie damals von Ihren Eltern nicht selbst den Satz gehört oder bereits Ihren eigenen Kindern ins Ohr geflüstert: „Träume können in Erfüllung gehen." Wir nehmen unser Leben also mit in die Träume und unsere Träume wieder mit hinaus.

Um diese Geschichte in allen Facetten und in ihrer gesamten Tiefe verstehen zu können, ist Musik von enormer Bedeutung, denn ähnlich wie Träume sind Lieder Ausdrücke der Gefühlswelt eines Menschen. Es gibt also gewisse Lieder oder bestimmte Songtexte, die die Protagonisten dieser Geschichte mit wichtigen Ereignissen oder Stationen ihres Lebens verbinden. Auch der Titel des Buches ist von einem Songtext inspiriert worden. Lange Zeit hatte das Buch keinen Titel bis ich im Auto das Lied „Colorblind" von Counting Crows gehört habe. Vielleicht erschließt es sich nicht sofort, warum das Buch diesen Titel trägt. Am Ende des Buches und mit der Hilfe von ein wenig Phantasie ergibt sich, dass dieser Titel das Buch widerspiegelt.

In manchen Belangen wünsche ich mir, dass die folgende Geschichte noch wahr werden möge, aber ebenso wünsche ich mir, dass ich dies niemals geträumt hätte.

Kapitel 1

Evan und Jonas sind jahrelang durch dick und dünn gegangen. Ihre Freundschaft ging so sehr in die Tiefe, wie es sich jeder von seinem besten Freund oder seiner besten Freundin wünschen würde. Sie konnten sich alles anvertrauen, sie hatten in großen Teilen die gleichen Interessen und sie waren immer für den anderen da, wenn man ihn gebraucht hat. Beide sind gerade 27 Jahre alt geworden und hatten ihre Ausbildungen abgeschlossen. Sie waren also bereit, den nächsten Schritt in ihrem Leben zu wagen und durchzustarten. Alles schien einen geregelten Lauf zu nehmen, vor allem, weil beide ihre Liebe des Lebens bereits gefunden hatten. Evan befand sich seit 9 Jahren in einer wunderbaren Beziehung mit der 25-jährigen Elia, die an derselben Universität wie Evan studierte. Jonas hingegen war bereits mit Amy verheiratet, die Krankenschwestern und Krankenpfleger im örtlichen Krankenhaus ausbildete. Zu diesem Zeitpunkt ihres Lebens läuft alles in geregelten Bahnen und man kann durchaus sagen, dass es schon Züge von einem Idyll hatte, wie es sich alle Familien für ihre Kinder wünschen. Das Schöne an der ganzen Sache war, dass sich alle untereinander gut verstanden. Gelegentlich waren die Frauen dem jeweils besten Freund des anderen nicht so wohl gesonnen, weil die Jungs ab und zu einen über den Durst tranken. Die beiden Frauen sind davon keineswegs ausgenommen, aber bei ihnen wird das natürlich niemals so an die große Glocke gehängt wie bei den Männern. Man merkt, dass sich beide Pärchen in ziemlich normalen und harmonischen Beziehungen befanden.

Auch die Eltern dieser Paare verstanden sich untereinander recht gut. Das hatte verschiedenste Gründe. Alexander war ein sehr sarkastischer und ironischer Mensch, was er wohl Evan vererbt hatte und annähernd vom selben Schlag war auch Andrea, die immer einen guten Spruch auf den Lippen hatte. Klaus und Brenda waren eher ruhigere Gemüter. Dass sich Alexander und Brenda auch gut mit Andreas und Ingrid verstanden, hatte mit der jahrelangen Aktivität der Männer im örtlichen Fußballverein zu tun. Solche gemeinsamen Geschichten gehen natürlich nicht ungeachtet an einem vorbei und diese Begeisterung für den Fußballsport hatten die beiden Herren ebenfalls ihren Söhnen vererbt. Jonas und Evan waren jetzt zwar nicht so talentiert, dass sie eine professionelle Karriere hätten starten können, aber darum ging es ihnen auch nicht, sondern um die gemeinsame Liebe zum Spiel.

Genau diese Liebe zum Fußballspiel war der Grund dafür, dass sich die Elternpaare von Evan und Jonas mit dem Auto auf den Weg machten, um ein Spiel der ehemaligen Altherrenmannschaft anzuschauen. Dies hatten sie schon lange nicht mehr getan. Deshalb waren die beiden „alten Herren" auch etwas aufgeregt vor diesem Spiel, in welchem es immerhin um den Kreispokal ging. Auf der Hinfahrt war es eigentlich wie immer, wenn die beiden älteren Generationen der Familien etwas gemeinsam unternahmen. Ingrid und Brenda redeten über den neusten Klatsch und Tratsch auf der Rückbank, während sich Alexander und Andreas vorne schon darüber Gedanken machten, wen sie alles wiedersehen würden und erzählten sich die üblichen Geschichten ihrer ruhmreichen fußballerischen Vergangenheit.

Als sie dann auf dem Fußballplatz ankamen, trafen sie die üblichen Verdächtigen, die „geballte Fachkompetenz" der örtlichen Fußballszene, also ihre ehemaligen, nun auch schon um die 60 Jahre alten Mitstreiter. Es geschah das Übliche, wenn solche Events anstanden. Die Männer gaben sich dem Bier, den Zigaretten und alten Geschichten hin, während die Frauen sich auf der anderen Seite des Feldes über ihre eigenen Männer und diejenigen, die sich als Fußballer auf dem Feld versuchten, amüsierten. Natürlich blieb das ein oder andere Missgeschick der alternden Fußballer auf dem Feld nicht aus und wurde sowohl von den Männern als auch von den Frauen lautstark kommentiert. Es war also ein Tag, wie er im Bilderbuch stand. Es gab viel zu lachen, viel zu erzählen und ein glückliches Ende gab es auch, denn die Altherrenmannschaft von Andreas und Alexander hatte knapp mit 1:0 gewonnen und konnte somit den Pokal in die Vitrine stellen. Natürlich wurden Alexander und Andreas noch zu der Feier eingeladen, die naturgemäß nach einem solchen Sieg folgen musste. Brenda und Ingrid wussten aber, wohin das führen würde und sie hatten keine Lust ihre betrunkenen Männer dann irgendwie nach Hause zu kriegen. Vor allem hätten sie die nächsten Stunden auf ihre Männer aufpassen und auf dem Sportplatz bleiben müssen, was beiden natürlich überhaupt nicht genehm war. Es geschah das, was Männer vor ihren Freunden niemals erleben wollen. Beide Frauen stellten sich mit den Händen an die Hüfte gestützt hin und schauten ihre Männer mit einem Blick an, dessen Bedeutung allen Männern bekannt ist: „Wenn du jetzt hier bleibst, dann kannst du die Nacht auf der Couch schlafen!" Thorsten, der seit vielen Jahren der Kapitän der Altherrenmannschaft war, versuchte die beiden Frauen doch noch zum Bleiben zu überreden, aber er hatte so oder so keine Chance zu ihnen durchzudringen.

Sie kennen die zahlreichen Geschichten, die ihre Männer mit ihm erlebt hatten, als diese noch aktiv waren. Als Thorsten sagte, dass das heute doch ein besonderer Tag sei und somit nur eine Ausnahme, entgegnete Brenda nur, dass es also genau so eine Ausnahme wird wie jedes Wochenende, als ihr Mann noch gespielt hatte. Daraufhin hat sich Thorsten ziemlich schnell verabschiedet. Immerhin hatte er ja andere Dinge im Kopf, als sich jetzt mit zickigen Frauen zu beschäftigen. Auch die Überredungsversuche von Alexander und Andreas scheiterten kläglich. Die Frauen waren müde und das kühlregnerische Wetter trug sein Übriges bei. Während die Männer nur an die Siegesfeier dachten, wollten sich die Frauen in ihre Decken des jeweiligen Heimes auf der

Couch einkuscheln und im Fernsehen einen schönen Film ansehen.

Vielleicht hätten sie lieber auf Thorsten und ihre Männer hören sollen…

Nach diesem, für alle Beteiligten, außer für die gegnerische Altherrenmannschaft, gelungenen Tag, machten sich die beiden Pärchen auf den Heimweg. Sie gingen zum Auto, das sie auf dem nahe gelegenen Parkplatz abgestellt hatten. Obwohl die Männer schon etwas enttäuscht waren, dass sie den Pokalerfolg nicht mit ihren alten Weggefährten feiern konnten, waren sie nun eigentlich auch glücklich sich auf dem Heimweg zu befinden, denn auch sie waren ja nicht mehr die Jüngsten, sodass die Folgen von ein paar Bier mittlerweile schneller zu merken waren, als zu ihren besten Zeiten. Dementsprechend waren auch sie schon etwas schlapp geworden und somit auch froh, wenn sie sich zu Hause in ihren Sesseln niederlassen können, um den Tag ruhig ausklingen zu lassen.

Da ja sowohl Alexander als auch Andreas das ein oder andere Bierchen getrunken hatten, hatte Ingrid sich bereit erklärt, die ungefähr fünf Kilometer lange Strecke zu ihren Häusern zu fahren. Die beiden Pärchen hatten sich, bevor sie zum Sportplatz aufgebrochen waren, noch zum Kaffee bei Brenda und Alexander verabredet. Da beide Häuser nicht weit voneinander entfernt waren, hatte Alexander vorgeschlagen, den Weg zu Fuß zurückzulegen. Somit mussten sie ja mit dem Auto von Alexander und Brenda zu Fußballplatz fahren. Auf dem Hinweg ist Alexander ja auch noch gefahren, aber Brenda kam als Fahrerin für den Rückweg nicht in Frage, weil sie nie einen Führerschein gemacht hatte. Somit musste also Ingrid fahren, obwohl sie vom Autofahren wenig begeistert war. Bisher hatte sie es bei jeder Gelegenheit vermieden, selbst zu fahren. Sie fühlte sich hinter dem Lenkrad absolut unsicher. Sie wusste auch nicht genau, woran das lag. Vielleicht glaubte sie, dass sie nicht die Fähigkeiten zum Fahren besaß oder möglicherweise kam sie auch nicht mit der Verantwortung zurecht, wenn andere mit in ihrem Auto saßen, denn immerhin ist sie ja dann für das Leben ihrer Mitfahrer verantwortlich. Da sie aber nun die Einzige war, die sowohl fahrtüchtig als auch fahrberechtigt war, musste sie diese Bürde auf sich nehmen. Dass es dann auch noch ein Auto war, das sie nie zuvor gefahren hatte, beruhigte sie natürlich überhaupt nicht. Auch wenn sie nur für diesen kurzen Weg für die Menschen verantwortlich war, die sie mit am Meisten liebte, könnte sie es sich niemals verzeihen, wenn sie dafür verantwortlich wäre, dass ihnen etwas zustoße. Sie war am Anfang des Tages auch noch der festen Überzeugung, dass Alexander auch zurückfahren würde, aber als die Frauen ihn glücklich in der Menge seiner Freunde sahen, konnten sie es ihm einfach nicht abschlagen, dass er mit ihnen ein paar Bier trinken darf. Im Gegenzug hatte Ingrid sich, gutmütig wie sie ist, bereit erklärt, ihre Lieben nach Hause zu fahren.

Wann hat man denn schon einmal die Gelegenheit, sich um seine Liebsten im besonderen Maße verdient zu machen?

Als die Fahrt begann, war Ingrid sogar noch sehr zuversichtlich, denn sie konnte das Auto in Bewegung setzen, ohne dass auch nur ein Problem auftrat. Plötzlich verspürte sie ein starkes Ruckeln am vorderen rechten Rad. Alle Insassen im Auto schauten sich um, aber es war nichts Auffälliges durch die Seitenscheiben zu erkennen. Auch die Pedale funktionierten ganz normal und die Anzeigen leuchteten auch nicht auf, was bedeutete, dass mit dem Luftdruck ebenfalls alles in Ordnung sein musste. Alle beschlossen also, dass man sich das zu Hause noch einmal genauer anschauen würde. Da alles scheinbar reibungslos funktionierte, machte sich niemand Sorgen und außerdem waren es ja nur die besagten fünf Kilometer bis nach Hause.

Während der ersten drei Kilometer hat sich das Auto auch ganz normal verhalten. Es machte keine besonderen Geräusche und Ingrid gewann etwas Sicherheit am Steuer. Sie hatte sogar etwas Spaß daran, weil die Männer im Auto den einen oder anderen Witz erzählten, die sie genau so lustig fand wie die Herren. Von der Straße ließ sie sich allerdings nicht ablenken. Dafür war sie zu verantwortungsbewusst.

Kurz bevor sie in das Stadtviertel gelangten, in welchem ihre Häuser lagen, führte die Strecke allerdings noch über eine Brücke, die vor kurzem erst ausgebaut und erneuert worden war. Seitdem die Bundesregierung beschlossen hatte, die LKW-Maut einzuführen, wurde die Stadtbrücke gerne genutzt, um die eine oder andere Mautstelle zu umgehen. Dadurch gab es in diesem Bereich ein erhöhtes Vorkommen von Lastwagen. Genau so war es auch an diesem Abend. Kurz vor der Brücke gibt es eine Zufahrt, die von einer nahe gelegenen Autobahn zu der besagten Brücke führte. Auf der gerade zulaufenden Straße fuhr Ingrid auf die linke Fahrbahnseite zu. Allerdings verharrte die Ampel dieser Straße noch auf Rot. Die Ampel von der Zufahrtsstraße war gerade auf Gelb gesprungen. Da die Ampel eine sehr lange Rotphase hatte, sah sich ein LKW-Fahrer trotzdem noch veranlasst über die Ampel zu fahren, um seinen Zeitplan einzuhalten. So zwang der LKW-Fahrer sein mit zwei Anhängern versehenes Arbeitsgerät noch um die Kurve. Im gleichen Moment erhielt die Ampel, an der Ingrid wartete, grün. Da hinter Ingrid schon die anderen Fahrer hupten, obwohl die Grünphase gerade einmal zwei Sekunden dauerte, wollte sie nicht an der Ampel warten, bis der LKW sicher um die Kurve gefahren war. Außerdem war die linke Fahrbahnseite ja trotzdem frei, sodass sie das Auto schnell beschleunigte. Sie holte mit dem Auto natürlich schnell auf den LKW auf und befand sich in der Mitte der Brücke auf Höhe seines Hinterrades auf der anderen Fahrbahnseite.

Plötzlich blinkte der LKW nach links. Weil der Fahrer des Fahrzeugs, noch durch das Gehetze über die gelbe Ampel irritiert war, vergaß er in den Rückspiegel zu schauen.

Ingrid war durch diese Tat des LKW-Fahrers so sehr erschreckt worden, dass sie mit aller Kraft auf das Bremspedal drückte. Brenda, die neben Ingrid auf dem Beifahrersitz saß, schrie als hätte man ihr ein Messer in den Rücken gerammt, denn sie sah sich schon unter dem riesigen LKW-Reifen begraben und von den Männern hinten war nur ein „Oh mein Gott" zu hören. Zunächst bremste das Auto auch noch, sodass sie am Mittelpunkt der Brücke, die wie ein kleiner Hügel gebaut worden war, zum Stehen kamen, aber diese Notbremsung war begleitet von einem lauten Krachen am rechten Vorderrad. Im ersten Moment dachten alle im Auto, dass sie mit dem Schrecken davon gekommen seien, als sie sahen, wie der LKW vor ihnen auf die linke Fahrbahnseite wechselte.

Im selben Moment prallte eines der Autos, welches hinter Ingrid an der Ampel gewartet hatte, in den hinteren Teil des Fahrzeugs. Alle Insassen wurden mit einem gewaltigen Schwung nach vorne geworfen. Wenn nicht alle angeschnallt gewesen wären, dann hätten sich alle mit sehr hoher Wahrscheinlichkeit das Genick gebrochen.

Für den Bruchteil einer Sekunde dachten die beiden Elternpaare, dass sie es nun überstanden hätten, denn hinter ihnen war alles zum Stehen gekommen. Allerdings rollte das Auto, durch den gewaltigen Stoß des anderen Autos, über den Mittelpunkt der Brücke hinaus und kam durch die abfallende Neigung zusätzlich ins Rollen. Ingrid trat auf die Bremse, aber diese funktionierte nicht mehr richtig. Immer wenn sie auf das Bremspedal trat, bremste das Auto nur auf der linken Seite ab, sodass das Fahrzeug immer in Schieflage gerat, wenn sie auf das Bremspedal trat. Ingrid versuchte es in ihrem Schockzustand mit Intervallbremsungen, in der Hoffnung langsamer zu werden, aber sich dabei nicht zu überschlagen. Allerdings wurde das Auto nicht langsamer, sondern immer schneller, weil die Intervallbremsungen nicht ausreichten und das Gefälle der Brücke zu stark war, als dass das Gewicht des Fahrzeugs samt seiner Insassen hätte gebremst werden können. Zu allem Überfluss verlief die Straße nun direkt auf die nächste Ampel zu, welche in diesem Moment ebenfalls ihre Rotphase hatte. Alexander und Andreas flehten ihre Frauen an, dass sie doch die Sicherheitsgurte lösen sollten, damit sie aus dem Auto springen könnten, denn so schnell war das Auto noch nicht. Aber sowohl Ingrid, die immer noch versuchte das Auto irgendwie zu kontrollieren, als auch Brenda, die, seitdem sie dachte, dass sie unter dem LKW-Reifen begraben wird, total regungslos auf dem Beifahrersitz saß, konnten die beiden Männer nicht mehr erreichen und sie hatten auch nicht den Mut alleine aus dem fahrenden Auto zu springen. Die Frauen waren wie in ihrer eigenen Welt gefangen und absolut nicht mehr ansprechbar. Sie rollten also unaufhaltsam auf die Kreuzung zu und sahen wie die anderen Autos einer

Nebenstraße auf ihre Fahrbahn fuhren. Alexander und Andreas schrien unter Tränen immer noch ihre Frauen an, dass sie doch endlich aus dem Auto springen sollten, um ihre Haut zu retten. In Brendas Augen sah man bereits, dass sie mit ihrem Leben abgerechnet hatte, denn sie schaute inhaltslos auf die Frontscheibe, als wenn man ihr die Seele schon aus dem Leib genommen hätte und Ingrid war als Fahrerin in Raserei verfallen, weil ihre schlimmste Befürchtung nun tatsächlich Realität wurde. Sie schlug verzweifelnd auf das Lenkrad, als wenn sie dadurch das Fahrzeug zum Stehen bringen würde.

Auf einen Schlag blieb allen der Atem weg und ihre Häupter wandten sich nach links, denn die Autos von der Nebenstraße fuhren immer noch auf die Hauptstraße. Die Vier befanden sich nun mitten auf dem Schneideweg, wo sich die Autos der Nebenstraße in die Hauptstraße eingliederten, weil Ingrid die rote Ampel überfahren musste, um sich nicht zu überschlagen. Plötzlich gab es einen lauten Knall, nach welchem sich alle nahe stehenden Menschen umschauten. So sehr sich Ingrid angestrengt hatte, konnte sie das Unausweichliche nicht verhindern. Ein größerer Transporter hatte das Auto auf der linken Seite so stark getroffen, dass es sich zweimal überschlagen hatte. Schließlich nahmen die beiden Überschläge ein trauriges Ende, als sich das Auto samt Insassen an dem Stamm eines an der Straßenseite eingepflanzten Baumes wiederfand. Der Fahrer des Transporters war absolut geschockt, als sich vor ihm

Alexanders Auto auftauchte, denn er konnte ja nicht damit rechnen, dass während seiner Grünphase irgendjemand von dort auf die Straße kommen würde. Ein vorbildlicher Außenstehender informierte sofort den Rettungswagen und die Polizei. Dem Fahrer des Transporters war außer einer kleinen Platzwunde am Kopf nicht viel passiert. Die Umstehenden waren allerdings nicht in der Lage, trotz ihrer lobenden Zivilcourage, die Insassen zu befreien. Diese waren einfach zu sehr durch den Aufprall, die Überschläge und dem Einschlag in den Baum in die Wrackteile des Autos eingedrückt worden. Das Schlimmste war, dass niemand in diesem Fahrzeug auch nur einen Laut von sich gab. Die um das Auto stehenden Menschen konnten nur sehen, wie Ingrid stark blutete und ihr jede Menge Blut den Arm herunter lief. Die Verletzungen der anderen Insassen konnte man durch die verbeulte Karosserie nur schwer erahnen. So heftig waren die Auswirkungen des Unfalls.

Als die Krankenwagen nach zehn Minuten endlich an der Unfallstelle ankamen, kam jede Hilfe für die Insassen zu spät. Bei allen konnte schließlich nur der Tod festgestellt werden. Alle starben entweder an zu starken Blutungen oder weil sich Teile der Karosserie in ihre Körper gebohrt hatten. Es war ein schauderhafter Anblick, diese vier Menschen so sehen zu müssen, sogar für einen gestandenen Arzt oder Rettungshelfer.

Eine halbe Stunde nach dem Unfall wurden die engsten Verwandten von Alexander, Brenda, Andreas und Ingrid über die Geschehnisse informiert. Unter diesen Nahestehenden befanden sich natürlich auch Evan und Jonas. Als beide diese Nachricht über das Telefon erhielten, fielen sie in einen Schockzustand. Sie wollten es nicht wahrhaben, dass so etwas Entsetzliches passieren kann. Evan fiel der Hörer aus der Hand und er sank in seinen Schaukelstuhl zusammen. Jonas hingegen hatte das alles so sehr mitgenommen, dass ihm und Evan beide Elternteile genommen wurden, dass er im Wohnzimmer seiner Wohnung in Ohnmacht gefallen ist. Wenn Amy seinen Sturz nicht zumindest ein wenig abgefedert hätte, wäre er wohl mit seinem Kopf gegen den Wohnzimmerschrank geschlagen. Gott sei Dank weiß Amy ja, was in solchen Momenten zu tun ist und so hatte sie Jonas binnen weniger Minuten wieder bei sich. Beide Männer waren für die nächsten Stunden überhaupt nicht ansprechbar. Die ebenfalls sehr betroffenen Elia und Amy versuchten bei ihren Männern das Beste, um sie auch nur ein wenig wieder in diese Welt zurückzuholen, aber das war aussichtslos. Beide konnten den Unglücklichen bei all ihren tröstenden Worten und Umarmungen nicht ein Wort entlocken. Daraufhin telefonierte Elia zunächst mit Amy und fragte nach, wie Jonas diese Hiobsbotschaft aufgenommen hatte. Dass Jonas in Ohnmacht gefallen war, erschreckte sowohl Elia als auch Evan, der durch das Mithören dieses Telefonats wieder etwas in dieses Leben zurückgekommen schien. Niemand mag sich vorstellen, was Evan getan hätte, wenn er innerhalb einer Stunde Vater,

Mutter und auch seinen besten Freund verloren hätte. Im Innersten hoffte Elia natürlich, dass ihn dieses Telefonat irgendwie wieder in diese Welt holen würde, denn sie kannte ihren Liebsten wohl besser als er sich selbst und so wusste sie auch, dass ihn wohl nur die Nachricht, wie es seinem gleichermaßen betroffenen Freund ergeht, ein Stück zu ihr zurückholen könnte.

Schließlich war es Amy, die sich traute, das anzusprechen, was allen Beteiligten auf der Seele lag, denn immerhin war es die Pflicht von Evan und Jonas ins Krankenhaus zu gehen, um ihre Eltern vielleicht das letzte Mal zu erblicken. Amy bot Elia dann am Telefon an, dass man sich in zwei Stunden, um 20 Uhr, vor dem Eingang des Krankenhauses treffen könne, denn sie glaubte, dass beide gemeinsam diese Last besser ertragen könnten. Immerhin teilten beide schon über Jahre hinweg ihre Lasten stets gemeinsam, wie es sich für gute Freunde gehörte. In diesen zwei Stunden taten Evan und Jonas wohl das Einzige, was ihnen in dieser Situation richtig erschien. Beide hatten, ohne miteinander gesprochen zu haben, im beinahe selben Moment die gleiche Idee. Jonas und Evan nahmen ihre Autoschlüssel und wollten mit ihren Frauen zu den Häusern ihrer Eltern fahren. Das Hereinkommen würde beiden keine Probleme bereiten, denn immerhin hatten sie für Notfälle die Haustürschlüssel ihrer Elternhäuser behalten. Für die beiden Freunde war das kein Umweg, denn die Elternhäuser befanden sich auf dem Weg zum Krankenhaus. Als sich Evan und Elia von ihrer gemeinsamen Wohnung aus auf den Weg zu Evans Elternhaus machten, fragte Elia lieber noch einmal bei ihm nach, ob er das gerade jetzt machen will bzw. machen kann. *„Wäre es nicht besser damit bis morgen zu warten?"* Evan antwortete kurz: *„Nein."* Elia nickte nur, weil sie sah, wie wichtig es für Evan zu sein schien, obwohl sie immer noch der Meinung war, dass es genug wäre, wenn er heute Abend noch seine toten Eltern sehen würde. In ihrem Hinterkopf war immer noch die Nachricht von Jonas und seinem Ohnmachtsanfall eingebrannt. Amy machte sich ähnliche Sorgen, denn immerhin war Jonas vor kurzem erst aus der Ohnmacht wieder erwacht. Aber sie konnte jetzt nicht den Mut aufbringen, um irgendetwas dagegen zu sagen, denn sie wollte Jonas nicht noch weiter aufregen. Er war ohnehin immer noch ein Häufchen Elend, aber immerhin hatte seine Vernunft ihn nicht verlassen, denn er ließ Amy fahren.

Als Evan mit Elia bei seinem Elternhaus ankam, rollte ihm dann doch eine einsame Träne über die Wange. Auf der einen Seite berührte ihn das natürlich in einem besonderen Maße, weil ihm dadurch das Bild seiner toten Eltern nun noch viel näher kam. Auf der anderen Seite war er nach langer Zeit einmal wieder „nach Hause" gekommen, denn in den letzten Monaten hatte er sich doch sehr stark in seine Arbeit vergraben. Er sah den alten Garten und die Terrasse wieder, auf welcher er oftmals in den Sommermonaten mit seinen Eltern zu Mittag gegessen hatte. Als sie in das Haus hineingingen, bot sich ihnen ein Gefühl von Geborgenheit und Heimat, wie sie es schon lange nicht mehr gefühlt hatten. Sie wagten sich nur langsam und in kleinen Schritten in das Haus, damit sie auch nicht den kleinsten Fetzen dieses frischen Gefühls versäumten, welches das Haus ausstrahlte und irgendwie wirkte es so, als wenn Evans Eltern noch gar nicht weggewesen wären. Irgendwie hatten beide das Gefühl, dass die Eltern gleich von irgendwoher aus dem Haus kommen würden, um sie willkommen zu heißen. Dies würde nie wieder passieren.

In diesem Moment wurde beiden bewusst, dass sie mehr und mehr in ihrem Leben alleine gelassen werden, denn nun waren nur noch Elias Eltern, Klaus und Andrea, da. Vor allem wurde Evan vor Augen geführt, dass er fast den Letzten seines Familienzweiges darstellte, denn außer seinem älteren Bruder Nico war niemand mehr übrig geblieben. Als Evan so durch das Obergeschoss des Hauses schlenderte und sein altes Kinderzimmer wieder betrachten konnte, schloss er die Augen und vor seinem geistigen Auge liefen einige kleine Filme seiner Jugend ab, die schöne und unschöne Momente beinhalteten. Dennoch war er der Meinung, dass die schlimmeren Dinge dringend zum Leben dazu gehören, denn die Überwindung jener Dinge ist es zumeist erst, wodurch eine Verbindung, sei es die familiäre, die freundschaftliche oder die einer Beziehung, in die nötige Tiefe gehen lässt.

Jonas hingegen fühlte sich nicht direkt geborgen, als er „zu Hause" ankam. Ihn überkam eher ein Gefühl der Demut, denn er machte sich den Vorwurf, dass er sich in den letzten Monaten und insbesondere in den letzten Wochen viel zu wenig um seine Eltern gekümmert hatte, denn ihm wurde nun richtig bewusst, was es bedeutete, etwas erst richtig zu schätzen, wenn man es verloren hatte. Jonas machte beim Eintreten in die Wohnung keine Anstalten irgendetwas Besonderes zu fühlen oder in ganz besonderen Sachen zu schwelgen. Er wusste von sich selbst, dass er die Kraft für so etwas gerade nicht aufbringen könnte, aber es war ihm wichtig noch einmal an dem Ort zu sein, wo seine Eltern jahrelang gelebt hatten. Aus diesem Grund setzte er sich auch auf die Couch im Wohnzimmer, wo er die meiste gemeinsame Zeit mit seinen Eltern verbracht hatte, einmal abgesehen von der Zeit, die er gemeinsam mit seinem Vater auf dem Sportplatz hatte. Er wünschte sich also in einem gewissen Maße noch einmal so etwas wie die Aura seiner Eltern zu spüren. Jonas war keineswegs religiös oder abergläubisch, aber in solchen Situationen hatte er einen gewissen Drang dazu, sich solchen Dingen hinzugeben. Es war ihm egal, ob er sich nur einbildete, seine Eltern oder das, was die Zeit der Eltern hier hinterlassen hatte, spüren zu können oder nicht. Er hatte in diesen Minuten wohl noch ein letztes Mal die Möglichkeit, sich seinen Eltern richtig nahe zu fühlen, denn nachher im Krankenhaus würde er nicht mehr seine Eltern vor sich sehen können, sondern nur noch die Hüllen, die sie einst enthielten. In diesen Minuten war es Amy das erste Mal möglich, mit ihrem Geliebten seit dem

Anruf aus dem Krankenhaus wieder ein paar Worte bezüglich des Todesfalls zu wechseln. Sie wusste genau, welche Worte sie in solchen Momenten zu verwenden hatte, denn sie kannte alle Kanten und Ecken ihres Mannes und somit auch die richtigen Momente, um bestimmte Themen anzusprechen. Sie wusste aber auch, dass sie sich bei ihm ein paar anderer Herangehensweisen als in ihrem Beruf bedienen musste, denn Jonas sind die Künste seiner Frau nicht unbekannt und deshalb wäre es auch möglich gewesen, dass er sie schlicht abweisen würde. Im Moment konnte er Trost und ein offenes Ohr jedoch mehr gebrauchen, als dass er sich noch mit seiner Ehefrau streiten würde.

Mittlerweile war es aber schon 19:30 Uhr und Jonas und Amy brauchten bis zum Krankenhaus ungefähr zwanzig Minuten mit dem Auto. Deshalb beschlossen sie diese Eindrücke des Hausbesuchs zwar für sich mitzunehmen, aber in gewisser Weise für sich auch wegzuschließen, denn beide waren sehr emotionale Menschen und brauchten einfach ihre Zeit, um mit bestimmten Geschehnissen zurecht zu kommen. Während sich Amy und Jonas schon auf dem Weg zum Treffpunkt mit Evan und Elia befanden, waren diese noch immer in Evans Elternhaus. Dieses befand sich nur ungefähr fünf Minuten Fußmarsch vom Krankenhaus entfernt. Aus diesem Grund beschlossen beide gemeinsam noch den Eltern von Elia einen Besuch abzustatten, welche direkt nebenan wohnten. Andrea und Klaus hatten sich ohnehin schon gewundert, warum denn das Auto ihres vermeintlich zukünftigen Schwiegersohnes und ihrer Tochter vor dem Haus von Evans Eltern stand, welches man von ihrem Wohnzimmerfenster aus gut sehen konnte. Sie dachten aber nicht daran, hinüber zu gehen, denn wenn da irgendetwas gewesen sein sollte und die beiden vorhätten es ihnen zu erzählen, dann würden sie schon von alleine rüberkommen. Dies taten sie auch und Evan war das in dieser Situation auch ganz genehm, denn so hätte er diesen Gang schon einmal hinter sich gebracht und sie könnten ja auch nicht lange bleiben, um irgendwelche unangenehmen Fragen zu beantworten.

Elia klingelte, weil sie ihren alten Haustürschlüssel zu Hause vergessen hatte. Als Andrea die Tür öffnete, schrie sie gleich freudestrahlend und laut in den Flur hinein: *„Klaus, schau doch mal, wer uns besuchen kommt!"* Dass Evan und ihre Tochter ihr bald die gute Laune nehmen würden, konnte sie in diesem Moment nur leicht erahnen, denn sie kannte den Blick ihrer Tochter, wenn schlechte Nachrichten ins Haus standen. Als sich alle im Wohnzimmer zu einer Tasse Tee oder Kaffee niedergelassen hatten, war es dann schließlich Evan, der die schlechte Botschaft überbrachte. Blankes Entsetzen war in den Augen von Andrea und Klaus zu sehen. Man hatte das Gefühl, dass Klaus oder Andrea gleich fragen, ob das nur ein schlechter Witz sei, aber das haben sie sich nicht getraut. Als der Groschen bei den beiden dann gefallen war, dass es sich bei dieser Nachricht um die blanke Wahrheit gehandelt hatte, war zu dem Entsetzen auch noch

Entrüstung dazu gekommen, denn obwohl Evan die Umstände des Todes und des damit in Verbindung stehenden Unfalls noch nicht offenbart worden waren, war allen Anwesenden klar, dass diese Art des Dahinscheidens zu den undankbarsten überhaupt gehörte.

Evans Plan, unangenehmen Fragen auszuweichen, war aufgegangen, denn nun war es an der Zeit, um zum Krankenhaus aufzubrechen. Er hatte es gerade so geschafft, seinen Kaffee auszutrinken, bevor sie wieder los mussten und ein starker Kaffee war von Evan wirklich schnell weg getrunken.

Elia und Evan machten sich also auf den kurzen Fußmarsch zum Krankenhaus auf. Dafür brauchten sie nur einen kleinen Landweg entlang gehen und schon standen sie auf dem großen Parkplatz des Krankenhauses. Als das Pärchen auf dem Weg zum Vordereingang waren, wo sie sich mit Amy und Jonas verabredet hatten, kamen diese gerade mit dem Auto auf dem Parkplatz an und Jonas hielt es einfach nicht mehr auf dem Sitz, bis Amy einen Parkplatz gefunden hätte. Sie hielt an, damit Jonas aussteigen konnte und seine erste Reaktion war es, sich vor Evan hinzustellen und ihm genau ins Gesicht zu schauen. Aus langjähriger Freundschaft heraus wusste Jonas genau, wann in Evan eine Krise tobte und er musste vorher einfach wissen, ob es ihn genau so sehr mitgenommen hatte wie ihn und bei dem Blick in Evans Augen gab es für ihn keinen Zweifel mehr daran, dass in ihm genau so ein Gefühl der Leere vorhanden war wie in ihm selbst. Daraufhin geschah etwas, was wohl schon seit acht Jahren nicht mehr geschehen war. Jonas fiel in Evans Arme. Dort weinte er bestimmt fünf Minuten lang, während Evan sich die Tränen noch hartnäckig verkniff. Er trauerte auf eine andere, eine sehr viel gefährlichere Weise. Anstatt alles heraus zu lassen, trug er in schlimmen Situationen immer einen Kampf mit sich selbst aus. Elia, Amy und Jonas wussten das und deshalb waren sie über Evans Schweigsamkeit auch nicht überrascht. Sie mussten nur aufpassen, dass dieser innere Kampf nicht zu große Ausmaße annahm, aber Elia spürte diese Situationen immer ganz genau auf und war wohl als Einzige dann noch in der Lage, ihn aus dieser fast schon tiefdepressiven Lage zu befreien; eine Leistung, auf die sie ohne jeden Zweifel stolz sein durfte.

Nun mussten aber alle diesen schweren Gang ins Krankenhaus antreten. Amy ging voran, denn sie arbeitete ja schließlich in dieser Klinik und wusste ganz genau, wo sich was befand. Sie stiegen alle in den Fahrstuhl und fuhren in das Untergeschoss des Krankenhauses. Dort wartete schon ein Kollege von Amy auf die Vier, der ihnen Einlass zu einem Raum gewährte, wo sie sich noch kurz aufhalten sollten. In der Zeit würden dann die Leichname für sie ordentlich in einem separaten Raum aufgebahrt werden, damit sie in aller Ruhe das erste Mal von ihnen Abschied nehmen könnten. Als sie dann ein weiterer Mitarbeiter in das Nebenzimmer führte, blieben die beiden Frauen etwas im Hintergrund. Als Erstes schritten Evan und Jonas in das

Zimmer, aber es kam in diesem Moment nicht zu den erwarteten großen Gefühlsausbrüchen. Der Schock und die Fassungslosigkeit überwiegten doch in diesen Minuten. Jonas fühlte sich ohnehin in der Nähe seines besten Freundes etwas stärker und das beruhte durchaus auf Gegenseitigkeit. Beide Pärchen standen nun also Hand in Hand vor vier Liegen, auf denen die sterblichen Überreste der Eltern lagen. Dies war für alle Beteiligten ein Bild, das sie wohl in ihrem ganzen restlichen Leben nicht mehr vergessen würden. Niemand sagte in diesen Minuten etwas. Es war absolute Stille im ganzen Korridor. Es wäre wohl auch der falsche Moment für irgendwelche Worte gewesen. Für Worte und Geschichten wird es noch die richtige Zeit geben, dachte sich Evan, der in Gedanken schon irgendwie dabei war, den nächsten Schritt zu planen. Wenn ihm seine Eltern eines gelehrt haben, dann dass es immer irgendwie weiter geht und auch aus Liebe zu seinen Mitmenschen weiter gehen musste. Bei Jonas war einfach nur Schweigen eingetreten. Er war in Gedanken versunken, aber das wollte ihm in diesem Augenblick niemand übel nehmen. Vielleicht war er gedanklich auch schon bei seinem Bruder Robert, der morgen oder übermorgen bei ihm zu Hause vor der Tür stehen würde und überlegte, was er ihm in diesem Moment sagen sollte. Letztendlich war es wieder Amy, die das Schweigen brach. Sie meinte nur, dass es Zeit wäre zu gehen. Alle bis auf Jonas nickten. Amy wusste schon, warum sie dies tat, denn jede weitere Minute in diesem Raum hätte Jonas nur noch weiter weg von den anderen Anwesenden geführt. Als sie dann gegen 20:30 Uhr das Hospital wieder verlassen hatten, wusste niemand, was er dem anderen so richtig sagen sollte. Beileidsbekundungen hatte es schon zur Genüge gegeben und sich gegenseitig zu bemitleiden, war ohnehin nicht der Stil der beiden Männer. Schließlich umarmten sich die Pärchen noch einmal ordnungsgemäß, wie es bei Verabschiedungen so üblich war und alle gingen dann ihrer Wege, in dem sicheren Gewissen morgen wieder voneinander zu hören. Amy und Jonas fuhren wieder zu ihrer Wohnung, während Elia und Evan entschlossen hatten, auf jeden Fall diese Nacht dann bei ihren Elternhäusern zu verbringen. Das Paar ging erst einmal wieder zu Klaus und Andrea. In einer ruhigen Minute sprach Elia dann Evan an, ob er denn hier übernachten möchte oder lieber diese Nacht zu Hause verbringen wollte. Er antwortete, dass er diese Nacht in seinem alten „zu Hause" ausharren würde. Schlafen würde er diese Nacht ohnehin nicht können und er wollte nicht, dass sie nur wegen ihm auch die ganze Nacht wach bliebe. Also antwortete er auf die Frage, ob sie denn mitkommen solle, dass sie doch lieber heute bei ihrer Familie bleiben möge, denn auch sie habe die ihre seit mindestens zwei Monaten nicht mehr gesehen und nun spürte er ja ganz genau, dass man seine Familie niemals vernachlässigen sollte. Elia war zwar nicht begeistert von dieser Idee, weil sie sich auf der einen Seite nicht wohlfühlte, wenn er in der Nacht nicht neben ihr im Bett lag und auf der anderen Seite war es ihr unangenehm, ihren Mann in einer solch schweren Zeit nicht zur Seite stehen zu können. Sie wusste aber, dass ihr Liebling nichts Dummes anstellen würde, denn dafür wäre er einfach viel zu vernünftig.

Evan zog sich also im Flur seine Schuhe an und wollte gerade die Tür aufmachen, da umarmte ihn von hinten plötzlich nochmals Elia und sagte, dass er das nicht machen müsse, denn da drüben wäre er ganz alleine mit sich selbst und obwohl Elia wusste, dass sie sich keine Sorgen machen brauchte, überkam sie doch ein mulmiges Gefühl ihn ein paar Meter weiter ganz alleine zu wissen. Evan war in diesem Moment allerdings absolut nicht nach Reden zu Mute und küsste Elia zum Abschied. Das war der erste Kuss, den Elia seit der Schreckensnachricht von ihrem Mann erhalten hatte, aber sie dachte sich, dass es lieber ein Kuss dieser Art sei als gar keiner. Evan wollte damit nicht mangelnde Zuneigung ausdrücken. Im Gegenteil, er fühlte sich durch diesen Vorfall nur noch mehr zu Elia hingezogen und wollte sie um jeden Preis stetig in Sicherheit wissen, weil sie ja nun eigentlich das Einzige war, was er auf Erden noch hatte.

Als Evan die Haustür seines Elternhauses nun ein zweites Mal an diesem Tag öffnete, war ihm natürlich ganz anders zumute, denn nun war er ganz allein mit dieser Situation konfrontiert und vor allem alleine mit seinen Gedanken. Evan tat das, was seine Eltern auch immer an einem kühlen Herbsttag gemacht hatten. Er holte größere und kleinere getrocknete Holzstücke aus dem Schuppen und schürte ein

Feuer im großen Kamin des Hauses. Danach setzte er sich in den alten Schaukelstuhl seines Vaters vor den Kamin, in welchem er schon zu Jugendzeiten immer viel Zeit verbracht hatte, wenn es draußen einfach zu kalt war, um etwas zu unternehmen. Schließlich war es ja auch dieser alte Schaukelstuhl, der ihn dazu veranlasst hatte, sich selbst einen zuzulegen. Wie es für ihn üblich war, machte er sich nun noch einen Kaffee und einen Drink mit weißem Rum in der Küche, den seine Mutter immer im Haus hatte, falls ihr Sohn einmal zu Besuch kam, um danach wieder in dem Schaukelstuhl zu versinken und stundenlang ins Feuer zu starren. Wie erwartet, fand er die ganze Nacht keine innere Ruhe, die ihm das schlafen erlaubt hätte. Er litt ohnehin unter Schlafstörungen, die er oftmals nur noch mit starken Schlaftabletten bekämpfen konnte, sodass er nur auf wenige Stunden Schlaf in der Nacht kam. Oftmals verbrachte er dann die Zeit, die er im Bett neben Elia wach lag, damit, jene zu beobachten. Für ihn gab es wohl nichts Schöneres, als sie beim Schlafen zu beobachten und zu sehen, wie sie selbst nachts und dadurch unbewusst versuchte, ihm nahe zu sein, denn Evan schlief immer auf der Seite des Bettes, die zur Wand gerichtet war und Elia rückte dann immer gerne so sehr an ihn heran, dass er schon regelrecht an die Wand gepresst wurde. Das machte ihm aber nichts aus und mit der Zeit fing er an, dies lieben zu lernen. Evan war kein Freund von Beziehungen, in denen gegenseitig geklammert wurde und so eine Beziehung war das auch nicht, aber er verzichtete lieber auf Bequemlichkeit und Freiheit, als dass er zulassen würde, dass sich Elia zu weit von ihm entfernte.

Dieses Gefühl von Nähe konnte er diese Nacht nicht haben und auf diese Weise bereute er es ein wenig, nicht bei Elia und ihren Eltern geblieben zu sein, aber er hatte für sich beschlossen, diese Nacht im Haus seiner Eltern zu bleiben…

Elia fand indes auch keine Ruhe. Wie auch. Sie stand Evans Eltern auch sehr nahe. Sie saß lange mit ihren Eltern im Wohnzimmer und sprach mit ihnen über diese Situation. Sie wollte sich gar nicht ausmalen, wie sie sich fühlen würde, ihre beiden Elternteile gleich auf einen Schlag zu verlieren. Sie freute sich aber schon darauf, ihren Mann am folgenden Tag wieder in die Arme nehmen zu können. Vielleicht würde er ja neben ihr im Bett liegen, wenn sie morgen früh aufwachte, denn auch ihr war bewusst, dass er nicht viel schlafen würde und möglicherweise käme er ja nachts rüber und legte sich dann doch noch neben sie ins Bett. Als sie aus ihrem alten Kinder- und Jugendzimmer zu Evans Elternhaus hinausblickte, sah sie nur, dass ein schwaches Licht durch die milchigen Fenster der Eingangstür drang. Sie konnte also erahnen, dass er immer noch vor dem Kamin saß und sich heute von dort nicht wegbewegen würde. Sie versuchte nun selbst etwas Ruhe zu finden, denn auch sie musste die neue Situation verarbeiten und darüber nachdenken, wie sie ihren Mann aufgebaut bekäme. Wahrscheinlich würde er einfach nur Zeit und Geborgenheit brauchen, um darüber hinweg zu kommen.

Dass sie damit in einem gewissen Sinne Recht haben würde, konnte sie nicht ahnen…

Nachdem dann auch Amy und Jonas zu Hause angekommen waren, ergab sich nicht direkt ein gleiches, aber ein ähnliches Bild wie bei Elia und Evan, mit dem Unterschied, dass sie diese Nacht gemeinsam in ihrer Wohnung und im Ehebett verbringen würden. Jonas hatte an diesem Abend aber keinerlei Blicke oder Gedanken mehr für seine Frau übrig. Seine einzigen Gedanken drehten sich allein um das alte Fotoalbum der Familie, das er ganz hinten im Wohnzimmerschrank verstaut hatte und seinem Bierkasten, den er immer auf dem Balkon des Hauses abstellte. Amy dachte nur, dass sie heute und in den nächsten Tagen lieber nichts gegen seinen verstärkten Alkoholkonsum sagen sollte, denn sie wüsste auch nicht, wie sie sich jetzt verhalten würde und ihm jetzt Vorschriften zu machen, wäre wohl genau das falsche Zeichen gewesen. Sie ließ ihn diesen Abend einfach gewähren. Sie setzte sich einfach zu ihm auf die Wohnzimmercouch und hörte sich an, wie er von den Erlebnissen mit seinen Eltern erzählte, die die Fotos festgehalten hatten. Sie war der Meinung, dass Schweigen und Anteilnahme in diesen Momenten das Leid verringern könnte, weil sie es, so gut es möglich war, mit ihm teilen konnte. Jonas hatte das sichtlich gut getan und als er nach zwei Stunden mit dem Durchschauen des Albums fertig war, schickte er Amy mehr oder weniger ins Bett, weil sie seiner Meinung nach sehr geschafft von diesem Tag aussah. Er bedankte sich bei ihr, diese Stunden mit ihm durchgestanden zu haben, weil er der Typ Mensch wäre, der das bräuchte. Amy stand auf und ging in Richtung Schlafzimmer, als sie sich noch einmal umdrehte und sagte: *„Ich weiß."* Dann verschwand sie schmunzelnd.

Danach hatte Jonas mal wieder das Gefühl, seine Frau gar nicht verdient zu haben; ein kribbelndes Gefühl, wie er es ganz zum Anfang ihrer Beziehung oftmals gefühlt hatte und beinahe hätte er für einen Bruchteil einer Sekunde das Geschehene zu vergessen. Irgendwie hatte Amy es doch geschafft, ihn wieder in ihren Bann zu ziehen, was natürlich heute eine äußerst schwere Aufgabe darstellte.

Jonas blieb noch eine Stunde für sich allein im Wohnzimmer, aber er fühlte sich keineswegs allein gelassen. Auf der einen Seite wusste er, dass Amy im Bett nur auf ihn wartete und auf der anderen Seite wusste er, dass es jemanden gab, der sich genauso niedergeschlagen fühlte wie er. Jonas hatte sein Handy auf dem Tisch neben der Couch liegen und er spielte die ganze Zeit mit dem Gedanken, Evan anzurufen oder ihm eine Nachricht zu schreiben, aber er hatte nicht den Mut aufbringen können, das jetzt zu tun. Sie hatten sich ja darauf verständigt am nächsten Tag ohnehin miteinander zu telefonieren, sodass das alles auch bis morgen warten konnte.

Dieser Gedanke, etwas auf morgen zu verschieben, war ihm angesichts der Todesfälle etwas suspekt, weil er nun wusste, wie kostbar jeder Moment doch war, aber trotzdem erschien es ihm in diesem Moment als richtig.

Er beschloss ins Bad zu gehen, sich die Zähne zu putzen und sich dann zu Amy ins Bett zu legen. Nachdem er im Wohnzimmer alle Lichter ausgemacht hatte und im Bad gewesen war, versuchte er im Bett noch etwas Platz für sich zu finden, aber Amy hatte sich wie üblich quer aufs Bett gelegt, sodass Jonas sie wieder behutsam etwas zur Seite drehen musste, um seine Seite des Bettes zu befreien. Als er das geschafft hatte und sich bis zum Hals unter seiner Decke vergraben hatte, versuchte er zwanghaft irgendwie einzuschlafen, aber gelungen ist ihm das nicht. Seine Gedanken kreisten von seinen Eltern, zu seinem Bruder und auch hin zu Evan. Viele seiner Jugenderinnerungen waren mit Evan verbunden. Dadurch, dass ihre Interessen ziemlich gleich waren, hatten beide auch so ziemlich die gleichen Reiseziele. Als sie damals zu Schulzeiten eine Studienreise nach Rom machten, hatten sie festgelegt, wo sie in ihrem Leben noch überall hinreisen wollten.

Sie wollten, wie es Brauch war, wenn man ein paar Cent in den Trevi-Brunnen warf, noch einmal nach Rom fahren. Außerdem war Jonas ein großer Australien- und Neuseelandfan, weshalb beide irgendwann auch noch mal diese Länder besuchen wollten. Neben Rom hatte es Evan noch eine weitere historisch bedeutende Stadt sehr angetan und zwar Jerusalem. Ihn interessierten vor allem die alten religiösen Bauten wie das Heilige Grab, die Klagemauer oder den Felsendom; einfach jene Bauwerke, die die Menschen in aller Welt bewegten. Das hing wohl mit Evans besonderem Interesse für die Kreuzzüge des Mittelalters zusammen. Ein letztes gemeinsames Ziel, das beide verfolgten, war eine ausgedehnte Tour durch Schottland und Irland. Diese beiden Länder hatten es ihnen wegen ihrer traumhaften Landschaft besonders angetan. Die Schottischen Highlands mit ihren wunderschönen versteckten Seen, in deren Wasser sich die Sonne so stark spiegelte, dass man sich bereits ein Platz im Paradies gesichert habe; mit ihren riesigen Wäldern, in denen es nicht schwer fallen dürfte, jeden negativen Gedanken zu verdrängen und das weite irische Grün – unendliche Weiten mit zahlreichen Felsenklippen, an denen sich Wellen des Atlantischen Ozeans brachen. Nicht vergessen werden darf der ewig frische Wind, der über die irischen Felder und Weiden weht. Er gibt einem das Gefühl, dass man jeden Widerstand überwinden kann, denn trotz seiner Stärke lässt er es zu, dass man sein gesetztes Tagesziel trotzdem erreicht. Plötzlich trat bei Jonas etwas ein, das er heute für unmöglich gehalten hatte. Im Bett rannte ihm eine Träne die Wange herunter, dessen Ursache nicht darin lag, dass seine Eltern der Tod ereilt hatte. Es war mehr eine kleine Freudenträne, weil er sich an einen schönen Ort versetzt hatte, obwohl er von diesen Gefilden bisher nur Bilder kannte.

Wahrscheinlich waren es aber genau diese Bilder, die es geschafft haben, dass Jonas nun eingeschlafen war.

Das, was Jonas in dieser Nacht noch gelungen war, blieb Evan leider verwehrt. Er hatte sich gegen 6 Uhr morgens aus seinem Schaukelstuhl erhoben, aber nicht, um sich woanders niederzulassen, sondern nur um den Schaukelstuhl umzustellen. Er stellte diesen in der Auffahrt auf, um den Sonnenaufgang zu beobachten. Er wickelte sich in seine Decke ein und setzte das, was er vor dem Kaminfeuer begonnen hatte, mit dem Aufgehen der Sonne fort. Es war ein unvergesslicher Augenblick, den er dort erlebte. Die Sonne kämpfte sich durch die milchigen Wolken und den noch vorhandenen Nebel hindurch und schien somit nicht so stark, dass man sie nicht ansehen konnte, sondern tief orange-rot. Evan interpretierte diesen schönen Augenblick aber noch in eine andere Richtung und zwar erinnerte er sich an eine Szene aus einem seiner Lieblingsfilme und da heißt es, dass unnötig Blut vergossen wurde am vorigen Tag und er dachte nur ironisch, dass das ja einmal wieder ein sehr treffender Augenblick sei.

So langsam erwachte dann auch Elia aus ihrem Schlaf. Sie streckte sich wie jeden Morgen erst einmal ordentlich durch und warf einen Blick aus dem Fenster. Da erblickte sie Evan, wie er in seinem Schaukelstuhl hin und her wippte. Sie machte das Fenster auf und winkte ihm zu, in der Hoffnung, dass er sie wahrnehmen würde, was er dann auch tat. Sie zog sich schnell etwas an und ging zu ihm rüber, setzte sich bei ihm auf den Schoß und kuschelte sich ebenfalls in die Decke mit ein, um mit ihm den Sonnenaufgang zu genießen. Etwa halb acht hatte Evan sich dann auf den Weg gemacht, um Brötchen zu holen und Elia ist zurück zu ihrem Elternhaus gegangen, um dort schon einmal den Tisch zu decken, damit alle gemeinsam frühstücken konnten, wenn ihre Eltern wach waren. Pünktlich, als Evan mit den Brötchen zurückkam, standen Elias Eltern auf. Sie rochen genauso gut wie Evan, wenn frischer Kaffee gebrüht wurde und sie waren auch sehr dankbar dafür, dass sie sich heute nicht um ihr Frühstück kümmern mussten. Am Esstisch sah man Evan allerdings an, dass er nicht ausgeruht, geschweige denn nüchtern war. Für den kommenden Tag war er also nur schwer gerüstet. Er war es zwar gewohnt, wenig zu schlafen, aber ohne Schlaf war für ihn der Tag auch nur schwer zu ertragen. Auch wenn es allen Anwesenden nicht leicht fiel, aber bestimmte Themen mussten ja nun angesprochen werden.

Nachdem Evan seinen zweiten Kaffee getrunken hatte und somit wieder halbwegs ansprechbar aussah, fragte ihn Andrea, wie denn nun die nächsten Schritte aussehen würden. Evan antwortete darauf das, was er sich in dieser Nacht so überlegt hatte. Er würde heute noch mit Jonas telefonieren und alles genauer absprechen, aber er glaubte, dass Jonas mit dem, was er sich so vorgestellt hatte, einverstanden sein würde. Evan hatte geplant, heute noch bei der Zeitung anzurufen und eine gemeinsame Traueranzeige aufzugeben. Da alle Vier ein gemeinsames Ende gefunden hatten, dachte er, dass es angemessen sei, wenn sie ihren letzten Weg auch gemeinsam gehen könnten. Nur über die Bestattungsweise von Jonas' Eltern war er sich noch unsicher, aber von seinen wusste er, dass sie beide eingeäschert werden wollten und die Asche dann auf einer Streuwiese verteilt werden sollte und diesen Wunsch wollte er natürlich respektieren. Zuvor sollte es für alle Todesopfer aber noch eine gemeinsame Trauerfeier geben.

Nachdem das Frühstück beendet war und Elia und Evan den Tisch wieder abgeräumt hatten, machte sich Evan wieder auf den Weg zu dem Haus, das er nun zu seinem Eigentum zählen konnte, auch wenn er darauf gut hätte verzichten können, denn mit diesem Haus waren einige Verpflichtungen und auch offene Fragen verbunden. Sollte er es behalten? Wie regelte er das finanziell? Sollte er es vermieten? Wie kann er das alles mit Elia unter einen Hut bringen? Es schwirrten ihm in diesem Moment sehr viele existenzielle Fragen durch den Kopf, aber diese mussten erst einmal warten, denn nun galt es erst einmal mit Jonas zu telefonieren.

Bei dem Wählen von Jonas' Nummer auf seinem Handy kam sich Evan schon etwas seltsam vor, weil er wusste, was er gleich mit ihm besprechen würde, aber es war unausweichlich und je früher er diese Themen mit ihm besprach, desto eher konnte er sich wieder seinen privaten Problemen widmen. Als Jonas auf dem Display Evans Namen gelesen hatte, wusste auch er, dass die Stunde nun gekommen war, um die Angelegenheiten seiner Eltern zu klären. Das Telefonat lief, wie beide es erwartet hatten, doch sehr bedrückt ab, denn keiner wusste ja so richtig, wie sein Gegenüber das Bisherige verdaut hatte und deshalb hielten sich beide nach der Begrüßung etwas zurück. Evan fragte Jonas: *„Du sag mal; was würdest du davon halten, wenn wir für unsere Eltern eine gemeinsame Trauerfeier geben? Ich würde es gut finden. Sie fanden ihren Tod gemeinsam und vielleicht hätten sie es unter diesen Umständen ja auch so gewollt.",* und Jonas antwortete: *„Ich denke, dass das keine schlechte Idee ist. Wir teilen uns wieder die Last, so wie früher."* Daraufhin erwiderte dann Evan: *„Ja, wir sollten an dieser Gewohnheit jetzt lieber nicht rütteln. Ach so, was ich dich auch noch fragen wollte, ist, ob ich denn heute noch bei der Zeitung anrufen soll, um einen Traueranzeige in die Zeitung setzen zu lassen. Ich hatte mir das so vorgestellt, dass wir die Namen unserer Eltern wie in einem Rechteck anordnen, wobei deine Eltern dann auf der rechten Seiten untereinander geschrieben stehen, durch zwei Eheringe miteinander verbunden, und auf der linken Seite das gleiche mit meinen Eltern. Und als eine kleine Trennung zwischen unseren Eltern lassen wir zwischen ihnen eine hängende Rose platzieren. Unter diesem Bild schreiben wir dann nur kurz, was passiert ist."* Jonas Antwort ließ nicht lange auf sich warten: *„Ich finde es gut, dass du das ein bisschen in die Hand nimmst, Evan. Ich glaube nicht, dass ich das so schnell könnte und bei dem Text unter dem Bild braucht ja nicht viel* *stehen. Der Unfall ist ohnehin Stadtthema Nummer eins."* Evans Antwort darauf war: *„Ja, ist in Ordnung. Zwei Dinge wären da aber noch. Das Eine ist mir extrem unangenehm. Wollten deine Eltern eigentlich auch eingeäschert werden?"* Jonas stutzte für einen Moment, weil er sich darüber noch keine Gedanken gemacht hatte, aber er erinnerte sich, dass sein Vater einmal erwähnt hatte, dass er mit seiner Frau niemals in Särgen beerdigt werden wolle und deshalb antwortete er: *„Ja. Wieso fragst du?"* Evan äußerte sich so: *„Weil meine Eltern wollten, dass sie gemeinsam auf einer Streuwiese verteilt werden und wenn deine Eltern auch eingeäschert werden wollten, könnten wir das ja vielleicht auch gemeinsam machen, aber überleg dir das erst und frag auch deinen Bruder lieber nochmal. Der kommt doch morgen, nicht wahr?"* Jonas antwortete: *„Ja genau. Ich werde ihn dann fragen. Was wolltest du denn noch wissen?"* *„Wann und wo wollen wir denn die Trauerfeier ansetzen? Ich kann mich noch an die Trauerfeier von meiner Großmutter erinnern, die in diesem kapellähnlichen Raum am Friedhof stattfand. Das fand ich da sehr angemessen und..."* Jonas unterbrach Evan und sagte: *„Ich weiß, wo du meinst. Da war ich auch schon zu einer Trauerfeier. Das können wir machen, aber ich möchte nicht, dass zu viele kommen. Ich bin dafür, dass wir das mittags gestalten. Was hältst du von Mittwoch? Ich glaube nicht, dass sich so viele Leute für diese Zeit dann frei nehmen können."* *„Das soll mir Recht sein. Ich werde mich darum bemühen, dass wir den*

Termin bekommen. Rufst du mich denn morgen nochmal an, wenn du mit deinem Bruder gesprochen hast?", entgegnete Evan. *„Ja, mach ich. Bis morgen dann."*, waren die letzten, doch recht abrupten Worte dieses Gesprächs. Beiden ist aber ein Stein vom Herzen gefallen, dass sie diese Unterhaltung hinter sich gebracht hatten.

Evan dachte sich, dass es vielleicht das Beste wäre, gleich alles hinter sich zu bringen und deshalb durchsuchte er das Telefonbuch nach der Nummer der städtischen Friedhofsverwaltung. Nachdem er sie gefunden hatte, rief er gleich an und da es noch Vormittag war, wusste er, dass dort sogar noch am Sonntag jemand zu erreichen war. Er hatte ein sehr angenehmes Gespräch mit einem Herrn Wieland geführt, der ihm den Termin für Mittwoch zusicherte und auch gleich einen Pastor namens Christian Schwan für die Trauerfeier empfahl, dessen Telefonnummer er auch sofort zur Hand hatte. Nachdem Evan dann noch bei der Zeitung wegen der Todesanzeige angerufen, sie ihm einen Entwurf per E-Mail gesendet und er diesen abgesegnet hatte, beschloss er aber nun erst einmal alles ruhen zu lassen, weil auf einem Sonntag ohnehin nichts mehr zu machen war. Er schrieb an Jonas bloß noch eine kurze Nachricht, dass sie den Termin bekommen hatten: Mittwoch, 12:30 Uhr. Danach ließ Evan den Tag gemeinsam mit Elia ausklingen. Sie machten etwas, was sie an kühlen Herbsttagen, vor allem in ihrer Jugendzeit, gerne taten, wenn das Laub langsam seine bunten Farben annahm. Sie machten einen langen Spaziergang durch das Waldstück, das nur einen kurzen Fußmarsch von ihren Elternhäusern entfernt lag. Für beide war es doch sehr angenehm die Seele einfach mal wieder baumeln zu lassen und auch ein bisschen Abstand von den ganzen unangenehmen Sachen zu bekommen, die sie morgen und in den nächsten Tagen erwarten würden. Sie gingen ihre, von früher so übliche Runde in dem Wald, wobei sie bemerkten, dass sich doch ein paar Dinge verändert hatten. Die eine oder andere Gartenlaube des angrenzenden Kleingärtnervereins fehlte und auch das Waldstück an sich war durch das Fällen mancher Bäume ausgedünnt worden. Aber diese Kleinigkeiten konnten die schönen Eindrücke der bunten Blätter und des gemeinsamen Spaziergangs nicht trüben. Trotzdem waren Elia und Evan froh, als sie wieder bei Evans Haus angekommen waren, ein Feuer im Kamin zu schüren und so den Tag gemütlich ausklingen lassen konnten. Außerdem hatte Elia beschlossen, diese Nacht gemeinsam mit Evan in seinem Haus zu verbringen. Sie fühlten sich ein wenig in alte Zeiten zurückversetzt. Natürlich hatten sie damals, wie jedes junge Pärchen, ein paar Schwierigkeiten zu überwinden, aber diese haben sie dem anderen nur noch näher gebracht, sodass für sie ein Leben ohne den anderen schon gar nicht mehr vorstellbar war.

Der Sonntag ging zur Neige und besonders Elia genoss es ihren Schatz wieder neben sich im Bett liegen zu haben, an den sie sich ankuscheln konnte, denn in der Regel war ihr immer kalt und nur, wenn sie mit Evan unter einer Decke lag, wurde ihr auch mal richtig warm. Lange konnte sie diese Zweisamkeit aber nicht mehr genießen, denn sie war an diesem Abend früh und schnell eingeschlafen. Evan lag hingegen wach neben ihr und ging seiner Lieblingsbeschäftigung nach: Elia beim Schlafen zusehen. In der Anwesenheit von Elia fand Evan aber irgendwann doch ein paar Stunden Schlaf, auch ohne Schlaftabletten.

Am nächsten Morgen, als Elia aufwachte, lag Evan allerdings schon wieder hellwach neben ihr und begrüßte sie mit den Worten: *„Guten Morgen, mein Schatz."*, und gab ihr einen vorsichtigen Kuss auf den Mund, denn Elia brauchte morgens immer ein paar Momente, um so richtig in Gang zu kommen. Es war schon gegen 9 Uhr und zum Glück gab es an der Universität gerade eine Projektwoche, sodass Elia sich in Ruhe um Evan kümmern konnte. Während Elia sich im Bad zurecht machte, war Evan gewillt, nun die nötigen Telefonate zu tätigen, damit er den Termin am Mittwoch nicht absagen musste, aber so stark Evan in den letzten Tagen nach außen hin auch gewirkt hatte, im Inneren sah es bei ihm ziemlich düster aus. Dadurch fehlte ihm der gewisse Mut, um das Geschehene vollends zu realisieren und für sich zu akzeptieren. Deshalb hatte er dann doch nicht alles selbst in die Hand genommen. Er tätigte schließlich nur einen Anruf und zwar mit dem Bestattungsunternehmen Weishaupt, denn mit dem Sohn des Inhabers hatte er viele Jahre lang gemeinsam Fußball gespielt und legte die Dinge, die es nun noch zu erledigen gab, wie z.B. die Einäscherung, die Urnenauswahl und die Benachrichtigung der Streuwiesenverwaltung, in die Hände von Mirko Weishaupt. Sie machten es so aus, dass die Asche von Evans Eltern gemeinsam in einer Urne gesammelt wurde und Mirko diese dann bis Mittwoch um 12:00 Uhr zum Friedhof bringen würde. Da würde er Evan dann auch den Termin für die Verteilung der Asche auf der örtlichen Streuwiese geben. Normalerweise brauchte Mirko etwas mehr Zeit für solche Erledigungen, aber unter Bekannten lässt sich das ein oder andere ja bekanntlich etwas schneller regeln. Evan war in diesem Moment einfach nur beruhigt, dass alles in einem geordneten Rahmen verlief. Dies berichtete er dann Jonas und empfahl ihm ebenfalls Weishaupt, damit er sich nicht um alles kümmern müsse, aber Jonas und Robert, der am frühen Morgen angekommen war, hatten sich schon selbst um alles gekümmert, denn eine Freundin von Robert war mit einem Bestattungsunternehmer verheiratet. Im Unterschied zu Evan ließen Robert und Jonas aber beide in unterschiedlichen Urnen einäschern, denn ihre Eltern konnten sich nie auf ein gemeinsames Bestattungszeremoniell einigen, sodass das Thema irgendwann totgeschwiegen wurde. Aus diesem Grund würden die Überreste von Ingrid und Andreas nach der Trauerfeier in einem normalen Grab beigesetzt werden, während sich Evan und sein Bruder danach auf den Weg machen werden, um die Asche von Alexander und Brenda zu verstreuen.

Als Evan an diesem Morgen dann die Zeitung aufschlug, war die Sterbeanzeige bereits gedruckt worden und sie war wirklich sehr gelungen. Sie wurde vielleicht etwas zu groß abgedruckt, aber das machte jetzt auch keinen Unterschied mehr. Immerhin klingelte das Telefon nur ab und zu, sodass er sich nicht zu viele Beileidsbekundungen anhören musste. Es würde aber bestimmt in den nächsten Tagen und Wochen jede Menge Beileidskarten geben, die Evan schon früher unpassend fand. Das Beileid kam seiner Meinung nach bei den Wenigsten vom Herzen, sondern eher vom schlechten Gewissen und das Geld, das man in diese Karten mit hineinlegte, kam ihm vor wie ein mittelalterlicher Ablasshandel. Jonas schrieb ihm eine kurze Nachricht, in der er ihm für die „schöne" Anzeige dankte. Über finanzielle Angelegenheiten brauchten die beiden nie zu sprechen. Sie waren beide der Auffassung, dass Geld zwischen besten Freunden keine Rolle spielen sollte und so hielt es sich zwischen beiden immer die Waage. Wenn es in der Kneipe darum ging, wer die nächste Rechnung zu zahlen hatte, mussten da nicht großartig Absprachen getroffen werden. Dies regelte sich zwischen den beiden immer automatisch. An einen der altehrwürdigen Kneipenbesuche war aber im Moment nicht zu denken.

Die restliche Zeit bis Mittwoch sollten sowohl Evan als auch Jonas damit verbringen, ihre Trauerreden zu schreiben…

Kapitel 2

Der Tag der Trauerfeier war gekommen. Jonas, Amy, Robert, Elia, Nico und Evan hatten sich um 10 Uhr am Haupteingang des Friedhofs verabredet, um schon den Raum vorzubereiten und mit Gestecken zu dekorieren, damit die drei Urnen nachher einen würdigen Platz vorfänden. Nico und Evan hatten sich seit dem Vorfall noch nicht sehen können. Dementsprechend gefühlsbetont fiel dann auch die Begrüßung aus. Vor allem, dass Nico zu solchen Gefühlsausbrüchen imstande war, hatte die anderen erstaunt, denn normalerweise war er derjenige, der sich in solchen Situationen immer als sehr gesammelt präsentierte. Zu seinem Vater hatte er auch nicht die stärkste oder beste Beziehung, aber zu seiner Mutter hatte er doch immer ein sehr inniges Verhältnis. Christian Schwan war auch schon eingetroffen, um die letzten Feinheiten mit den engsten Angehörigen abzustimmen. Als letztes trafen Jonas und Evan die Entscheidung, dass bevor die Urnen von ihnen selbst und Robert hineingetragen werden, der Song „Landslide" von Fleetwood Mac gespielt werden sollte, weil es Trauer und Hoffnung miteinander vereint. Jonas hatte die beiden Urnen mit den Ascheresten seiner Eltern selbst mitgebracht und kurz vor 12 Uhr traf dann auch Mirko Weishaupt mit der Urne ein, die die Asche von Alexander und Brenda enthielt. Zur gleichen Zeit trafen auch schon die ersten Trauergäste ein und zwar die Tante von Nico und Evan, die beim Anblick ihrer Neffen mit der Urne mit sofortiger Wirkung in Tränen ausbrach. Auch sie hatten erst in diesem Moment vollständig realisieren können, dass das alles doch nicht nur ein böser Traum war, sondern ernste Realität. Evan und Jonas konnten sich wirklich glücklich schätzen, dass ihre Frauen die Aufgabe übernommen hatten, alle engeren Angehörigen zu benachrichtigen. Nicht vorstellbar, wie die Stimmung von Evan und Jonas jetzt wäre, wenn sie diese Telefonate alle hätten selbst führen müssen. Die Tante war allerdings der Meinung, dass diese gemeinsame Trauerfeier keine gute Idee wäre und so wäre es beinahe am Tag der Trauerfeier noch zu einem kleinen Streit gekommen, aber Evan stellte unmissverständlich klar: *„Sie teilen als Freunde das gleiche bedauernswerte Schicksal, also erhalten sie auch gemeinsam und mit allem Respekt von uns die letzte Ehre und Basta!"* Die Tante stand zwar im erste Moment etwas perplex da, aber als sie bemerkt hatte, wie wichtig Evan das war, entschuldigte sie sich, umarmte ihn und ging schon einmal in den kapellartigen Raum, um Platz zu nehmen. Nach und nach trafen doch immer mehr Mittrauernde ein, obwohl von Evan und Jonas doch eher eine beschaulichere Runde geplant war, aber manch einer hatte sich, nachdem er am Montag die Trauranzeige gelesen hatte, für ein paar Stunden von der Arbeit frei nehmen können oder plante kurzerhand einen Tag Urlaub ein. Auf jeden Fall war der Raum kurz vor Beginn der Zeremonie außerordentlich gut gefüllt und das war bei dessen

Größe wirklich nicht leicht, aber die Verstorbenen hatten viele Freunde in der Umgebung, die alle von ihnen Abschied nehmen wollten.

Dann sollte die Zeremonie beginnen. Die Musik begann zu spielen, die Urnen wurden in den Raum getragen und auf den drei für sie vorgesehenen Podesten, die aus den Blumenkränzen und Gestecken herausragten, gestellt. Daraufhin nahmen Evan, Jonas und Robert in der ersten Reihe des Raumes neben ihren jeweiligen Frauen Platz und der Pastor betrat den Raum, um mit seiner Predigt zu beginnen. Seine Ausführungen waren an diesem Tag natürlich etwas länger, denn normalerweise hatte er ja nur über einen Menschen zu sprechen, aber in diesem Fall waren es nun vier Personen und in gewisser Hinsicht ja noch mehr, denn oftmals nahm er Bezug auf die vier Söhne der Verstorbenen. Allerdings wurde der Predigt nicht all zu viel Beachtung geschenkt, denn alle wussten, dass Jonas und Evan noch eine Trauerrede halten würden.

Als Christian Schwan dann seine Predigt beendet hatte, war Jonas der Erste, der sich erhob, um nach vorne an das Rednerpult zu gehen.

Jonas las schweren Herzens folgende Worte vor: *„Ich habe das Geschehene immer noch nicht vollends verstanden. Es wird bestimmt noch einige Wochen, wenn nicht gar Monate dauern, bis ich begriffen habe, dass mir auf einen Schlag vier*

Menschen weggenommen wurden, die mein Leben in einem solch starken Maße geprägt haben. Seit über einem Jahrzehnt, seitdem Evan und ich unsere Freundschaft pflegen, hatten Alexander und vor allem Brenda auch immer ein offenes Ohr für mich, wenn Evan sich mal wieder zu tief und zu lange in die Bücher der Bibliothek vergraben hatte. Über meine Eltern, die mich großgezogen und gehütet haben, brauche ich gar nicht viel zu sagen. Jeder Anwesende weiß, dass wir ein sehr harmonisches Verhältnis hatten. Es gab immer die eine oder andere Meinungsverschiedenheit, aber wir haben uns immer wieder zusammenraufen können.

Wie soll ich, wie sollen wir von etwas Abschied nehmen, das wir doch um keinen Preis der Welt gehen lassen wollen? Wie soll ich, wie sollen wir von etwas Abschied nehmen, wenn wir doch noch gar nicht realisiert haben, dass die Welt von nun an um einiges leerer sein wird? Die Asche von Evans und meinen Eltern dort stehen zu sehen, macht mir erst klar, dass wir, die nächste Generation, heute wohl eine der schwierigsten Aufgaben unseres Lebens übernehmen werden. Wir werden diejenigen, ohne die es uns gar nicht gegeben hätte, zu Grabe tragen und dann nach Hause gehen und dieser Gang macht mir Angst, denn die eigentliche Aufgabe beginnt erst, wenn ich dann zu Hause sitze und diese Aufgabe wird jeder von euch Anwesenden haben, wenn er oder sie hier und heute diesen Raum verlässt. Ihr und ich habt das Andenken an diese Menschen zu bewahren und euch nicht der Versuchung hinzugeben, diese zu vergessen. Ich kenne das aus eigener Erfahrung. Wenn man an einer Trauerfeier teilgenommen hat, ist man doch sehr schnell geneigt, das Gesehene und Gehörte abzuhaken, so als wenn man für sich einfach eine Tür schließt. Ich weigere mich diese Tür zu schließen, denn wenn ich später meinen Kindern von ihren Großeltern berichten werde, dann möchte ich, so weh es mir auch tun wird, dass sie und die Erinnerungen, die ich an meine Eltern habe, ganz nah bei mir sind, denn ich würde mich unwürdig fühlen, wenn ich ihnen nur schleierhaft eine Ahnung davon geben könnte, wer sie waren. Vielleicht erwartet jeder von euch, dass ich jetzt noch erzähle, wie meine Eltern waren und was sie so gemacht haben. Aber wem soll ich hier was erzählen? Ihr wärt doch alle nicht hier, wenn ihr nicht genau wüsstet, wem ihr hier das letzte Geleit und wem den letzten Trost spendet. Ihr wärt alle nicht hier, wenn ihr nicht genau wüsstet, was geschehen ist."

In diesem Moment schloss Jonas die Augen und man konnte richtig sehen, wie er innerlich zusammensackte. Er stützte sich auf dem Rednerpult ab und versuchte sich noch einmal zu sammeln, indem sich die eine oder andere Träne aus dem Gesicht wischte. Er wusste, dass er eigentlich nicht derjenige war, der wichtige Reden formulieren und halten konnte, aber Jonas' Wesen war von der Art, dass er in wichtigen Momenten einfach den Kern der Sache traf und diesen versuchte er noch einmal in Worte zu fassen: *„Eines möchte ich euch für heute und den Rest eures Lebens noch mit auf* *den Weg geben: Kümmert euch zuerst um alle Menschen, die für euch die Welt bedeuten, dann kümmert euch um all jene, die ihr für Freunde haltet und dann kümmert euch erst um euch selbst. Wenn ihr das nicht tut, dann könnte es passieren, dass ihr eines Tages vor dem Spiegel steht und euch für das, was ihr darin seht, schämen werdet, weil euch erst dann, wenn sie nicht mehr zu euch sprechen können, bewusst sein wird, was ihr doch für wunderbare Menschen um euch herum hattet."*

In diesem Augenblick, als Jonas das Blatt mit seiner Rede faltete, um es in die Seitentasche seines Sakkos zu stecken, konnte jeder, der in den vorderen Reihen des Raumes saß, in seinem Gesicht erkennen, dass gerade etwas in ihm gestorben war.

Als Jonas sich auf den Weg zu seinem Platz neben Amy machte, standen diejenigen, die in der ersten Reihe saßen, also Evan, Elia, Robert, Nico und Amy, geschlossen auf, um ihn zu umarmen, aber im Hinterkopf hatten alle, dass sie ihn ein bisschen stützen mussten, damit er vor Schwäche nicht gleich nach vorne kippte. Die Rede hatte ihn wohl mehr Kraft gekostet, als alle übrigen Anwesenden gedacht haben. Als er dann langsam auf seinem Platz niedersank, sah es so aus, als wenn er weinen wollte, aber nicht eine Träne nach außen dringen konnte, sondern alles nur noch nach innen floss. Er krallte sich förmlich an der Hand von Amy fest und konnte seinen Blick nur schwerlich vom Parkettboden der Halle abwenden, um Evan anzusehen, der zum Erstaunen aller und unüblich für Trauerfeiern komplett in schwarzer Kleidung erschien. Er hatte sich, sogar gegen den Wunsch von Elia, geweigert, ein weißes Hemd anzuziehen, weil er dadurch etwas freundlicher aussehen würde, aber für Evan gab es an diesem Tag keinen Grund etwas Weißes zu tragen, die Farbe der Unschuld und Reinheit.

Evan stand nun vorne am Pult und legte dort ebenfalls seine formulierte Rede ab. Als er dann jedoch seinen Blick durch die Reihen der Anwesenden schlendern ließ und schließlich mit seinen Augen an denen von Elia hängen blieb, rutschte ihm ein kleines Lächeln über die Lippen und er steckte, ohne den Kontakt zu Elias Augen zu verlieren, die Rede wieder in seine Tasche. Er wusste, dass kein Blatt Papier das hätte aufnehmen können, was er nun versuchen wollte auszudrücken.

„Zunächst einmal möchte ich euch allen danken, dass ihr hier erschienen seid, obwohl es eigentlich etwas anders gedacht war, aber dass diese vier Menschen so viele Trauernde anziehen würden, hätten wir uns auch denken können. Jeder von ihnen war bemerkenswert und auf seine Art und Weise einzigartig. Ich habe lange überlegt, was ich hier sagen soll. Sollte ich über die Menschen selbst reden? Nein. Jonas hat es schon richtig gesagt, dass ihr doch alle wisst, außer vielleicht die Allerkleinsten unter euch, wer

diese Menschen waren. Sollte ich über den Tod reden? Nein. Meine Vorstellungen zu diesem Thema würden weder euch noch mir gut tun, wenn ich sie hier ausspreche.

Jeder der Anwesenden kennt mich als einen zutiefst nachdenklichen Menschen. Nun wollte ich euch nicht mit irgendwelchen Inhalten nerven, aber beim Schlendern durch meine Gedankengänge kamen mir die vier Kant'schen Fragen in den Sinn: Was kann ich wissen? Was darf ich hoffen? Was soll ich tun? Was ist der Mensch?

Was kann ich wissen? Ich kann wissen, was diese Menschen alles für mich, meine Vergangenheit, meine Gegenwart und auch meine Zukunft getan haben. Joseph Joubert sagte einst: „Wer für die Zukunft sorgen will, muss die Vergangenheit mit Ehrfurcht und die Gegenwart mit Misstrauen aufnehmen." Mein Vater lehrte mich, bei allem, was ich in meinem Leben tun sollte, dass, wenn ich mich morgens im Spiegel sehe, immer noch in die Augen schauen und ertragen kann. Deshalb war ich der Vergangenheit gegenüber stets ehrfürchtig und wahrscheinlich war das auch einer der entscheidenden Gründe dafür gewesen, Geschichte zu studieren. Nun ja, dass ich der Gegenwart gegenüber sehr misstrauisch bin, brauche ich wohl nicht zu erläutern, aber trotzdem fühle ich mich durch diese Menschen für die Zukunft gut vorbereitet, denn sie haben mir gezeigt, was ich hoffen darf und was ich tun soll, um mein Leben so gut wie möglich zu führen. Hoffnung wird es immer geben, solange Menschen auf der Welt existieren. Hoffen wir, dass sie nicht der Grund dafür sein werden, dass es irgendwann keine Hoffnung mehr gibt. Vertrauen sollte ich stets jenen Menschen, die mit mir sogar das Wenigste teilen würden. Zum Glück habe ich mit Elia eine Frau und mit Jonas einen Freund fürs Leben gefunden.

Was ist der Mensch? Sollte sich jemals einer an diese Frage wagen, werfe ich ihm Wahnsinn vor, denn dann müsste er mir erst einmal erklären, wer er oder sie ist und ob ihn oder sie das bereits zu einem Menschen macht. Es ist aber nicht schwer zu erahnen, was die Menschen füreinander sind. Sie sind unter anderem Zuflucht, Vertraute und Anteilnehmende. Wisst ihr, dieser ganze Mist, der in den letzten Tagen passiert ist und auch der heutige Tag, lassen sich meiner Meinung nach, grob genommen, auf zwei Dinge reduzieren. Erstens haben wir alle Verluste erlitten. Wir alle, wie wir hier sitzen und stehen, haben entweder Eltern, Schwester, Bruder, Schwager, Schwägerin oder Freunde verloren. Ich für meinen Teil habe gleichzeitig Eltern und gute Freunde verloren. Ich sah in Ingrid und Andreas gute Freunde, die bei Problemen zwar manchmal etwas übertrieben reagierten, sich aber auch schnell wieder beruhigten und vernünftig über die Angelegenheiten diskutieren konnten. Solch eine ruhige Atmosphäre bei Problembesprechungen empfand ich stets als sehr angenehm und auch hilfreicher, als wenn man sich gegenseitig nur Vorwürfe an den Kopf wirft. Mein Vater hingegen war alles andere als ein ruhiger Mensch, aber trotzdem sah ich ihm jemanden, mit dem man über alles reden konnte. Ich werde nie vergessen, wie er immer im Wohnzimmer telefoniert hat. Ich habe in meinem Jugendzimmer bei geschlossener Tür immer hören können, wenn er unten mit jemandem telefonierte. Ich dachte stets, dass demjenigen am anderen Hörer, die Ohren abfallen müssten – bei dieser Lautstärke; aber das war das Wesen meines Vaters, der wohl ohne meine verständnisvolle und aufopfernde Mutter niemals zu dem Menschen geworden wäre, der er war. Jonas hat schon richtig gesagt, welch riesige Aufgabe nun auf unseren Schultern lastet. Nicht vergessen, obwohl es unserem Verstand vielleicht gut täte. Richtig aufbauende Worte fallen niemandem leicht in solchen Momenten, aber zum Abschluss meiner Ausführungen möchte ich noch auf eines eingehen, denn selbst durch dieses Unglück darf man nicht ausschließlich in einer dunklen Ecke sitzen und sich von allem abschotten. Es gibt zumindest eine Sache, die ich wahrnehmen kann, wenn ich in die Blicke von ihnen allen schaue – und das ist wahre Zuneigung. Diese Liebe zwischen Menschen wird ebenfalls nicht erlöschen, solange es uns gibt und sie ist es, an welche wir uns in dunklen Stunden klammern müssen. Manch einem fällt es schwer, sich das einzugestehen und vielleicht wird auch jeder seine gewisse Zeit brauchen, um mit dem, was geschehen ist, abzuschließen, aber diese Zeit muss einem gewährt werden und sind wir doch ehrlich: Wir sind es diesen Menschen schuldig, dass wir unser Leben so weiterführen, wie sie es auch für richtig gehalten hätten, denn sie hätten nicht gewollt, dass wir wegen ihnen unser Leben hinten anstellen."

Dass er den letzten Satz seiner Rede nicht einhalten würde, musste er später einsehen…

Nachdem Evan seinen letzten Satz gesprochen hatte, wurde ihm aus einigen Reihen bejahend zugenickt und er wusste, dass ihm doch ein paar vernünftige Worte über die Lippen kamen. Als er sich dann wieder in die erste Reihe zu seinen Vertrauten gesetzt hatte, konnte sich Jonas den einen Kommentar aber nicht verkneifen: *„Man merkt, dass du auch fünf Jahre lang Philosophie studiert hast."*, und beiden rutschten die Mundwinkel doch ein bisschen nach oben, sodass es schon fast so aussah, als wenn sie doch schon ein kleines Grinsen bezüglich dieses Kommentars übers Herz bringen könnten. Beide wussten diesen Satz ja richtig zu werten.

Zum Abschluss der Zeremonie sagte der Pastor dann noch ein paar Worte, die allerdings keine große Beachtung mehr fanden, weil alle noch zu sehr von den vorigen Reden gerührt waren. Außerdem hatten sich alle schon auf den schweren Gang vorbereitet, der nun noch vor ihnen lag. Entgegen der eigentlichen Planung haben Evan, Elia, und Nico sich entschlossen an der Beisetzung von Andreas und Ingrid teilzunehmen, um dann anschließend mit Amy, Robert und Jonas zur Streuwiese zu fahren. Mirko Weishaupt konnte nämlich erst einen Termin um 15 Uhr organisieren, sodass noch genug Zeit war, um von der Beisetzung, die gegen 13:30 Uhr beginnen und ungefähr um 14 Uhr zu Ende sein sollte, zu der Streuwiese zu fahren.

Nun machten sich also alle Anwesenden, die an der Beisetzung teilnehmen wollten, auf den Weg zum Grab. Robert und Jonas hatten wirklich einen liebevollen Grabstein ausgesucht. Er war dunkel und die Namen von Andreas und Ingrid waren in goldener Schrift eingraviert worden. Zusätzlich schmückte eine Rose den Grabstein, die sich vom unteren linken Ende in einem großen Bogen hin zum rechten oberen Ende erstreckte. Davor waren die beiden Schächte ausgegraben, in den die Urnen dann langsam hinuntergelassen werden sollten. Diese Aufgabe übernahmen Robert und Jonas selbst. Daraufhin hatten sich alle Anteilnehmenden mit zwei schwarz gefärbten Rosen ausgestattet, die sie sich von Amy geholt hatten, um dann jeweils eine in jeden Schacht zu werfen. Anschließend hat der Grabpfleger des Friedhofs beide Schächte behutsam mit Erde gefüllt. Dies dauerte ziemlich lang, denn die Schächte gingen schon recht tief in die Erde hinein, aber die Freunde standen ja nicht unter Zeitdruck. Außerdem konnte diese Zeit noch mal dafür genutzt werden, sich ein letztes Mal von den Verstorbenen zu verabschieden. Als das geschehen war, machten sich alle auf den Weg zu ihren Autos. Nur Robert und Jonas bildeten die Ausnahme. Diese richteten sinnbildlich noch ein paar letzte Worte an ihre Eltern, aber letztlich verließen auch sie kurz nach 14 Uhr den Friedhof, um sich auf den Weg zur Streuwiese zu machen. An der Streuwiese angekommen, warteten dort schon die anderen auf Robert und Jonas, deshalb entschuldigten sich beide auch, dass es so lange gedauert hatte, aber keiner wollte es ihnen verdenken.

Sie waren zwar etwas früh dran, aber der Verwalter der Streuwiese hatte sie schon früher auf das Gelände gelassen, weil die vorherige Gesellschaft nicht erschienen war. Niemand traute sich zu fragen, was da vorgefallen war und schlussendlich war es für sie nicht relevant, denn sie hatten ihre eigene Last zu tragen. Die Streuwiese befand sich in der Nähe eines kleinen Baches, sodass die trauernde Stille immerhin von ein bisschen Wasserplätschern überdeckt wurde. Evan fiel es schwer, den Deckel von der Urne zu nehmen, weil das den endgültigen Abschied von seinen Eltern bedeutete. Er warf nochmals einen Blick zurück und sah, wie sich seine liebsten und besten Freunde wie eine Front hinter ihn gestellt hatten. Er wusste, dass er in dieser Situation nicht alleine war. Dann schüttete er den Inhalt der Urne bis zum letzten Ascherest über das Feld und blickte der Asche hinterher, wie sie durch den Wind in Richtung Norden geweht wurde. Er musste zunächst einige Male durchatmen, bis er sich gesammelt und die Gefühle, die in ihm hochkamen, wieder unter Kontrolle hatte. Nachdem er sich dann wieder in die Reihe seiner Freunde gestellt hatte, griff er nach Elias Hand und flüsterte ihr ins Ohr: *„Wenn dir jetzt* *auch noch etwas zustoßen würde, wüsste ich nicht, was alles passieren könnte."* Daraufhin schloss sie ihn ganz fest in ihre Arme ein und sagte mit einem weinenden und einem lachenden Auge: *„Das wird nicht passieren. Ich werde für immer bei dir bleiben. Es gibt nichts, was uns trennen könnte."*

In diesem Moment war das Musik in Evans Ohren...

Die Sechs hatten eine ganz schlichte Trauerfeier im Sinn, ganz so wie es ihre Eltern gewollt hätten, denn die Eltern waren immer der Meinung, dass sich die Kinder wegen ihnen keine Umstände machen sollten. Deshalb gab es nach der Beisetzung und der Aschestreuung auch kein großes Essen oder etwas in dieser Art. Vor allem Evan fand diesen Brauch, dann noch mit allen Verwandten Essen gehen zu müssen, abstoßend. Wie kann man, wenn man im Kopf trauernde Gedanken hat, auch nur den geringsten Bissen zu sich nehmen? Beide Elternpaare waren der Auffassung, dass die Kinder ihr Leben so führen sollten, wie sie es wollten. Das Einzige, was sie von ihren Kindern gefordert hatten, war, dass sie das auch bei ihren Kindern später so handhaben sollten. Die wichtigste Aufgabe als Vater und Mutter bestand darin, die Kinder in ihrer Entwicklung niemals aufzuhalten und wenn das zu ihrem eigenen Nachteil gereichen sollte, dann wäre es halt so. Allerdings sollte sich jeder der Folgen bewusst sein, wenn man Kinder in diese Welt setzt. Die

Kinder gingen Evans und Jonas' Eltern einfach über alles und diese vorbildliche Haltung hatten die beiden auch für sich übernommen. Wenn es irgendwann einmal so weit sein sollte, dass sie Väter werden, dann würden sie ihren Kindern gute Väter sein.

Nachdem sich alle auf dem Parkplatz versammelt hatten, beschlossen sie für den Rest des Tages getrennte Wege zu gehen. Die Situation war irgendwie seltsam, denn niemand wollte ein Wort sagen, weil jeder fürchtete etwas Falsches oder Verletzendes auszudrücken, auch wenn es gar nicht so gemeint gewesen wäre. Das Plätschern des nahe gelegenen Baches reichte nicht bis zu dem Parkplatz, sodass absolute Stille herrschte. Jeder war in gewisser Hinsicht mit sich selbst beschäftigt. Die einzigen Worte, die noch fielen, bevor jeder in sein Auto stieg, um in Richtung Heimat aufzubrechen, oder wie im Fall von Nico und Robert in Richtung Kneipe, kamen von Jonas und Evan. Jonas begann: *„Ich komme im Laufe der nächsten Woche mal bei dir vorbei? Wollen wir uns dann bei dir treffen?"* Evans Antwort lautete: *„Nein, lieber nicht. Ruf mich vorher an, dann treffen wir uns bei dem Haus von meinen Eltern."* Jonas entgegnete nur: *„Alles klar. Bis dann."*

Man merkte bereits, dass in Jonas ein Sehnsuchtsgefühl aufkam, dessen Deutung er sich selbst noch nicht so ganz sicher war…

Kapitel 3

Die Woche ging wahnsinnig schnell vorbei. Nico und Robert hatten sich wieder verabschiedet und sind nach Hause gefahren. Beide wollten bei den Eröffnungen der jeweiligen Testamente nicht mehr anwesend sein und überließen diese Aufgabe ihren Brüdern. Da Evan gerade sein Referendariat, aber noch keine feste Anstellung gefunden hatte, hatte er jede Menge Zeit zum Nachdenken. Dass das für ihn nicht gerade immer vorteilhaft war, war ihm bewusst, aber noch fehlte ihm der richtige Antrieb, um irgendetwas in die Hand zu nehmen. Hinzu kam noch, dass die Projektwoche an der Universität nun zu Ende war und Elia wieder zu den Seminaren und Vorlesungen musste. „Alleine" war also in der Zeit, in der Elia an der Uni war, gar kein Ausdruck. Die Zeichen standen also alles andere als gut dafür, dass sich an der Einstellung von Evan in dieser Woche etwas ändern sollte.

Schon in diesen Tagen hatte er also seinem letzten Satz der Trauerrede widersprechen müssen…

Der Todestag der Elternpaare war nun eine Woche her. Jonas fühlte sich auf eine Art seltsam. Er hatte die ganze Zeit ein beklemmendes Bauchgefühl und es kam ihm auch komisch vor, dass er seine Eltern bereits einige Tage nach dem Unfall beerdigt hatte. Er beruhigte sein Gewissen damit, dass es eine gemeinsame Trauerfeier mit Evan war und wie hätten sie den Menschenandrang bewältigen sollen, wenn alle Bekannten ausreichend Zeit gehabt hätten, um sich für die Trauerfeier frei zu nehmen. Trotzdem ließ sich der Gedanke nicht gänzlich aus seinem Kopf verbannen, dass seine Eltern noch nicht einmal ganz kalt waren, aber wegen ihm schon unter der Erde. Vielleicht würde es ihm ja helfen, wenn er etwas Zeit mit Evan verbringen würde. Außerdem hatte er ihm ja an der Streuwiese versprochen, dass er ihn in dieser Woche anrufen würde, damit sie sich zu einer bestimmten Zeit an Evans Elternhaus verabreden könnten. Jonas saß geschlagene dreißig Minuten vor seinem Handy. Ihm fehlte es nicht an Mut oder an Kraft, um Evan anzurufen. Im Gegenteil, er vermisste schon die Gespräche mit ihm. Allerdings hatte er Angst davor zu hören, wie es Evan in den letzten Tagen ergangen war. Evan würde ihm aus Rücksicht am Telefon mit Sicherheit nicht die Wahrheit erzählen und sagen, dass es ihm halbwegs gut ginge. Jonas würde aber sofort an Evans Stimme erkennen, dass das sicherlich nicht der Fall wäre, aber er war auch nicht der Typ Mensch, der ein Versprechen ohne triftigen Grund brach. Dieser Gedanke war es dann auch, der ihn nach tiefem Durchatmen dazu bewegte, die Tasten auf seinem Handy zu bedienen und Evan anzurufen: *„Guten Morgen mein Freund. Seit wann bist du denn schon so früh hoch? Normalerweise erwarte ich von dir keine Anrufe vor 8 Uhr."*, erklang es von der anderen Seite. Jonas erwiderte darauf: *„Guten Morgen. Ich weiß jetzt, wie du dich* *immer fühlst. Das ist echt belastend, wenn man den ganzen Tag im Halbschlaf durchstehen muss, weil man einfach nicht mehr schlafen kann."*, und Evans Antwort lautete etwas spaßhaft: *"Starker Kaffee ist das beste Medikament dagegen. Glaub mir, ich spreche da aus Erfahrung."* Mehr als ein hämisches Grinsen konnte dieser Spruch bei Jonas aber nicht entlocken: *"Sag mal, wollen wir uns denn nachher beim Haus deiner Eltern auf die Terrasse setzen und ein bisschen schnacken?"*, fragte Jonas. Evan erwiderte schon etwas widerwillig: *"Ja. Können wir machen. Ich muss da sowieso nach dem Rechten sehen. Ich war die ganze Woche nicht einmal da. Es wird mal wieder Zeit. Ich werde dann so gegen 11 Uhr da sein."* *"Alles klar. Ich bring' was zum Essen mit."*, antwortete Jonas, aber sein Gesprächspartner entgegnete nur: *"Danke, aber für mich brauchst du nichts mitbringen. Ich krieg' eh nichts runter."* Jonas bejahte das noch am Telefon, bevor beide das Gespräch beendeten.

Er würde seinem Kumpel aber aus Solidarität trotzdem etwas zum Essen mitbringen…

Gegen halb 11 machten sich beide Freunde auf den Weg. Evan fuhr direkt zum Haus, um die Terrasse etwas vorzubereiten und selbstverständlich um eine Kanne Kaffee aufzusetzen. Als Jonas zu Hause seine Autoschlüssel nahm, kam ihm das Geräusch, das das Ratschen des Schlüssels auf der Flurkommode verursachte, so laut vor, dass er die Augen vor Schreck zusammenkniff und einen Schritt nach hinten wich, als wenn ihn von vorne etwas angreifen wollte. Er war total in Gedanken versunken und hatte gar nicht gemerkt, wie seelenruhig es doch in der Wohnung war. Um irgendwelche elektronischen Geräte anzuschalten, die diese Ruhe etwas füllen könnten, hatte er keine Lust, so wie ihn überhaupt eine allgemeine Lustlosigkeit gepackt hatte. Zudem war Amy gestern Abend schon der Meinung, dass er ständig abwesend wirkte. Er wunderte sich über sich selbst, denn solche Züge waren eher für Evan typisch, aber doch nicht für ihn. Er schob es darauf, dass sein Freund im Laufe der Jahre wohl etwas auf ihn abgefärbt hatte.

Jonas hinterließ noch einen Zettel für seine Frau auf der Kommode, auf dem geschrieben stand, dass er nun zu Evan fahre und noch nicht wisse, wann er wieder da sei. Sie solle heute eher nicht auf ihn warten. Als Amy dann später vom Einkauf zurückkam, war sie aufgrund der Nachricht zwar nicht gerade beruhigt, geschweige denn begeistert, aber etwas dagegen unternehmen, wollte sie dann auch nicht. Sie war der Meinung, dass, wenn die beiden Männer etwas ausgeheckt hatten, dann könnte sie dagegen sagen, was sie wolle. Am Ende würden sie doch nicht auf sie hören. Also ließ sie ihren Mann gewähren.

Als Jonas in sein Auto stieg, hatte sich sein seltsames Bauchgefühl wieder gemeldet. Es war ihm ja nicht zu verdenken. Immerhin hatten seine Eltern in einem ähnlichen Auto den Tod gefunden. Als er dann von der Nebenstraße auf die zum Schnellimbiss führende Hauptstraße einbiegen wollte, musste er dort geschlagene 15 Minuten ausharren, bis sich endlich eine Lücke auftat, in die er dann hineinfahren konnte. Diese Auffahrt hatte ihn zwar schon immer genervt, weil er dadurch auf dem Weg zur Ausbildung immer mindestens 10 Minuten mehr einplanen musste, aber noch nie hatte ihn das so zur Weißglut getrieben, wie an diesem Tag. Im Auto fing er dann lautstark an zu fluchen: *„So ein Scheiße hier. Diese Auffahrt ist doch einfach nur zum Kotzen. Wenn ich irgendwann einmal den erwische, der diesen Bau genehmigt hat, dann prügele ich den windelweich. Diese ganze Scheiße geht mir so was von gegen den Strich. Ich hab da keinen Bock mehr drauf. Dieser ganze Trubel hier auf den Straßen. Alle Menschen sind nur noch hektisch unterwegs, um irgendwelche Termine einzuhalten. Ich bin doch genau so ein Idiot. Was soll das alles überhaupt? Wir hetzen uns unser ganzes Leben für etwas ab, von dem wir am Ende nur so wenig haben, wenn wir es überhaupt erreichen. Dieses ganze System geht mir dermaßen auf die Nerven. Diese rote Ampel da geht mir auch gehörig auf die Nerven. Ja genau, du bist gemeint, du Scheißding! Du hinderst mich am freien Fahren und meine Eltern konntest du auch nicht retten. Wofür stehst du überhaupt da?"*

Als die Ampel dann auf Grün geschaltet hatte, wurde Jonas richtig aggressiv. Sie war noch nicht einmal seit einer Sekunde umgesprungen, da hupte er schon und forderte seinen Vordermann auf endlich loszufahren. Seine Laune

bekam auch die Bedienung am Schnellimbiss zu spüren. Da hätte ihm jetzt auch der Papst gegenüberstehen können. Das wäre ihm egal gewesen. Er fügte seiner überaus höflich formulierten Bestellung am „Drive-In" nur noch hinzu: *„ Und wenn ihr mir heute wieder die labbrigen Pommes vom Vortag mit in die Tüte gepackt habt, dann schwöre ich euch, dass ich dich aus deiner Kassierbox da rausziehe, dich bis zur Hälfte in mein Auto raffe und dann bei der nächsten Kurve wieder loslasse. Haben wir uns verstanden?"*
Der Kassierer dachte, dass sich da ein paar Jugendliche einen Spaß erlauben wollten, damit sie sich wieder übermäßig wichtig vorkommen konnten, aber als er in Jonas' Gesicht geschaut hatte, verging ihm das Grinsen, das er ja eigentlich nur aus Höflichkeit gegenüber dem Kunden aufsetzte. Er gab Jonas die Tüte mit den Burgern und den Pommes, der ihm die regelrecht aus der Hand riss. Dieser blickte in die Tüte, probierte einen der Kartoffelstäbchen, gab dem Kassierer dann erst das Geld und sagte nur noch: *„Geht doch."*, bevor er den Gang einlegte und sich auf den Weg zu Evan machte. Der Kassierer war wohl nur überglücklich, dass Jonas ihn nicht wirklich ins Auto gezerrt hatte.

Evans Elternhaus war nicht weit von dem Schnellimbiss entfernt. Evan konnte nicht sehen, dass sein Freund bereits angekommen war und sein Auto in der Auffahrt abstellte, denn die Terrasse lag genau auf der gegenüberliegenden Seite des Hauses. Hören konnte er das Auto auch nicht, weil er die Musik laut aufgedreht hatte. Ansonsten wäre er bestimmt um das Haus gegangen, um Jonas zu begrüßen. Dieser saß wie angewurzelt auf dem Fahrersitz und wollte sich erst einmal wieder beruhigen, damit er Evan entgegentreten konnte. Dieser konnte es bestimmt nicht gebrauchen, wenn sein bester Freund ihn auch noch mit mieser Laune besuchen käme. Irgendwie wollte es Jonas aber nicht gelingen, sich wieder zu beruhigen. In ihm brodelte es regelrecht. Er schloss wieder die Augen und versuchte auf ganz andere Gedanken zu kommen. Er dachte an die schönen und beruhigenden Momente in seinem Leben. Als er aber daran dachte, dass Evan und er sich noch nicht einen richtigen Wunsch erfüllt hatten, wurde ihm klar, was für eine Sehnsucht das war und zwar die Sehnsucht endlich einmal etwas zu machen, was sie sich seit ihrer Jugend vorgenommen hatten. Wenn sie es immer weiter hinauszögern würden, dann wären sie vielleicht irgendwann zu alt dafür oder sie könnte gar vorzeitig das Schicksal ihrer Eltern ereilen.

Nun ergab es für Jonas endlich einen Sinn, dass er immer an die Dinge dachte, die Evan und er noch machen wollten. Er hatte Fernweh bekommen und er war sich sicher, dass dieses Gefühl erst wieder verschwinden würde, wenn er etwas Abstand von diesem Ort und vor allem von all den Dingen bekommen hätte, die ihn Tag für Tag an seine Eltern erinnerten. Er beschloss, diese Sache zunächst einmal Evan zu erzählen, um herauszufinden, wie er dazu stand, denn immerhin waren sämtliche fernen Ziele ihre gemeinsamen

Ziele. Jonas stieg also aus dem Auto aus und als niemand an der Haustür aufmachte, war für ihn klar, dass Evan schon auf der Terrasse sein musste. Nachdem er um das Haus herumgegangen war, saß Evan dort schon wieder ganz gedankenvertieft, so wie er ihn halt kannte. Als er ihn von hinten an den Schultern packte, erschreckte sich Evan gehörig und dieser fragte ihn nur, ob er nichts anderes zu tun habe, als ihm jetzt auch noch einen Herzinfarkt zu bescheren. Jonas entschuldigte sich, aber er würde es wieder tun, denn immerhin war das für ihn schon fast ein Begrüßungsritual geworden. Nachdem Evan ihm dann auch einen Kaffee geholt hatte, begannen die beiden so miteinander zu reden, als ob es keinen Unfall und keine Trauerfeier gegeben hätte. Keiner traute sich als Erstes das Unausweichliche auszusprechen, obwohl es beiden doch sehr auf der Seele brannte, mit seinem jeweils besten Freund darüber zu reden, denn nun einte sie auch noch eine Leidensgeschichte, die sich nicht in vielen Freundschaften finden lässt. Jonas sprach aber irgendwann die Worte aus, die jeder guter Freund in solchen Situationen sagen würde: *„Wie fühlst du dich?"*, sprach er und Evan antwortete mit Gegenfragen: *„Wie genau willst du das denn wissen? Willst du die einfache Version, dass es mir beschissen geht oder wollen wir schon tiefgründiger werden?"* Jonas fand wieder genau die richtigen Worte, denn er sagte: *„So wie du meinst, dass es für dich richtig ist."* Evan begann daraufhin über sich zu reden: *„Ich fühle mich irgendwie leer. Elia versucht ihr Bestes, um die Leere zu* *füllen, weil sie weiß oder spürt, dass ich so empfinde und ich liebe sie dafür, aber das kann kein einzelner Mensch schaffen. Bei so einem komischen Kauz, wie ich einer bin, ist das sogar besonders schwer, aber sie versucht es in jeder Sekunde, die sie entbehren kann. Du kennst mich doch, Jonas. Ich denke vor mich hin und sehe in den Dingen, die diese Welt mit uns gemacht hat, einfach keinen Sinn mehr. Ich sehe im Moment einfach in wenigen Dingen noch einen Sinn. Das tat ich zwar auch schon früher, aber niemals in solch einem Ausmaß. Es ist schwierig, dem Tag noch etwas Positives abzugewinnen, aber ich kann in deinem Gesichtsausdruck schon erkennen, dass du so ähnlich denkst. Nicht wahr? Du scheinst in letzter Zeit aber auch wirklich nicht viel Schlaf abbekommen zu haben. Du siehst furchtbar aus."* Darauf erwiderte Jonas: *"Ja. Du hast Recht und du weißt, dass ich extrem unangenehm werden kann, wenn ich nicht schlafen kann. Du brauchst dich ja nur mal an den Freitag in der Schule erinnern, als wir am Donnerstag bis um 6 Uhr morgens in der Disco waren und von da aus direkt zur Schule gegangen sind."* Beide schmunzelten einen Moment und irgendwie schien es so, als wenn sie von nun ganz offen über dieses Thema sprechen könnten. Deshalb führte Jonas auch fort: *"Mit deiner anderen Vermutung hattest du aber etwas Unrecht. Diese nachdenkliche Ader ist dir eigen, aber ganz bestimmt nicht mir. Ich hab doch schon immer auf mein Bauchgefühl gehört und auch jetzt höre ich wieder auf meinen Bauch."* *"Wie meinst du das? Was willst du denn jetzt noch aus dem Bauch heraus entscheiden? Eigentlich haben wir doch schon alles hinter uns gebracht."* Auf diesen Einwand antwortete Jonas: *"So meinte ich das nicht. Ich höre aber im Moment auf mein Bauchgefühl, um herauszufinden, wie ich am besten aus dieser Krise wieder herauskomme und soll ich dir erzählen, was mein Bauch mir in den letzten Tagen gesagt hat?" "Na klar. Dein Bierbauch hat uns schon oft den richtigen Weg gewiesen.",* meinte Evan grinsend. Jonas war diesbezüglich nicht beleidigt, aber er wollte ja auf ein ganz bestimmtes Anliegen hinaus und deshalb hakte er da nochmals nach. Er sagte: *"Da kommst du dir wieder ganz lustig vor oder? Ich wollte aber auf etwas ganz anderes hinaus. Ich habe seit einer Woche nicht nur das Gefühl, dass ich innerlich abgeschottet bin, sondern ich spüre irgendwie, dass ich hier nicht so richtig zur Ruhe kommen werde."* Evan verstand immer noch nicht, worauf Jonas mit dieser blumigen Beschreibung anspielen wollte. Er sprach aber seinen Gedanken aus: *"Willst du mit deiner Frau jetzt endgültig von hier wegziehen? Ich könnte es verstehen, denn immerhin bist du ja nun nach Beendigung deiner Ausbildung auch ungebunden. Aber wie willst du das mit Amy..."* Jonas unterbrach ihn: *"Nein. Das hast du jetzt in den ganz falschen Hals bekommen. Ich traue mich bloß noch nicht so richtig es auszusprechen, weil ich weiß, was das für Folgen mit sich bringt."* Evan entgegnete schlicht: *"Was sollte es geben, worüber wir nicht sprechen könnten? Wir haben bisher immer über alles reden können. Fang jetzt nicht damit an, das ändern zu wollen."* Jonas atmete einmal tief durch, weil er sich schon ausmalen konnte, dass mit dem Aussprechen seines Gedankens etwas ins Rollen geraten würde, das nicht mehr aufzuhalten wäre. Als Jonas den Satz ausgesprochen hatte: *„Wir müssen von hier weg."*, stutzte Evan für eine Moment. *„Du hast ‚Wir' gesagt. Was schwebt dir vor?"*, fragte Evan in der Erwartung nun eine relativ harmlose Antwort zu bekommen. Er hatte den Umfang von Jonas' Gedanken noch nicht vollends durchschaut, denn Jonas war seiner Meinung nach nicht derjenige, der irgendetwas Revolutionäres oder Unglaubliches aussprechen würde. Jonas begann daraufhin seinem besten Freund das, was in der Luft lag, zu erläutern: *„Kannst du dich noch daran erinnern, als wir zu Schulzeiten immer gesagt haben, dass wir irgendwann für längere Zeit von hier weg wollten? Kannst du dich noch daran erinnern, wie sehr du dich immer geärgert hattest, wenn andere Leute von irgendwoher kamen, wo du schon immer einmal hin wolltest? Ich denke, dass es nun an der Zeit ist, dass wir das nachholen, was wir die letzten Jahre versäumt haben. Dir ging doch schon immer diese hochentwickelte Welt auf die Nerven. Nicht umsonst hast du doch Geschichte studiert. Du hast doch schon immer von dir selbst behauptet, dass du in eine falsche Zeit hinein geboren wurdest. Du hast doch schon immer gesagt, dass die Welt falsch, unehrlich und im Geiste beschmutzt ist. Ich will einfach nur sagen, dass wir zwei Fliegen mit einer Klappe schlagen sollten. Lass uns beide gemeinsam Abstand von all* *dem hier gewinnen und gleichzeitig eines unserer Traumziele bereisen."* Als Jonas diesen Gedanken zu Ende formuliert hatte, verstummte Evan für längere Zeit, obwohl sein Treuester dringend auf eine Antwort wartete. Er stand auf und ging erst einmal ein paar Schritte durch den Garten, der neben der Terrasse angelegt war, weil er beim Gehen immer besser nachdenken konnte. Jonas rief etwas verärgert zu ihm rüber: *"Lass mich doch jetzt nicht einfach hier so sitzen! Sag wenigstens irgendwas! Du würdest jetzt nicht vor dich her grübeln, wenn du nicht auch ein bisschen so empfinden würdest!"* Evan drehte sich um, ging langsam wieder auf die Terrasse und setzte sich wieder in den Schaukelstuhl, den er nach draußen gestellt hatte. Nachdem er sich wieder niedergelassen hatte, begann er seine Gedanken zu ordnen, weil er jetzt auch nicht ein falsches Wort sagen wollte. Er konnte sich zwar nicht in Gänze ausmalen, wie schwer es Jonas gefallen sein musste, diesen Wunsch auszudrücken, aber er wusste, wenn er jetzt etwas Falsches sagen würde, dann könnte ihn das sehr verletzen. Darum sagte er: *"Wie konnte es nur so weit kommen? Jetzt, da wir uns in einer solch beschissenen Situation befinden, kommen wir erst auf etwas zurück, was wir uns schon seit Ewigkeiten vorgenommen haben. Das Seltsame an der ganzen Sache ist, dass wir wahrscheinlich nie wieder die Chance haben werden, um für eine gewisse Zeit komplett auszusteigen. Entweder machen wir es jetzt oder wir lassen es für immer bleiben. Auch wenn es aufgrund der schlimmsten*

Geschehnisse passiert, die wir uns vorstellen könnten, aber unsere Eltern haben uns diesen Weg in doppelter Hinsicht geebnet. Erst dadurch, dass sie gestorben sind, kamst du auf den Gedanken, unsern alten Traum zu verwirklichen und erst durch das Erbe, das wir beide seit den Testamentseröffnungen diese Woche erhalten haben, sind wir überhaupt in der Lage uns solchen Gedanken hinzugeben. Ich glaube eigentlich nicht an Schicksal oder irgendetwas anderes Übernatürliches, aber manchmal überkommt einen doch das Gefühl, dass Dinge nicht ohne jeden Grund geschehen. Du weißt aber, dass wir vorher einige Dinge zu klären haben. Wo wollen wir hin? Wie lange wollen wir aussteigen? Und vor allem, wie wollen wir das alles Amy und Elia erklären?" Darauf antwortete Jonas: *"Auf die erste Frage kann es nur eine Antwort geben. Nirgends werden wir so viel Ruhe und Ablenkung finden wie in Schottland und Irland. Dem wirst du nicht widersprechen können."* Evan wendete seinen Blick gedankenvertieft ab und erklärte: *"Da magst du wohl Recht haben. Ich glaube aber nicht, dass dir so leicht eine Antwort auf die zweite Frage einfallen wird. Wie sollen wir hier und jetzt abschätzen können, wie lange wir brauchen werden, um dieses Leben hier wieder aufnehmen zu können? Ich glaube, dass es genau der Punkt sein wird, weshalb unsere Frauen ziemlich sauer werden, wenn wir ihnen nicht sagen können, wann genau wir wieder hier sein werden."* Jonas nickte daraufhin und fügte hinzu: *"Ich glaube, wir sollten unseren Frauen morgen früh davon erzählen, was wir vorhaben, dann haben sie den ganzen Tag, um auf uns sauer zu sein und uns zum Bleiben zu überreden."* Evan schüttelte nur mit dem Kopf und ergänzte: *„Das werden die beiden nicht nur einen Tag lang versuchen."* Über die dritte Frage brauchten die beiden Freunde gar nicht mehr zu sprechen. Mit ihren Frauen mussten sie dann schon alleine sprechen. Allerdings stand für die Zwei fest, dass dieses Vorhaben umgesetzt werden wird. Daran war nun nicht mehr zu rütteln. Inneren Frieden würden sie hier nicht finden können.

Nachdem dieses Thema vom Tisch war, waren die beiden gedanklich schon damit beschäftigt, wie sie das ihren Frauen erklären sollten. Dass am nächsten Tag dunkle Wolken in die Häuser ziehen würden, war den Männern wohl bewusst, aber das werden sie wohl über sich ergehen lassen müssen. Sie stellten sich im gleichen Moment vor, was passieren würde, wenn sie einfach so in den nächsten Flieger nach Edinburgh steigen würden. Evan schaute zu Jonas rüber und sagte: *„Irgendwie ist es schon peinlich, dass wir da überhaupt dran denken. Wir müssen ihnen einfach sagen, wie es ist und sie wären nicht unsere Frauen, wenn sie es nicht verstehen würden."*

Irgendwie mussten sie sich ja Mut zusprechen…

Kapitel 4

Bereits eine Woche vor dem Unfall von Evans und Jonas' Eltern fühlte sich Elia krank. Sie hatte oftmals Kopf- und Gliederschmerzen. Sie dachte, da wäre eine Grippe auf dem Weg, aber so wie Elia ist, fuhr sie trotzdem weiterhin zu Uni, weil man sich nur 2 Fehlstunden pro Seminar leisten durfte. Hatte man ein drittes Mal gefehlt, dann wurde man aus der Teilnahmeliste des Seminars gestrichen und seinen Schein konnte man dann auch vergessen. Es blieb einem also gar nichts anderes übrig, als sich auch krank zur Uni zu schleppen.

Als ihr dann am folgenden Donnerstag auch noch morgens schlecht war und sie sich im Bad übergeben musste, hatte sie gedacht, dass die Grippe nun ihr volles Ausmaß erreicht hatte. An diesem Tag war sie aber aller Übelkeit trotzend zu ihrer Fakultät gefahren, weil heute noch wichtige Seminare anstanden. Als der Tag vorbei war und sie zu Hause ankam, machte sie sich noch schnell einen Tee und es sich dann mit einer flauschigen Decke im Wohnzimmer bequem. Morgen war es nicht zwingend nötig, dass sie außer Haus ginge, denn da lagen nur zwei Vorlesungen an, die man auch mal getrost auslassen konnte. Diese Freitagsoption hatten Evan und sie schon das ein oder andere Mal genutzt, um einen Ausflug zu machen, denn Evan hatte manchmal während seines Referendariats freitags frei. Sie wollte das Wochenende ausnutzen, um sich richtig zu pflegen und zu erholen, damit sie am Montag weiter in der Bibliothek an ihrer Hausarbeit arbeiten könnte, was sie sonst immer an Samstagen tat.

Am Freitagmorgen ging es ihr wieder richtig schlecht. Sie regte sich regelrecht im Badezimmer darüber auf: *„Mensch, was ist denn das? Meine Beine tun mir weh, mein Kopf schmerzt den ganzen Tag, ich denke jeden Morgen, dass ich mein Abendbrot wieder hoch hole, ich bin hysterisch und meine Periode kommt auch wieder ein paar Tage später als gedacht."* Da dämmerte es bei Elia gehörig. Sie wollte es gar nicht wahrhaben, aber irgendwie deutete doch alles darauf hin. Sie dachte sich, dass das gar nicht möglich war. Immerhin nahm sie doch die Pille. Sie suchte im Badschrank nach ihrer Schachtel, in der sie die Tabletten aufbewahrte. Als sie auf die Verpackung schaute, machte sie eine Entdeckung, bei der sich ihre Augen so weit öffneten, als wenn sie den noch nicht geschehenen Unfall von Evans und Jonas' Eltern gesehen hätte. Sie entdeckte, dass die Tabletten, die sie zuletzt genommen hatte, abgelaufen waren. Sie hatte immer eine kleine Verpackung der Antibabypille extra zu Hause, weil sie manchmal nicht dazu kam, sich eine neue Verpackung zu holen und dann nahm sie eine Tablette aus dieser zusätzlichen Schachtel. Weil sie diese aber nur unregelmäßig nahm und deshalb nicht darauf geachtet hatte, ob diese schon abgelaufen waren, bestand nun die Möglichkeit, dass sie tatsächlich schwanger war.

Sie wollte nun absolute Gewissheit haben. Sie zog sich ihren Wintermantel an, weil es draußen mittlerweile schon richtig kalt geworden war. Danach ging sie zur Apotheke um die Ecke, um sich einen Schwangerschaftstest zu holen. Sie hatte aus ihrer Sorge heraus und zur Sicherheit gleich drei Stück gekauft, denn es bestand ja immer die Möglichkeit, dass ein Test nicht richtig funktionierte. Auf dem Weg zurück zur Wohnung spielte sie schon etliche Szenarien durch, was passieren würde, wenn sie wirklich schwanger wäre. Sollte sie es behalten? Sollte sie es abtreiben lassen? Wie sollte sie das alles Evan beibringen? Sie wollte zwar immer Kinder haben, aber nicht gerade jetzt. Evan hatte noch keine Anstellung als Lehrer gefunden und sie lebten im Moment von dem, was dieser während des Zivildienstes, des Referendariats und durch die Beteiligung am Erbe seiner Großmutter angespart hatte, sie stand nur noch zwei Semester vor ihrem Universitätsabschluss und ihre Eltern hatten durch die Hausraten, die sie abzuzahlen hatten, schon genügend Belastungen. Sie wusste nicht, wie sie es schaffen sollten, wenn sie wirklich schwanger sein sollte. Als sie so in Gedanken versunken war, vergaß sie total nach links und rechts zu sehen, bevor sie auf die Straße überquerte, um zu ihrer Eingangstür zu kommen. Auf einmal hörte sie ein lautes Hupen und ein Auto konnte gerade noch so ausweichen. Nach diesem Erlebnis hatte sich Elia schnell auf die andere Seite begeben und sich den Bauch gehalten. Sie dachte nur: *„Oh mein Gott, wenn dem Baby nun etwas passiert wäre."* In diesem Moment wurde ihr erst einmal bewusst, dass sie noch gar nicht wusste, ob sie wirklich schwanger war, aber sie hatte sich in einem gewissen Maße jetzt schon mit einem Muttergedanken eingelassen, der ihrer Großherzigkeit und emotionalen Empfindlichkeit geschuldet war. Nachdem sie dann in ihrer Wohnung auf der Toilette gegangen war, begannen die zwei schlimmsten Minuten ihres Lebens, denn so lange dauerte es, bis der Schwangerschaftstest ein Ergebnis anzeigte. Sie ging im Badezimmer hin und her und blickte ständig auf die Uhr. Für sie gab es nichts Schlimmeres als Unwissenheit. Allerdings hatte sie für sich schon festgelegt, dass sie es niemals über das Herz bringen könnte, das Baby abzutreiben, das möglicherweise in ihr heranwuchs. Sie würde sich wie eine Mörderin fühlen und das Erlebnis vorhin auf der Straße hatte ihr bereits klar gemacht, dass ihr das Leben ihres möglichen Babys wichtiger wäre als das ihrige.

Es war nun so weit. Die zwei Minuten waren um. Sie traute sich erst gar nicht auf die Anzeige des Tests zu schauen und mittlerweile wusste sie auch schon gar nicht mehr, ob sie wollte, dass der Test positiv oder negativ ausfiel. Sie hielt sich den Test vor die Augen und wollte dem Ergebnis nicht glauben. Also machte sie auch die beiden anderen Tests. Nach weiteren zwei Minuten zeigten auch sie das gleiche Ergebnis an, sodass es absolut keinen Zweifel mehr daran geben konnte. Sie war schwanger.

Sie wusste in diesem Moment nicht, ob sie vor Freude oder vor Angst weinen sollte. Auf jeden Fall brach sie mit dem Blick auf die Fenster der Tests sofort in Tränen aus.

Die folgenden Minuten saß Elia wie versteinert auf dem Rand der Badewanne und hielt sich den Bauch. Sie wusste, dass die nächsten Tage nicht leicht werden würden. Sie müsste es natürlich Evan und ihren Eltern erzählen. Klaus und Andrea wollten zwar, dass Evan und ihre Tochter irgendwann eine Familie gründeten, aber sie dachten nicht, dass es jetzt geschehen würde, sondern eher in zwei oder drei Jahren, wenn die Zeit reif dafür wäre. Elia glaubte, dass Evan auch nicht begeistert sein würde, weil der Zeitpunkt nicht gerade passend war und sich das Baby negativ auf ihre Lebensverhältnisse auswirken könnte. Sie wusste aber auch, dass Evan sich nach einem kurzen Schock sehr schnell wieder erholen würde und die Freude und vor allem seine Vatergefühle dann überwiegen würden. Schließlich hatte er unter seiner relativ harten Hülle doch einen ziemlich weichen Kern versteckt. In solchen Situationen verlor bei ihm die Rationalität stets gegen das Herz.

Schließlich passt ein Kind niemals ohne jegliche Widerstände in die Lebensplanung…

Das Denken an ihren Mann nahm Elia ein wenig die Angst, die sie direkt nach dem Erfahren des Ergebnisses verspürt hatte. Vielleicht war es zum Teil ihren Kindheitsträumen geschuldet, aber sie stellte sich in ihren Träumen den Moment, in dem sie Evan erzählen würde, dass sie Eltern werden, immer absolut romantisch vor. Sie würden in einem Restaurant sitzen, dann würde sie das Glas Rotwein, das Evan ihr sonst immer bestellte, ablehnen, damit sie dann zu ihm sagen könnte: *„Ich werde in nächster Zeit wohl immer auf Rotwein verzichten müssen."* Dabei würde sie ihm lachend in die Augen sehen, damit bei ihm endgültig der Groschen fallen, er weit die Augen aufreißen und sie dann fragen würde: *„Bist du etwa schwanger?"*, damit sie dann in einem absolut niedlichen und unschuldigen Tonfall sagen könnte: *„Ja, das bin ich."*, was für Evan wohl die schönste Nachricht sein würde, die er in seinem Leben hören würde.

Als Evan an diesem Tag vom Fußballtraining nach Hause kam, überlegte sie kurz es ihm sofort zu sagen, weil zu diesem Zeitpunkt ihre Angst in ein riesiges, wenn auch nur momentanes Glücksgefühl umschwenkte. Dann aber hatte sie wieder ihren Kindertraum vom Restaurant im Kopf und wenn schon ihr anderer Kindheitstraum von einer weißen Hochzeit nichts werden sollte, weil Evan niemals heiraten wollte, dann doch zumindest dieser. Deshalb fragte sie ihn, ob sie nicht am nächsten Tag in das griechische Restaurant gehen wollten, zu dem sie oft und gerne bei Geburtstagen und anderen feierlichen Anlässen gegangen waren. Evan fragte zwar, ob es einen bestimmten Anlass geben würde, um Essen zu gehen, denn im Kopf verband er mit dem morgigen Datum nicht irgendeinen besonderen Anlass. Seine Frau, wie

Evan Elia trotzdem nannte, sagte aber nur, dass sie mal wieder Lust dazu hätte, etwas zu unternehmen. Evan dachte sich nichts dabei und stimmte Elias Wunsch einfach zu. Diese freute sich innerlich sehr, aber sie versuchte davon nichts nach außen kommen zu lassen, denn immerhin war das noch ihr kleines Geheimnis. Deshalb verschwand sie wieder schnell im Bad, um alle Beweise, die sie verraten könnten, in den Müll zu werfen. Als sie danach zu Evan sagte, dass sie jetzt noch den Müll herunterbringen würde, dachte er sich nichts dabei. Er wunderte sich zwar, weil er das sonst immer machte, aber er sah jetzt keinen Grund darin, sich irgendwelche Gedanken zu machen. Schließlich wurde ihm ja eine unliebsame Aufgabe abgenommen.

Als sich beide an diesem Abend ins Bett begaben, war Elia innerlich immer noch voller Euphorie und war auch kurz davor ihr Geheimnis auszuplaudern, denn eigentlich konnte sie freudige Nachrichten nie lange für sich behalten. In diesem Fall riss sie sich jedoch zusammen und freute sich schon auf den morgigen Abend. Als sie sich wie immer an Evan kuschelte, legte dieser aus Routine seine Hand auf Elias Bauch, weil der sonst immer kalt war und er sie wärmen wollte. An diesem Abend sagte er: *„Schatz, was hast du denn gemacht? Dein Bauch ist ja diesmal ganz warm."* Sie antwortete nur: *„Ich hatte mir zum Abendbrot eine warme Hühnersuppe gemacht. Die hält mich bis jetzt noch warm."* Darauf antwortete Evan spaßend: *„Dann brauche ich das ja diese Nacht nicht zu machen."*, aber Elia schnappte sich daraufhin seine Hand und platzierte diese genau da hin, wo sie vorher gelegen hatte. Elias letzten Worte vor dem „Gute-Nacht-Kuss" waren: *„Deine Hand wurde soeben gebunkert."*

Hätte sie ihm doch nur schon an diesem Abend gesagt, dass sie schwanger ist. Ihr Leben wäre wohl in eine ganze andere Richtung verlaufen...

Am nächsten Abend befanden sich Elia und Evan gerade in den Vorbereitungen, um sich auf den Weg zum Restaurant zu machen, als dann der Anruf kam, dass Evans Eltern bei dem Unfall ums Leben gekommen waren. Elia hatte sich extra ein weißes Kleid angezogen, damit sie sich so ein bisschen wie eine Braut fühlen konnte, die ihrem Mann diese freudige Nachricht überbringt. Dass der Abend damit allerdings nicht mehr den gewünschten Verlauf nehmen würde, war Elia klar, denn nun musste sie ihrem Mann Beistand leisten und bei Amy und Jonas anrufen, weil Evan dazu nicht mehr in der Lage war. Sie wusste auch, dass sie Evan an diesem und den folgenden Tagen nicht sagen würde, dass sie schwanger war, denn sie wollte um jeden Preis vermeiden, dass die Nachricht ihrer Schwangerschaft auf ewig mit der Nachricht von dem Tod von Evans und Jonas' Eltern verbunden sein sollte. Sie schwieg die ganze Zeit, obwohl es ihr regelrecht auf der Seele brannte, es ihm endlich zu erzählen. Auch als beide am selben Tag noch bei ihren Eltern waren, sagte sie kein Wort zu Klaus und Andrea. Das fiel ihr unheimlich schwer, denn sie wusste ja, dass sie diesen Gang früher oder später ohnehin machen müsste, um ihren Eltern davon zu berichten. Sie war nämlich der felsenfesten Überzeugung, dass Evan derjenige sein sollte, der als Erstes von diesem Glück erfuhr. Sie musste sich also zusammennehmen, um nicht schon vorher etwas zu sagen.

In der darauffolgenden Woche fand Elia auch nicht den richtigen Augenblick, um Evan die frohe Kunde zu überbringen, denn erst war er nur damit beschäftigt, die Trauerfeier und seine Trauerrede vorzubereiten und nach dem besagten Mittwoch fiel er zunächst in ein so tiefes Loch, dass er die Nachricht von Elias Schwangerschaft wohl gar nicht richtig wahrgenommen hätte. Also blieb ihr nichts anderes übrig, als auf einen günstigen Moment zu warten. Sie beruhigte sich die ganze Zeit damit, dass sich schon irgendwann ein günstiger Moment ergeben würde.

Als Evan dann von dem Treffen mit Jonas zurückkehrte, hatte er einen noch trüberen Ausdruck in seinem Gesicht, als Elia es an diesem späten Nachmittag erwartet hätte. Es war also wieder nicht der richtige Moment, um Evan von der Schwangerschaft zu erzählen. Vielleicht wäre es am nächsten Tag günstiger.

Als Evan am nächsten Tag, einem regnerisch-trüben Sonntag, vom Brötchenholen zurückkam und sich an den Frühstückstisch setzte, hatte Elia bereits alles gedeckt. Während sich beide ihr Frühstücksbrötchen schmierten, sagten beide zum gleichen Moment: *„Ich muss dir was sagen. Fang du an. Nein, fang du an."* Beide mussten in diesem Moment lachen, aber schließlich bestand Elia darauf, dass ihr Mann anfangen sollte, denn sie hatte jetzt schon so lange gewartet, dass die eine oder andere Minute ihr nun auch nichts mehr ausmachen würde.

Dass durch solch eine unwichtige Entscheidung das Fundament für eine ganze Leidensgeschichte gelegt werden sollte, ist wohl ein weiteres Paradoxon ihres Lebens…

Evan begann also zu sprechen: *„Schatz, kannst du dich noch an den Traum erinnern, den Jonas und ich immer hatten? Wir wollten schon immer gemeinsam für eine längere Zeit nach Schottland und Irland reisen, um endlich die unberührte Natur und die historischen Bauwerke zu sehen, die uns schon unser Leben lang fasziniert haben. Jonas und ich, wir sind beide der Meinung, dass nun die richtige Zeit wäre, um das in die Tat umzusetzen. Wir sind im Moment beide halbwegs ungebunden, weil unsere Ausbildungen abgeschlossen sind. Wenn wir uns jemals in unserem Leben nochmal so etwas zumuten wollten, dann müssten wir es jetzt tun. Ich müsste zwar meine geplante Doktorarbeit für diese Zeit auf Eis legen, aber unter diesen Umständen dürfte das nicht das Problem sein…"*
Bei Elia lief es bei den Worten „Schottland und Irland" bereits eiskalt den Rücken runter. Sie brauchte Evan gar nicht

weiter zuzuhören. Sie wusste schon, worauf das alles hinauslaufen sollte. Ihr Mann würde für unbestimmte Zeit nicht bei ihr sein können. Ihr blieb die Luft weg. Es war eine dieser Situationen, in denen alles um einen herum langsamer erschien, fast wie in Zeitlupe. Es war eine dieser Situationen, in denen es so scheint, dass die ganze Welt in wenigen Momenten für einen zusammenbricht. Sie dachte nur noch an das ungeborene Kind, das in ihr heranwuchs.

Als sie für einen kurzen Moment zu sich kam, fragte sie nur eines: *„Schatz, ich habe das gerade nicht mitbekommen. Wie lange wirst du weg sein?"* Evan blickte in die Leere des Raumes, als wenn er sich an einem bestimmten Punkt in der Küche festgeguckt hätte und erwiderte nach ein paar Augenblicken: *„Das kann ich dir nicht beantworten."* In diesem Moment kam sich Elia so vor, als wenn das Leben gleich ein Ende finden würde. Die Geschehnisse der letzten Tage hatten Evan dazu bewogen, einen Stein in den Spiegel zu werfen, der ihr Leben darstellte. Sollte sie ihren Geliebten trotz der Schwangerschaft ziehen lassen?

Aus ihren Augen kamen bereits die ersten Tränen gelaufen. Evan griff nach ihrer Hand und meinte reumütig: *„Sag mir, dass ich bleiben soll und ich werde bleiben. Ich könnte es nicht ertragen, dich hier alleine zu wissen, ohne deinen Segen für dieses Unterfangen zu haben. Ich brauche dafür Gewissheit, dass du auf mich warten wirst, solange ich weg bin."*

Bei Elia fing die Welt wieder an sich langsamer zu drehen. Evan sah, dass sie ihren in Gedanken versunkenen Blick mit den weit geöffneten Augen aufgelegt hatte. In diesen Momenten war niemand in der Lage, sie aus ihrer eigenen kleinen Welt zu holen.

Sie überlegte ihm sofort die Schwangerschaft zu gestehen, aber dann wäre es kein schöner Moment, sondern würde es wie ein Druckmittel erscheinen lassen, damit Evan hier bliebe. Als Nächstes dachte sie darüber nach, was passieren würde, wenn sie einfach sagen würde, dass er bleiben soll, so wie er gesagt hatte. Ihr wurde dabei aber bewusst, dass er mit jeder Sekunde, die er in dieser Stadt verbringt, unglücklicher werden würde, weil ihn jede Sekunde eine Leere begleiten würde, die sie alleine nicht ausfüllen könnte. Ihr war klar, dass Evan mit sich und dem Erlebten hier keinen Seelenfrieden schließen würde. Aus diesem Grund fielen ihr die folgenden Worte so schwer, dass sie gar nicht erst aus ihrem Mund kommen wollten. Sie wollte ihre Lippen bewegen, aber diese wollten ihr einfach nicht gehorchen. Sollte das etwa ein Zeichen sein, dass sie sich die folgenden Worte nochmals überlegen solle? Sie kniff die Augen zusammen, sodass ihr die Tränen an den Wangen in vielen kleinen Strömen entlang flossen: *„Geh, wenn du gehen musst. Ich werde auf dich warten. Komm wieder, wenn du bereit bist, dieses Leben hier wieder aufzunehmen. Ich werde dich immer lieben und so schwer es mir fällt, ich werde dich ziehen lassen."*

Elia hatte sich in den letzten Minuten so stark in Evans Hand gekrallt, dass diese beinahe anfing zu bluten. Evan kannte diese Reaktion nur zu gut bei ihr. Das war ihr unterbewusstes Zeichen dafür, dass sie etwas unter gar keinen Umständen verlieren wollte. In diesem Moment war ihm klar geworden, wie schwer es Elia gefallen sein musste, ihn gehen zu lassen. Evan hatte zuvor noch von keinem Menschen eine so selbstlose Tat miterlebt. Dieser Entschluss von Elia rührte sogar bei ihm eine einsame Träne hervor. Schon in dieser Sekunde hatte er starke Gewissensbisse, was diese Reise anbetraf, aber nun gab es keinen Weg zurück mehr. Er tat das Einzige, was ihm in diesem Moment einfiel. Er stand auf, küsste Elia auf den Mund und sagte ebenfalls, dass er sie für immer lieben würde. Danach überkam es Elia und sie fing an Evan zu küssen. Es kam Evan schon fast so vor, als wenn sie sich einen Vorrat an Küssen ansammeln wollte, damit sie über die Zeit, in der er ihr keine mehr geben konnte, kommen würde. In den nächsten Stunden beherrschte eine sehr gedrückte Stimmung die Wohnung. Elia war ihrem Mann nicht sauer. Sie konnte seine Beweggründe nachvollziehen, aber unter den nur ihr bekannten Umständen war es schwer für sie, das alles zu ertragen, denn die psychische Belastung nagte sehr an ihr und dessen war sie sich nur allzu sehr bewusst. Sie hatte sekündlich mit sich zu kämpfen. Sie wollte es ihm doch irgendwie sagen, aber ihr war hundertprozentig klar, dass er seine Pläne mit sofortiger Wirkung verwerfen würde, wenn er erführe, dass er Vater werden würde. Sein

Anstand, seine Vernunft und sein Verantwortungsbewusstsein würden ihn dazu zwingen, bei ihr zu bleiben und für beide zu sorgen. Elias Vernunft hingegen sprach ganz andere Töne. Ihr war klar, dass ihr Mann zurückkommen würde. Nur der Zeitpunkt war ihr unbekannt. Was sie aber wusste, war, dass sie ihren Mann wiederhaben wollte und zwar den, der vor diesem katastrophalen Unfall in ihm steckte, denn nur dieser Evan sollte mit ihr das gemeinsame Kind großziehen. Dafür musste er allerdings gehen, denn sie war eine der wenigen, die es vermochten, in Evan das zu erkennen, das ihn zu etwas Besonderem machte. Ihr war trotz der langjährigen Beziehung noch nicht klar geworden, was es genau war, aber sie erblickte, dass es genau das war, was Evan zu diesem Schritt bewogen hatte und sie konnte sich nicht gegen das stellen, was das Besondere an ihm ausmachte.

Wahrscheinlich brachte Elia sogar mehr Verständnis für dieses Wagnis auf als Evan in diesen Minuten…

Diese Funkstille in dem Haus machte sowohl Evan als auch Elia verrückt. Evan lag auf dem Bett im Schlafzimmer, starrte an die Decke und grübelte, ob das wirklich der richtige Weg wäre. Eigentlich wollte er nicht vergessen. Das hatten Jonas und er in ihren Trauerreden so festgelegt. Er stellte sich seine typischen Frage: Wer bin ich, dass ich es wage meiner Frau so etwas anzutun? Wer bin ich, dass ich so viel von ihr verlange? Soll ich wirklich das zurücklassen, was im Moment noch das einzige ist, das mein Leben erfüllt? Ist es nicht extrem widersprüchlich, genau das zu tun? Als Elia Evan da so liegen sah, konnte sie das nicht mit ansehen. Sie legte sich zu ihm, legte ihren Kopf auf seine Brust und sagte: *„Warum bist du so still?"* *„Mir fehlen momentan einfach die Worte"*, war seine Antwort. Elia wollte natürlich wissen, warum das so ist und ob er sich von ihr eine andere Antwort gewünscht hätte. Evan erklärte daraufhin: *„Auf der einen Seite irgendwie schon, aber auf der anderen Seite wollte ich es ja so. Sonst hätte ich dich ja nicht darauf angesprochen. Ich glaube aber, dass ich anders denken werde, wenn Jonas und ich dort angekommen sind. Kannst du dir eigentlich vorstellen, wie stolz ich auf dich bin? Du standest und stehst mir in den bisher schlimmsten Tagen meines Lebens bei. Nun nimmst du dich und deine Bedürfnisse so sehr zurück, damit ich mir einen Traum erfüllen kann. Ich weiß gar nicht, womit ich dich verdient habe. Ich kann mir auch gar nicht vorstellen, dass ich meine Gedanken an dich in Schottland werde drosseln können. Wahrscheinlich werden mich die ganze Zeit Zweifel an der ganzen Sache begleiten und ich werde mir bestimmt die ganze Zeit wünschen, dass du auch da wärst. Auf irgendeine Art werde ich versuchen, mich so oft wie möglich zu melden. Das verspreche ich dir."* Elia nickte nur zögerlich. Sie wollte Evan auch gerade nicht in die Augen schauen, denn ihre Schminke verlief an diesem Morgen schon das zweite Mal. Evan dachte aber nur, dass sie sich auf seiner Brust einfach wieder zu wohl fühlte, als dass sie sich jetzt bewegen wollte.

Beide schliefen daraufhin nach ihrem mehr oder weniger abgebrochenen Frühstück gemeinsam auf dem Bett ein. Diese Szene am Küchentisch und das Gespräch auf dem Bett hatten dem Paar viel Kraft und auch Überwindung abverlangt.

Zur gleichen Zeit als Elia und Evan etwas zur Ruhe gekommen waren, begann das Drama im in der Wohnung von Amy und Jonas. Amy war noch nie sehr begeistert von den Blödeleien ihres Mannes und seines besten Freundes gewesen.

Jonas konnte schon ziemlich gut ab- und einschätzen, was ihn nun erwarten würde, wenn er Amy gestand, was die beiden Männer vorhatten. Es war mittlerweile Mittag geworden und Amy stand gerade in der Küche, um das Essen vorzubereiten. Jonas dachte, dass er nun die Gelegenheit ergreifen musste, um Amy davon zu erzählen, denn wenn er sich im Wohnzimmer in den Sessel setzen würde, könnte seine Frau ihn am Herd hören und er bräuchte dafür nicht einmal lauter zu werden, weil die Küche gleich an das Wohnzimmer angeschlossen war. Jonas vermutete, dass er heute keine bessere Gelegenheit mehr bekommen würde, denn wenn Amy am Herd stand, dann stand sie am Herd und sie hatte die Regel aufgestellt, dass man sich während des Kochens nicht von der Herdplatte entfernen sollte. Diese Regel stellte sie auf, nachdem Jonas einst versucht hatte,

Camembert zu machen. Dies endete sowohl aufgrund von Jonas' schlechten motorischen Fähigkeiten, die ihm in der Schule auch mal den Spitznamen „Körper-Klaus" einbrachten, als auch dadurch, dass er sich zwischendurch vom Herd entfernt hatte und vergaß, dass da etwas im Gange war, in einem mittelschweren Fiasko. Die daraus entstehende Sauerei durfte natürlich Amy wegmachen, da Jonas es ohnehin nicht so sauber bekommen hätte, wie Amy es sich wünschen würde.

Er hatte die Hoffnung, dass sie sich daraufhin nicht vom Herd entfernen würde, denn er wusste genau, dass er sich erstmal eine oder zwei Backpfeifen abholen könnte, wenn er ihr von dem geplanten Abenteuer erzählte. Das war Amys Art ihm auf Vorschläge, die etwas mit Evan und mit diesem in Verbindung stehenden Ideen zu tun hatten, zu antworten. Jonas hatte aber noch ein größeres Problem. Aufgrund der seit über einem Jahrzehnt bestehenden Beziehung zwischen Amy und ihm, war er ziemlich in Routine verfallen und benutzte für einen bestimmten Anlass stets die gleich Formulierung. So wusste Amy schon vorher, in welche Richtung sich das folgende Gespräch entwickeln sollte.

Jonas schlenderte also zu seinem Sessel, schaltete aber nicht den Fernseher ein. Amy wurde schon jetzt etwas stutzig. Dann begann er mit dem verräterischen Wort: *„Schaaaaaaatz?"* Amy war bekannt, dass er Sätze immer auf diese Weise begann, wenn er etwas ausgefressen hatte. Deshalb spielte sie erst einmal mit, indem sie aus der Küche etwas hämisch erwiderte: *"Jaaaaaaa?"* Im Innersten wusste Jonas, dass er sich bereits verraten hatte, aber er hatte ja noch den Joker mit der Herdregel und den versuchte er nun auszuspielen.

Er führte fort: *"Kannst du dich noch an die Schulzeit erinnern, als Evan und ich uns versprochen hatten, dass wir bestimmte Orte in unserem Leben noch gemeinsam bereisen wollen?"* Amy fiel die Kinnlade runter, als Jonas den Satz ausgesprochen hatte, aber aus Rücksicht hatte sie sich gedacht, dass sie ihn den Gedanken erst noch zu Ende spinnen lassen würde und deshalb antwortete sie, aber diesmal in einem etwas tieferen und raueren Ton: *"Jaaaaaaa."* Nun wusste Jonas, dass es um ihn geschehen war. Dann konnte er nun auch mit der ganzen Tür ins Haus fallen. Er sprach: *"Evan und ich haben uns nun vorgenommen, den Trip nach Schottland und Irland zu machen."* Dass die beiden gemeinsam eine Reise unternehmen würden, fand Amy gar nicht so unpassend, denn so war Jonas ihrer Meinung nach endlich einmal aus der Wohnung und konnte etwas anderes sehen als den Laptop oder den Fernseher und außerdem könnten sie die Geschichten von ihren Schandtaten, die sie ihrer Meinung nach da anstellen würden, nicht hier durchführen. Sie dachte sich schlicht, dass Jonas ein oder zwei Wochen Abstand ganz gut täten. Deshalb fragte sie sogar schon etwas interessiert nach: *"Wie lange denn? Eine oder zwei Wochen?"* Daraufhin musste Jonas Situation erstmal sacken lassen und war auch schon den Sessel etwas heruntergerutscht, als wenn er Angst gehabt hätte, dass gleich etwas aus der Küche geflogen käme. Jonas holte tief Luft und sagte: *„Wir haben da eigentlich nicht an ein paar Wochen gedacht, sondern eher an ein paar Monate oder vielleicht sogar ein Jahr oder noch länger."* Jonas war immer noch der felsenfesten Überzeugung, dass die Herdregel ihn davor bewahren könnte, sich ein paar Backpfeifen abzuholen.

Von hinten hörte er aber schon Amy herankommen und er rief: *„Du musst doch am Herd bleiben. Du kochst doch gerade."* Seine Frau sagte ganz trocken: *„Ich hab die Pfanne gerade samt Inhalt in die Spüle geworfen. Ich koche also gerade nicht."* Als ihr Mann diese Worte vernommen hatte, sprang er sofort auf und wollte seine Frau beruhigen, aber das brauchte er gar nicht.

Kurz bevor Amy am Sessel angekommen war, hatte sie ihre Handlung, die sie vorhatte, nochmals überdacht. Eigentlich war Amy eine der fürsorglichsten und liebevollsten Menschen, die Jonas jemals kennen gelernt hatte, aber Evan und seine Aktionen waren für sie ein rotes Tuch und sie hatte es sich angewöhnt, ihrem Mann dies auch deutlich mitzuteilen, wenn er mit Evan Blödsinn anstellen wollte. Sie musste aber diesmal einsehen, dass das kein Blödsinn mehr war, den die beiden sich da vorgenommen hatten, sondern bittere Erlebnisverarbeitung und deshalb umarmte sie ihrem Mann in dieser Situation lieber, als ihn davon abzuhalten. Jonas war zwar im ersten Moment ganz verdutzt und stand erst einmal etwas starr da, weil er an sich mit etwas ganz anderem gerechnet hatte, aber dies war ihm natürlich lieber.

Das, was Amy daraufhin sagen sollte, verwirrte Jonas noch mehr. Sie sagte ihm flüsternd ins Ohr: *"Geh mit Evan nach Schottland. Ich liebe dich zu sehr, als dass ich weiter mit ansehen könnte, wie du dich hier Tag für Tag quälst. Ich kann nicht immer für dich da sein, wenn dich wieder die Trauer überkommt. Deshalb ist es wohl besser, wenn du für eine gewisse Zeit ganz weg gehst, aber tue mir bitte zwei Gefallen. Erstens, wenn du dich dann irgendwann entschlossen hast, zu mir zurückzukehren, dann sei bitte auch wieder bei mir und nicht ständig mit deinen Gedanken irgendwo anders. Und zweitens, komm bitte zurück!"*

Danach stellte sich Amy wieder an den Herd, um das Mittagessen nochmals zu kochen. Jonas machte sich indes ins Schlafzimmer auf und hatte beim Rausgehen aus dem Wohnzimmer noch das Telefon gegriffen. Er wollte nun dringend mit Evan sprechen und ihm mitteilen, dass der Reise von seiner Seite aus nun keine Steine mehr im Weg lagen.

Evan wachte durch das Klingeln seines Handys etwas schreckhaft auf und hätte dadurch beinahe Elia geweckt, die nicht mehr mit dem Kopf auf seiner Brust lag, sondern sich mal wieder mit ihrer Hand in Evans Brust gekrallt hatte. Deshalb war es ihm auch nicht leicht gefallen, an sein Handy zu gelangen. Als er es gerade noch so geschafft hatte, das Handy zu erreichen und auf das Display zu sehen, bevor das

Klingeln aufhörte, sagte er nur ganz leise: *"Hallo Jonas. Was gibt es denn?" "Ich wollte dir nur Bescheid sagen, dass Amy nichts dagegen hat. Wie sieht es bei dir aus?"*, erwiderte Jonas. *"Wie soll ich sagen? Bei Elia und mir war es sehr emotional, aber nun schläft sie gerade. Sie hat mir auch grünes Licht gegeben. Du hattest doch gesagt, dass Amy die nächste Woche Urlaub hat. Was würdest du denn davon halten, wenn wir die nächsten Tage in meinem alten Elternhaus verbringen? Dort können wir dann in aller Ruhe unsere Abreise planen und unsere Frauen hätten einander, um sich gegenseitig beizustehen."* Jonas wusste, dass Amy in den nächsten Tagen nichts geplant hatte und deshalb stimmte er schon einmal zu. Evan sagte nur noch, dass er ihm noch eine Nachricht schreiben würde, ob denn alles klar ginge, bevor sie das Gespräch beendeten.

Schließlich musste er ja noch Elia fragen.

Evan war zwar in dem Glauben, dass sie schlafen würde, aber sie war wach. Sie hatte ihren Kopf nur zur anderen Bettseite hin geneigt, sodass Evan ihre Augen nicht sehen konnte. Da auch Amy der Reise zugestimmt hatte, war ihr letzter Funken Hoffnung, dass Evan doch bleiben würde, erloschen. In ihrem Innersten hatte sie doch noch auf Amy gesetzt. Fünf Minuten später sagte Elia dann mit einer immer noch tieftraurigen Stimme: *"Ich hab auch nichts dagegen für ein paar Tage hier raus zu kommen. Ich kann auch von da zur Uni fahren. Das ist kein Problem. Schreib ihm ruhig eine Nachricht, dass wir uns dann heute Abend da treffen."*

Evan war zwar etwas ungläubig hinsichtlich dieser Aussage, weshalb er auch sicherheitshalber erneut nachfragte, aber sie stimmte erneut zu. Er schrieb seinem Freund also die Bestätigung und erhielt als Antwort, dass das Ehepaar dann gegen 18 Uhr da sein würde. Für die abendliche Mahlzeit würden sie entsprechend sorgen.

Auf Evans Nachfrage, wie lange sie denn schon wach gewesen sei, antwortete sie nur, dass sie nur kurz richtig geschlafen habe. Die restliche Zeit sei sie immer nur ein bisschen weggedöst. Dadurch habe sie auch das Telefonat mit Jonas mit angehört. Nachdem Evan ihr noch einen Kuss auf den Kopf gegeben hatte, fingen beide schon einmal an, für die paar Tage in Evans Elternhaus zu packen. Evan begann aber noch nicht mit dem Packen für die Reise. Das würde er in den nächsten Tagen nachholen. Nun war dafür nicht genügend Zeit.

Nachdem Elia und Evan eine halbe Stunde gebraucht hatten, um das Notwendigste zusammenzupacken, entschlossen sie sich sofort zum Haus zu fahren. So könnten sie da schon ein paar Dinge vorbereiten und hätten dort noch ein paar Stunden für sich, bevor Amy und Jonas kommen sollten.

Als sie nach ihrer kurzen Anreise dort angekommen waren, bezog Elia die Betten und Evan holte Holz ins Haus, um daraufhin einer seiner alten Lieblingsbeschäftigungen nachzugehen: ein Feuer im Kamin schüren. Als Elia mit ihrer Vorbereitung fertig war, ging sie ins untere Stockwerk, um zu sehen, was Evan gerade machte. Er saß wie üblich in dem alten Schaukelstuhl. Elia setzte sich auf seinen Schoß, woraufhin Evan sie mit seinen Armen umschloss und gab dem Schaukelstuhl einen Schubs. Es ergab ungefähr das gleiche Bild wie an dem Tag, an welchem sie von dem grauenhaften Unfall erfahren hatten. So romantisch diese Minuten auch waren, konnten sie nicht über das hinwegtäuschen, was sie überhaupt erst in diese Situation gebracht hatte. Beide fühlten sich aber, den unangenehmen Umständen trotzend, in solchen Momenten beim anderen immer geborgen. Elia war wieder hin und her gerissen und kurz davor, ihm doch von der Schwangerschaft zu erzählen. Für sie war es so ein schöner Moment, der nur noch von dieser wunderschönen Nachricht hätte gekrönt werden können. Sie riss sich aber erneut zusammen, denn in ihrem Kopf lief immer wieder ein Film ab, was passieren würde, wenn sie es ihm sagen würde. Sie war schlicht und ergreifend nicht in der Lage, ihm diesen Traum, diesen Funken Hoffnung auf Ruhe und Einklang, zu nehmen.

Einige Stunden später klingelte es dann an der Tür. Jonas und Amy waren angekommen. Evan öffnete die Tür und bereits als das Ehepaar das Haus betreten hatte, roch Amy, dass der Kamin an war. Sie war ein riesiger Fan von Kaminfeuer und hatte auch nichts dagegen, das allen eindrucksvoll zu beweisen, indem sie ins Wohnzimmer rannte, Elia schnell umarmte und sich danach gleich vor dem Kamin die Hände rieb. Evan schüttelte nur mit dem Kopf und ließ seinen typischen Kommentar ab: *„Frauen."*

Nachdem alle gemeinsam im Wohnzimmer zu Abend gegessen hatten, beschlossen sie sich noch eine DVD anzusehen. Elia und Amy hatten sich beide an ihre jeweiligen Männer auf der jeweiligen Couch geklammert. Allerdings geschah das, was nach Evans Auffassung immer passierte, wenn ein Film geschaut, der Kamin angemacht und gekuschelt wird. Die Frauen wurden müde und schliefen ein. Evan konnte sich seinen Kommentar an dieser Stelle nicht sparen und aus seinem Mund erklang erneut: *„Frauen."*
Die Männer trugen ihre Frauen in die Betten, deckten sie zu und schlossen leise die Türen, bevor sie sich wieder im Wohnzimmer niederließen. Auf dem Weg dahin hatte Jonas – schon aus Jugendgewohnheit heraus – zwei Bier aus dem Hauswirtschaftsraum mitgenommen. Das lockte bei beiden zumindest ein Schmunzeln hervor. Gelacht hatten sie schon lange nicht mehr und geweint ebenso wenig. Es war ja auch kein richtiges Lachen, sondern eher so ein angenehmes Grinsen, so wie jeder Schmunzeln muss, wenn er sich an eine lustige Angewohnheit seiner Jugend erinnert.
Nun war also die Zeit gekommen, die Reise etwas genauer zu planen. Sie hatten auf den Effekt gesetzt, den Evan prognostiziert hatte, sodass sie alleine reden konnten; ohne die Frauen, die das nur unnötig weiter beunruhigen würde.
Sie saßen beide vor dem Laptop und hatten eine große Karte, auf der Schottland mit allen wichtigen Straßen und Wegen abgebildet war und eine Karte von Irland, die die gleichen Eigenschaften aufwies. Sie wollten zahlreiche Städte

besuchen und ganz viel Natur und Kultur erleben. In solchen Lagen war es dann zumeist Evan, der das Wort ergriff. Er meinte: *„Eigentlich hatten wir unsere Reiseroute ja schon zu Schulzeiten bestimmt: Mit dem Flugzeug nach Edinburgh, von da aus zum Antoninus- und anschließend zum Hadrianswall, dann wieder Richtung Norden nach Glasgow, daraufhin weiter nach Norden bis tief in die schottischen Highlands zum Loch Ness und vielleicht bis Carbisdale Castle, hinterher an die Westküste, von wo wir dann nach Irland in Richtung Belfast übersetzen, dann Richtung Süden nach Dublin und letztendlich noch ein Stück weiter westlich zu den traumhaften Gewässern von Lough Corrib."*
Jonas kam schon bei dem Gedanken an diese Reise ins Schwelgen. Das Einzige, das ihn daran störte, waren die hohen Reisekosten: *„Das Finanzielle wird ganz schön schwierig. Ich hab keine Ersparnisse und Amy muss auch von etwas leben. Ich kann nur das einbringen, was ich jetzt von meinen Eltern geerbt habe. Ich kann froh sein, dass sie ihre Wohnung schon abgezahlt haben, sonst würde ich es nicht einmal bis nach Irland schaffen."* Evan versuchte ihn optimistischer zu stimmen: *„Mein Güte Jonas, nun trau' dir doch endlich mal was zu. Wir haben die Tür zu etwas aufgemacht, das wunderbarer werden kann als unser ganzes bisheriges Leben und du machst dir Sorgen um Geldangelegenheiten. Wir haben zwei gesunde Arme, zwei gesunde Beine und was im Kopf. Wenn es Probleme gibt, dann werden wir die schon zusammen lösen."* Jonas'

Antwort kam prompt: *„Du hast ja auch gut reden. Deine Eltern hatten beide Lebensversicherungen abgeschlossen. Du müsstest eigentlich in Geld schwimmen! Entschuldige, Evan. Ich wollte, ich hätte das nicht gesagt."* *„Ist schon gut, Kumpel."*, meinte Evan und setzte fort: *„Ich weiß, dass du das nicht so gemeint hast. Du hast aber auch Recht. Einen Teil des Geldes von den Lebensversicherungen und von meinem Erbe werde ich für diesen Trip einplanen und wenn dabei auch ein bisschen Geld für dich draufgeht, hab' ich ja wohl das geringste Problem damit. Oder etwa nicht?"* *„Du hast Recht, Evan."*, war das Einzige, was Jonas etwas beschämt zu sagen hatte.

Zum Abschluss dieses Themas hatten die beiden Freunde beschlossen, dass sie bereits morgen zum Reisebüro gehen würden, um sich zwei One-Way-Tickets nach Schottland zu besorgen. Evan lag aber noch etwas anderes auf dem Herzen: *„Weißt du Jonas, mir kam es so vor, als wenn in Elia etwas gestorben ist, als ich ihr von unserem Vorhaben erzählt habe. Sie hatte ihren geschockten Gesichtsausdruck aufgelegt. Ich habe sie während unserer Beziehung noch nie so viel weinen sehen. Ich denke, dass es nicht richtig wäre, komplett abzutauchen und irgendwann dann vor der Haustür zu stehen und zu hoffen, dass das Leben einfach dort wieder weitergeht, wo es zuvor aufgehört hatte. Wir sollten in regelmäßigen Abständen Bilder, einen kurzen Brief oder eine E-Mail in die Heimat schicken. So könnten wir wenigstens etwas Kontakt in die Heimat halten."*

Jonas war sichtlich gerührt von der Idee, weil er sich, wenn auch lachend, eine Träne unter seiner Brille wegwischen musste. Das war Evan schon Antwort genug. Dieser führte fort: *„Da werden wir uns aber ganz schön ranhalten müssen. Vielleicht sind wir ja nur noch ein paar Tage hier. Wir sollten also so schnell wie möglich damit fertig werden und vielleicht sollten wir auch nur etwas für die wichtigsten Personen schreiben."* Jonas entgegnete nur noch: *„Ja. Das stimmt. Entschuldige Evan. Ich habe gerade ein paar gute Gedanken im Kopf. Ich nehme mir gleich ein paar Blatt Papier und fange direkt an." „Das Gleiche werde ich jetzt auch machen. Ach ja, und Briefumschläge findest du da oben im Schrank."*, waren die letzten Worte, die sie noch miteinander wechselten, bevor Jonas den Raum verließ. Er war schon total in Gedanken, sodass er den Standplatz der Briefumschläge nur noch mit halbem Ohr mitbekommen hatte.

Die beiden Freunde waren in den nächsten Stunden mit Schreiben beschäftigt. Irgendwann tief in der Nacht sind sie dann aber auch in die Betten zu ihren Frauen gegangen, die allerdings schon seit Stunden schliefen. Zuvor hatten sie die Briefanfänge, die sie bereits geschafft hatten zu schreiben, oben auf dem Wohnzimmerschrank versteckt. Am nächsten Abend würden sie daran weiterschreiben.

Als die Zwei so neben ihren Frauen lagen, konnten sie nicht einschlafen. Zu sehr waren sie damit beschäftigt zu überlegen, was sie noch in die Briefe hineinschreiben sollten.

Aber noch viel mehr beschäftigte sie, welches Lied am Besten ausdrücken könnte, was sie für ihren Lebenspartner empfanden. Diese Gedanken mögen zwar etwas kindisch anmuten, aber beide wollten ihren Frauen nicht nur etwas zum Lesen oder Sehen, sondern auch zum Hören zurücklassen. Dieses Lied müsste alles beinhalten: es durfte selbst nach mehrmaligen Hören nicht langweilig werden, der Songtext musste alles sagen, was die Männer sonst nicht hätten sagen können und der Song sollte die Stimmung vermitteln, die sie im tiefsten Innern spürten. All diese Eigenschaften mussten zusammengefasst das bewirken, was sie mit dieser Aktion im Sinn hatten und zwar, dass ihre Partner und engsten Freunde etwas hätten, woran sie sich in der Zeit ihrer Abwesenheit klammern könnten.

Am nächsten Morgen waren, trotz des so späten Zubettgehens, Evan und Jonas diejenigen, die als erstes aufgestanden waren. Beide plagte so ein bisschen der Gedanke mit den Briefen nicht fertig werden zu können. Nachdem sie für die Frauen das Frühstück vorbereitet hatten, schrieben sie noch so lange weiter an den Briefen, bis Elia dann aufgrund ihrer morgendlichen Übelkeit ins Bad musste und daraufhin die Treppe herunterkam, um wenigstens etwas zu frühstücken. Als die Männer sie die Treppe herunterkommen hörten, legten sie die beschriebenen Seiten wieder auf den Wohnzimmerschrank und gingen noch schnell in die Küche, um sich frischen Kaffe einzugießen und ja keinen Verdacht zu erwecken. Elia fragte Evan, ob er heute Nacht überhaupt im Bett gewesen sei, denn als sie einschlief, war er nicht da und als sie aufwachte ebenso wenig. Er sagte daraufhin, dass er natürlich neben ihr gelegen habe und sie sogar wieder zudecken musste, weil sie wieder ihre Decke im Schlaf weggeworfen hatte.

Ein paar Stunden später machten sich Jonas und Evan dann auf den Weg ins Reisebüro. Als sie gegen Mittag wieder zurückkamen, berichteten sie ihren Frauen, dass sie bereits in zwei Tagen fliegen würden. Beide hatten die Idee im Kopf: *„Je früher wir losfahren, desto früher sind wir bestimmt auch wieder zurück!"*

Nun war es also sicher. Am Mittwoch würden sie um 9 Uhr von Berlin aus nach Edinburgh fliegen. Wahrscheinlich lag es daran, dass der Zeitpunkt der Abreise schon so nahe lag, aber bei den beiden Frauen machte sich auf einen Schlag eine äußerst depressive Stimmung breit. Sie hatten wohl in diesem Moment erst richtig realisiert, was nun passieren würde. Die beiden Menschen, die sie am meisten liebten, würden übermorgen auf unbestimmte Zeit verschwinden. Vielleicht waren diese Gefühle, die Elia und Amy in diesen Momenten empfanden, noch schlimmer als die, die Jonas und Evan beim Verlust ihrer Eltern erschauert hatten, denn die Frauen kannten nun den genauen Zeitpunkt, an dem sie ihre Liebsten verabschieden würden.

Alle stimmten zunächst damit überein, dass sie die beiden verbleibenden Tage zwar immer wieder mal hier in Evans Elternhaus zusammenkommen würden, aber den größten Teil des Tages in Zweisamkeit verbringen würden, damit man voneinander Abschied nehmen konnte. Jonas und Amy zog es die zwei Tage über immer zu Amys Eltern, von welchen sich Jonas viele Vorwürfe bezüglich der bevorstehenden Reise hat gefallen lassen müssen, aber das war ihm egal, denn eigentlich schrieb er in Gedanken immer an den Briefen weiter. Amy merkte auch, dass er große Teile des Tages geistesabwesend war. Sie dachte sich, dass er sich gedanklich schon von ihr entfernt hatte, obwohl er doch nur etwas schreiben wollte, was Bedeutung hatte. Am späten Dienstagabend sind sie dann nochmals zu ihrer Wohnung gefahren, damit sie Jonas wenigstens ein paar Sachen und die wichtigsten Papiere einpacken konnten.

Elia und Evan hingegen packten am ersten Tag einen großen Koffer für die Reise zusammen und waren dann schon am frühen Nachmittag wieder zurück. Wenn es um Reisevorbereitungen ging, war Elia immer viel zu fürsorglich und vorsichtig. Sie hätte sich lieber vor Augen führen sollen, dass es zwei Männer waren, die sich auf den Weg machen, aber wer will es ihr in ihrer misslichen Lage verdenken. Den restlichen Tag verbrachten sie in wirklicher Zweisamkeit entweder im Schaukelstuhl vor dem Kamin, auf der Couch oder im Bett, wenn es Elia wieder etwas schlechter ging. An die Uni war bis Donnerstag nicht zu denken. Am zweiten Tag bestand Elia darauf, erneut aus dem Haus zu kommen. Evan war zwar dagegen, aber er wollte ihr diesen Wunsch einen Tag vor der Abreise nicht abschlagen. Sie gingen also rüber. Klaus und Andrea hatten eigentlich schon gestern mit einem Besuch gerechnet, weil sie das Auto von Evan und Elia wieder draußen erspäht hatten. Ihnen war es aber lieb, wenn sie überhaupt vorbeischauten. Deshalb war die Stimmung schon freudig, als Andrea die Haustür öffnete. Die ausbrechende Freude von Andrea war aber nur aufgesetzt, denn sie hatte die beiden schon auf dem Weg hierher wieder aus dem Fenster erblickt. Auch Elias Eltern waren von Evans Schritt nicht gerade begeistert. Wenn man ehrlich ist, kann man schon sagen, dass man sich ein wenig gestritten hatte, aber sowohl Evan als auch Elia wussten, dass sich Klaus und Andrea nicht die geringste Vorstellung davon machen konnten, wie sich Evan fühlte und deshalb ließen sie das ältere Pärchen auch in Ruhe ihr Unverständnis ausdrücken. Das jüngere Paar war nachher auch durchaus froh, das Haus wieder verlassen zu haben, denn man hatte dort ohnehin nur einen Kurzbesuch geplant. Sie wollten den letzten schönen Herbsttag, den sie noch gemeinsam erleben würden, mit einem ihrer früher üblichen Spaziergänge abschließen. Elia ging es zwar nur den Umständen entsprechend, aber wie es ihr Wesen war, bestand sie vehement darauf. Evan hatte ihrer Meinung nach einfach nicht das Recht, jetzt irgendwelche Ansprüche zu stellen und er fügte sich an diesem Tag. Im Wäldchen war Elias Übelkeit fast verschwunden. Sie tobte herum, warf mit herab gefallenen Blättern nach Evan und sprang ihm ein ums andere Mal auf den Rücken, damit er sie Huckepack durch die Gegend tragen konnte. Für Elia war das nochmals ein wirklich schöner und erlebnisreicher Ausflug, der den Besuch bei den Eltern zumindest ausblenden konnte. Als sich alle Vier wieder im Haus getroffen hatten, wurden die letzten Vorbereitungen für den morgigen Tag getroffen. Sie stellten die beiden Koffer auf den Flur, schauten sicherheitshalber erneut nach den Papieren, überprüften nochmals, ob genügend Benzin im Tank für die zweistündige Fahrt nach Berlin war und stellten die Wecker auf 5 Uhr. Letzteres war aber nur für Elia und Amy wichtig, denn die anderen beiden würden die ganze Nacht noch damit beschäftigt sein, die Abschiedsbriefe zu Ende zu schreiben und die CDs zusammenzustellen. Aus diesem Grund waren die Männer auch froh, als sich die Frauen am späten Abend ins Bett verabschiedet hatten, mit der Bitte, dass sie doch bald nachkommen mögen. Diesbezüglich mussten sie die Frauen leider enttäuschen.

Als beide mit dem Schreiben fertig waren, wunderte sich Evan, dass Jonas mit nur einem Brief aus der Küche zurückkam. Evan hatte in der Zeit zwar auch nur zwei Briefe geschafft, aber die hatten fast die doppelte Länge. Jonas war einfach kein Schreiberling, aber er brachte die wichtigsten Dinge stets auf den Punkt; eine Tugend, die Evan fehlte.

Als letzte Amtshandlungen des nun schon jungen Tages stellten sie noch die CDs fertig und verfassten zusätzlich einen kurzen gemeinsamen Brief. Daraufhin packten sie das alles wieder auf den Wohnzimmerschrank, klappten den

Laptop zu und verschwanden für ein paar Stunden noch in ihren Betten.

Ein schwerer Tag sollte vor allen Beteiligten liegen...

Kapitel 5

5 Uhr: Der Wecker klingelte. Alle standen auf und begegneten sich bereits auf dem Flur im Obergeschoss. Amy sprach nun das aus, was alle dachten: *„Es ist so weit."* Alle begaben sich in die Küche. Das Frühstück fiel aber spärlich aus, weil verständlicherweise keiner so richtig Appetit hatte an diesem Morgen.

Nachdem alle im Bad waren, war es schon 6 Uhr geworden und man musste so langsam los. Die Männer trugen die beiden Gepäckstücke zum Auto und verstauten diese im Kofferraum. Amy und Elia packten noch etwas zu trinken für die Fahrt ein und setzten sich danach ins Auto. Als Jonas schon drängelnd an der Haustür stand und nach Evan rief, lief der nochmals schnell ins Wohnzimmer. Er holte schnell die Briefe und die CDs vom Schrank und stellte diese nebeneinander auf den Tisch. Auf dem linken stand „Elia", auf dem rechten „Amy" und auf dem in der Mitte gar nichts geschrieben. Hinter jeden Brief stellte er dann noch eine CD, nahm daraufhin seinen Mantel, schloss die Haustür ab und stieg ins Auto. Klaus und Andrea waren zwar nicht extra aufgestanden, um auf Wiedersehen zu sagen, aber sie hatten zumindest gestern am späten Abend noch eine Nachricht geschrieben, dass sie Evan und seinem Freund viel Erholung und Spaß wünschten, aber auch eine schnelle Rückkehr. Letzteres wünschten sich wohl irgendwie alle.

Während der Fahrt wurde nicht viel geredet. Jeder hatte mit sich selbst zu kämpfen. Die Frauen hatten für den Notfall zwar schon Taschentücher griffbereit gelegt, aber ihnen fehlte sogar die Kraft zum Weinen.

Als sie dann am Flughafen in Berlin angekommen waren, begann die erste Stufe des gefühlsmäßigen Chaos. Die Männer checkten ein und hatten ihr Gepäck bereits abgegeben. Die Pforten, die zum Flugzeug führten, waren aber noch nicht geöffnet worden. Deshalb gab es jetzt die Verabschiedungsszene, vor der sich alle gefürchtet hatten. Nun mussten sie endgültig loslassen. Diesmal lief nicht nur bei Elia die Zeit langsamer, sondern bei allen. Jeder kam sich vor, als wenn er in einem dieser typischen Teenagerfilme wäre.

Die Pärchen lagen sich in den Armen und die letzten Tränen, die noch von den letzten Tagen und Nächten übrig geblieben waren, flossen langsam die Gesichter herunter. Als das Boarding begann, küssten sie sich noch einmal. Danach gingen die Herren. Sie hatten sich geschworen, nicht einmal zurückzublicken und das taten sie auch nicht. Die Frauen konnten ihren Männern nur noch hinterher sehen. Kurz bevor Evan in das Flugzeug stieg, blieb er noch einmal stehen, griff in die Innentasche seines Mantels und gab der Dame vor dem Einlass einen größeren frankierten Umschlag und bat sie, diesen bitte für ihn einstecken zu gehen, was sie dann auch tat. Es war der zweite Brief, den Evan noch geschrieben hatte. Er war an seine beste Freundin Althea gerichtet, die nach dem Abitur an einer Fachhochschule in Niedersachsen studiert hatte und mittlerweile, im jungen Alter von 27 Jahren, ihr eigenes kleines Geschäft unterhielt, welches sich darauf spezialisiert hatte, Mängel in Hotels und Gastronomie sowohl im Aus- als auch im Inland aufzudecken. Diese Informationen wurden dann in Katalogen von Reisebüros abgedruckt und wenn diese das nicht wollten, hatte sie ihre Erkenntnisse auch schon selbst drucken lassen, wodurch ihr Unternehmen zu einem Geheimtipp der Branche wurde.

In dem Wissen, dass der Brief und somit der Plan von Evan seinen Weg bahnte, stiegen er und Jonas ins Flugzeug ein. Als sie in ihrer Nische saßen, wussten sie, dass es nun kein Zurück mehr geben würde und vielleicht war es auch besser, dass sie auch das so schnell beschlossen hatten. Wenn sie noch länger bei ihren Frauen geblieben wären, hätte das schlechte Gewissen vielleicht noch gewonnen und sie wären doch geblieben.

Elia und Amy schauten durch die Fenster des großen Wartesaales zu, wie das Flugzeug kurz nach 9 Uhr Berlin in Richtung Edinburgh startete. In ungefähr 6 Stunden sollten sie ankommen.

Die beiden Leidensgenossinnen machten sich langsam auf den Weg zum Auto. Es war ein schwerer Gang. Auf der Rückfahrt fehlten sogar bei fraulicher Zweisamkeit die Gesprächsthemen.

Als die Frauen dann wieder bei Evans Haus ankamen, ging Amy gleich ins Obergeschoss. Sie war nicht all zu gern hier und nun hatte sie ja auch keinen Grund mehr dafür. Deshalb wollte sie gleich anfangen zu packen. Elia hingegen ging zuerst in die Küche, um ihre Handtasche und ihre Jacke über einen Stuhl zu hängen. Danach machte sie sich einen Tee und wollte sich gerade auf eine der beiden Wohnzimmercouchen setzen, als sie die drei Briefe entdeckte. Daraufhin rief sie gleich Amy herunter und dann standen sie gemeinsam davor. Sie trauten sich gar nicht, diese Schriftstücke aufzumachen, geschweige denn zu lesen, denn sie hatten Angst vor dem, was darin geschrieben sein könnte. Amy überwand sich aber irgendwann und behauptete ganz lapidar: *„Das Schlimmste, das da drin geschrieben sein kann, ist, dass sie uns verlassen."* Damit sprach sie Elias schlimmste Befürchtung aus, aber beim Lesen der Briefe, die mit ihren Namen beschrieben waren, hatten sich die Gemüter schnell wieder beruhigt. In Amys Brief stand geschrieben:

Liebste Amy,

ich kann mir vorstellen, dass es dir schwer gefallen sein muss...
Glaube nicht, dass dieser Brief bedeutet, dass ich unsere Ehe beenden will. Im Gegenteil. Wenn ich wiederkomme, möchte ich, dass sie wieder in neuem Licht erstrahlt. Am Ende war es vielleicht sogar der einzige Grund für mich, diese Reise auf mich zu nehmen: ich will damit unsere Ehe retten, denn in diesem Zustand hattest du mich nicht kennen gelernt und ich glaube nicht, dass du mich so lieben könntest.
Ich schwöre dir, dass ich wiederkommen werde, wenn ich dafür bereit bin und ich werde wieder der Alte sein.
Ich werde versuchen, nicht zu lange dafür zu brauchen, aber wann ich wiederkommen werde, kann ich dir mit diesem Brief nicht sagen. Ich will dich nur nicht in dem Glauben lassen, dass es in näherer Zukunft passieren wird. Ich habe dir ja schon einmal von der Reiseroute unseres Jugendtraumes erzählt. Dann kannst du dir ausmalen, dass das kein Kurztrip wird, sondern eher eine „Travel-and-Work"- Reise.
Die anderen Papiere in diesem Brief sind von meiner Bank. Du brauchst nur noch zu unterschreiben, dann hast du uneingeschränkten Zugang zu meinem Konto. Ich will, dass du von nun an auch darüber verfügst. Diese Reise finanziere ich durch mein Erbe, das ich auf ein anderes Konto

überwiesen ließ. Wenn das Konto leer sein sollte, kann ich mir Geld bei Evan borgen.

Wir haben euch jeweils auch ein Lied hinterlassen, das euch auf ewiglich an uns erinnern oder zumindest über die Zeit bringen soll.

Mir fiel kein besseres Lied für diesen Moment ein als „I miss you" von Blink-182. Du weißt, was ich alles mit diesem Song verbinde.

Zum Schluss sei nur noch das gesagt: Ich liebe dich!

In Liebe, Jonas

Amys Begeisterung für diesen Brief hielt sich in Grenzen. Sie hatte sich, nachdem sie las, dass er die Ehe nicht beenden wollte, doch etwas mehr an Gefühl gewünscht. Ihr Mann war aber etwas anders gestrickt. Dieser wollte in erster Linie seine Frau abgesichert wissen und dafür hatte er das Bestmögliche getan.

In Elias Brief stand geschrieben:

Meine geliebte Elia,

erst einmal: Nein. Ich will nicht Schluss machen. Ich weiß, dass du das beim Anblick dieses Briefes gedacht hast. Das brauchst du gar nicht zu bestreiten.

Ich weiß auch, dass die nächsten Wochen und Monate nicht leicht für dich werden. Du hast aber eine große Stärke in dir und die ist es, die durch diese schwierige Zeit bringen wird und die Gewissheit, dass ich zu dir zurückkehren werde, wenn ich mich wieder würdig fühle, an deiner Seite sein zu dürfen.

Kannst du dich noch an den Tag erinnern, als wir im Sommer picknicken waren? Wir waren noch gar nicht lange zusammen und trotzdem fühlte ich mich dir an diesem Tag schon so nah, wie keinem anderen Menschen. Diese Zuneigung hat sich in den Jahren unserer Beziehung nur noch mehr verstärkt und du kannst dir gar nicht vorstellen, wie schwer es mir fällt, von dir zu gehen. Manchmal komme ich mir schon so vor, als wenn ich Stimmen höre. Die eine sagt, dass ich bleiben soll. Die andere meint, dass ich gehen soll. Ich bin ehrlich, ich weiß eigentlich gar nicht, was ich machen soll.

Wenn du mich fragen würdest, was ich in Schottland suche, dann würde ich dir keine Antwort geben können. Ich würde wahrscheinlich sagen, dass ich Antworten und Wahrheiten auf Fragen und Dinge finden muss, die ich noch gar nicht kenne.

Kennst du das, wenn du dir selbst fremd vorkommst?

Wahrscheinlich wirst du jetzt denken: „Du blöder Philosoph!", aber irgendwie gehört das zu meinem Wesen. So hast du mich kennen- und auch lieben gelernt. Dieser blöde Philosoph macht sich auf den Weg, um denjenigen zu finden, den er in seinem Inneren verloren hat. Ich will mich wieder finden. Ich kam mir in der letzten Woche vor wie ein

Zombie; meiner Seele beraubt und nur noch ein herumwandernder Klumpen. Natürlich bin ich 27 Jahre alt und hätte mich von meinen Spinnereien in der Jugend schon längst verabschieden sollen, aber du kennst mich und meine Vergangenheit. Du weißt, dass das alles nicht so leicht ist.
Wir kennen einander so gut, dass wir manchmal gar nicht zu sprechen brauchen und wir wissen, was mit dem anderen los ist. Ich habe in den letzten Tagen bereits deine Angst gespürt. Ich weiß, dass für dich Ungewissheit und Einsamkeit die größten Gifte sind, die aufeinander treffen können. Aus diesem Grund habe ich bereits nach jemandem geschickt, der dich durch die Zeit bringen wird.
In habe allerdings auch noch eine Bitte an dich. Ich möchte, dass du unsere Wohnung auflöst und in mein altes Elternhaus ziehst. Du kennst dich da mindestens genau so gut aus wie ich und du bist näher an deinen Eltern. Sie würden sich über deine Nähe freuen und vielleicht würde dir das ebenfalls helfen. Wir können ja immer noch sehen, was wir machen, wenn ich wieder da bin.
Wie du gesehen hast, ist dem Brief auch eine CD beigelegt. Wir haben beschlossen jedem ein Musikstück zu hinterlassen, das uns schon immer begleitet hat oder das, was wir sagen wollen auf den Punkt bringt.
Ich habe mich für „Why" von Avril Lavigne entschieden, weil ich die ganze Zeit überlege, was alles so in deinem Kopf herumgeistert, denn du wirktest in den letzten Tagen nicht

ganz bei dir und wahrscheinlich fasst der Song genau deine Gedanken zusammen. Ich hoffe es zumindest.

Wenn mich irgendeine andere Frau schief angesehen hatte, dann warst du immer gleich total hysterisch. Naja, ich fand das nie schlimm, sondern immer total niedlich, wie du mich verteidigen wolltest und dann immer meinen Arm festgehalten hast. Außerdem willst du heute noch in solchen Situationen durch Küsse dein Revier markieren. Ich weiß, dass du dir da Sorgen machst, aber bei allem, was mir heilig ist: Ich werde dir treu bleiben!

Alle Welt denkt, dass die Welt so einfach zu verstehen wäre. Ich verstehe sie nicht und ich verstehe auch nicht, was sie mit uns macht, obwohl es doch die Welt ist, die entscheidet, was mit uns allen passiert. Wir haben fast nichts in der Hand!

Wir werden aber versuchen dem Lauf der Welt zu trotzen und unseren Glauben an die Menschen und das Leben wieder zu finden.

Ich liebe dich über alles auf der Welt, meine Süße.

Mit aller Liebe, die ich aufbringen kann... Dein Evan

Beide Frauen waren bis auf das Tiefste gerührt von diesen Briefen. Dabei hatten sie einen noch gar nicht gelesen. Es stand ja auch kein Name auf dem Briefumschlag und deshalb war er auch etwas uninteressanter als die anderen. Sie blickten einander fragend an, weil sich keiner ausmalen konnte, was in diesem Brief sein könnte. Ihrer Meinung nach hatten die Männer alles Nennenswerte gesagt.

An unsere Lieben,

Wir Zwei haben lange darüber gesprochen, wie wir euch das alles begreiflich machen können. Wir haben es zwar schon auf zahlreichen Wegen versucht, aber reine Worte können niemals die ganze Stimmung eines Menschen ausdrücken. Eine Melodie vermag das schon viel eher. Deshalb haben wir euch in diesem Brief einen Teil des Songtextes von Lisa Gerrards und Hans Zimmers „Now we are free" niedergeschrieben. Dass dieses Lied überhaupt eine Übersetzung hat, ist zwar umstritten, aber das ist egal, denn selbst, wenn diese nur ausgedacht ist, kann der treffende Inhalt von ihr nicht weggewischt werden.

Zum Schluss sei noch gesagt, dass ihr das Ende des Liedes, das ihr auch auf der CD findet, bitte nicht wörtlich nehmt, sonst macht ihr euch nur unnötige Sorgen.

„Jetzt sind wir frei"

„Allmächtige Freiheit
Mächtiger Freier unserer Seele
Sei frei
Geh mit mir
Durch die goldenen Felder

So schön
Schön...

Wir bedauern unsere Sünden, aber
Wir bauen unser eigenes Schicksal und
Unter meinem Gesicht bleibe ich schwach
Unter meinem Gesicht lächle ich
Unter meinem Gesicht werde ich warten

[...]

Allmächtige Freiheit
Mächtiger Freier unserer Seele
Sei frei
Sei frei
Endlich mit dem Frieden in Freiheit
So schön, dieses Land
Es ist so schön

Keiner kann es glauben
Oder verstehen
Wie weit ich für meine wunderbare Familie gekommen bin
Ich hätte da sein sollen
Mit ihnen
Als die Welt in sich zusammenbrach
Aber jetzt ruhen sie mit mir
Aber jetzt ruhen sie mit mir

Ich werde es nie vergessen
Wie ich mich in diesem Moment fühlte
Ich wurde frei"

P.s. Wir sehen uns wieder, wenn wir das Ende des Liedes erreicht haben. Wir werden nicht ganz aus eurem Leben verschwinden. In regelmäßigen Abständen werdet ihr von uns E-Mails bekommen, in denen wir euch schreiben, wie es uns ergeht und ab und zu werden auch ein paar Fotos oder ein weiteres Lied dabei sein. Wir hoffen euch damit ein bisschen zu helfen. Falls das nicht der Fall sein sollte, könnt ihr das auch jederzeit in einer Mail schreiben. Wann wir antworten, können wir euch aber nie sagen...

Amy und Elia lagen sich in den Armen und sie weinten und weinten und weinten. Einige Minuten später hatten sie sich aber wieder gesammelt. In beiden Köpfen kreisten so viele Fragen, insbesondere bei Elia: Was meint Evan mit „Verstärkung"? Wann denkt er, dass er frei ist? Soll ich wirklich hierher ziehen? Wäre das das Beste für das Baby?
Sie würde Zeit brauchen, um sich darüber Gedanken zu machen. Zum Glück war das Wochenende nur noch zwei Tage weg. Eigentlich musste sie nur noch den Donnerstag mit den wichtigen Seminaren überstehen, denn die Freitagsvorlesungen würde sie mit Sicherheit wieder ausfallen lassen. Auf jeden Fall packten Amy und Elia

unverzüglich ihre Sachen und machten sich beinahe stürmisch auf den Weg nach Hause. Alles in diesem Haus erinnerte sie an Evan und Jonas. Der Abschied war noch zu frisch, als dass sie noch länger hätten dort verweilen können.

Der Donnerstag sollte die Hölle werden. In der Universität musste man sich immer durch einen engen Treppenaufgang zwängen, weil die Fahrstühle stetig überfüllt waren. Aufgrund der Enge und den von oben immer entgegen strömenden Studenten, hatte Elia höllische Angst davor, dass einer gegen ihren Bauch prallt oder dieser durch einen Schubs gegen das Geländer knallt, sodass dem Baby etwas zustoßen könnte. Ihre Konzentration sollte den ganzen Tag nicht vorhanden sein. Das Einzige, was sie schaffen sollte, war ihre Unterschrift auf der Teilnehmerliste. Sonst hatte sie immer ihre linke Hand auf dem Bauch liegen und war in Gedanken bei Evan und was er wohl in den ersten Stunden so machen würde. Sie war froh, dass sie an diesem Tag von den Dozenten nichts weiter gefragt wurde, denn sie hätte nicht einmal die Frage mitbekommen. Als sie in die gemeinsame Wohnung zurückkehrte, hörte sie nichts als Stille und diese war nicht gerade förderlich, um auf andere Gedanken zu kommen. Abends war auch nicht an ordentlichen Schlaf zu denken, aber irgendwann in der Nacht quälte sie sich unter Tränen und Einsamkeit in den Schlaf.

Am Freitag blieb sie hingegen ganz lange im Bett liegen und wieder musste ihr klar werden, dass sie ganz alleine war.

„Diese Einsamkeit mag vielleicht etwas für Evan sein, aber

ich hasse sie wie die Pest.", dachte sich Elia etwas vorwurfsvoll. Sie überlegte auch, was sie denn dagegen machen könnte und las Evans Abschiedsbrief noch unzählige Male während sie im Bett lag, denn an Aufstehen war in diesem Moment noch nicht zu denken. Als sie dann doch gegen 12 Uhr aufgestanden war, um sich ein Bad einzulassen und einen Tee zu machen, grübelte sie über Evans Bitte, dass sie in sein Haus ziehen solle. In erster Linie dachte sie natürlich an die Vorteile, die Evan ihr in dem Brief aufgezählt hatte. Die Nähe zu ihren Eltern war ihr zwar nicht egal, aber auf jeden Fall zweitrangig. Sie hatte den Abschied mittlerweile halbwegs verarbeitet und suchte zwingend nach Evans Nähe und seien es nur seine alten Sachen, die noch aus Jugendzeiten stammten. An diese Zeit erinnerte sie sich ohnehin gerne zurück. Vielleicht wäre das genau die richtige Maßnahme. Im Hinterkopf hatte sie auch noch den finanziellen Aspekt betrachtet, denn immerhin würde dann die Miete für diese Wohnung wegfallen und das Haus war bereits abgezahlt. Die Entscheidung für einen Wohnsitz musste sowieso irgendwann fallen. Entweder sie bliebe hier wohnen und Evan würde das Haus verkaufen, sobald er zurück käme oder sie würde diese Wohnung auflösen und ins Haus ziehen. Sie überlegte, dass es wohl auch für das Baby das Beste sei, wenn sie ins Haus zieht, denn da gab es einen kleinen Garten, in dem er oder sie irgendwann herumtoben könnte.

Evan hatte ihr nicht ohne Grund eine Vollmacht über den Zeitraum seiner Abwesenheit gegeben. Dadurch war es ihr möglich, eine Kündigung des Mietverhältnisses zu schreiben und dem Vermieter, der nur ein Stockwerk darüber wohnte, zu überreichen. Er war zwar nicht begeistert, aber konnte ihre Beweggründe durchaus nachvollziehen. Das Mietverhältnis sollte also in zwei Monaten, Anfang Dezember, beendet sein. Die Wohnung war in einem wunderbaren Zustand und deshalb hatte sie nur dafür zu sorgen, dass alle Möbel bis dahin aus der Wohnung entfernt waren. Der Vermieter bot ihr sogar seine Hilfe an, die Elia dankend annahm. Bereits die nächste Nacht sollte sie nicht mehr in der Wohnung verbringen. Es war zwar erst knapp zwei Tage her, dass sie von Evans Haus kam, aber irgendwie zog es sie dort wieder hin. Sie packte an diesem Nachmittag bereits Kartons und nahm auch schon einige von diesen im Auto mit. In den nächsten Tagen würde sie immer wieder einige Dinge mitnehmen, denn hierher kommen, musste sie ja noch, um nach der Post zu sehen.

Es war mittlerweile Freitagnachmittag geworden. Althea kam gerade vom Einkaufen nach Hause und schaute in den Briefkasten. Es waren die üblichen nervigen Dinge enthalten: Rechnungen, Werbung, sogar eine Mahnung und ganz unten entdeckte sie dann den Brief von Evan. Sie war natürlich begierig zu wissen, was er ihr geschrieben hatte, aber sie ging zuerst in die Wohnung hinein, um die Einkäufe abzustellen.

Die anderen Briefe interessierten sie gar nicht. Die hatte sie schon gekonnt zur Seite geschoben. Sie wunderte sich schon, warum Evans Brief so groß war, aber als sie die CD und ein kleines Buch im Briefumschlag entdeckt hatte, war es ihr klar geworden. Sie blickte auf die CD, aber da stand nichts drauf geschrieben. Sie überlegte, was denn so wichtig sein könnte, dass er ihr einen Brief schreibt, aber als sie das Blatt Papier aus dem Briefumschlag holte, wurde ihr klar, was Evan von ihr verlangte.

Ihm war bewusst, dass Althea alles stehen und liegen lassen würde, um ihrem „Schatzi", wie sie sich gegenseitig nannten, diesen Gefallen zu tun:

Teuerste Althea,

ich bedaure es zutiefst, dass du bei der Trauerfeier nicht dabei sein konntest, aber ich konnte ja nicht wissen, dass du dich wieder in ungarischen Hotels auf die Lauer gelegt hattest.

Ich schreibe dir wohl in den schwersten Stunden, die ich in meinem Leben bislang durchgemacht habe und das meine ich ernst. Du weißt ganz genau, in welcher Tiefe die Bedeutung dieses Satzes liegt.

Du kennst doch diesen vielzitierten Ausspruch: „Wenn du zu oft in den Abgrund schaust, schaut der Abgrund irgendwann auch zu dir zurück!"

Ich habe in meinem Leben nun schon das dritte Mal in diesen Abgrund hineingesehen. Nun habe ich das Gefühl, dass er wirklich zurückgesehen hat und ich muss vor diesem Blick fliehen, bis er mich wieder in Ruhe lässt.

Aus diesem Grund reise ich nach Schottland und Irland, um dort Ruhe zu finden und ich werde nicht allein gehen. Jonas fühlt auf die gleiche Art wie ich und er wird mich begleiten. Ich könnte mir keinen besseren Gefährten vorstellen. Das Einzige, was sicher ist, ist, dass wir zurückkehren werden. Ich denke, dass es das ist, was du hören willst, aber ich kann dir nicht sagen, wann das sein wird. Es könnte Monate, wenn nicht gar Jahre dauern.

Bitte verurteile uns nicht! Wir werden uns in regelmäßigen Abständen melden, wenn es uns möglich ist. Hör dir das Lied auf der CD an und du wirst besser verstehen.

Wenn du diesen Brief liest, sind wir schon in Edinburgh und versuche auch nicht, mich anzurufen. Ich habe mein Handy nicht einmal mitgenommen.

Ich habe allerdings eine Aufgabe für dich. Ich bitte dich im Namen unserer Freundschaft, dass du in die Heimat fährst. Ich möchte, dass du dich um Elia kümmerst. Sie wirkt in den letzten Tagen extrem niedergeschlagen. Ich glaube nicht, dass sie es ganz alleine überwinden kann. Ich weiß, dass du das für mich tun wirst. Du bist es mir zwar nicht schuldig, aber wenn du auf dein Herz hörst, wirst du merken, dass du gar nicht anders kannst. Hab ich Recht?

Ich habe mein altes Elternhaus geerbt. Außerdem habe ich Elia gebeten, dass sie dahin ziehen möge, um auch näher bei ihren Eltern zu sein. Ich hoffe, dass sie es tun wird. Wenn nicht, überrede sie bitte. Du kannst das Arbeitszimmer nutzen, um von dort aus dein Unternehmen zu organisieren, wenn du willst. Ich werde es dir nie vergessen.
Es tut mir leid.

Evan

Nachdem Althea „Es tut mir leid." gelesen hatte, legte sie den Brief beiseite und musste sich erstmal die Hand vor das Gesicht halten, wodurch sie immer ihren Schock ausdrückte. Auch wenn dieser Brief nicht so gefühlsbetont war wie der für Elia, hatte es Althea gewundert, dass Evan zu solchen Worten fähig war. Dadurch war ihr klar, dass diese Worte mehr als ernst gemeint waren und sie konnte nicht fassen, dass Evan „Es tut mir leid." geschrieben hatte. Sie wusste, dass es diese vier Worte waren, die Evan wohl am schwierigsten abzuringen waren. Sie wollte sofort Elia anrufen, aber gleichzeitig dachte sie, dass es eine riesige wohltuende Überraschung sein könnte, wenn sie einfach vor der Haustür stünde. Sie könnte Elia so einen Funken Hoffnung schenken.
Sie hatte noch nicht einmal endgültig beschlossen „nach Hause" zu fahren, aber dachte schon an ihre Ankunft. „*Dieser blöde Evan! Wieso kennt mich der Kerl so gut?*",

sagte sie sich leise, obwohl sie schon ihren Koffer vom Schlafzimmerschrank geholt hatte.

Während sie ihre Sachen zusammenpackte, rief sie die dienstälteste Mitarbeiterin ihres Unternehmens an und erklärte sie zu ihrer Stellvertreterin. Diese sollte sich nur dann melden, wenn irgendetwas Dringliches anstehen würde. Sonst habe diese sich nicht bei ihr zu melden. Sie fahre aufgrund familiärer Angelegenheiten für unbestimmte Zeit weg, war die letzte Information, die die neu ernannte Stellvertreterin noch bekam.

Daraufhin suchte sie noch die beste Bahnverbindung im Internet. Am Samstagnachmittag würde sie nach mehrfachem Umsteigen in ihrer alten Heimatstadt ankommen.

Als sie sich am Abend in ihre Couch fallen ließ, drückte ihr irgendwas in den Rücken. Es war das kleine Buch, das mit im Briefumschlag war. Sie wusste genau, worum es sich dabei handeln würde. Als sie die erste Seite des Buches aufschlug, las sie „Meine Grundgedanken". Es war eine kleine Sammlung von Evans grundlegenden philosophischen Gedanken. Er war also tatsächlich fertig geworden mit seinem Vorhaben, eine Abhandlung über seine philosophischen Sichtweisen zu verfassen. Es war eigentlich eine weitere kleine Jugendspinnerei, aber Evan hatte an dem 68-seitigen Band, in dem es vor allem um Angewandte Ethik ging, während des Referendariats gearbeitet. Althea hatte sich damals dazu verpflichtet, dass diese Seiten entweder irgendwo abgedruckt oder von einem Verlag veröffentlicht werden würde.

Damit hatte Evan ihr noch mehr Arbeit aufgehalst und ein bisschen dachte sie schon, was ihm denn einfällt, das alles von ihr zu verlangen, aber sie beruhigte sich mit dem Gedanken, dass er auch schon früher erst total verzweifelt sein musste, bevor er sich an andere wandte. Sie musste zwar einige Male tief durchatmen, aber beruhigte sich dann doch wieder recht schnell und ein wenig hatte Evan mit seinem Brief auch ihren weichen Kern getroffen, der ihr nun immer wieder vermittelte, dass sie von anderen gebraucht wird. Dass sie ihren Freunden so viel bedeutete, war ihr sehr wichtig, denn in ihrem eigentlichen zu Hause, bei ihren Eltern, wurde ihr manchmal nicht diese Wertschätzung zuteil. Evan und Elia wussten aber stets, was sie an ihr hatten. Sie war ein wichtiger Bestandteil ihres Lebens und Evans Meinung nach war sie genau die Richtige, um Elia durch diese Zeit zu bringen.

Es kam ihr zwar selbst ein wenig Hals über Kopf vor, was sie in dem Moment tat, aber sie hatte alles geregelt. Sie hatte auch nicht ohne jeden Grund eine eigene Firma gegründet. Spontanität war zu ihrem Wesen geworden und wenn das keine spontane Aktion war, wüsste sie auch nicht mehr. Auf dem Weg zum Zug hatte sie sich die CD dreimal angehört, um genau auf den Text zu achten. Sie kannte zwar den Song „Hurt" von Johnny Cash, aber sie hatte noch nie genau hingehört, was er sang. Nachdem sie den Text vollends verstanden hatte, fühlte sie sich beinahe etwas schuldig, dass es so weit gekommen war. Wie es für sie üblich war, suchte sie die Schuld bei sich selbst. Sie grübelte, ob sie das alles hätte verhindern können, wenn sie nach der Benachrichtigung von dem Unfall gleich nach Hause gefahren wäre. Möglicherweise hätte sie gleich eingreifen und irgendetwas retten können.

Im Zug las sie dann die Seiten, die Evan verfasst hatte. Sie verstand gerade so die Hälfte davon, aber sie wollte das Meiste auch gar nicht verstehen. Das war ihr erstens viel zu hoch und zweitens wusste sie auch nicht, warum sich Menschen mit solch wirren Problemen auseinandersetzen sollten. Sie wollte nur die Dinge korrigieren, die ihrer Meinung nach grammatikalisch nicht korrekt waren. Sie benutzt das kleine Buch als Arbeitsskript und da Evan das alles mit der Hand geschrieben hatte, war es ihre ehrenhafte Aufgabe dies alles nochmals auf dem Computer abzutippen, damit sie es dann bei Verlagen einreichen könnte. Allerdings sah sie schon jetzt keine große Chance für eine Veröffentlichung, denn sie war der Auffassung, dass sich wenige Verlage für philosophische Schriften interessieren würden.

Mit dieser Meinung sollte sie gleichzeitig Recht als auch Unrecht haben…

Nach geschlagenen fünf Stunden Zugfahrt kam sie dann endlich in der Heimat an. Sie hatte während der Zugfahrt beinahe die Hälfte des Skripts geschafft und war gewillt, den Rest heute auch noch so schnell wie möglich zu lesen, nachdem sie sich eingerichtet hätte, denn wenn sie etwas angefangen hatte, dann wollte sie das auch zu Ende bringen.

Auf dem Bahnhofsvorplatz nahm sie sich ein Taxi und ungefähr zehn Minuten später stand sie vor Evans Haus. Sie war bestimmt schon seit drei Jahren nicht mehr hier gewesen. Als sie an der Tür klingelte, machte Elia auf und fiel ihr sofort in die Arme: *„Ich wusste, dass du kommen würdest. Ich wusste, dass Evan mit ‚Verstärkung' dich gemeint hatte. Ich bin so froh, dass du nun endlich hier bist."*, stammelte sie Althea heulend ins Ohr. Diese hatte in den nächsten Minuten alle Hände voll zu tun, Elia ein wenig zu beruhigen. Schließlich gelang es ihr aber die total aufgelöste, aber auch gleichzeitig erleichterte Elia auf die Couch im Wohnzimmer zu setzen. Elia zitterte wie Espenlaub. Sie nahm sich eine Decke und wickelte sich komplett darin ein. Althea setzte sich neben ihr hin, sodass Elia in sie hinein sinken konnte. Sie hatte nun wieder etwas, an das sie sich lehnen konnte. Sie konnte sich einfach fallen lassen mit dem Wissen, dass jemand da sein würde, der sie auffängt.

Behutsam versuchte Althea herauszubekommen, was in letzter Zeit geschehen war. Sie zeigte Elia Evans Brief und fragte: *„Kannst du mir erzählen, was das alles zu bedeuten hat?"* Nachdem Elia den Brief gelesen hatte, konnte sie darauf nur antworten: *„Ja. Evan ist weg."* *„Also ist er wirklich schon mit Jonas weg; so wie er es geschrieben hatte. Wie lange ist er denn schon fort?"*, fragte Althea nach, um langsam mehr Gesprächsstoff zu bekommen. Elia erwiderte ganz leise: *„Seit Mittwoch."* Althea wollte gerade aufstehen, um für sich und Elia einen Kaffee zu machen, da hielt sie Elia auf: *„Für mich brauchst du keinen Kaffee zu machen. Ich nehme lieber einen Tee."* Althea widersprach ihr mit aufbruchsvoller Stimme: *„Weißt du was? Auch wenn es nichts zu feiern gibt, wir werden jetzt erst einmal eine schöne Flasche Wein aufmachen."* Elia schüttelte nur mit dem Kopf und fing wieder an zu weinen. *„Ich kann keinen Wein trinken. Ich bin doch schwanger."*, stammelte sie aufgelöst, während sie die Hände vor ihrem beschämten Gesicht verschränkte. Althea war somit die Erste, die von der Schwangerschaft erfahren hatte. Der Druck, der auf Elias Herzen lastete, war einfach zu groß geworden, dass es nun aus ihr herausgebrochen war. Althea saß wie paralysiert auf der Couch, aber sie musste jetzt irgendwas sagen, um Elia wieder zu beruhigen. Immerhin wusste sie aber jetzt schon das Geheimnis, das die ganze Geschichte nicht erleichtern sollte. *„Wie lange bist du denn schon schwanger?"*, hinterfragte sie in einer ruhigen Stimme. *„Seit ungefähr einem Monat. Ich habe es einen Tag vor dem Unfall herausgefunden und wollte es Evan am nächsten Tag sagen, wenn wir im Restaurant essen sind, aber kurz bevor wir los wollten, kam der Anruf, dass seine Eltern und die von Jonas* *einen Autounfall hatten und dann konnte ich es ihm nicht mehr sagen, weil ich nicht wollte, dass dieser Moment auf ewig mit dem Tod seiner Eltern verbunden sein würde. In den darauffolgenden Tagen konnte ich es ihm auch nicht sagen, weil er zu viel mit der Trauerfeier zu tun hatte. Und als ich es ihm dann am Frühstückstisch sagen wollte, kam er mir mit der Idee von der Reise zuvor und wenn ich ihm gesagt hätte, dass ich schwanger bin, dann wäre er bestimmt geblieben, aber das wollte ich nicht. Nun ist er in Schottland und weiß nicht einmal, dass er Vater wird. Was bin ich doch nur für eine schlechte Frau. Kein Wunder, dass er mich nicht heiraten will..."* Althea stoppte die ununterbrochen sprechende Elia. Man merkte, dass ihr ein regelrechter Steinhaufen vom Herzen gefallen war: *„Du verbindest jetzt Sachen miteinander, die gar nichts miteinander zu tun haben. Beruhige dich erst einmal. Ich muss das alles auch erstmal richtig verstehen. Das ist ganz schön viel auf einmal."* Althea setzte sich wieder auf die Couch und nahm ihre Freundin wieder in die Arme. Sie musste auch erstmal erfassen, was Elia ihr da gerade erzählt hatte. Sie war mit der Situation in diesem Moment auch etwas überfordert und bekam nur die üblichen aufmunternden Worte aus ihrem Mund: *„Das wird schon wieder. Alles wird wieder gut. Wir schaffen das schon."* Elia war das ziemlich egal. Sie war mit ihrer Last nicht mehr alleine.

Nachdem sich beide Gemüter wieder beruhigt hatten, versuchte Althea etwas Wärme ins Haus zu bekommen, indem sie den Kamin ordentlich Zunder gab. Eine halbe Stunde später war das Wohnzimmer schon kuschelig warm und beide hatten sich wieder ausreichend gesammelt, um das Gespräch fortzusetzen. Althea brannte eigentlich nur noch eine Frage auf der Seele: *"Elia, willst du es behalten?"*, und von Elia kam ein unmissverständliches *"Ja. Auf jeden Fall."* Altheas Reaktion war wie ein Segen für Elia. *"Das freut mich. Mensch, du wirst Mutter. Herzlichen Glückwunsch!"* Nachdem Elia zum ersten Mal die Worte „Du wirst Mutter!" von einem anderen Menschen gehört hatte und somit begriffen hatte, dass es doch nicht nur irgendwelche Stimmen waren, die durch ihren Kopf kreisten, konnte sie seit langem wieder einmal herzhaft und vor Freude lachen. Es war auch seit langer Zeit wieder eine Umarmung der Freude, die sie von ihrer Freundin erhielt. Kein „Mein Beileid" oder „Es tut mir leid" oder „Auf Wiedersehen", sondern einfach „Ich freue mich für dich".

Daraufhin machte es sich Althea in Evans altem Kinder- und Jugendzimmer bequem, packte ihre Koffer aus und richtete sich das alte Arbeitszimmer so ein, dass sie notfalls auch von hier aus etwas arbeiten konnte.

Als die beiden Frauen dann gemeinsam zu Abend aßen, stellte Elia die Frage, die noch so ein bisschen im Raum stand: *"Wie lange wirst du bleiben, Althea?"* *"So lange wie du mich brauchst. Wahrscheinlich werde ich so lange bleiben, bis Evan wieder da ist, damit ich ihm erstmal rechts und links eine geben kann."*, antwortete Althea und brachte

Elia dadurch ein weiteres Mal zum Lachen. *„Auf jeden Fall werde ich dir solange beistehen, bis das Baby da ist. Ich werde mit dir zu den Terminen beim Frauenarzt gehen. Ich werde mit dir schön Babysachen einkaufen gehen und all den anderen Kram, den man so erledigen muss."* Elia freute sich riesig. Aus dem Hinterkopf drangen aber zwei Gedanken nach vorne, die sie wieder in ein kleines Loch fallen ließen. Auf der einen Seite hatte sie ihren Eltern immer noch nichts von der Schwangerschaft erzählt und zweitens musste sie noch überlegen, wie sie die Schwangerschaft mit der Uni in Einklang bringen konnte. Althea konnte ihr zumindest schon einmal bei der zweiten Schwierigkeit behilflich sein. *„Wenn du jetzt in den zweiten Monat kommst, dann kannst du dieses Semester noch problemlos zu Ende bringen. Danach kannst du ein Urlaubssemester einlegen, damit du dich auf dein Kind, insbesondere auf die Geburt konzentrieren kannst und wenn du dann im nächsten Wintersemester wieder zur Uni gehen möchtest, kann ich ja auf das Baby aufpassen, wenn du willst."* Elia gefiel die Idee mit dem Urlaubssemester auf der einen Seite sehr gut. Sie hatte von den Seminaren, Vorlesungen, Übungen und Hausarbeiten sowieso genug. Allerdings war es ihr ein Dorn im Auge, dass sie das Studium unterbrechen müsste, aber sie hatte nun einen Beistand, für den sie Evan sehr dankbar war. Nun überstieg das Mutterglück erstmalig Elias Abschiedsschmerz.

Sie glaubte nun bereit zu sein, um ihren Eltern die Nachricht ihrer Schwangerschaft zu überbringen. Althea konnte sie in ihrem Eifer aber ein wenig bremsen und verschob diesen Besuch auf den nächsten Tag. Sie kannte Elia schon aus Jugendtagen als eine Person, die gern und schnell mal dazu neigte, ihre Entscheidungen und Taten überschnell zu tätigen. Geduld war ihr zwar kein Fremdwort, aber sie hatte immer lieber alles sofort und auf der Stelle; ein Wesenszug, der sie bei dem einen oder anderen Dozenten auch schon ein bisschen unbeliebt gemacht hatte.

Am nächsten Tag hatten sich die beiden Damen zwei Sachen vorgenommen und zwar wollten sie am Nachmittag in die Stadt Shoppen gehen, um auf andere Gedanken zu kommen, und am Abend hatten sie sich den Besuch bei Elias Eltern vorgenommen.

Das Shopping war eine gute Ablenkung für Elia. Sie konnte die Sorgen der letzten Wochen ein wenig ausblenden, weil sie beim Shoppen in ihrem Element war und außerdem musste sie ja jetzt für mindestens zwei Leute einkaufen. Dieser Gedanke ging Elia die nächsten Stunden nicht aus dem Kopf und obwohl sie erst am Anfang der Schwangerschaft stand, kaufte sie schon einen kleinen Strampler, obgleich sie noch nicht einmal wusste, welches Geschlecht das Baby hat, aber das war auch nicht wichtig.

Außerdem hatte Elia eine Absicht mit diesem Kauf verfolgt…

Abends gingen Althea und Elia dann zum Abendbrot zu Klaus und Andrea. Am Tisch entwickelte sich ein normales Gespräch. Elias Eltern waren natürlich froh, ihre Tochter in letzter Zeit öfter zu Gesicht zu bekommen, aber sie hatten noch nicht durchschaut, was Althea nun hier machte. Sie dachten, dass sie wohl einfach nur zu Besuch wäre, aber nachdem alle mit Essen fertig waren, schaute Elia nochmals zu Althea auf der anderen Seite des Tisches und vergewisserte sich, ob sie es auch für den richtigen Moment hielt, um das Thema anzusprechen. Als Althea nickte, sagte sie: *„Mutti, Vati, ich muss euch etwas sagen."* *„Was denn, Kleines?"*, kam als Antwort zurück. Elia musste etwas schmunzeln und wollte es ihnen nicht sagen. Sie holte aus ihrer Handtasche den Strampler hervor, den sie heute gekauft hatte. Andrea ganz erschrocken: *„Bist du etwa schwanger?"* Darauf wusste sich Elia nur mit einem schüchternen Grinsen und einem zurückhaltenden *„Ja."* zu helfen. Im ersten Moment überwog bei ihren Eltern die Freude, dass sie Großeltern werden würden und Andrea wollte ihre Tochter eigentlich gar nicht mehr loslassen, aber als diese Nachricht dann etwas gesackt war, kamen Andrea schon ein paar Bedenken. Als Elia ihr dann gesagt hatte, seit wann sie es weiß und in welchem Monat sie war, war sie schon etwas brüskiert. Es kamen sofort die drei Fragen auf, die Elia gar nicht hören wollte: *„Warum sagst du uns das erst jetzt?"*, *„Warum hast du Evan ziehen lassen?"* und *„Weiß Evan überhaupt, dass er Vater wird?"*. Nachdem Elia die ersten beiden Fragen ausführlich erklärt hatte und die dritte mit „*Nein.*" beantworten musste, wurde Andrea aber schon etwas anders. Sie klang schon fast wie eine Klägerin vor Gericht. Es fielen solche Sätze wie „*Das musst du ihm doch sagen.*", „*Das muss er doch wissen.*", „*Wie machst du das mit dem Studium?*", „*Hättet ihr nicht noch etwas warten können?*" oder „*Willst du ihn etwa in Schottland im Ungewissen lassen?*" Das waren alles Sätze, die Elia nun gar nicht gebrauchen konnte und auch nicht gerne hören wollte. Sie sagte zu diesen Fragen nur: „*Im Leben läuft nicht immer alles wie geplant. Das ist mir mittlerweile klar geworden. Das Kind ist zwar nicht geplant, aber trotzdem gewünscht und Probleme gehören nun mal zum Leben dazu, ob man will oder nicht. Ich werde das schon gemeinsam mit Althea und mit Evan in den Griff bekommen.*"

Wenn Evan das von seiner Partnerin gehört hätte, wäre er mächtig stolz auf sie gewesen...

Kapitel 6

Am Mittwoch gegen 15:30 Uhr landeten Jonas und Evan am Flughafen in Edinburgh. Von da aus machten sie sich auf die Suche nach einem halbwegs günstigen Hotel. Evans Gespür hatte sich ausgezahlt, denn sie konnten ein relativ günstiges Zimmer in einem Hotel ergattern, das nur ein paar Schritte von der University of Edinburgh entfernt war. „Typisch Student", dachte sich Jonas. Die Universität hatte Evan aber schon beim ersten Anblick in ihren Bann gezogen. Das alte Mauerwerk, die hiesige Kapelle und vor allem die ganzen lateinischen Innschriften hatten es ihm angetan. Er war so voller Begeisterung für diesen großen Gebäudekomplex, dass er Jonas überredet hatte, diesem Teil des Campus einen Besuch abzustatten.

Diesen restlichen Tag wollten sie nur noch ein paar Sachen auspacken, aber auch nicht zu viele, denn sie wussten ja nicht, wie lange sie bleiben würden und vielleicht irgendwo noch ein Bierchen trinken. Die Lage des Hotels war wirklich ideal. Nur zwanzig Meter weiter gab es einen schön alten Pub, der „The Captains Bar" hieß. Da war aufgrund der Nähe zur Universität natürlich jede Nacht etwas los. Außerdem gab es da jede Nacht Live-Musik. Das war wohl genau der richtige Ort, um den Tag ausklingen zu lassen. Es dauerte keine zehn Minuten bis die beiden von einer Gruppe junger Studenten angesprochen wurden. In dieser Bar war man ein eingeschworener Haufen und man erkannte sofort, wenn zwei Neue hier hereinschneiten. Sie wurden gefragt, von wo sie kämen. Als Evan antwortete, dass sie aus Deutschland kommen und auf unbestimmte Zeit in Schottland bleiben wollten, um dann später nach Irland weiterzureisen, machte sich lautes Gebrüll in der Kneipe breit. Die Studenten sahen das als Grund an, um eine Runde Whiskey auszugeben.

Die Männer versuchten zwanghaft abzulehnen. Als sie den Studenten beibringen wollten, dass sie nicht zum unnötigen Trinken hergekommen seien, sondern um Abstand von ihrem Leben in Deutschland zu gewinnen, sagte der Wuchtigste von den Studenten, der wohl Steve hieß, dass Schottischer Whiskey genau das Richtige wäre, um Abstand zu gewinnen. Evan meinte zu Jonas: *„Das ist aber ganz schön mehrdeutig."* Jonas zuckte mit den Schultern und erwiderte: *„Wenn Robert doch nur hier wäre. Der würde die Jungs hier locker untern Tisch saufen."* Die Beiden wollten ihre schottischen Wohltäter aber nicht gleich am ersten Abend verärgern, also tranken sie den einen oder anderen Whiskey mit. Jonas musste früh aufhören. Er war doch eher der Biertrinker. Evan stand durch seinen verstärkten Rumkonsum der letzten Wochen etwas besser im Training und hielt sich noch wacker, aber gegen schottische Studenten ist beim Whiskeytrinken kein Kraut gewachsen.

Plötzlich knallte es im Hintergrund gewaltig. Steve hatte angefangen, sich mit einem anderen Mann zu schlagen. Als dann die Freundeskreise von den beiden Streithähnen mitmischten, wurden Jonas und Evan mit in die Schlägerei hineingezogen. Kurz bevor Jonas die erste Faust ins Gesicht bekam, pflegte Evan noch sehr sarkastisch zu meinen: *„Nicht einmal einen ganzen Tag außer Haus und schon haben wir wieder Ärger am Hals. Da hätten wir auch zu Hause bleiben können."*

Nachdem die Schlägerei vorüber war, hatte Evan eine kleine Platzwunde oberhalb der linken Augenbraue und Jonas hatte ein solch bunt leuchtendes, linkes Auge, sodass er sich für den Rest der Nacht für den Leuchtturm von Alexandria hielt. Evan fand das natürlich amüsant, aber war auch froh als er den „Leuchtturm" ins Bett bekommen hatte. Der Whiskey war Jonas wohl gar nicht gut bekommen und ein wenig zu Kopf gestiegen.

Evan versorgte noch seine Wunde, bevor er sich dann aber auch für ein paar Stunden schlief.

Evan wachte um 7 Uhr wieder auf, machte sofort das Fenster auf, weil es im Zimmer dermaßen nach Kneipe roch, dass man hätte denken können, dass sie immer noch im Pub von gestern Abend seien. Danach ging er duschen und zog sich an. Darauffolgend machte er das, was in nächster Zeit zum morgendlichen Ritual gehören sollte. Er holte Jonas mit einem Becher, den er mit eiskaltem Wasser gefüllt hatte, aus dem Schlaf, in dem er ihm das Wasser auf einen Schlag ins Gesicht goss. Das sollte wohl die Rache für Jahre der Schreckensbegrüßungen sein. Zumindest war Jonas dadurch sofort wach. Allerdings war der „Leuchtturm von

Alexandria" von seinem Auge in den Kopf gewandert, denn bei ihm drehte sich alles und er konnte sich an fast nichts mehr erinnern. Jonas sagte nur: *„Schau mal in den Spiegel. Dann weißt du wieder, was gestern los war."* Als Jonas dann vor dem Spiegel stand, war sein Staunen groß, denn das Auge tat ihm gar nicht mehr so weh. Evan rief ihm hinterher: *„Warte ab. Das nennt man Schmerzverdrängung. Noch hast du mehr Kopf- als Augenschmerzen. Das dauert aber nicht mehr lange. Ich hab dir schon ein paar Eiswürfel zum Kühlen in die Minibar legen lassen. Komm jetzt. Lass uns frühstücken. Ich hab richtig Hunger." „Ja. Warte! Ich brauch noch einen Moment"*, antworte Jonas. *„Ist nichts Neues"*, grummelte Evan leise vor sich hin.

Nach dem Frühstücken machten sich die Zwei auf den Weg, um die Universität zu besuchen. Als sie so vor den alten Gemäuern standen, überkam sie schon ein Gefühl der Demut und des Respekts. Vor allem Evan war von der Architektur der Bauwerke fasziniert. Jonas überlegte: „Wenn der jetzt schon nicht mehr den Mund zu bekommt, wie wird das denn erst, wenn wir die großen Kirchen und das Schloss besuchen?"

Wie es der Zufall so wollte, entdeckte Jonas Steve, der gerade auf dem Weg zu einer Vorlesung war, auf der linken Treppe, die zu einem Hörsaal führte. Als Jonas Evan zeigte, wo Steve stand, konnten sich beide ein lautes Lachen nicht verkneifen. Steve hatte es im Pub gestern wohl richtig hart erwischt. Sein Gesicht leuchtete in allen Farben. *„Tja Jonas,* *den Titel als ‚Leuchtturm von Alexandria' hast du wohl soeben verloren"*, grinste Evan. *„Ich finde das nicht lustig."*, war das Einzige, was Jonas dazu zu sagen hatte. Durch das Lachen schmerzte ihm der Kopf nämlich schon wieder dermaßen, dass Evan nur kopfschüttelnd in sich hineinlachte.

Nachdem die Männer noch fast zwei Stunden durch und um die Universität herumgegangen waren, hatten sie genug von dem Gebäude gesehen. Außerdem hatte Evan für Jonas' Geschmack zu viele lateinische Inschriften übersetzt. Das ging ihm ganz schön auf die Nerven. Deshalb war er froh, als sie dann in einem kleinen Restaurant etwas essen konnten. Jonas konnte gar nicht hinsehen, als Evan sich genüsslich seinem Haggis hingab, welches in dieser Gaststätte mit extra viel Whiskey serviert wurde. Er blieb lieber bei einer den Magen schonenden Hühnersuppe mit Lauch, die man in Schottland „Cock-a-Leekie" nennt.

Diesen zweiten Tag beschlossen die Jungs ruhiger ausklingen zu lassen. Es war ein schöner Herbsttag geworden. Die Sonne schien und solange das der Fall war, konnte man sogar so etwas wie Wärme verspüren. Deshalb gingen sie für den Rest des Tages in den nahe gelegenen „East Meadow Park", setzten sich dort auf eine Bank, atmeten die frische Luft ein und schauten ein paar Studenten zu, wie sie auf einem der zahlreichen Plätze Tennis spielten.

Evan hatte seine Denkerstirn aufgesetzt. *„Bist du bei Elia?"*, fragte Jonas. *„Ja. Sie war in den letzten Tagen vor der Abreise so seltsam. So kannte ich sie gar nicht. Das bereitet* *mir immer noch Sorgen. Ich hoffe nicht, dass sie sich irgendetwas antut. Das könnte ich mir nicht verzeihen"*, lautete Evans betrübte Antwort. Jonas versuchte ihn auf etwas andere Gedanken zu bringen: *"Wir sind hier um Sorgen zu beseitigen. Nicht, um noch weitere hinzuzufügen. Sie wird einfach nur betrübt gewesen sein, weil sie dich nicht mehr lange haben würde." "Ja. Das wird es gewesen sein"*, erwiderte Evan, obwohl Jonas und er wussten, dass ihn diese Sorge noch längere Zeit begleiten würde. *"Ich hoffe einfach nur, dass Althea bereits meinen Brief bekommen hat. Wenn alles so klappt, wie ich es mir vorgestellt hatte, dann würde Elia das vieles erleichtern"*, meinte Evan und sein Freund ergänzte nur: *"Das werden wir bald herausgefunden haben; spätestens wenn wir die erste Nachricht von zu Hause bekommen."*

Die Männer blieben bis zum späten Abend auf der Bank sitzen und unterhielten sich über ihre Eltern, über die Frauen, ihr schlechtes Gewissen und den morgigen Tag. Gegen 21 Uhr wurde ihnen dann aber doch etwas kalt und sie beschlossen zurück zum Hotel zu gehen.

Für den neuen Tag hatten sie sich eines ihrer Traumziele ausgesucht: Edinburgh Castle.

Am nächsten Morgen wurde Jonas wieder mit einem Becher kalten Wasser und den Worten „Guten Morgen, Schönheit. Aufstehen!" geweckt. Nach einem wirklich gewöhnungsbedürftigen, schottischen Frühstück mit Schinken, Eiern, Würstchen und Blutwurst machten sich

Jonas und Evan auf den Weg, zu dem gar nicht weit entfernten Edinburgh Castle, das man zwar von beinahe jeder Stelle der Stadt aus sehen konnte, aber erst, wenn man davor stand, die ganze Schönheit dieses Bauwerks erblicken kann. Den schönsten Blick von außen hatte man vom „Princess Street Garden" aus, wo auch ein schöner Brunnen stand, vor dem sich die beiden von einem hilfsbereiten Schotten fotografieren ließen. Dies sollte eines der ersten Fotos sein, das in näherer Zukunft in die Heimat geschickt wurde. Die monströs wirkenden Mauern der Burg kamen auf dem Bild wahnsinnig gut zur Geltung, aber auch nur, weil die Männer umso kleiner davor aussahen und das war auch gut so, denn auf diese Weise wurde man von ihren Blessuren abgelenkt. Das war auch der Grund dafür, dass sich beide schräg in eine Richtung blickend auf dem Foto zu sehen waren.

In der Burg selbst schlossen sich Evan und Jonas einer Führung an, die alle Sehenswürdigkeiten innerhalb des Schlosses besuchte. Begonnen hatte die Führung auf der „Esplanade" vor dem Schloss, wo jedes Jahr im August die legendäre „Edinburgh Military Tattoo", eine ursprüngliche Parade mit zahlreichen Pipes und Drums des schottischen Militärs, stattfindet. Leider waren Evan und Jonas dafür etwas spät dran in diesem Jahr, aber darum ging es ihnen bei diesem Besuch gar nicht. Sie waren hauptsächlich geschichtsinteressiert. Dass dort eine Führung begann, war durchaus ungewöhnlich, denn normalerweise betrat man das Burggelände über die „Half Moon Battery" im Süden, wo

Statuen von den Volkshelden Robert The Bruce und William Wallace aufgestellt wurden. Kurz vor 13 Uhr waren sie mit der Führung beim „Portcullis Gate" angekommen, das zur ersten von zwei Ebenen der Burganlage führte. Auf dieser ersten Ebene befanden sich verschiedenste, funktionalgebundene Gebäude wie z.B. ein Krankenhaus oder ein altes Gefängnis. Das Interessanteste für die beiden Geschichtsbegeisterten war allerdings das „Scottish National War Museum", in welchem bis 1923 noch Soldaten stationiert waren.

Um 13 Uhr gab es dann einen heftigen Knall. Viele Touristen waren total überrascht, aber Evan und Jonas konnte das nur ein müdes Lächeln entlocken, denn ihnen war bekannt, dass täglich um 13 Uhr die „One O'Clock Gun" abgefeuert wurde. Danach wollte sich Evan von der Gruppe trennen und selbst auf Entdeckungstour gehen, während Jonas weiterhin der Führung folgen wollte. Sie verabredeten sich gegen 15 Uhr am „Scottish National War Memorial" oben im Zentrum der zweiten der Ebene. So hatte Evan zwei Stunden Zeit, um sich alleine mit diesem Ort zu beschäftigen. Dies war ihm lieber als sich ständig eine nervige Stimme anzuhören, die ihm leider nur die Dinge erzählte, die er ohnehin schon über diesen Ort wusste.

Nachdem er sich die westlichen Verteidigungsanlagen angesehen hatte, ging er in das Haus des Gouverneurs. An einem Bild im Untergeschoss blieb er beinahe eine Stunde lang stehen. Es zeigte eine glückliche Familie. Mehrere

Generationen saßen an einem Tisch und nahmen gemeinsam das Mittagsmahl zu sich. Urplötzlich war ihm wieder ganz anders zumute. Er hatte für einen kurzen Moment verdrängen können, weshalb sie hier waren, aber in der Zivilisation, in der Stadt, wurde man einfach zu oft mit dem konfrontiert, was Jonas und er nicht mehr haben würden. Gedanklich war er stark in das Bild vertieft.

Vor ihm spielte sich ein kleiner Film ab. Die ursprünglichen Menschen im Bild wandelten sich in seine Liebsten. Am Tisch saßen nun die verstorbenen Eltern, Amy, Jonas, Elia und er. Es war das, was sich wohl jeder in seinen kühnsten Träumen gewünscht hatte. Es war ein regelrechter Flashback zu dem Leben, von dem er Abstand gewinnen wollte. Sein Gesichtsausdruck wandelte sich binnen weniger Minuten von Begeisterung in Trübsal, von Erfülltheit in Leere und von Zuversicht in Aussichtslosigkeit. In diesem Moment wurde ihm klar, dass er sich nicht nur mit dem abfinden musste, was geschehen war, sondern auch mit dem, was ihm in seinem Leben nicht mehr vergönnt sein wird. Eine Antwort, auf eine nicht gesuchte Frage, hatte er also schon: Wenn er irgendwann zurückkehren würde, müsse er das lieben und ehren, was er da vorfinden würde und damit zufrieden sein. Die Akzeptanz dessen war es, was ihm doch so schwer fiel.

Als ein positives Zeichen dieses geistigen Filmes deutete er, dass er sich wenigstens selbst aus ihm wieder befreit hatte. Der Evan in dem Film schaute ihn mit scharfen Augen an und deutete auf die untergehende Sonne, die man im

Hintergrund beobachten konnte. Evan wusste, dass es Zeit war aufzuwachen und als er wieder zu sich kam, war es bereits kurz vor 5 Uhr gewesen. Er rannte los, durch „Foog's Gate" hindurch, das den Zugang zur zweiten Ebene bildete. Jonas wartete dort schon auf ihn und fragte ihn: *„Wo warst du denn so lange?"* *„Ich war ein paar alte Bekannte besuchen"*, sprach er Jonas mit einem leichten Schmunzeln zu. Jonas verstand zwar nicht, worauf er hinauswollte, aber das Schmunzeln musste zumindest etwas Positives bedeuten und deshalb fragte er nicht weiter nach. Er achtete bei Evan nur darauf, dass er nicht zu oft zu lange allein war, denn irgendwie machte er sich um ihn dann immer Sorgen. Zweimal musste er ihn in seiner Jugend aus einem tiefen Loch ziehen, weil Evan zu viel Zeit allein mit seinen Gedanken verbracht hatte. Jonas war sogar vor einiger Zeit der Meinung, dass man für Evans Gedanken eigentlich einen Waffenschein bräuchte. Er war froh, dass er sich zumindest mit solchen Problemen nicht herumschlagen musste.
Von da aus gingen sie dann wieder gemeinsam in den wohl prunkvollsten Teil der ganzen Burganlage, die „Great Hall", dessen Decke von 1513 bis heute noch im Original erhalten ist. Evan und Jonas blickten so lange nach oben, dass sie Genickschmerzen bekamen, aber diesen Anblick war es wert gewesen. In der „Great Hall" verbrachten die Männer drei Stunden und machten sich daraufhin wieder auf den Weg zum Hotel. Auf dem Weg hinunter zum Ausgang der Burganlage sagte Jonas: *„Mir werden diese Bilder niemals*

wieder aus dem Kopf gehen." Evan beschränkte seine Antwort auf den Satz: *„Die Befürchtung habe ich auch."*

Kurz bevor sie das Gelände verließen, hatten sie noch ein zweites Foto für Amy und Elia gemacht und zwar hatte sich Evan vor der Statue von Robert The Bruce und Jonas vor der von William Wallace abbilden lassen; in der dafür notwendigen Entfernung versteht sich.

Als sie wieder im Hotel waren, fiel Jonas sofort ins Bett und schlief ein. Evan hingegen lag wach auf dem Bett und grübelte über all jene Dinge, bei denen Elia, wenn sie seinen speziellen Gesichtsausdruck erkannt hatte, immer verlangt hatte, dass er ihr in die Augen schauen und sagen solle, dass er immer noch hier bei ihr ist. Manchmal konnte man das Gefühl haben, dass er total weggetreten war, als wenn er sich in Hypnose befand.

Als Jonas anfing zu schnarchen, dachte Evan, dass das nicht wahr sein konnte, nahm seinen Zimmerschlüssel und setzte sich unten an die Bar des Hotels.

Am nächsten Morgen wachte Jonas nicht von einer kalten Becherdusche auf. Das lag daran, dass Evan sich gar nicht im Zimmer befand. Jonas raffte sich auf, zog sich an und machte sich auf die Suche nach seinem Freund. Lange brauchte er aber nicht zu suchen. Auf dem Weg zum Hotelausgang kam man automatisch an der Bar vorbei und Evan saß schlafend, mit dem Kopf auf der Theke liegend, immer noch an der Bar.

„Verdammte Scheiße ist der schwer.", fluchte Jonas den ganzen Weg, den er Evan regelrecht bis in den Fahrstuhl und

von da aus ins Zimmer schleifen musste. Der Tag hatte noch nicht einmal richtig angefangen und schon war er vorbei. Jonas legte Evan auf sein Bett und stellte ihm für den Fall, dass er sich übergeben müsste, eine Schüssel daneben, aber die sollte er nicht brauchen. Jonas verbrachte den Tag auf dem Zimmer. Viel gab es da nicht zu tun außer Fernsehen gucken, Radio hören und Evan ab und zu Wasser zu bringen. Er hatte auch der Versuchung widerstanden, die erste E-Mail nach Hause zu schreiben. Sie hatten nämlich ausgemacht, dass sie erst dann geschrieben wird, wenn sie die Hauptstadt verlassen haben und wenn sie wieder länger an einem Ort verweilen würden, dann würden sie die Antwort der Frauen lesen. Der Tag verging für Jonas zwar langsam, aber er konnte ihm auch etwas Gutes abgewinnen. Evan schlief ganze 14 Stunden durch.

Nachdem Evan seinen Rausch am nächsten Morgen endgültig ausgestanden hatte, bestand kein Bedarf darüber zu reden. Evan war ein gestandener Mann. Wenn es etwas gab, worüber er reden wollte, dann würde er das schon von allein machen. Das Gleiche würde für Jonas gelten, wenn ihm dergleichen widerfahren wäre.

Die nächsten Tage besuchten Evan und Jonas in erster Linie zahlreiche Parks und die schönen Kirchen von Edinburgh, wobei es ihnen die „St. Giles' Cathedral" besonders angetan hatte. Sie wirkte von außen relativ unscheinbar. Evan sagte, dass sie von außen ganz typisch für das 12. Jahrhundert wäre. Nur die Krone, die man ihr aufgesetzt hatte, würde sie von ihren Gleichaltrigen etwas unterscheiden. Das Innere hatte aber beiden den Atem verschlagen. Eine riesige Orgel mit mehr als 4000 Röhren, diese beinahe nicht spürbaren Übergänge von Holz- zu Steinarbeiten, die zahlreich verzierten Glasfenster, die das Licht in einer einzigartigen Art und Weise so brachen, dass es direkt auf die Holzbankreihen schien. Deshalb ließen sich die Zwei auch da fotografieren, allerdings mit dem Rücken zur Kamera gewandt. Es sah beinahe so aus, als wenn die beiden Männer durch das Licht neu beseelt würden.

Wenn es doch nur so einfach gewesen wäre...

Am Abend auf dem Hotelzimmer fragte Evan: *„Was wollen wir denn morgen machen?"* Jonas fiel nur eine Antwort ein: *„Wir sind jetzt schon zehn Tage in Edinburgh. Bist du nicht auch der Meinung, dass wir langsam weiterziehen sollten?"* Evan nickte, aber fügte hinzu: *Lass uns morgen aber noch das Spiel von Hibernian Edinburgh gegen Celtic Glasgow mitnehmen. Danach können wir gerne weiterziehen in Richtung Antoninuswall."* Jonas bejahte Evans Aussage und sichtlich geschafft von diesem Tag schlief Jonas wieder relativ schnell ein.

Diesmal machte er aber nicht den gleichen Fehler wie vor ein paar Tagen, sondern blieb auf dem Zimmer. Er beschäftigte sich damit, schon einmal seine wenigen Sachen, die er ausgepackt hatte, wieder in den Koffer zu legen. Zum Glück waren sie gestern in einem Waschsalon gewesen. Sonst wäre es morgen ziemlich hektisch geworden. Als er damit fertig war, steckte er sich die Hörer seines MP3-Players in die Ohren und hörte Musik, bis er zwei Stunden später dann doch einschlief.

Am nächsten Morgen gab es wieder die eiskalte Weckaktion. Jonas hatte sich an den morgendlichen Schrecken schon beinahe gewöhnt. Das war Evan aber egal, denn er hatte trotzdem Spaß daran, vor allem weil die Zimmermädchen mittlerweile dachten, dass Jonas ein Bettnässer sei, weil Evan seit drei Tagen nicht mehr das gesamte Wasser in Jonas' Gesicht schleuderte, sondern immer noch etwas übrig ließ und ihm das Restwasser nach Wegziehen der Bettdecke zwischen die Beine kippte, wodurch das Bettlaken jeden Morgen ziemlich feucht war.

An der Rezeption sagten sie schon Bescheid, dass sie an diesem Abend abreisen würden und dann gegen 19 Uhr zurück wären, um die Rechnung zu bezahlen und das Gepäck aus dem Zimmer zu holen. Als sie aus dem Hotel hinausgingen, um mit der Straßenbahn zum Stadion „Easter Road" zu fahren, das etwas mehr als 20.000 Menschen beherbergen konnte, fragte Jonas: *„Hast du vielleicht eine Ahnung, warum mich das ganze Hotelpersonal mit solch bösen Augen ansieht?"* *„Ich habe absolut keine Ahnung"*, erwiderte Evan in einem absolut übertriebenen Tonfall, wodurch Jonas wusste, dass sein Freund auf irgendeine Art und Weise dahinter steckte. Es war ihm aber letztlich egal, denn diese Nacht sollten sie ja schon an einem anderen Ort verbringen.

Am Stadion angekommen, hatte Jonas das Hotel ohnehin schon vergessen. Celtic Glasgow zählte zu seinen Lieblingsvereinen und deshalb war er für dieses Spiel schon Feuer und Flamme. Auch wenn Glasgow mit zwei international hoch angesehenen Vereinen die Fußballhauptstadt Schottlands darstellte, wollte sich Edinburgh nicht einfach fügen und so entwickelte sich ein hochinteressantes Spiel. Schließlich mussten sich die „Hibs" aber den „Celtics" mit 0:2 geschlagen geben. Bei dieser starken Hintermannschaft aus Glasgow gab es einfach kein Durchkommen. Jonas war begeistert, dass er es einmal in seinem Leben geschafft hatte, Celtic Glasgow spielen zu sehen. Vielleicht sollte er dazu später, wenn sie sich in Glasgow aufhalten sollten, nochmals die Gelegenheit haben. Auf der Rückfahrt zum Hotel konnte Jonas in der Straßenbahn gar nicht mehr einzukriegen, denn einige Fans von Celtic Glasgow befanden sich ebenfalls in der Bahn, um zum Hauptbahnhof zu gelangen. Aufgrund des Sieges war die Stimmung natürlich ausgelassen und hatte Jonas in seinen Bann gezogen. Er hatte während des Spiels auch ein paar Fangesänge gelernt, die er nun zum Besten geben musste. Obwohl Evan nur ein neutraler Zuschauer gewesen war, sang er ein paar Stationen lang mit. An einer Haltestelle überkam es ihn allerdings wieder. Er blickte aus dem Fenster und sah trotz des anhaltenden Regens Edinburgh Castle, wie es über der Stadt thronte. Er erinnerte sich wieder an den gedanklichen Film, den er beim Anblick des Bildes im Haus des Gouverneurs gesehen hatte. Dadurch kamen auch die Sterbegeschichte von Jonas' und seinen Eltern wieder hoch, denn die befanden sich ja auch auf dem Heimweg von einem Fußballspiel. Evan wandte seinen Blick von Edinburgh Castle ab und wollte eigentlich mit Jonas über seine Gedanken sprechen, aber der wirkte sehr gelöst und Evan konnte seit langem wieder so etwas wie Freude in Jonas' Gemüt ausmachen. Deshalb ließ er ihm auch seinen Spaß. Wenn er ihn jetzt mit derartigen Überlegungen belastet hätte, wäre wohl die tolle Stimmung von Jonas vorbei und seine Erinnerungen an diesen Tag getrübt gewesen. Evan machte das also ein weiteres Mal mit sich selbst aus.

Nachdem sich Jonas von seinen neu gewonnenen Freunden aus Glasgow verabschiedet hatte und beide gegen 18:30 Uhr wieder vor dem Hotel standen, machten sie aus, dass Jonas nochmals hineingehen sollte, um zu bezahlen und das Gepäck zu holen, während Evan schon den Mietwagen abholen ginge, den sie am heutigen Morgen an der Rezeption bestellt hatten. Der Rezeptionist hatte alles Weitere in die Wege geleitet. Normalerweise konnte man in dem Mietwagengeschäft um die Ecke nur auf begrenzte Zeit ein Auto erhalten, aber Evan hatte da ein wenig seine Finger mit im Spiel, sodass sie den Wagen auf unbegrenzte Zeit haben konnten. Das wusste Jonas aber nicht.

Evan war an dem einen Abend nicht ohne jeden Grund betrunken gewesen, sodass Jonas ihn am nächsten Morgen ins Zimmer schleifen musste. Als sich Evan an dem Abend an die Bar gesetzt hatte, saß da nur noch ein weiterer Mann dabei und zwar der Kerl von der Rezeption, der seine Bleibe ebenfalls in diesem Hotel hatte. Er lebte also ausschließlich in diesem Gasthaus. Dass man da schon einmal ein bisschen seltsam werden konnte, wunderte Evan nicht. Wahrscheinlich war genau das der Grund dafür, dass er sich mit ihm so gut verstanden hatte. Auf jeden Fall entwickelte sich zwischen den beiden ein allumfassendes Gespräch; über Fußball, wodurch Evan überhaupt erst wusste, dass Hibernian Edinburgh bald gegen Celtic Glasgow spielen sollte, über die Geschichte der Stadt und Schottlands überhaupt; über den Trip, den die zwei Deutschen noch vor sich hatten und über Frauen. Beim letzten Thema war Evan auf einmal nicht mehr so gesprächig gewesen und der Schotte dachte, dass er da einen wunden Punkt getroffen hatte und hakte noch einmal nach. Er fragte, ob sie diesen Trip machten, weil sie beide ihre Frauen verloren hatten. Evan wies diese Behauptung zurück und antwortete, dass ihre Eltern bei einem Autounfall gestorben seien und ihre Frauen nun zu Hause in Deutschland darauf warteten, dass sie zurückkommen.
Evan konnte sich nicht vorstellen, was den Kerl dazu bewogen hatte, aber er schlug eine Wette vor. Er gab dem Barmann ein Handzeichen und dieser stellte dann 30 kleine mit Whiskey gefüllte Gläser zwischen beiden auf die Theke.

Daraufhin sprach er in seiner Landessprache: *"Wenn du es schaffst, diese Nacht länger auf diesem Barhocker zu verbringen als ich, dann bezahle ich euch den Mietwagen und zwar alles. Ich bestelle den Wagen auch auf meinen Namen, sodass ihr komplett abgesichert seid und ich werde jemanden an den Ort schicken, wo ihr das Auto dann irgendwann wieder abstellt, wenn ihr weiter Richtung Irland wollt. Ihr müsstet mich dann nur hier anrufen und ich regele das dann für euch. Wenn du allerdings vor mir auf dem Boden kriechst, dann hast du die gesamte Zeche samt meines Deckels zu bezahlen."* Evan antwortet: *"Wenn du nicht einmal deinen Deckel bezahlen kannst, wie willst du dann das Auto für unseren Trip finanzieren?"* Evan wusste nicht, ob sich der Schotte als Wohltäter aufspielen wollte oder ob er schlicht Eindruck schinden wollte, denn dieser erwiderte nur: *"Lass das mal meine Sorge sein. Wenn du willst, können wir das auch schriftlich machen, falls du mir nicht glauben willst."* Evan wusste den Schotten auf jeden Fall an seiner Ehre zu packen, denn er verlangte wirklich, dass das schriftlich festgehalten wurde und ein bisschen provozierte er ihn auch, indem er behauptete: *"Ich dachte, dass die Iren die größten Saufköpfe seien."* Dadurch ermutigt beziehungsweise angestachelt, trank der Schotte die ersten fünf Gläser weg, als wären sie Wasser. Evan tat so, als wenn er mit diesen fünf Gläsern schon zu kämpfen hätte, aber er ließ sich nur etwas mehr Zeit, weil ihm der Whiskey sonst zu schnell zu Kopf gestiegen wäre. Bei den nächsten fünf

Gläsern hatte der Rezeptionist dann aber auch schon einmal die Augen zusammenkneifen müssen. Er hatte schlicht zu schnell angefangen. Evan sah genau, dass sich sein Gegenüber schon ziemlich zusammenreißen musste. Evan trank seine nächsten fünf Gläser in dem gleichen Tempo aus wie davor. Jetzt hatte bei ihm der gewünschte Effekt eingesetzt. Er schmeckte nicht mehr richtig, was er da trank. Das erleichterte das Herunterschlucken des Whiskeys natürlich erheblich. Evan war schon etwas schwummrig zumute beim Anblick der letzten fünf Becher. Nun mussten die zwei Wetteiferer gleichzeitig ihre Behälter trinken. Nach dem 13. Glas wäre es bei Evan beinahe passiert, aber er konnte das Gleichgewicht noch halten. Ihm war aber schon richtig unwohl und die Toilette nur ein paar Schritte entfernt. Dahin wandte sich dann auch sein Blick nach diesem Trunk. Der Schotte hatte das gesehen und fühlte sich schon wie der sichere Sieger. Er nahm sein Glas, zeigte damit in Evans Richtung und sagte: *„Das wird deine Niederlage sein, mein Freund."* Als er dann das Glas in einem Ruck austrank, lehnte er allerdings seinen Kopf so weit zurück, dass er das Gleichgewicht verlor und vom Stuhl gefallen ist. Evan hatte die Wette somit gewonnen und der Barmann erklärte Evan zum Sieger. *„,Hochmut kommt stets vor dem Fall' hat mein alter Herr in solchen Situationen immer zu sagen gepflegt.",* waren die letzten Worte, die Evan noch aus seinem Mund brachte, bevor er den Arme auf der Theke verschränkte, seinen Kopf auf diese legte und einschlief. Dem Barmann war das ziemlich egal, was mit Evan nun passieren würde, denn der hatte nun Feierabend und steckte Evan nur noch das Dokument mit der Unterschrift des Verlierers in die Innentasche seines Sakkos, bevor er dann in die Nacht verschwand. Der überlistete Schotte sah sich auch nicht verpflichtet, seinen Bezwinger aufs Zimmer zu bringen, denn immerhin würde er ihn noch jede Menge Geld kosten. Trotzdem war er ein Ehrenmann, denn er sollte seine Wettschuld tatsächlich einlösen.

Jonas hatte sich beim Bezahlen der Hotelrechnung gewundert, warum nicht „der Alte", wie er ihn nannte, zum Abkassieren da war, sondern nur die Auszubildende. Es sollte ihn aber nicht weiter kümmern. Er wollte sich eigentlich nur von ihm verabschieden.

Währenddessen war Evan angekommen, um das Leihauto abzuholen und da hatte er dann auch „den Alten" wieder getroffen, wie er gerade die Papiere für den Wagen ausfüllte. Auf die Frage, wie lange sie denn gedenken, noch unterwegs zu sein, wusste Evan keine richtige Antwort zu geben. Er sagte nur, dass es wohl noch ziemlich lange sein würde. Daraufhin ging der Rezeptionist wütend von dannen. In dem Gespräch mit dem Inhaber des Geschäfts, fand Evan heraus, dass die beiden Brüder waren, wodurch sich auch erklären ließ, wie sich der Mann diese Wette überhaupt leisten konnte. Als Evan dann mit dem Auto beim Hotel vorfuhr, um Jonas und das Gepäck abzuholen, stampfte der Rezeptionist gerade mit rotem Kopf ins Hotel. Als Jonas ihm noch auf

Wiedersehen sagen wollte, hatte er nur noch den Kommentar „Hoffentlich nicht!" übrig. Jonas ging verwundert mit den beiden Koffern zum Auto und legte sie auf die Rückbank, bevor er auf der Beifahrerseite einstieg. Er fragte Evan: *„Und was wird uns das Ding hier so ungefähr kosten?"* Evan sagte ihm ersten Moment nur: *„Sagen wir es mal so: ich konnte einen günstigen Festpreis aushandeln."*

Jonas gab sich mit der Antwort vorerst zufrieden, weil er im Moment ganz andere Dinge im Kopf hatte, denn Evan hatte den Laptop schon aufgeklappt und den Internetstick daran befestigt, sodass sie die erste Nachricht in die Heimat schicken konnten. Evan begann an der E-Mail zu arbeiten und fügte zuerst die drei Fotos an, die sie gemacht hatten. Nachdem er dann Elias und Amys E-Mail-Adressen eingegeben hatte, klickte er auf das Textfeld und brachte zuerst nicht ein Wort auf das sinnbildliche Papier.

Auch Jonas, bei all seiner Vorfreude etwas an Amy schreiben zu können, hatte keine zündende Idee für die gemeinsame Mail.

Wenn Evan eine Schreibblockade hatte, schaute er immer aus dem Fenster und beobachtete die Dinge, die um ihn herum geschahen. Wenn man allerdings in Edinburgh aus dem Fenster blickte, gab es immer einen Fixpunkt, auf den sich alle Blicke richteten und dann fiel Evan etwas ein, das sich lohnte aufgeschrieben zu werden.

An unsere Liebsten,

wir sitzen gerade im Auto und sind kurz davor, Edinburgh zu verlassen. Wir müssen auch weg von hier. In dieser Stadt haben wir uns nicht gerade Freunde gemacht, aber das ist nicht weiter schlimm, denn wie gesagt, wollen wir dieser Stadt nun den Rücken kehren.

Körperlich gesehen geht es uns ganz gut. Wie es uns im Inneren geht, vermag ich im Moment nicht in Gänze ausdrücken zu können. Es gibt bessere und auch schlechtere Minuten, Stunden und Tage.

Das Einzige, was wir euch im Moment mit Gewissheit sagen können, ist, dass wir gut angekommen sind und ununterbrochen an euch denken.

Wir haben gerade eine riesige, finanzielle Erleichterung erfahren, denn durch eine Wette, von der wir euch lieber nicht erzählen wollen, bekommen wir die gesamte Leihgebühr für unseren Mietwagen erstattet.

Deshalb werden wir uns in nächster Zeit wohl ausschließlich mit diesem Auto von Ort zu Ort bewegen.

Mir, Evan, ist eine unheimliche Sache passiert als wir Edinburgh Castle besucht haben. Ich betrachtete ein Bild im Haus des Gouverneurs und blieb davor beinahe zwei Stunden stehen.

Auf dem Gemälde war eine große glückliche Familie zu sehen und irgendwie fand ich mich plötzlich in dem Bild wieder und die Menschen, die auf dem Gemälde abgebildet waren, wurden durch uns ersetzt.

Es war total wirr, weil unsere Eltern in diesem Film auch vorkamen und ich musste mir klar machen, dass wir das nie wieder haben würden und irgendwie wollte ich aus diesem Film auch gar nicht mehr weg. Wir saßen alle an einem Tisch und sprachen über die Erlebnisse des Tages; so wie du es dir in deinen Träumen von einer glücklichen Familie immer ausgemalt hattest, Elia. Es war so, als wenn ich deinen Traum erlebt hätte.

Jonas und ich, wir haben also nicht nur die Aufgabe vor uns, mit dem abzuschließen, was war, sondern auch mit dem, was nicht mehr sein wird. Letzteres könnte vielleicht sogar die schwierigere Aufgabe darstellen, aber das wird die Zeit noch zeigen.

Wir machen uns nun auf den Weg zum Antoninuswall, um dann weiter zum Hadrianswall zu fahren, der euch wohl etwas bekannter sein dürfte. Beide dienten den Römern zur Abwehr der damals hier lebenden Barbaren, aber genug vom Geschichtsunterricht.
Wir hoffen, dass der Kummer in der Heimat nicht zu groß ist und freuen uns schon auf eure Antwort.
Wir hoffen außerdem, dass die drei Fotos, die wir euch im Anhang mitsenden, etwas verdeutlichen können, wie wir im Moment empfinden. Eigentlich geht es uns in doppelter Hinsicht elend. Dass, was geschehen ist, kommt noch zu oft hoch (hoffentlich heilt die Zeit auch das) und wir fühlen uns

schon fast schlecht, dass wir euch so zurückgelassen haben. Das Gefühl wird mit Sicherheit bleiben.

@Elia: Ist die Verstärkung denn eigentlich schon eingetroffen?

*Wir lieben euch,
Evan & Jonas*

Amy und Elia saßen jeden Abend zu Hause stundenlang vor dem Computer in der Hoffnung, dass doch endlich eine Nachricht von ihren Männern kommen möge. Normalerweise heißt es ja, dass es das beste Zeichen ist, wenn man sich nicht meldet, aber beide Frauen waren solch ungeduldige Wesen, dass sie am liebsten gleich angerufen hätten, als die Männer in Paris zwischenlanden mussten.
Die ersten Tage fanden sie allerdings nichts anderes als Werbung in ihren Postfächern. Als dann an dem Abend die Nachricht bei den ja mittlerweile drei Frauen ankam, waren sie ganz aus dem Häuschen. Amy entdeckte die Nachricht als Erste und rief daraufhin sofort Elia an, ob sie denn auch schon die Nachricht gelesen hätte. Da lief Elia im Eiltempo zu ihrem Computer und rief Althea aus dem Arbeitszimmer zu sich, damit sie die E-Mail mitlesen konnte.
Die drei Leserinnen merkten sofort, dass die Nachricht Evans Handschrift trug und wahrscheinlich nur noch von Jonas

abgesegnet worden war und so war es ja auch. Auf der einen Seite löste die Nachricht Freude aus, weil man nach knapp zwei Wochen, die seit dem Abschied in Berlin vergangen waren, ein erstes Lebenszeichen erhielt, aber auf der anderen Seite machte sich auch Entsetzen breit, vor allem, weil sie durch die mitgeschickten Fotos sehen konnten, dass sich die Männer ein Lächeln richtig herausquetschen mussten, um den Bildern auch nur den Anschein eines positiven Rahmens zu geben. Am meisten betroffen, waren die Frauen aber von dem Foto aus der St. Giles' Cathedral. Evan und Jonas saßen mit ihren langen schwarzen Mänteln nebeneinander in der letzten Bankreihe des Gotteshauses. Das Licht, das durch das rechte Fenster kam, brach sich an dem besagten Fenster und es hatte den Anschein, als wenn die beiden Freunde das Licht daraufhin absorbieren würden, denn danach war nur noch Dunkelheit zu sehen. „Ein schauderhaftes Bild", war der allgemeine Konsens der Frauen, die sich mittlerweile per Telefon miteinander verbunden hatten.

Elia stimmte diese Interpretation, dass sich ein Kampf zwischen Licht und Schatten auf dem Bild zuträgt, äußerst nachdenklich, denn Evan war derjenige von beiden, der weiter links auf der Bank und somit näher an der Dunkelheit saß. Obwohl er es in der Nachricht beteuerte, wusste Elia in ihrem Innersten, dass sich ihr Partner territorial und auch gefühlsmäßig immer weiter von ihr entfernte. Evan driftete immer mehr in eine Dunkelheit ab, die Elia nicht mehr nachvollziehen konnte. Sie hatte große Angst, dass er den Kampf gegen sich selbst verlieren könnte.

Kapitel 7

Evan und Jonas' Beschluss, dass sie die Antworten aus der Heimat erst dann lasen, wenn sie wieder irgendwo für längere Zeit blieben, machte vor allem Jonas zu schaffen. Er war begierig darauf zu erfahren, wie es seiner Frau in den letzten Tagen ergangen ist, aber sie hatten den Laptop zu Beginn der Fahrt in die unterste Ecke von Evans Koffer gepackt und da sollte er auch bleiben.

Die Männer hatten nämlich nicht vor, lange am Antoninuswall zu verweilen, sondern nur einen oder zwei Tage, denn sie wollten diese nördlichste aller alten römischen Verteidigungsanlagen als Vergleichsmesser nehmen, um später das Ausmaß des Hadrianswalls besser einschätzen zu können. Um dahin zu gelangen, hatten sie keinen weiten Weg vor sich. Am besten konnte man die Überreste des Antoninuswalls noch in Falkirk betrachten, das ungefähr 60 Minuten Autofahrt von der Hauptstadt entfernt liegt. Über die M8 und M9 war es sehr leicht nach Falkirk zu gelangen. Die 30 Meilen zwischen Edinburgh und Falkirk waren auch schnell zurückgelegt. Allerdings war es mittlerweile dunkel geworden und deshalb mussten sie sich direkt nach ihrer Ankunft eine Bleibe für die Nacht suchen. Ihre Wahl fiel auf eine kleine Pension nahe Watling Lodge. *„Dort soll vor allem der Graben der alten Verteidigungsanlage noch gut zu erkennen sein"*, meinte Jonas. Nachdem sie sich in der

Pension für die Nacht eingerichtet hatten, gingen sie noch in den Aufenthaltsraum, wo sie die Bekanntschaft mit zwei Schweizern machten, die gerade auf dem Rückweg nach Edinburgh waren. Diese erzählten, dass sie in zwei Tagen wieder nach Hause fliegen würden. Evan und Jonas berichteten ihnen, dass sie noch vor hätten ins schottische Hochland zu fahren. Als die Schweizer sagten, dass sie gerade von da gekommen waren, waren Jonas und Evan natürlich Feuer und Flamme für die Geschichten der Eidgenossen. Sie erhielten so auch noch den ein oder anderen Geheimtipp für die Reise. Jonas fragte die deutschen Nachbarn: *„Warum seid ihr nach Schottland gekommen? Was fasziniert euch so sehr an dieser Gegend?"* Einer der Schweizer antwortete: *„Es ist das Landleben, das uns so in den Bann gezogen hat. Wisst ihr, die schönen Seiten von Schottland findet man nicht in den Städten. Auf dem Land, in den kleinen Käsereien, Brauereien und Webstuben findet das wahre Leben statt. Da blühen Kunst und Handwerk. Es ist noch nicht getrübt von dem städtischen Trubel. Sie leben in Eintracht mit der Natur und wissen sie noch zu schätzen."* Evan war wie weggetreten. Allein schon durch die Erzählungen des Schweizers dachte er dort oben im Norden sein Eiland finden zu können. Jonas entgegnete den Schweizern, dass es genau das wäre, was er hier wollte – Abstand von jeder Zivilisation. *„Wenn ihr Abstand sucht, dann seid ihr hier genau richtig"*, lautete das Abschlussplädoyer der Schweizer, bevor sie an Evans gedankenverlorenem Gesicht erkannten, dass es bei der Reise der zwei Deutschen um etwas mehr ging als nur Urlaub, aber sie trauten sich nicht genauer nachzufragen. Sie versuchten die Stimmung wieder etwas zu lockern: *„Aber wisst ihr, was ich an den Schotten am meisten mag? Die sind auch nur die kleinen Nachbarn und haben ihren großen Brüdern im Mittelalter aber gezeigt, wo der Hammer hängt."* Die Anspielung hatten Jonas und Evan natürlich verstanden. Evan war dadurch in seinem Element und erzählte von ein paar Dingen, die man nicht so oft über den Volkshelden Robert the Bruce hört. Seinen Erzählungen hörten aber nicht nur die Schweizer, sondern noch einige andere Reisende aus dem Norden Schottlands zu, die sich in ihrem Nationalstolz wohl etwas verletzt sahen.

Er ging deshalb nach draußen, um frische Luft zu schnappen und die Situation etwas zu entschärfen. Jonas überlegte kurz ihm hinterher zu gehen, aber er war der Meinung, dass es die Art von Kampf war, die Evan mit sich austragen musste, um mit dem fertig zu werden, was er gesagt hatte und was mit ihm geschehen war. Jonas war der Überzeugung, dass jeder auf seine eigene Weise trauert. Ablenkung war die seine, Selbsthass und Zweifel die von Evan.

Während Evan durch die Straßen zog und sich an den letzten Satz seiner Trauerrede erinnerte, blieb Jonas am Tisch bei den Schweizern sitzen und erzählte die Geschichte, die ihrer Reise zugrunde lag. Die Schweizer waren sichtlich gerührt. Es waren zwei überaus große Männer mittleren Alters, aber selbst die konnten ihre Traurigkeit über diese Geschichte kaum verbergen. Jonas hingegen wirkte schon beinahe abgestumpft. Er hatte eine Mauer um sich gebaut. Er ließ nichts mehr richtig an sich heran. Seine oftmals freudigen Emotionen der letzten Tage waren alle nur aufgesetzter Schein. In Wirklichkeit war er zu einem verbitterten Schatten seiner selbst geworden.

Dies war ihm nur noch nicht bewusst geworden. Er dachte, dass er das Geschehene nach knapp zwei Wochen schon verarbeitet hatte…

Nachdem Evan eine halbe Stunde auf einer Parkbank verbracht hatte, ging er wieder zurück zur Pension, bevor er da draußen noch zu erfrieren drohte. Er war immerhin ohne Mantel außer Haus gegangen.
Als er sich wieder zu den drei anderen am Tisch gesellte, entschuldigte er sich höflich für seinen Ausrutscher. Die Schweizer meinten, dass es nichts zu verzeihen gäbe. Sie wüssten nicht, wie sie sich in dieser Situation verhalten hätten. Betretenes Schweigen machte sich am Tisch breit, sodass die Schweizer beschlossen, zu Bett zu gehen. Sie bedankten sich für das nette Gespräch und wünschten ihren deutschen Nachbarn noch alles Gute für die weitere Reise.
„Alles Gute" empfand Evan zwar als eine sehr komische Formulierung, aber es sollte ihm Recht sein, denn schließlich hatten sie es nur gut gemeint. *„Was meinst du, was Amy und*

Elia gerade machen?", fragte Evan das erste Mal seit Tagen. *„Keine Ahnung. Wahrscheinlich lackieren sie sich gerade die Fingernägel."*, meinte Jonas in einem nicht ernst gemeinten Ton. *„Nein. Ganz ehrlich? Ich glaube, dass es ihnen nicht sehr anders geht als uns. Vielleicht geht es ihnen in den letzten Tagen sogar etwas schlechter als uns, denn immerhin haben sie nicht einander, um mit diesem ganzen Mist fertig zu werden. Sie haben nur sich. Du kannst dich ja wenigstens damit trösten, dass Elia Althea hat."*, verbesserte sich Jonas. *„Das werden wir erst in ein paar Tagen wissen, wenn wir uns den Hadrianswall ansehen."*, entgegnete ihm Evan mit der Gewissheit, sich nicht mehr lange in städtischen Gefilden aufzuhalten.

Jonas lag mit seiner Vermutung, dass sich die Frauen gerade die Fingernägel lackieren würden, ganz schön weit daneben.

Die saßen zu Hause vor dem heimischen Computer und tippten eifrig an ihrer Antwort. Während Amy so viele Gedanken durch den Kopf schwirrten, dass sie mit dem Schreiben gar nicht hinterher kam, stoppte Elia nach einer gewissen Zeit ihren Schreibfluss, da eine Blockade einsetzte, denn sie stand so kurz davor in die E-Mail zu schreiben, dass sie schwanger sei, dass Althea sie erst einmal von Computer wegholte. Sie war der Meinung, dass es noch nicht die richtige Zeit wäre, ihm das zu sagen. Wenn es nicht mehr anders ginge, dann solle sie es mit hineinschreiben, aber Althea war der Auffassung, dass sich Evan im Moment bestimmt in der schwersten Phase der Verarbeitung befand und zwar bei seinem Selbstzweifel. Bis diese Zeit vorbei sein sollte, müsste schon mehr Zeit vergehen als so ein paar Wochen.

Elia entschied sich also wieder dafür ihm nicht zu sagen, dass er Vater werden würde. Sie packte zwar mittlerweile selbst ein Zweifel, dass Evan umso saurer werden würde, je später sie ihm das gestehe. Ihr war aber auch klar, dass sie sich jetzt nicht um Evan kümmern konnte. Es war zwar schön und auch wichtig ein Lebenszeichen von ihm zu bekommen, aber sie musste sich darauf konzentrieren, dieses Semester ordentlich zu beenden, damit dann ihre ganze Konzentration bei dem Baby sein konnte.

Vor einigen Tagen war sie mit Althea das erste Mal beim Frauenarzt gewesen. Elia war natürlich nervös gewesen und hatte schon den ganzen Hinweg zum Arzt feuchte Hände. Sie war sichtlich angespannt. Umso erleichterter kam sie dann aber auch wieder heraus. Mit dem Baby war alles in Ordnung. Sie bekam ein kleines Ultraschallbild mit nach Hause und grinste über das ganze Gesicht als sie die Praxis verließ. Zu diesem Moment befand sie sich in der fünften oder sechsten Schwangerschaftswoche.

In etwas weniger als vier Monaten würde sie erfahren, ob es ein Junge oder Mädchen wird…

Am nächsten Tag war Evan wieder besser gelaunt. Ganz im Gegenteil zu Jonas. Der wurde wieder mit einem Schwung kaltem Wasser geweckt, was ihm an diesem Morgen überhaupt nicht gefiel, denn er hatte wohl genau so schlecht geschlafen wie Evan, mit dem Unterschied, dass Evan daran gewöhnt war.

Nachdem sie gefrühstückt hatten, machten sie sich sofort auf den Weg zu den Überresten des Antoninuswalls. So betrübt die beiden Leidensgefährten innerlich auch waren, sie schafften es immer noch sich aufzuraffen und für Dinge zu begeistern. Das war wohl auch das einzige, woran sie sich bisher klammerten und das war es ja auch, warum sie die Reise auf sich genommen hatten. Ablenkung, Veränderung, Erneuerung und Sinnfindung waren die Devisen der Schottland-Reisenden. Auch wenn es ihnen nur phasenweise gelang, sich von der Bürde abzulenken, die sie doch immer irgendwie in ihrem Schatten mit sich herumschleppten, war es zumindest ein Anfang; die ersten Schritte in eine richtige Richtung. Der Volksspruch „Aus den Augen, aus dem Sinn" setzte bei ihnen also nur teilweise ein und das war richtig, wenn sie ihren Schwur von der Trauerfeier einhalten wollten: „Erinnern und Leben, nicht Vergessen!"

Watling Lodge war nicht weit von der Pension entfernt. Deshalb fuhren sie nicht mit dem Auto, sondern legten gemeinsam einen kleinen Spaziergang ein. Das war auch die richtige Entscheidung, denn um die Reste der alten Befestigungsanlagen gab es einige kleine Waldstücke, die im

Herbst erst zur Geltung kamen. Das bunte Blattwerk, das den Bäumen allmählich abfiel, füllte den alten Graben schrittweise mit Blättern. Bereits das war für die beiden Reisenden ein majestätischer Anblick. Evan wäre beinahe geneigt gewesen, ein paar Blatt Papier aus seiner Manteltasche zu holen und diese Momente mit ein paar Zeilen festzuhalten, aber dafür war es noch nicht an der Zeit. Als Jonas und Evan so auf dem Gehweg entlang schritten, der vor dem Graben angelegt worden war, kamen sie an einer Informationstafel vorbei, auf der verschiedenste Daten über den Antoninuswall in einem Text zusammengefasst worden waren: *„Der einst 60km lange Antoninuswall wurde von 142-144 n. Chr. erbaut als Abschluss der römischen Besetzung Südschottlands. Er sollte den Hadrianswall ersetzen und als Schutz vor den Pikten- und Keltenstämmen fungieren, die sich Richtung Norden zurückgezogen hatten. Restlos besiegen konnten die Römer diese allerdings nie. Die Befestigungsanlagen bestanden aus einem Graben und einer 3m hohen Mauer. Alle zwei römische Meilen wurde ein Kastell errichtet, sodass schließlich 27 Kastelle diese Grenze bewachten. Seinen Namen bekam die Wallanlage durch den römischen Kaiser Antoninus Pius, der von 138-161 n. Chr. herrschte. Der Antoninuswall ist nun in Begriff neben dem Hadrianswall und dem Limes ein weiteres Weltkulturerbe zu werden."*
Evan war der Meinung, dass es nach der Geschichtsstunde nun so weit wäre, etwas Spaß in die Runde zu bringen:

"Schwer vorstellbar!", sagte er. *"Was ist schwer vorstellbar? Wenn es hier geschrieben steht, dann wird das schon wahr sein"*, entgegnete Jonas. Evan sprach daraufhin: *"Schwer vorstellbar, dass die Leute früher diesen Steilhang da hinaufgekommen sind. Lust auf ein Experiment?"*, fragte Evan mit herausfordernden Augen, woraufhin Jonas nickte und langes lautes Geschrei die Nachbarschaft für die nächste halbe Minute in Atem hielt. Die Männer versuchten mit schlachtähnlichem Geschrei den Steilhang des Grabens zu erklimmen. Beinahe wäre es ihnen auch geglückt, aber das Laub hatte sie am steilsten Stück ausrutschen lassen, sodass sie jetzt beide lachend im Laub lagen und in den Himmel starrten.

Ein Bann wurde gebrochen. Dieses Lachen war das erste, das voller Freude über etwas aus dem Herzen kam. Es war kein Schmunzeln, kein Grinsen, kein Lächeln. Es war ein herzhaftes Lachen und beide atmeten tief die frische schottische Luft ein, als wenn sie sich dadurch inneren Reinigungen versprochen hatten. Auch wenn sie diese dadurch nicht erreicht hatten, verspürten sie seit langem wieder etwas, das sich Freude nannte.

Am Ende des Tunnels, das aber noch weit entfernt war, war ein Licht zu sehen…

Jonas musste sich aber im nächsten Moment eingestehen, dass er auf jeden Fall auch noch einige Zeit brauchen würde, bis er wieder nach Hause könnte. Die Mauer, die er um seine Gefühle herum gebaut hatte, war durch diese befreiende Aktion durchbrochen worden. Es war so, als wenn das Schlachtgeschrei diese Mauer hätte einstürzen lassen. Als Evan seinen Kopf zu Jonas neigte, musste er mit ansehen wie Jonas weinend lachte. Es war das schönste Lachen, das er seit langem gehört hatte, sodass auch er kurze Zeit darauf weinen musste. Auch bei ihm wurde kein Tropfen aus Trauer vergossen, sondern jede Einzelne rann aus Freude über seine Wangen.

In diesen Momenten hatte Evan eine wunderschöne Idee, diesen Augenblick einzufangen. Ein paar hundert Meter weiter gab es ein Gerstenfeld. Evan sagte zu Jonas nur, dass er ihm bitte folgen möge, weil er eine Idee habe. Am Feld angekommen, sollte Jonas einen kleinen Film mit der Kamera drehen. Evan wandte der Kamera den Rücken zu und bewegte sich langsam von ihr weg, während er seine linke Hand an den Ähren der Gerste entlang streifen ließ. Von seiner linken Hand machte Jonas dann noch eine Nahaufnahme und ein Kurzfilm über 20 Sekunden war geschaffen.

Als die Männer wieder an der Pension ankamen, konnten sie noch beobachten, wie die Schweizer gerade losfuhren und noch einmal kräftig hupten, bevor sie um die erste Kurve bogen. Als sie dann wieder auf dem Zimmer waren, erklärte Evan, was er mit dem Kurzfilm vorhatte. Bei ihrem Abschied aus Deutschland hatten sie in Evans Haus ja einen Brief ohne

Aufschrift hinterlassen, in welchem eine mögliche Übersetzung des Songtextes von „Now we are free" enthalten war und dazugehörig hatten sie das Lied noch auf eine CD gebrannt. Da begann es bei Jonas zu dämmern. Evan hatte eine Filmszene aus „Gladiator" nachgestellt, dessen Soundtrack dieses Lied war und da sie gesagt hatten, dass sie zurückkehren würden, wenn sie das Ende des Liedes erreicht hätten, konnten Amy, Althea und Elia erfahren, dass sie sich auf einen guten Weg befanden. Jonas hielt das für eine wunderschöne Idee, vor allem, weil sich die Frauen, auch wenn Evan drauf zu sehen war, den Männern durch einen Film viel näher fühlen würden als durch jedes Foto.

Die Jungs ließen den Tag ins Land gehen, weil sie sich die erlebten Dinge jetzt nicht mehr durch irgendwelche unvorhergesehenen Vorkommnisse verderben lassen wollten. Auf dem Pensionszimmer fiel allerdings noch eine Entscheidung den nächsten Tag betreffend. Es sollte weitergehen. Morgen wollten sie Richtung Süden zum Hadrianswall aufbrechen. Sie wählten die Ortschaft Gretna, an der Grenze zu England, als Ausgangspunkt für ihre Expeditionen aus. Es lag recht zentral, in der Mitte der Überreste des Hadrianswalls und war dadurch für dieses Vorhaben sehr gut geeignet.

Am nächsten Morgen ließen sie ihre Dreckwäsche von der „Mutter der Pension", die die Männer aufgrund ihrer Geschichte ins Herz geschlossen hatte, waschen, sodass sie sich am Nachmittag auf den Weg nach Gretna machen konnten.

Aufgrund ihrer Dankbarkeit für die frische Kleidung hinterließen Jonas und Evan ein etwas großzügigeres Trinkgeld, das die Frau auch gut gebrauchen konnte.

Eine etwa zweistündige Autofahrt lag vor den beiden Freunden.

Ungefähr 100 Meilen liegen zwischen Falkirk und Gretna.

Als sie in Gretna ankamen, setzten die üblichen Automatismen ein. Sie suchten ein relativ preisgünstiges Hotel, das sie an diesem Tag in „The Gables" in der Annan Road fanden, packten die grundlegendsten Sachen aus und suchten zum Abend hin etwas, wo man Essen gehen konnte. An diesem Tag fiel ihre Wahl seit langem wieder auf einen Pub. Sie hatten in Edinburgh ja nicht gerade die besten Erfahrungen gemacht, was das anbetrifft. In Gretna war die Wahrscheinlichkeit auf streitlustige Studenten zu treffen aber wesentlich geringer als in der Hauptstadt. Dementsprechend war die Stimmung im Pub auch wesentlich gelöster. Evan und Jonas waren aber auch hier die Hauptattraktion, denn Gretna war kein großer Ort und wie das in solchen Gemeinden ist, kannte man sich untereinander. Gänzlich unterschiedlich war die Situation gegenüber Edinburgh also doch nicht.

Der Inhaber des Pubs, Callum, sah die etwas unbeholfenen Gesichter der beiden Freunde, zeigte auf die beiden und forderte sie per Handzeichen auf sich auf die Barhocker vor dem Zapfhahn zu setzen, wo er seinen Arbeitsplatz hatte. Er fragte, was zwei solch fremde Gesichter denn in dem kleinen Gretna wollten. Die Touristen wären doch vornehmlich im Norden, in Glasgow und Edinburgh, um sich den Genüssen hinzugeben. Davon gäbe es in Gretna nicht viele. Jonas und Evan schauten sich an und mussten schmunzeln. Callum verstand überhaupt nicht, warum die beiden denn grinsten. Evan sagte nur, dass sie nicht hierher gekommen seien, um sich irgendwelchen Genüssen, wie er es nannte, hinzugeben, sondern, um die faszinierende Geschichte und Natur von Schottland hautnah zu erleben. Danach setzte Jonas die Erzählung fort, denn er war es gewohnt, ihre Geschichte zu erzählen. Callum unterbrach Jonas nicht einmal, weil er von der Geschichte und den beiden Deutschen fasziniert war. Jonas kam sich wie ein Schüler vor, der ständig die Schule wechseln und jedes Mal, wenn er in eine neue Klasse kam, seinen „Satz" aufsagen musste. Er berichtete eigentlich nicht gerne von ihrer Lage, aber Callum spendierte ein Bier und einen Whiskey nach dem anderen und weil nur wenige Gäste im Pub waren, erzählte Jonas und erzählte und erzählte. Mit steigendem Alkoholpegel kam Jonas schon immer in Erzähllaune, aber so hatte Evan ihn schon lange nicht mehr gesehen. Er wirkte gelöst und konnte mit einem gewissen Abstand zu dem Geschehenen berichten. Er dachte sich, dass er fast schon wie ein Beruf ansah, davon zu erzählen, vor allem weil er aufgrund dessen ja fürstlich bewirtet wurde.

Einige Stunden später beschlossen die beiden wieder zum Hotel zu gehen. Sie versprachen Callum aber von nun an bis zu ihrer ungewissen Abreise, jeden Abend in diesem Pub zu verbringen. Callum freute sich schon auf die nächsten Abende.

Im Hotel waren sie dann sofort eingeschlafen.

Am frühen Morgen machten sich Evan und Jonas fertig für ihre erste Fahrt zum Hadrianswall. Sie hatte es sich zwar mit Gretna als Ausgangspunkt etwas schwierig gemacht, weil Gretna noch in Schottland lag, die Überreste des Hadrianswalls sich allerdings auf englischem Territorium befanden. Sie hatten sich vorgenommen einen schottisch-irischen Trip zu machen. Da war kein Platz für englische Querdenkerei. Die Nächte wollten sie zumindest in Gretna, und somit in Schottland, verbringen, denn sonst hätten sie es ja gleich eine Großbritannienreise nennen können. Ihnen war klar, dass dieses Vorhaben ziemlich unsinnig war, aber erstens: „Wer sollte sie daran hindern?" und zweitens ergab das gesamte Leben für die Freunde gerade keinen richtigen Sinn. Außerdem wartete Callum abends schon ungeduldig im Pub, um die Geschichten von ihren täglichen Abenteuern zu erfahren.

An diesem Morgen standen sie extra früher auf, weil sie noch eine etwas längere Autofahrt vor sich haben sollten, bevor sie ihr heutiges Reiseziel erreichten. Sie hatten von der Schönheit der Natur in der Nähe von Housesteads in Northumberland gehört, wo die Wallanlagen bis heute noch sehr gut zu erkennen sein sollen. Um dahin zu gelangen, hatte Evan allerdings mit einer einstündigen Autofahrt gerechnet.

Bereits auf der Fahrt konnte Jonas den Hadrianswall einige Male erblicken. Von seinem einstigen Glanz hatte er natürlich schon einiges eingebüßt. Die übrigen Mauerreste waren weder hoch noch breit erhalten geblieben. Als sie dann allerdings bei Housesteads eine schöne Stelle zum Rasten gefunden hatten, verspürten die Freunde ein inneres Wohlbefinden, das man schon fast mit innerer Wärme gleichsetzen konnte. *„Genau dieses Gefühl hatte ich schon, als wir in Edinburgh gelandet waren. Wenn ich an so etwas wie ein früheres Leben glauben würde, dann hätte ich es wohl hier verbracht, denn an diesen wunderbaren Orten, die dieses Land bereit hält, fühle ich mich unglaublich wohl"*, sagte Jonas, während die Sonne sich langsam durch das löchrige Blätterdach der Baumkrone kämpfte. Sie verbrachten einen Großteil des Tages an diesem Ort und sprachen vor allem über die Menschen, die sie bisher während ihres Trips kennengelernt hatten. Irgendwann kamen sie aber wieder auf das unausweichliche Thema. *„Wie sieht es wohl zu Hause aus?"*, fragte Jonas. Evan antwortete auf eine schon fast monologartige Weise: *„In einem gewissen Maße sind wir doch zu Hause, Jonas. Schau dir an, auf welchen Wurzeln wir sitzen. Wir sitzen auf den Überresten eines bald 2000 Jahre alten Walls. Auch wenn diese Reste noch vorhanden sind, kann man an ihm die Zeichen der Zeit* *erkennen. Er ist vergangen, so wie das Imperium, zu dessen Schutz er diente, auch vergangen ist. Das Leben hat nichts anderes als Vergänglichkeit für die Menschen übrig. Wir beide müssten das doch am besten wissen. Das Seltsame ist, dass wir uns keine Sorgen wegen unserem eigenen Ende machen, sondern das Unausweichliche unserer Liebsten betrauern. Du wirst mir jetzt wahrscheinlich sagen wollen, dass wir dann zumindest mit der Zeit etwas anfangen sollten, die uns geschenkt wurde. Schließlich hätten wir ja nur dieses eine Leben und das sollten wir nutzen. Da frage ich mich nur, wozu sich die Menschen ihr ganzes Leben lang abschuften. Früher, in gläubigeren Zeiten, wollten die Menschen noch für ihr Seelenheil sorgen und sich von ihren Sünden reinwaschen, weil sie an ein Leben nach dem Tod glaubten. Wir glauben beide nicht an so etwas. Eines eint die Menschen von damals mit denen von heute. Sie versuchen ihrem Leben einen Sinn zu geben. Das Interessante ist, dass sie ihrem Leben erst einen Sinn geben müssen, denn im Innersten weiß doch jeder, dass sein Leben keinen Sinn hat. Alles, was wir tun, hat keinen Sinn, denn wenn unser Leben ein Ende gefunden hat, dann wird sich die nächste Generation unserer noch erinnern. Diese Erinnerungen werden von Generation zu Generation weniger. Oder kannst du mir jede Kleinigkeit über deine Urgroßväter erzählen? Ich glaube nicht. Die einzigen Dinge, die einzigen Geschichten, an die man sich erinnert, sind jene, die für eine ganze Gruppe von Menschen bedeutend sind.*

Nicht ohne jeden Grund stehen in Edinburgh Castle Statuen von Robert The Bruce und William Wallace. Auch wenn sie tot sind, leben sie in gewissem Maße in den Erinnerungen der Menschen weiter. Diese Männer bilden die Ausnahmen.
Jetzt stellt sich nur noch die Frage, warum wir hier sitzen. Ich seh' doch schon die ganze Zeit, dass dir dieser Einwand auf der Seele liegt. Die Frage ist leicht zu beantworten. Wir sind Menschen. Wir versuchen in unserem Leben einen Sinn zu finden. Wir suchen schlicht etwas, das es nicht gibt. Die Dinge, mit denen wir vor dem Unfall konfrontiert waren: Liebe, Beruf, Haus, Auto und Familienplanung waren nichts anderes als eine Scheinwelt, ein Sinnersatz, der uns von unserem eigentlichen Schicksal, ein sinnloses Leben zu führen und bedeutungslos dahinzuscheiden, abgelenkt hat.
Um meine Gedanken mal zusammenzufassen: Wenn wir schon den Soundtrack von ‚Gladiator' benutzen, um unsere Reise zu erklären, dann kann ich ja aus dem Film auch zitieren: ‚Wir Sterblichen sind nur Staub und Schatten.'
Besser als Nichts..."

Als Evan mit dem Aussprechen seiner Gedanken begonnen hatte, dachte Jonas zunächst, dass es sich hierbei wieder nur um eine seiner beinahe schon philosophischen Ausschweifungen handeln würde. Als er Evan aber so sprechen hörte, merkte er, dass sich in seinem Freund eine handfeste Krise entwickelt hatte. Jonas wusste auch, dass das nicht einfach so daher gesagt war, weil Evan dabei einen viel zu ernsten Gesichtsausdruck und seine Denkerpose eingenommen hatte.

Er war regelrecht geschockt von den Gedanken, die Evan geäußert hatte. Er dachte über das Leben zwar nicht gänzlich anders, aber er sah den Sinn des Lebens darin, dass sich jeder seinen eigenen Sinn gibt. Seiner Meinung nach war jeder in der Lage in seinem Leben etwas zu finden, wofür es sich zu leben lohnte. Es fiel ihm zwar im Moment auch etwas schwer, dies auszumachen, aber mit dem Vergehen der Zeit war er sich sicher, in näherer Zukunft wieder Dinge finden zu können, die das Leben lebenswert machen.

Irgendwie spürte Jonas, dass sich Evan immer weiter ins Dunkel reißen ließ, als durch diese Reise wieder aus dieser Depression herauszukommen. Er merkte, dass sich sein Freund immer weiter von ihm entfernte.

Es war mittlerweile Nachmittag geworden. So schön es an diesem Ort auch war, die Sonnenstrahlen reichten nicht aus, um auch nur einen Funken Wärme zu verbreiten. Den Männern war trotz dicker Mäntel richtig kalt geworden. Sie beschlossen den Rest des Tages erst im Hotel und dann im Pub zu verbringen. Es sollte ja nicht ihr letzter Tag am Hadrianswall gewesen sein. Vor der Abreise machten sie noch gegenseitig Fotos voneinander, wie sie auf den Resten des Hadrianswalls standen. Während Jonas direkt in die Kamera schaute, wandte sich Evan von dieser ab und blickte in die Richtung des Waldstückes. So war auf dem Foto nur

eine seitliche Einstellung von ihm zu sehen. Er wollte einfach nicht, dass das Foto sein derzeit sehr trübes Gesicht einfing.
Auf dem Rückweg nach Gretna war eine Totenstille im Auto. Eine bedrückende Stimmung lag in der Luft. Jonas dachte immer noch über das nach, was Evan gesagt hatte. Auf eine gewisse Art und Weise musste er Evan ja Recht geben. In ein paar Jahren würde sich ihrer keiner mehr erinnern. Er dachte aber auch, dass sie gerade wegen ihrer begrenzten Lebenszeit dazu verpflichtet wären, diese zu nutzen. Wie Evan ja sagte, sehe er darin auch keinen wirklichen Sinn. Seine Erklärung dafür schien Jonas zwar einleuchtend, aber bei weitem nicht zufriedenstellend. Er glaubte, dass man sich auch gleich das Leben nehmen könnte, wenn man so denkt wie Evan. Ihn zu fragen, warum er es bis jetzt noch nicht getan hatte, traute sich Joans allerdings nicht. Zu groß war seine Angst, dass er ihn mit dieser Frage verletzen und somit noch tiefer in die Depression stürzen könnte. Er hatte aber keine Angst davor, dass sich Evan ernsthaft etwas antun könnte. Dieser pflegte ja schließlich immer zu sagen: „Selbstmord ist nichts anderes als Feigheit!" Mit dem Gedanken an diesen Satz hatte Jonas auch seine Antwort auf die Frage, die er sich nicht traute an Evan zu stellen, gefunden und damit war sein Gemüt auch schon wesentlich beruhigter.
An diesem Abend im Pub war Jonas nicht so gesprächig. Callum fragte zwar ständig nach, ob zwischen den beiden etwas vorgefallen war, aber sie antworteten stets, dass alles in Ordnung sei. Sie wären aufgrund des heutigen Tages nur

etwas nachdenklich geworden. Callum gab sich mit dieser Antwort zufrieden. Vor allem, weil er ja ihre Geschichte kannte, wollte er da jetzt nicht weiter nachhaken und so möglicherweise später noch auf einen wunden Punkt treffen. Er ließ die Männer für den Rest des Abends in Ruhe.

Die nächsten Tage waren die Jungs zu Nichts zu gebrauchen. Evan und Jonas fühlten sich innerlich schlapp. In ihren Gliedern war morgens einfach keine Kraft, um irgendetwas anzugehen. Geschlagene zwei Wochen lang schafften sie nur einen Weg, zu Callums Pub und wieder zurück ins Hotel.

Als sich die beiden Freunde dann wieder in den Pub aufmachten und sich wieder auf ihre schon reservierten Plätze am Zapfhahn setzten, stellte Callum sie zur Rede.

„Was wollt ihr eigentlich jeden Tag hier?", klagte er die beiden regelrecht an. Jonas blickte zu Evan, der schon seit gefühlten drei Tagen nichts mehr gesagt hatte, was ihn aber nicht davon abhielt, sich genüsslich einem Bier nach dem anderen hinzugeben. Jonas wusste auch nicht mehr, wann er ihn das letzte Mal hat schlafen sehen. Wenn er ins Bett gegangen war, geisterte Evan noch irgendwo herum und wenn er aufwachte, war Evan schon wach und saß zumeist auf dem Balkon des Hotelzimmers, trank immer irgendetwas Hochprozentiges und rauchte eine Zigarre nach der anderen. Jonas bezweifelte auch, dass Evan sein Bett jeden Morgen so ordentlich machte. Er glaubte eher, dass sein Freund viele Nächte gar nicht darin gelegen hatte.

Als Jonas so darüber nachdachte, vergaß er ganz Callum zu antworten, sondern sprach Evan an: *„Evan?"* Dieser bemerkte zwar, dass er angesprochen worden war, aber gesagt hatte er nichts. Er blickte Jonas aber zumindest an und dieser meinte: *„Sag mal, wollen wir nicht mal langsam weiter? Wir sind schon so lange in Gretna, dass ich fast vergessen habe, wie der Hadrianswall in Northumberland aussah. Lass uns morgen mal nach Carlisle fahren. Da kann man in der Nähe die Überreste einen alten Kastells besichtigen. So etwas lassen wir uns doch nicht entgehen, oder was?"* Daraufhin nickte Evan nur und war danach mit den Gedanken schon wieder ganz woanders. Callum war in der Zeit schon lange wieder andere Gäste und die Band bedienen, die fast jeden Abend in dem Pub spielte. Er hatte das erreicht, was er wollte. Seine beiden Freunde an seinem Arbeitsplatz würden ihm morgen mal nicht die ganze Zeit mit trüben Gesichtern gegenübersitzen. Jonas war in zweierlei Hinsicht zufrieden. Auf der einen Seite machte ihn Gretna und dieser Pub bald krank, sodass er unbedingt raus musste und auf der anderen Seite war das seit Tagen die beste „Unterhaltung", die er mit Evan geführt hatte.

Callum wollte, dass die beiden an diesem Tag früher ins Hotel gingen, damit sie morgen fit wären. Jonas und Evan wollten sich aber noch nicht verabschieden. Callum hatte keine Lust, seine Freunde rauszuschmeißen. Es war mittlerweile schon 22 Uhr geworden und der Pubbesitzer dachte sich, dass er heute einfach mal eine halbe Stunde früher die Glocke läutete, was bedeutet, dass nun Zapfenstreich war. Normalerweise durfte man mit dem Läuten noch einen letzten Nachttrunk bestellen, aber diesen gewährte Callum an diesen Tag auch nicht mehr. In einem gewissen Maße hatte er also nicht nur Evan und Jonas der Bar verwiesen, sondern auch alle anderen Gäste an diesem Abend.

Jonas und Evan hielten sich an Callums Ratschlag und gingen ins Hotel. Jonas ging ins Bett. Evan auf den Balkon...

Als Jonas am nächsten Morgen aufwachte, lag Evan sogar in seinem Bett. *„Wunder geschehen aber auch immer wieder"*, sagte Jonas.
Als er Evan wecken wollte und sich gerade über ihn beugte, machte Evan die Augen auf, zog seine Decke weg und verpasst seinem Freund erstmal eine eiskalte Dusche. Danach stand Evan auf und sagte nur: *„Wie siehst du denn aus? Wenn man duscht, zieht man vorher wenigstens die Klamotten aus. Und du sagst immer, dass ich verrückt bin. Schönes Eigentor!"* Jonas schaute aus dem Fenster in Richtung Himmel und sprach: *„Danke, dass du ihm seine Stimme wiedergegeben hast, aber musstest du auch gleich noch seinen Sarkasmus wieder mit drauf legen? Der Typ bringt mich irgendwann noch ins Grab."*
Nachdem sich Jonas etwas anderes angezogen hatte, gingen beide zum Auto. Essen wollten sie heute in Carlisle. Als sie

am Auto standen, fragte Jonas: *„Soll ich nicht lieber fahren?"* Evan schaute über die Karosserie zu Jonas und antwortete auf seine übliche Art: *„Der Witz war echt nicht schlecht. Wie kommst du nur immer auf solch lustige Sachen?"* Jonas stieg nur kopfschüttelnd in das Auto ein und hoffte, dass sie keine Polizeistreife anhalten würde. Er war froh, dass es bis nach Carlisle nur 10 Meilen waren und somit nur ungefähr 20 Minuten Autofahrt.

Als sie am Stadtrand anhielten, musste Jonas zu seiner Überraschung allerdings eingestehen, dass Evan gut gefahren war. Jetzt musste er nur noch darauf aufpassen, dass er nichts Alkoholisches mehr trank, denn die Autoschlüssel würde Evan nicht so leicht hergeben. Zunächst gingen sie noch etwas tiefer in die Stadt, um etwas zu essen. Das Essen aus Callums Pub hatten sie mittlerweile zur Genüge zu sich genommen. Nachdem sie seit langem wieder etwas Ordentliches zwischen die Zähne bekommen hatten, disponierten sie kurzerhand noch einmal um. Wenn man schon einmal in Carlisle war, dann kann man auch Carlisle Castle besuchen.

Über diese Burgmauern wusste Evan allerdings nicht sehr viel und deshalb schloss er sich diesmal von Anfang bis Ende einer Führung an. Nachdem Wilhelm II. 1066 dieses Gebiet den Schotten entrissen hatte, ließ er ab 1093 diese Burg direkt neben einem alten römischen Fort errichten. Aber erst Heinrich II. ließ Carlisle Castle ab 1122 zu einer richtigen Festung ausbauen und mit dicken Mauern versehen. In den folgenden Jahrhunderten stand das Schloss immer im Mittelpunkt von Konflikten zwischen Schotten und Engländern und wechselte folglich häufig den Besitzer. Jonas klebte förmlich an den Lippen von der Frau, die die Führung leitete. Das hing damit zusammen, dass sie eine große Ähnlichkeit mit Amy hatte. Jonas sah also wie sich ihre Lippen bewegten, aber er wäre wohl nicht in der Lage auch nur ein Wort von dem wiederzugeben, was sie gerade gesagt hatte. Evan hörte zwar zu, war aber gedanklich schon wieder ganz woanders. In seinem Kopf waren schon die schottischen Highlands mit seinen Wäldern und Seen. Er war der Städte überdrüssig und wollte alsbald nach Norden aufbrechen, um endlich unberührte Natur zu erleben. Er hielt sich aber noch gekonnt zurück. Er wusste, dass Jonas ein richtiger Glasgow-Fanatiker war und sie wollten ja, bevor sie in die Highlands fuhren, noch Glasgow besuchen. Es wunderte ihn schon, dass Jonas nochmals zum Hadrianswall wollte und nicht gleich in die größte Stadt Schottlands, aber ihm sollte es Recht sein. Irgendwann würde er die frische Luft der Highlands noch um die Nase geweht bekommen.

Zur Mittagszeit brachen die Zwei auf, um sich die Nachlässe der Römer in der Nähe von der Stadt anzusehen. Als sie am Wall ankamen, konnten sich beide das Lachen nicht verkneifen. Diese Stelle des Walls war etwas tiefer, weil ein Stück herausgebrochen war, wodurch sich so eine Art Treppe gebildet hatte. Das Interessante war, dass neben dem Wall gleich eine Schafherde graste. Wie es der Zufall so wollte, hatte es eines der Schafe auf den Wall geschafft, weil die Weide nicht weiter eingegrenzt war. Als sie näher kamen, wussten sie auch, was es da oben wollte. Auf diesem Teil des Hadrianswalls wuchs Gras, das sich das Schaf wohl nicht entgehen lassen wollte. Als sie uns dem Schaf näherten, dachten die Männer, dass es vor Schreck wieder zu den anderen springen würde, aber das tat es nicht. Im Gegenteil, es stolzierte weiter die Mauer entlang und das immer gut ein paar Meter vor den beiden Freunden, die einem der vielen Wanderpfade, die dem Hadrianswall entlangführen, folgten. Nach ungefähr 200 Metern holten sie das Schaf auf der Mauer dann aber doch ein. Als sie das taten, schaute sie das Schaf ganz seltsam an und meckerte einmal richtig los. Die Männer gingen lachend weiter und Jonas rief noch: *„Hör doch auf zu meckern. So eine wie dich hab' ich schon zu Hause!"* Nachdem Jonas das gesagt hatte, drehte sich das Tier um und stolzierte langsam wieder zu seinen Artgenossen und beide mussten erstmal herzhaft ablachen. *„Wenn Amy das gehört hätte, dann wäre ich jetzt einen Kopf kürzer"*, ergänzte Jonas noch. Daraufhin sah er nur noch, wie Evan schon wieder seine Denkerstirn aufsetzte. *„Nicht schon wieder. Du bist doch gerade erst etwas aus dieser Welt zurückgekehrt"*, ärgerte sich Jonas. Evan antwortete darauf: *„Keine Angst. Auch wenn du es jetzt nicht glauben wirst, aber es war ein schöner Gedanke. Willst du ihn wissen?"* *„Klar. Die sind ja selten genug bei dir"*, sagte Jonas und blickte dabei Evan etwas vorwurfsvoll an. *„Ich habe an zu*

Hause gedacht. Wir werden eines Tages nach Hause zurückkehren und hoffentlich werden wir da dann das Gleiche vorfinden wie das Schaf, eine glückliche Gemeinschaft. Ich glaube zwar, dass dieser Tag für mich noch etwas weit entfernt ist, aber ich habe Elia versprochen zurückzukehren und das Versprechen habe ich nicht vor zu brechen." Jonas nickte nur zustimmungsvoll, denn dieser Moment bedurfte keines weiteren Wortes.

Zum Abend hin machten sich Jonas und Evan wieder auf den Weg zum Auto. Sie waren ein gutes Stück diesem Wanderpfad gefolgt. Dementsprechend lang war dann auch der Rückweg. Von dem Schaf war zwar keine Spur mehr, aber Jonas war diesem Tier überaus dankbar, dass es dazu beigetragen hat, Evan zu zeigen, wofür es sich zu kämpfen lohnte.

Es sollte ihr letzter „Tag der Wälle" gewesen sein und auch einer ihrer letzten, die sie in Gretna verbringen würden. In einigen Tagen wollten sie sich auf den Weg nach Glasgow machen. Sie warfen nochmals einen Blick zurück auf den Wall, bevor sie ins Auto stiegen und diesen Ort hinter sich ließen. Der Süden Schottlands war für sie somit vollständig bereist.

Als Evan und Jonas besser gelaunt nach Gretna zurückkehrten, gingen sie wieder in Callums Pub. Sie wurden schon von den Einheimischen wie Ansässige begrüßt. Das hatte nach Jonas' Meinung schon fast Kultcharakter erreicht.

„*Wie geht es unseren deutschen Freunden denn heute?*",

schallte es von der anderen Seite der Theke. *„Ganz gut. Wir leiden aber stark an Unterhopfung. Könntest du dem bitte Abhilfe leisten?"*, sagte Evan zurück. Callum war richtig erstaunt über einen sprechenden Evan und einen grinsenden Jonas. Aus diesem Grund sprach er folgenden Satz: *„Ich möchte, dass ihr sofort meine Bar verlasst. Ihr habt hier ab sofort Hausverbot. Verschwindet! Raus hier!"* Die übrigen Leute im Pub schubsten Evan und Jonas, die total verwirrt waren, aus dem Pub raus. Als die anderen Gäste das geschafft hatten, schmiss Callum ihnen noch einen Fetzen Papier hinterher und verriegelte daraufhin die Tür. Auf dem Fetzen stand geschrieben: *„Gretna ist nicht genug!"*

An diesem Abend läuteten bei Evan und Jonas gleichzeitig die Alarmglocken. Wenn die am nächsten Tag abreisen würden, dann dürften sie endlich wieder ins Internet. Sie dürften schauen, was ihre Frauen vor langer Zeit schon geantwortet hatten und sie könnten selbst wieder eine E-Mail in ihre Heimat schicken. Voller Vorfreude liefen sie zurück zum Hotel, um alles einzupacken und an der Rezeption Bescheid zu sagen, dass sie für den nächsten Tag gerne die Rechnung hätten.

Callum konnte es sich aber nicht verkneifen und spionierte zwischen den dunklen Vorhängen, ob die beiden wirklich gegangen waren. Als er sah, dass sie schnell zum Hotel rannten, wusste er, dass er alles richtig gemacht hatte und als er das seinen ortsansässigen Freunden im Pub erzählte, waren sie auch erleichtert, denn irgendwie hatten viele die

Deutschen ins Herz geschlossen. Zum Abschied von Evan und Jonas gab Callum eine Runde aus.

Auf dem Hotelzimmer gab es nur ein Thema zwischen den beiden Männern: Was haben die Frauen wohl geschrieben? Sie rätselten umher, während sie schon aufbruchsbereit auf den Betten lagen. Irgendwann war Jonas dann wieder weggenickt. Als Evan das merkte, ging er wieder auf den Balkon, aber diesmal nicht, um sich dem Alkohol und Tabak hinzugeben, sondern um sich einfach dort auf den Stuhl zu setzen, die kalte, frische Luft einzuatmen und an Elia zu denken. Diese stand zu Hause ebenfalls auf dem Balkon und dachte daran, was ihr Liebster gerade für Dummheiten anstellte. Es war so, als wenn beide gewusst hätten, dass der eine gerade an den anderen dachte. Evan packten in diesem Moment wieder Zweifel an der ganzen Reise. Nun waren sie aber schon so weit gekommen, dann sollten sie es jetzt auch bis zum Ende durchziehen. Evan legte sich wieder ins Bett und schlief wenig später auch ein.

Als Jonas am Morgen aufwachte, erwartete er eigentlich eine kalte Dusche, aber es kam keine. Evan saß schon am Schreibtisch und hatte das E-Mail-Postfach, aber noch keine Nachricht geöffnet. Er wartete bis Jonas wach war, damit sie sie gemeinsam lesen konnten. Zuerst lasen sie die Mail von Amy:

Hallo mein Schatz, Hallo Evan (falls du mitliest),

es war schön, endlich etwas von euch zu hören und ich freue mich, dass es euch gut geht; zumindest körperlich.

Seitdem du weg bist, ist es hier sehr schwierig. Ich versuche mich mit Arbeit über die Zeit zu retten. Ich habe mehrere Vertretungsstunden angenommen. Wenn ich zu Hause bin, dann sitze ich zumeist im Schlafzimmer am Schreibtisch und korrigiere Arbeiten. Es hilft, aber ich bin dadurch in letzter Zeit auch etwas gestresst.

Ich habe mich in der vergangenen Zeit auch wieder mehr um meine Eltern gekümmert. Sie freuen sich immer sehr, wenn sie mich sehen. Sie fragen mich auch ständig, wie lange du noch weg sein wirst und wenn ich ihnen daraufhin keine Antwort geben kann, dann sind sie immer enttäuscht. Ich mag gar nicht niederschreiben, was sie alles von sich geben. Es reicht, wenn du weißt, dass sie ziemlich sauer auf dich sind. Ich weiß auch, dass dir das in deiner derzeitigen Situation nicht viel weiterhilft, aber ich habe ja sonst niemanden, mit dem ich so richtig darüber reden kann. Es tut mir leid...

Bleibt ihr eigentlich auf eurer Route, die ihr euch vorgenommen hattet? Gab es noch viel zu sehen von den antiken Bauten?

Eure Bilder sind unglaublich. Vor allem das in der Kirche: so traurig und doch so wunderschön. Man kann es gar nicht richtig beschreiben.
Lasst bitte bald wieder von euch hören...

Ich vermisse dich, mein Schatz. Lass mich bitte sagen, dass ich hoffe, dass du nicht mehr all zu lange weg sein wirst.

Ich liebe dich. Pass auf dich und Evan gut auf!
Amy

Jonas kamen die Tränen. Es waren aber keine Tränen der Trauer, sondern Freudentränen. Er war stolz auf seine Frau, dass sie ihren Eltern trotzte und trotzdem immer wieder zu ihnen hinfuhr. Er hatte sich immer eine fürsorgliche Frau gewünscht und wieder einmal wurde er von ihr bestätigt. Danach öffnete Evan die Nachricht von Elia.

Endlich ein Lebenszeichen von meinem Liebling!

Oh ja, die Verstärkung ist angekommen und du kannst dir gar nicht vorstellen, wie sehr ich dich dafür liebe. Sie ist solch eine riesige Hilfe für mich. Sie war mit mir beim Einwohnermeldeamt, um unseren Wohnsitz ändern zu lassen. Sie hilft mir das Haus für uns herzurichten und vor allem ist sie eine seelische Stütze.

Ja, du hast richtig gelesen. Ich war beim Einwohnermeldeamt. Warum wohl? Hmmmmm... Ich bin deinem Wunsch gefolgt und wir wohnen nun offiziell in diesem Haus. Unsere Wohnung wird Anfang Dezember nicht mehr sein. Überleg nur mal, was wir da alles sparen! Althea und ich sind auf jeden Fall eifrig dabei, Kisten und Kartons zu tragn.
Du brauchst dir auch keine Sorgen um die Sachen deiner Eltern zu machen. Ich werde nichts wegwerfen, bis du wieder hier bist.

Weißt du, die Tage wirken einfach nicht mehr auf mich. Sonst warst du in den kalten Herbst- und Wintertagen immer für mich da, um mich zu wärmen und um über mich zu wachen. Du hattest es sogar damals geschafft, in meiner Nähe zu sein, als ich für zehn Monate in den USA war. Ich habe bis heute keine Ahnung, wie du mir dieses Gefühl vermitteln konntest.

Ich weiß, dass ich deshalb eigentlich keine Ansprüche stellen darf, was das Zurückkommen anbetrifft. Ich stelle nur die gleiche Forderung, die du mir damals auch auferlegt hast: Komm wieder! Wenn du mich liebst, dann kommst du wieder! Ich weiß, dass unsere Situationen nicht miteinander vergleichbar sind. Deshalb sage ich ja auch nicht, wann du wiederkommen sollst. Ich mag mich gar nicht in dich hinein fühlen und deine Gedanken sind mit Sicherheit so dunkel, dass man seine eigene Hand vor dem Gesicht nicht sehen könnte, aber ich kann mir vorstellen, dass du dich in diesen Gefilden sehr wohlfühlst und auch, wenn du es mir in dem Abschiedsbrief versprochen hast, wollte ich es nur noch einmal festgehalten haben: Komm zu mir zurück!!!

Apropos Abschiedsbrief...Danke für dieses wunderschöne Lied. Althea meinte, dass es erst deine Liedauswahl war, die sie dazu brachte so schnell hierher zu kommen. Und wir hoffen natürlich alle (Amy mit eingeschlossen), dass ihr das Ende des gemeinsamen Liedes schnellstmöglich erreicht.

Danke, dass ihr ein paar Bilder mitgeschickt habt. Das Bild aus der Kirche sieht zwar schön aus, aber es bereitet mir ein wenig Kummer, weil es so aussieht, als wenn du kurz davor wärst, von der Dunkelheit verschlungen zu werden. Ich hoffe, dass dieses Bild nicht deinen wahren Zustand widerspiegelt. Du weißt, dass ich mir immer Sorgen mache, wenn du zu viel nachdenkst, aber ich weiß ja, dass du das immer unter Kontrolle hattest...
Althea hat gesagt, dass es wieder typisch für dich war, dass du dich vor der Statue von Robert The Bruce hast fotografieren lassen. Dass du aber auch immer einen auf König machen musst. So richtig gut seht ihr auf den Bildern aber beide nicht aus. Eure Gesichter sind leider nie so richtig zu erkennen. Darauf müsst ihr bei eurer nächsten Nachricht achten, die ihr hoffentlich bald senden werdet. Ich

bin schon gespannt von euren Geschichten an den alten römischen Wällen zu hören.
Althea will auch noch ein paar Worte schreiben...

Also dann mein Schatz, pass auf dich auf und komme bitte bald heim.

Ich liebe dich über alles; I miss you...Kuss Elia

Hallo Schatzi, Hallo Jonas,

hier spricht die Verstärkung...

Also mein lieber Freund. Du kannst dich echt glücklich schätzen, dass wir solch gute Freunde sind, aber noch viel glücklicher kannst du dich schätzen, mich so gut zu kennen. Du weißt, wo ich meine schwachen Kerne habe und wenn Elia mir nicht eine solch gute Freundin wäre, dann würde ich das hier bestimmt auch nicht für dich machen. Eines sei gesagt: sie brauchte und braucht wirklich Verstärkung...
Deine Verstärkung wäre allerdings wesentlich mehr wert als die meine.

Deshalb verbleibe auch ich in der Hoffnung, dich und Jonas bald wieder hier begrüßen zu dürfen.

Auch wenn Evan von diesen Briefen sichtlich gerührt war, ließ er nicht eine Träne zu. Auch als Jonas ihm empfohlen hatte, einfach mal alles raus zu lassen, regte sich nichts bei ihm. Dieser sagte nur zu seinem Freund, dass er ihm wünsche, dass er es niemals erleben möge, wenn er alles einmal herausschreit. Danach gab Jonas auf. Ihm war es auch viel wichtiger nun etwas nach Hause zurückschicken zu können. Jonas hatte auch die Idee, dass sie zwei „neue" Lieder in die Heimat schicken sollten. Diesmal sollten die Lieder allerdings nicht begleitend über die Zeit helfen. Sie sollten ausdrücken, wie sich die Männer gerade fühlten und an was sie gerade dachten. Auch wenn Jonas den Vorschlag dazu machte, wusste er nicht so recht, welches Lied er auswählen sollte. Evan hatte nur ein Lied im Kopf, das Elia wirklich gefallen sollte und zwar „Breathe" von seiner Lieblingsband Angels and Airwaves. Das Lied vermittelte die richtige Stimmung der inneren Verzweiflung von Evan, aber er dachte auch ununterbrochen an Elia und weil der Songtext unzählige Male die Worte „I love you" enthielt, war es genau richtig für dieses Paar geeignet. Während Evan das Lied, den Kurzfilm und die nächsten Fotos in den Anhang der Antwortmail anfügte, überlegte und grübelte Jonas, was er Amy mit dem Lied sagen wollte. Er erinnerte sich an das erste Lied, das er hinterlassen hatte. „I miss you" war immer noch die Botschaft, die er ihr übermitteln wollte. Diesmal vermisste er sie allerdings auf eine ganz andere Art und Weise, deshalb schickte er ihr „I miss you" von Incubus. In diesem Song beschreibt die Band, wie sehr das Fehlen alltäglicher Dinge, wie z.B. das gemeinsame Aufwachen, auf das Gemüt schlagen können.

Evan fügte also auch dieses Lied dem Anhang hinzu. Danach begann das alte Leiden. Was sollten sie schreiben?

Jonas ging seine üblichen Kreise im Hotelzimmer herum und wusste keinen richtigen Anfang zu finden. Irgendwie wirkte er genervt. Dieser Ort machte ihm zu schaffen. Er war schon stolz auf sich, dass er den Vorschlag mit den Songs gemacht hatte und ihm dann sogar noch einer eingefallen war. Wahrscheinlich wusste er schon, dass ihm wieder nicht viel einfallen würde und versuchte sich ausschließlich durch das Lied auszudrücken. Seine Frustration fand seinen Höhepunkt in den Worten: *„Evan, du hast Philosophie studiert. Wenn niemand ein paar Zeilen zu Papier bringen konnte, hat es ein Philosoph trotzdem geschafft. Schreib du die Mail. Ich komme gleich wieder und schau' sie mir noch mal an. Ich werde schon einmal die Koffer zum Auto bringen und die Rechnung bezahlen gehen. Gib mir das Geld einfach nachher. Ich bin weg."* Evan schmunzelte und dachte sich: *„Wenn alle Stränge reißen, dann soll immer mein Studium herhalten, aber wenn alles normal ist, dann war es für die anderen wieder nichts wert. Schon irgendwie amüsant..."*
Danach begann er die Gedanken abschweifen zu lassen.

Hallo Schätze, Hallo Schatzi,

An Althea: Zunächst einmal ein riesiges Dankeschön an dich, dass du mir diesen riesigen Gefallen getan hat. Ich werde es dir nie vergessen. Ich hoffe, dass dir ein Besuch in der Heimat auch mal wieder gut tut. Niemand wäre besser geeignet gewesen, Elia in dieser Zeit beizustehen. Jetzt, wo ich gehört habe, dass du so schnell bei ihr warst, fühle ich mich gleich um einiges besser oder zumindest weniger schuldig! Wie kommst du eigentlich auf die Idee, dass ich mich mit einem König hab fotografieren lassen? Robert wollte mit mir ein Foto. So wird ein Schuh draus. ☺

An Amy: Jonas ist dermaßen stolz auf dich, dass er es nicht vermag, dies in eigenen Worten auszudrücken. Er freut sich darüber, dass du trotz der Anschuldigungen von deinen Eltern immer wieder zu ihnen fährst und nach ihnen siehst. Er kann sich aber auch denken, womit das zusammenhängt. Du bist großteils alleine. Du versuchst, dich durch die Besuche bei deinen Eltern abzulenken, glaubt er und er macht sich deshalb starke Vorwürfe. Er ist im Moment sogar so betroffen, sodass ich diese Zeilen für ihn schreiben muss, während er die Koffer zum Auto bringt. Ich vermag es kaum, mich in dich hinein zu fühlen, aber bleib stark. Ich kenne dich nicht anders, also bleib wie du bist.

Ich soll dir aber in seinem Namen übermitteln, dass er dich über alles liebt, dich vermisst und wahnsinnig stolz ist, dein Ehemann sein zu dürfen...Hab dich lieb...

An Elia: Danke, dass du meinem Wunsch nachgekommen bist. Ich sehe dadurch eigentlich nur Vorteile, außer vielleicht, dass es dadurch mehr Platz gibt, den ich dreckig machen kann!
Ich verspreche dir, dass auch die Tage wiederkommen werden, an welchen ich neben dir unter der Decke liegen werde, um dich zu wärmen. Wann diese Zeit gekommen sein wird, weiß ich noch nicht, aber ich schwöre dir, dass ich deine Forderung erfüllen werde und zurückkehre, so wie du damals meine Forderung erfüllt hast. Ich kehre zu dir zurück, wenn ich denke, dass ich wieder ein Mensch geworden bin, den man lieben kann. Nimm das bitte irgendwie als Richtwert. Du wirst es ja aus meinen Nachrichten ablesen können.
Ich weiß, wie sehr du Fotos liebst. Wir werden darauf achten, dass unsere Gesichter das nächste Mal besser darauf zu sehen sind. Bei denen, die wir jetzt mitschicken, ist es noch nicht ganz so. Jonas hat einen kleinen Film von mir gedreht. Ich denke, dass die Szene keiner Erklärung bedarf. Althea oder du, einer von euch wird die Szene schon wieder erkennen.
Ich liebe dich mein Engel!

An Alle: Ihr glaubt gar nicht, wie schwer es auch mir fällt, diese Zeilen zu schreiben. Jonas hatte eine gute, sogar eine sehr gute Idee. Wir wissen alle, wie viel Musik in der Lage ist auszudrücken. Weil wir gerade nicht richtig im Stande sind, alles auszudrücken, schicken wir euch wieder zwei Lieder mit. Ihr kennt sie. „Breathe" ist für Elia und „I miss you" für Amy. Keine Angst, Amy, es ist zwar der gleiche Titel, aber nicht der gleiche Inhalt.

Wir sind gerade in Gretna an der schottisch-englischen Grenze. Wir fahren aber gleich ab, in Richtung Norden, nach Glasgow. Ich weiß nicht, ob wir da lange bleiben, denn irgendwie sehnen wir uns schon nach den Highlands und deren beruhigenden Natur. Naja, ihr wisst ja, wie sehr wir davon schwärmen.
Also entweder werdet ihr von uns hören, wenn wir Glasgow wieder verlassen oder wenn wir uns von den Highlands aus in Richtung Irland aufmachen.

Wir denken an euch.
Jonas & Evan

Nachdem Jonas wieder auf dem Zimmer war, segnete er den Brief noch kurzer Hand ab, bevor Evan ihn abschickte. Jonas fasste Evan auf die Schulter und sagte: *„Danke, mein Freund."* Evan ergriff seine Hand und sagte nur: *„Keinen Dank. Nicht dafür."*

Daraufhin machten sich beide auf dem Weg zum Auto.

Der Norden rief...

Kapitel 8

Der Abschied aus Gretna war nicht leicht. Die Freunde hatten sehr schöne, aber auch schlimmere Dinge erlebt. Am stärksten berührt hatte sie aber die Aktion von Callum und den anderen Alteingesessenen aus dem Pub. Aus diesem Grund fuhren sie noch einmal kurz zum Pub, um sich zu verabschieden. Sie wussten nicht, wie sie sich richtig verabschieden sollten. Sie hatten den Leuten dort mehr zu verdanken, als man auf den ersten Blick annehmen mag. Schließlich gab es da nicht nur Alkohol, Zigarren und Live-Musik. Es war ein Ort, an dem man sich etwas fallen lassen konnte. Die Menschen an diesem Ort hatten für die Jungs immer ein offenes Ohr und waren begierig darauf zu erfahren, was sie bisher erlebt hatten.

Weil sie sich nicht richtig zu verhalten wussten, verabschiedeten sie sich auf die Art, die zwar unpersönlich war, aber genau das ausdrückte, was sie empfanden.

Als Callum sah, wie die beiden aus dem Auto stiegen, ließ er sofort den Pub abschließen. Er wunderte sich allerdings, dass Jonas und Evan sich nicht bewegten, sondern nur am Auto stehen blieben, als wenn sie schon gewusst hätten, dass sie nicht in die Bar gelassen werden würden. Als sich die Reisenden vergewissert hatten, dass Callum zu ihnen sah, griffen sie mit ihren Händen zu ihren Hüten, die sie sich wegen des kalt-regnerischen Wetters aufgesetzt hatten und streckten diese in der früher üblichen verabschiedenden Geste entgegen. Die Jungs wussten, dass Callum die Geste verstehen würde, denn er war schließlich schon in einem etwas gesetzteren Alter. Sie bedeutete gleichzeitig Dankeschön und auf Wiedersehen. Als Evan und Jonas sahen, dass Callum am Fenster verständnisvoll nickte, stiegen sie wieder ins Auto und fuhren in Richtung A74, die Straße nach Glasgow.

Auf der Fahrt nach Glasgow war im Auto allerdings betretenes Schweigen bestimmend. Evan konnte mit seinen Gedanken nicht ganz abschweifen, weil er sich auf den Verkehr konzentrieren musste. Das war wohl auch der Hauptgrund dafür, dass er immer Auto fuhr. Jonas wirkte auf der 90-minütigen Fahrt nach Glasgow eher nachdenklich, aber das legte sich etwas später, weil er ziemlich schnell einschlief. Trotzdem ließ Evan die Vermutung nicht los, dass Jonas irgendetwas bedrückte, das nicht mit den Umständen der Reise zu tun hatte.

Vor der Abreise hatte Evan im Internet ein gemütliches, kleines Hotel gefunden. Allerdings hatte er Jonas nicht gesagt, wo das Hotel lag. Als er seinen schlafenden Freund weckte, dachte er, dass das nicht wahr sein kann: *„Weißt du Evan, wenn du mich nicht leiden kannst, hättest du mir das auch auf eine andere Art und Weise sagen können."* Evan ging währenddessen sein sarkastisches Herz auf: *„Wie kannst du nur so von mir denken? Du weißt doch, dass ich dich über alles liebe"*, sagte Evan, während Jonas aus dem Auto ausstieg und seine Arme hinter dem Kopf verschränkte. *„Das darf doch einfach nicht wahr sein"*, murmelte Jonas in seinen nicht vorhandenen Bart.

Jonas hatte sich aber nach einer Minute damit abgefunden und half Evan widerwillig dabei, die Koffer ins Hotel zu tragen. Evan hatte sich nämlich ein Hotel ausgesucht, das in der Nähe des Ibrox Parks, dem Stadion der Glasgow Rangers, lag. Die Glasgow Rangers sind die Stadtrivalen von Jonas' schottischen Lieblingsverein Celtic Glasgow. Deshalb gefiel es ihm gar nicht, in der Nähe dieses Stadions zu nächtigen. Als Evan auf das Zimmer ging, fing er an, herzhaft zu lachen. Jonas wusste erst nicht, warum Evan so belustigt war, bis dieser sagte, dass er mal aus dem Fenster schauen solle. Wenn man aus dem Fenster schaute, lag der Ibrox Park genau im Blick- bzw. Sichtfeld. Jonas war dadurch den ganzen Tag nicht mehr ansprechbar, getragen durch seine schlechte Laune.

Evan war das ziemlich egal, denn er sympathisierte mit keinem Verein in Schottland. Er belustigte sich aber zu gerne an Jonas' Ablehnung gegenüber den „Rangers".

Daraufhin geschah das, was halt immer an einem neuen Ort geschah. Die Männer machten sich auf die Suche nach einem Ort, um sich zu versorgen, kurz gesagt, einem Pub. Als sie so durch die Straßen der größten Stadt Schottlands gingen, war nicht nur Evan etwas seltsam zumute. Er fühlte sich, umgeben von den ganzen Lichtern der großen Stadt, überhaupt nicht wohl. Aber auch Jonas, obwohl er sich vor

Beginn der Reise so auf Glasgow gefreut hatte und am liebsten vor einiger Zeit gleich von Falkirk noch das Stückchen weiter hierher gefahren wäre, war sehr enttäuscht. Glasgow versprühte nicht den schottischen Charme, den sich die beiden Reisenden erträumt und gewünscht hatten. Es wagte aber keiner so richtig, dies auszusprechen. Jonas war zu sehr von seiner Enttäuschung eingenommen und Evan dachte, dass es seinem Freund so wichtig war, hierher zu kommen, dass er ihm zu Liebe hier halt ein paar Tage oder Wochen ausharren würde.

Evan stellte fest: *„Also Gretna war irgendwie gemütlicher."* Jonas nickte Evan mit einem etwas niedergeschlagenen Gesichtsausdruck zu. Es war vielleicht zwei Stunden her, dass sie das Hotel verlassen hatten, da waren sie schon wieder zurück. Jonas hatte behauptet, dass er müde sei, aber in Wirklichkeit hatte er von der Stadt bereits nach kurzer Zeit genug.

Evan schlug vor, dass sie morgen dann ausgeruht die Glasgower Kathedrale besichtigen könnten. Jonas hatte nichts dagegen. Ganz im Gegenteil, er hoffte dadurch wieder seine Begeisterung für diese Stadt zu entfachen. Die Kirche in Edinburgh, die St. Giles' Cathedral, hatte es den beiden ja auch schon angetan. Vielleicht wäre es bei dieser ja wieder der Fall.

Am nächsten Morgen sah Jonas immer noch nicht besser aus. Evan kannte diesen Blick von sich selbst. Aus Jonas schrie eine gewisse Desillusionierung heraus.

Nach der morgendlichen Stärkung ging es mit dem Auto zur Kathedrale. Nachdem Evan geparkt hatte, warfen beide von außen erst einmal einen Blick auf das Gotteshaus. Jonas fiel auf, dass sie nicht eine so schöne Krone hatte, wie die Kirche in Edinburgh. Evan entgegnete allerdings, dass diese Kirche so alt aussieht, als wenn sie bald in sich zusammenbrechen würde. Sie wirkte so verletzlich. Sie hatte etwas Trauriges an sich. Die mittlerweile kahlen Bäume, die rings um die Kirche standen, trugen dazu ihr Übriges bei. Evans Augen waren erfüllt, während Jonas immer noch nicht dafür zu begeistern war. Jonas fragte seinen Freund: *„Was ist denn mit dir los?"* Evan war mit seinen Überlegungen schon wieder ganz woanders, aber antwortete Jonas trotzdem: *„Das ist vielleicht von außen schon die schönste Kirche, die ich je gesehen habe. Die Schönheit mag auf den ersten Blick nicht sichtbar sein, aber dadurch, dass sie so verletzlich wirkt, fühlt man sich der Kirche schon automatisch näher als jeder anderen, die versucht majestätisch und mächtig im Land zu stehen. Menschen suchen in Kirchen keine Macht, sondern Fürsorge. Das ist bisher das einzige Gotteshaus, das von außen schon so etwas wie Nächstenliebe ausstrahlt. Auch wenn ich nicht gläubig bin, ist es schön, so etwas zu sehen."*
Jonas stimmte Evans Aussagen zwar zu, aber so richtige Begeisterung kam in ihm immer noch nicht auf. Auch als sie dann in die Kirche hineingingen, hatte Jonas immer noch den Ausdruck totaler Desinteresse aufgelegt. Schön war das nicht mit anzusehen. Evan schien von dieser Stadt zwar auch nicht

begeistert zu sein, aber diese Kirche machte seiner Meinung nach einiges wett. Auf jeden Fall mochte er Glasgow mittlerweile schon mehr als Jonas, der irgendwie eine für ihn typische Trotzhaltung eingenommen hatte. Ihm gefiel gar nichts mehr. Evan dachte daran, gemeinsam mit ihm etwas tiefer ins Glas zu gucken, damit Jonas wieder auf andere Gedanken käme, aber wahrscheinlich hätte in dieser Situation nicht einmal das geholfen. Aus diesem Grund fragte Jonas seinen Reisebegleiter, ob er etwas dagegen hätte, wenn er schon wieder zum Hotel gehen würde, denn ihm wäre heute nicht mehr danach, irgendetwas zu unternehmen. Evan hatte nichts dagegen einzuwenden.

Jonas machte sich also auf den Weg zurück. Es sollte ein etwas längerer Spaziergang werden.

Evan hingegen blieb in der Kirche und war fasziniert durch die gülden schimmernden Rundbögen und die einzigartige Deckenverzierung. Evan war zwar allein und das ist unter normalen Umständen problematisch zu betrachten, aber an diesem Tag war das anders. An den Seiten des Mittelganges waren kleine Holzbänke angebracht. Auf einer der vordersten machte es sich Evan etwas bequemer, denn er hatte nicht vor, so schnell wieder zu gehen. Für ihn stellte dieses Gotteshaus mehr als die Institution „Kirche" dar. Es war ihm eine Inspiration. Er schloss die Augen und stellte sich eine Kopie von sich vor, welche gerade erst in die Kathedrale eintritt und so auf seinen Rücken blickte. Dadurch wurde ihm erst das räumliche Verhältnis zwischen ihm und der Kirche bewusst.

Obwohl er gerade ganz allein in der Kathedrale war, fühlte er sich so, als wenn das ganze Gotteshaus gefüllt wäre. Sie ist aber nicht durch eine gewisse Anzahl von Menschen gefüllt, sondern nur durch ihn. Er fühlte sich in diesem Moment so ausgefüllt, wie seit langem nicht mehr. Er verspürte ein innerliches Wohlbefinden, das die stetig anwesende Trauer und Niedergeschlagenheit für kurze Zeit verdrängen konnte. Auch wenn Evan ein vergangenheitsbezogener Mensch war, ließ er sich in diesen Sekunden einfach von dem Hier und Jetzt beeinflussen und nichts anderes auf sich wirken.

Diese Gefühle waren um einiges stärker als jene, die er am Antoninuswall verspürt hatte. Dort war das Bedürfnis, sein kleines Notizbuch aus der Manteltasche zu holen und wieder mit dem Schreiben anzufangen, beinahe übermächtig geworden. Auch Jonas hatte dies am Wall mit Wohlwollen mitbekommen und freute sich über diese Entwicklung. Nun würde er diesen extrem wichtigen Moment nicht miterleben. Evan nahm an diesem Tag in Glasgow zum ersten Mal seit der Trauerrede wieder Papier und Stift zur Hand. Für ihn war das Schreiben schon fast so etwas wie eine Befreiung seiner Gedanken, denn häufig war er nur so in der Lage, sie auszudrücken. Es war kurz gesagt immer eine seelische Wohltat für alle Nahestehenden, wenn man ihn schreiben sah. Ihm war zwar noch nie etwas zugestoßen, aber seine Gedanken hinterließen bei seinen Liebsten schon die ein oder andere Sorgenfalte.

Trotz dieses Wohlbefindens, das Evan empfand, fiel es ihm nicht leicht, die wenigen Zeilen, die er zu Papier brachte, zu schreiben und schließlich brach er diesen Schreibversuch auch ab. Es war vielleicht nur eine kurze Gefühlswelle, aber diese hatte es geschafft, dass er immerhin zwei Seiten niedergeschrieben hatte.

Er merkte also, dass er sich auf einem guten Weg befand, aber noch lange nicht so weit war, seine seelische Reise zu beenden. Evan blieb noch einige Stunden in der Kirche, obwohl er nichts mehr zu Papier brachte. Das war an diesem Tag auch nicht mehr weiter wichtig. Viel bedeutender, und dieser Bedeutung war er sich sehr bewusst, war, dass er diese Stimmung mit hinausnehmen konnte. Deshalb saß er auf der Bank und versuchte regelrecht diese Atmosphäre aufzunehmen.

Am späten Abend machte er sich dann auf den Rückweg zum Hotel. Sein Weg war natürlich weitaus weniger steinig, denn er konnte ja mit dem Auto wieder zurückfahren. Als er ankam, machte er sich zunächst auf die Suche nach Jonas. Es war aber nicht schwer, ihn ausfindig zu machen, denn im Hotel gab es nichts zu tun, außer an der Bar zu sitzen. Als er ihn gefunden hatte, war Jonas zum Glück noch in einem annehmbaren Zustand. Er lallte zwar schon ein wenig, aber das hatte Evan schon schlimmer erlebt.

Jonas erinnerte sich in diesem Moment an den einen Morgen in Edinburgh, als er Evan morgens an der Bar gefunden hatte.

„Weißt du was, Evan? Ich glaub', ich hab ein Déjà-vu.",

quälte er sich mehr oder weniger hervor. Evan antwortete ihm angestrengt, weil er Jonas schon unter die Arme gegriffen hatte: *„Ich verschaff' dir jetzt erstmal ein Déjà-vu mit deinem Bett."* Jonas fühlte sich dadurch etwas provoziert und schubste Evan ein wenig zur Seite: *„Ich kann alleine gehen!"*, behauptete er lautstark. Das Spektakel wollte sich Evan natürlich nicht entgehen lassen und fünf Meter später lag Jonas auch schon auf der Nase. *„Ja. Ich weiß, dass du alleine gehen kannst, mein großer, starker, unumstößlicher Freund"*, sagte Evan und musste aber nebenbei doch ein wenig in sich hineinlachen.

Evan brachte Jonas also auf das Zimmer und setzte ihn auf sein Bett. Danach sank auch Evan auf sein Bett, denn auch ihn erschöpfte es, Jonas in seinem derzeitigen Zustand heil ins Bett zu bringen.

„Ich will hier weg", sagte Jonas. Evan schreckte auf. Er antwortete: *„Hey Jonas. Tut mir leid, dass nebenan gleich der Ibrox Park ist. Ich hab das nicht böse gemeint. Deshalb brauchen wir doch nicht gleich von hier weg"* Jonas unterbrach seinen Freund: *„Nein. Das ist es nicht. Solche Aktionen bin ich ja von dir gewöhnt. Das ist mir egal. Ich meine, dass wir aus dieser Stadt hier weg müssen. Ich habe mich in meinen Vorstellungen dermaßen getäuscht, dass ich hier nur noch weg will. Verstehst du, was ich meine?"* Evan erwiderte: *„Ich glaube schon. Hier findet man keine Ruhe. Glasgow ist einfach zu aufgewühlt und zu unbeständig. Die ganzen Lichter, die an den Geschäften, Casinos und Bars*

hängen, haben schon beinahe eine hypnotische Wirkung. Ungefähr so war es ja auch, als wir wegen deinem Junggesellenabschied nach Las Vegas gefahren sind. Wir haben die Zeit komplett vergessen und ehe wir uns versehen konnten, war das Wochenende schon vorbei und wir mussten wieder nach Hause. Diese Stadt bietet nicht viel von dem, was wir suchen. Wenn man Vergessen wollte, dann wäre man in dieser Stadt richtig, aber wir wollen uns nur ablenken und nicht vergessen." „Das meine ich. Ich glaube, dass wir von unserem geplanten Weg abkommen würden, wenn wir länger hier bleiben. Lass uns morgen weiter Richtung Norden ziehen", ergänzte Jonas.

Die Männer entschieden, dass sie am nächsten Tag nur noch dem bekannten „Camping-Shop" in der Stadt einen Besuch abstatten würden, um sich mit dem Nötigsten einzudecken, falls sie mal eine Nacht im Freien verbringen sollten. Danach sollte es sofort weiter in Richtung Norden gehen; dahin, wo sie hofften, die Ruhe zu finden, die ihnen hier nicht vergönnt war.

Ein kurzer Besuch kann aber langwierige Folgen mit sich bringen…

Am nächsten Tag gingen Evan und Jonas also in das besagte Geschäft und kauften vor allem ein Zelt, dicke Jacken, Hosen und Socken, Schlafsäcke und Isomatten. Außerdem legten sie sich das grundlegende Handwerkzeug zu, um ein kleines

Feuer anzuzünden. Als sie und der Verkäufer der Meinung waren, dass sie alles hätten, gingen sie auch rasch zurück zum Hotel, um zu packen, zu bezahlen und zu verschwinden. So schnell hat man die zwei Männer noch nie packen sehen. Die Sehnsucht nach Natur, Ruhe und Freiheit war während dieser Reise noch nie so groß gewesen. Unter ihnen war eine noch nie da gewesene Aufbruchsstimmung zu spüren.

Kann man das Hoffnung nennen?

Nachdem Evan und Jonas die vergleichbar geringe Rechnung bezahlt und die Koffer verstaut hatten, saßen sie nun abermals im Auto. Sie schauten sich gegenseitig an und fingen an zu lachen. *„Wo genau fahren wir jetzt eigentlich hin?"*, war die Frage, die Evan beschäftigte. Jonas erwiderte: *„Ja. Jetzt, wo du es sagst, fällt mir auch erst auf, dass wir keinen Plan haben!" „Und wieso hast du dann gelacht?"*, hakte Evan nach. *„Ich dachte, dass wir nun die E-Mails lesen könnten, die Amy und Elia bestimmt schon geschrieben haben. Wir fahren ja nun von einem Ort weiter, also wäre es doch die Zeit, das zu tun"*, sagte Jonas hoffnungsvoll. Evans Antwort lautete: *„Nein. Wir sind gar nicht richtig in Glasgow angekommen und fahren schon wieder. Es ist doch beinahe so, als wenn wir gar nicht hier gewesen wären. Dann könnten wir ja von jedem Ort eine E-Mail schreiben, an dem wir uns nur einen Tag aufgehalten haben. Irgendwie verlieren die Nachrichten dadurch ihren Sinn. Wolltest du* *nur deshalb so schnell weiter? Damit wir die Mitteilungen lesen können?" "Nein. Das war es nicht. Es ist wirklich die Sehnsucht nach dem, was da draußen wartet, das mich dazu bewogen hat"*, entgegnete Jonas. Daraufhin verlor sich Jonas' Blick aus dem Fenster. Evan glaubte ihm aber nicht ohne jeden Zweifel. Es wurden allerdings weder Nachrichten gelesen, die mittlerweile schon angekommen waren, noch welche geschrieben.

Trotzdem öffnete Evan den Laptop. Allerdings nicht, um in sein Postfach zu schauen, sondern um auf Landkarten nach einer richtigen Route zu suchen. *„Wohin fahren wir?"*, fragte Jonas dann aber doch sehr interessiert. *„Auf dem Weg in den tiefen Norden schauen wir uns noch die Leute an, die den schottischen Tourismus richtig kommerzialisieren. Wir fahren nach Fort Augustus, zum Loch Ness. Dort schlafen wir eine Nacht und fahren dann am nächsten Tag weiter nach Carbisdale Castle. Einverstanden?"*, fragte Evan. Die abschließende Frage hatte aber nur rhetorischen Charakter. Es war entschieden und Jonas hatte auch nicht das Verlangen, sich selbst den Laptop zu nehmen und etwas herauszusuchen. Wahrscheinlich würde er ohnehin nur die gleiche Route vorschlagen.

Für die Fahrt waren etwas mehr als drei Stunden vorgesehen. Die schnellste Verbindung von Glasgow nach Fort Augustus verlief durch einen Ort namens Ballachulish, der direkt an der Westküste Schottlands lag. Als sie durch diese Ortschaft fuhren, fiel es Evan schwer, seinen Blick auf der Straße zu halten. Er hatte sich an der Umgebung regelrecht festgeguckt. Die Straße verlief an einem der zahlreichen Steilhänge entlang. Es waren zwar noch keine Klippen, die es verstärkt im Norden zu finden gab, aber schon diese Landschaft war auf jeden Fall beeindruckender als Glasgow. Evan fuhr rechts an den Straßenrand, stieg aus und lehnte sich für eine ganze Weile an die Karosserie, um die Natur zu betrachten. Als er wieder einstieg und sich angeschnallt hatte, schaute er zu Jonas rüber, der sich die ganze Zeit nicht von seinem Platz bewegt hatte.

Kommunikation zwischen Menschen findet häufiger mit dem Körper statt als man glaubt...

Plötzlich schnallten sich beide wieder ab, stiegen aus dem Auto und Evan schloss das Auto ab. Sie rannten den Steilhang hoch, ohne zu wissen, was da oben auf sie wartete. Sie hofften von ganz oben einen noch besseren Ausblick auf diese traumhafte Landschaft gewinnen zu können. Nach knapp fünf Minuten bergauf rennen, waren beide aber schon am Ende ihrer Kräfte und deshalb mussten sie es von da an etwas langsamer angehen lassen. Die Steigung war einfach zu stark gewesen, um noch weiter rennen zu können. Als sie auf einer Zwischenhöhe ankamen, war um sie herum nichts anderes als Gras. Nicht ein Baum stand um sie herum und die Aussicht war von da schon atemberaubend. Das Wasser schlängelte sich durch die zu erblickenden Berge hindurch und Ballachulish lag unbedeutend in seiner Senke dar. Gegen diese Pracht der Natur erschien alles andere zweitrangig. *„Das sind erneut Bilder, die uns nie wieder aus dem Kopf gehen werden"*, meinte Jonas. Evan vermochte in diesem Moment nicht zu antworten. Er war zu sehr damit beschäftigt, die Umgebung auf sich wirken zu lassen. Einige Minuten später antwortete er dann: *„ Und das hier ist erst der Anfang. Beim Anblick dieser Dinge weiß ich wieder, warum wir hergekommen sind."* Ein enorm starker Wind umwehte sie schon an dieser Stelle. Sie gingen aber noch ein paar Schritte zu einer weiteren Anhöhe, wo sich schon jede Menge Geröll angesammelt hatte und ein Schild auch davor warnte, noch weiter zu gehen. Das hielt die beiden Männer aber nicht ab zumindest noch diese paar Schritte zu gehen, um einen besseren Blick auf die Landschaft zu bekommen. Der Ort wirkte nun noch kleiner und der Himmel so nah, dass man am liebsten nach ihm gegriffen hätte.

Einige Minuten später wurden sie Zeugen eines schon oft gesehenen Naturschauspiels, aber von dieser Stelle aus nahm man dieses intensiver wahr. Die Sonne brach mit einigen wenigen Sonnenstrahlen durch die dichte Wolkendecke und schien direkt auf das Gewässer vor der Ortschaft, sodass das Wasser zu glitzern begann.

Evan und Jonas fühlten sich aufgrund dieses Ereignisses an ihr Foto aus der Kirche in Edinburgh erinnert. Jonas schien das ziemlich nahe zu gehen, denn er streckte die Hände hinter den Kopf, als wenn er das alles noch gar nicht richtig glauben konnte. Evan sah das, legte seine Hand auf seine Schulter und sagte: *"Ich hoffe, dass wir solche Bilder und dein staunendes Gesicht noch häufiger zu sehen bekommen."* Jonas nickte zustimmend, aber ihm fehlten noch ein wenig die Worte. Evan brach erneut das Schweigen: *"Na los. Lass uns wieder zum Auto, damit wir noch vor Einbruch der Nacht in Fort Augustus ankommen und morgen holen wir uns dann ein wenig Kontrastprogramm!"* Jonas wirkte etwas brüskiert und schaute Evan mit seinem fragenden Blick an. Dieser erwiderte daraufhin: *"Schau nicht so komisch, sonst weck' ich dich morgens wieder mit kaltem Wasser! Wir wollen doch noch ein paar Loch Ness- Touristen ärgern, bevor der wahre Teil unserer Reise beginnt."*

Als sie am Auto ankamen, war es schon fast dunkel geworden und beide hatten riesigen Hunger, aber für Jammern war jetzt nicht die richtige Zeit. Es waren nur ein paar Meilen die A82 entlang, durch Fort William hindurch und dann wären sie schon in Fort Augustus.

Gleich eingangs der 650-Seelengemeinschaft gab es einen kleinen Imbiss, wo sie ihren Heißhunger stillten. Der Imbissinhaber schlug ihnen auch eine gute Bleibe für die Nacht vor.

Als sie bei der Adresse ankamen, waren sie schon sehr begeistert von der Gestalt der kleinen Pension, die ein wenig an die in Falkirk erinnerte. An der Ausstattung des Zimmers wurde auch nicht gespart, aber gewundert hatte es sie eigentlich nicht, denn schließlich ist Loch Ness ein

Touristenmagnet. Das merkten sie alleine schon daran, dass das Zimmer, das sie bekamen, schon eines der letzten Freien gewesen war. Fort Augustus ist wohl nicht mehr der Geheimtipp, wie es im Internet noch angepriesen wurde.

Da sie ja schon gesättigt waren, suchten sie an diesem Abend keinen Pub mehr auf, sondern gingen etwas in Fort Augustus spazieren. Sie gingen an dem alten Fort vorbei, das lange als Benediktinerabtei gedient hatte. Evan war allerdings enttäuscht, dass dieser Ort im Moment für Besucher nicht zugänglich war, sonst wäre er morgen gerne nochmals hierher gekommen, bevor es weiter nach Norden gehen würde.

Eine kleine Sehenswürdigkeit hatte Fort Augustus aber noch und zwar die Schleuse am örtlichen Kanal. Das ist eigentlich das charakteristische Wahrzeichen von Fort Augustus. Deshalb hatten sich Evan und Jonas auch gerade diesen Ort ausgesucht, denn er wird nicht automatisch mit dem Loch Ness in Verbindung gebracht, obwohl dieses nur eine kurze Strecke entfernt liegt. Die Begeisterung für Loch Ness hielt sich bei den Männern in Grenzen, gehört aber zum Pflichtprogramm eines jeden Schottlandbesuchs.

An der Schleuse blieben sie dann auch den restlichen Abend und genossen das Dorfidyll. *„Gleich viel besser als Glasgow"*, merkte Jonas an.

Am nächsten Tag gingen sie wieder spazieren, aber diesmal nicht durch das Dorf, sondern am Loch Ness entlang. Sie amüsierten sich köstlich über die ganzen Touristen, die mit ihren Fotoapparaten dort verweilten und verzweifelt nach dem mysteriösen Monster suchten, das sich ja in diesem Gewässer verstecken soll. Nachdem die beiden Freunde ein wenig gewandert waren, setzten sie sich auf eine Bank. Die zunächst gute Stimmung kippte binnen weniger Sekunden wieder in Nachdenklichkeit um. An ihnen kam ein Ehepaar mit seinen beiden Kindern, eben eine typische Bilderbuchfamilie, freudig vorbeispaziert. Jonas meinte: *„Hab' ich dir eigentlich schon mal gesagt, dass ich von diesen ewigen Gefühlsschwankungen von Glück und Lachen zu Angst und Schmerz genug habe?"* Jonas erwartete keine Antwort. Seiner Zustimmung konnte er sich ohnehin gewiss sein. Außerdem war Evan gedanklich schon wieder in seiner eigenen Welt. Die Familie ging wie in Zeitlupe an ihm vorbei und das schmerzte innerlich so sehr, dass er irgendwann nicht mehr hinsehen konnte. Er kniff die Augen zusammen und wandte seinen Blick ab. *„Alles in Ordnung bei dir?"*, fragte Jonas. Evan antwortete: *„Ja. Ich denke schon. Die Familie, die hier gerade vorbei gegangen ist, hat nur ein paar innere Wunden wieder aufgerissen."* *„Evan. Die Familie, die du meinst, ist schon mindestens seit zehn Minuten nicht mehr zu sehen"*, entgegnete Jonas. Evan musste schmunzeln. *„Was ist los?"*, hinterfragte Jonas nochmals. Evan schmunzelte erneut und sagte: *„Wir hatten doch gerade das Thema Stimmungsschwankungen. Diese Familie hatte mich zunächst an die Familie erinnert, die wir beide verloren haben. Etwas später jedoch dachte ich an diejenigen, die zu Hause auf uns* *warten. Der Weg, der bereits hinter uns liegt, können wir nicht mehr ändern, aber wir können den, der vor uns liegt, noch bestimmen."* Jonas dachte nach und lehnte sich auf der Bank etwas zurück. Die Worte von Evan hatten bei ihm Eindruck hinterlassen.

Eines Tages sollten sie sich dieser Worte wieder erinnern...

Eine Stunde später gingen sie den Wanderweg wieder zurück. Loch Ness, das unangenehme Pflichtprogramm eines Schottlandbesuchs war nun abgehakt. Der Aufenthalt in Fort Augustus war zwar schön, aber die Freunde hielt dort nichts mehr. Deshalb wollten sie ihre Reise nun fortsetzen. Loch Ness sollte sie auf ihrer Fahrt nach Carbisdale Castle aber weiter begleiten, denn sie mussten weiter die A82 entlang fahren und die verläuft genau am Loch Ness entlang.
Die üblichen Mechanismen setzten ein. Koffer einladen, Rechnung bezahlen und abfahren. Dieser Ablauf lief inzwischen wie ein Schweizer Uhrwerk. Evan wusste nicht, was für ein Dämon von Jonas Besitz ergriffen hatte. Sie fuhren am Loch Ness entlang und Jonas beobachtete die ganze Zeit die anderen Touristen an den zahlreichen Shops, die sich extra entlang dieser Straße aufgestellt hatten und schüttelte dabei verächtlich mit dem Kopf. Als das länglich gezogene Loch Ness dann endlich zu Ende war, hörte Jonas auch schlagartig auf und Evan begann mit dem Kopf zu schütteln, um seinen Freund ein wenig zu ärgern. Dieser

schimpfte nur: *„Nachmacher! Konzentrier' dich gefälligst auf die Straße."* Evan hörte auch auf, allerdings auch nur, weil er sich langsam auf den regen Verkehr vor Inverness konzentrieren musste, wo er nochmals tanken wollte, um ohne Probleme weiter nach Norden zu kommen. In ungefähr einer Stunde würden sie Carbisdale Castle erreichen.

Kapitel 9

Evan und Jonas kamen also am späten Nachmittag in Carbisdale Castle an. Das Schloss dient seit 1945 als Jugendherberge. Es war zwar nicht ganz billig dort zu residieren und zur Jugend zählten sie auch nicht mehr, aber die beiden Männer erhielten hier ein 2-Bett-Zimmer und als Jonas im Gespräch erwähnte, dass Evan Geschichte studiert hatte, wurde ihnen zusätzlich eine kostenlose Führung durch die Schlossanlage angeboten, die sie natürlich annahmen. Die Mitarbeiterin der Jugendherberge hatte nämlich schottische Geschichte an der Universität in Edinburgh studiert und verstand sich deshalb automatisch gut mit Evan. Sie hatten sich mit der netten Dame gleich am Empfang verabredet. Sie wollten nur schnell ihre Sachen auf das Zimmer bringen. Der Ausblick von diesem war atemberaubend. Vor allem Evan war von der Umgebung begeistert, denn in der Nähe gab es zahlreiche Waldstücke und Berge, die sich hervorragend für Wanderungen eigneten.

Sie gingen daraufhin wieder zum Eingangsbereich, wo die Mitarbeiterin der Jugendherberge schon auf sie wartete. Jonas erzählte zunächst wieder ihre Geschichte. Er sagte also wieder „seinen Satz" auf, denn irgendwie erhielten sie dadurch immer irgendwelche Vorteile, wenn sie diese Geschichte erzählten. Die Mitarbeiterin war danach sichtlich gerührt. Jonas hatte aber beim Erzählen auch wirklich an die

Tränendrüse der Frau appelliert. In der Führung wurden einige interessante Informationen gegeben und auch schon ein paar spannende Dinge gezeigt. So sagte die Frau, dass das Schloss 365 Fenster hat, damit man jeden Tag aus einem anderen blicken kann. Außerdem erzählte sie: *„Auf drei Seiten des Schlossturms sind Uhren angebracht. Kann sich einer von euch denken, warum auf der einen Seite des Turms keine Uhr angebracht wurde?"* Jonas wollte lustig wirken und antwortete deshalb: *„Daran ist doch bestimmt wieder eine Frau schuld!"* Die Mitarbeiterin empfand das zwar als gar nicht lustig, aber sie musste Jonas zugestehen: *„Sie haben gar nicht mal so unrecht. Einst heiratete Mary Caroline Mitchell den Earl von Sutherland und nach dessen Tod war sie praktisch Alleinerbin."* Jonas setzte mit seinem seltsamen Humor dann noch einen drauf: *„Naja, die hat ja alles richtig gemacht. Erst adlig heiraten, dann den Mann vergiften und alles für sich einsacken."* Evan sprach daraufhin: *„Meine Güte, Jonas! Wenn du wenigstens etwas getrunken hättest, könnte ich deine Witze sogar lustig finden, aber gerade bist du echt peinlich."* *„Ich halt ja schon die Klappe"*, murmelte Jonas. Die Mitarbeiterin ließ sich aber nicht davon stören und fuhr fort: *„Die Witwe war aber nicht gerne in der Familie Sutherland gesehen und man bot ihr die Finanzierung eines Schlosses an, unter der Bedingung, dass es außerhalb der Region Sutherland lag. Nachdem die Witwe das Angebot angenommen hatte, arrangierte die Sutherland-Familie 1906 den Bau dieses Schlosses, der 1917* abgeschlossen wurde. Das war aber nicht das Einzige, was sie arrangiert hatten. Sie veranlassten auch den Bau der drei Uhren. Können sie sich nun vorstellen, warum gerade drei Uhren?"* Jonas wollte schon wieder einen Kommentar loslassen, aber Evan unterband dies: *"Halt bloß das Mund, Jonas!"*, wies er ihn an. Außerdem setzte Evan fort: *"Ich kann mir durchaus vorstellen, dass die Seite des Schlossturms, an welcher keine Uhr ist, in Richtung Sutherland weist, als kleine missachtende Geste der Sutherland-Familie."* *"Richtig."*, freute sich die Frau und lächelte Evan an. Dieser meinte: *"Die Familie Sutherland hätte ich gern einmal kennengelernt. Die scheinen einen gesunden Drang zur sarkastischen Symbolik gehabt zu haben."* Jonas fragte daraufhin leise: *"Flirtest du etwa mit ihr?"* und Evan sagte: *"Wie kommst du darauf? Die Frau hast du mit deinen Blicken und äußerst amüsanten Witzen doch markiert. Hast du mit diesen Witzen auch um die Hand von Amy angehalten?"* Nach diesen Worten blieb Jonas konsterniert stehen und meinte erneut: *"Der Typ bringt mich irgendwann ins Grab."* Er schämte sich zwar im nächsten Moment für diesen Satz, aber Evan rief ihm schon wieder hinterher: *"Hey Jonas, beweg deinen Hintern hierher. Wie sagt man immer in der Ehe? Appetit holt man sich draußen, aber gegessen wird zu Hause?"* Jonas' Reaktion ließ nicht lange auf sich warten: *"Oh nein. Ich bring' ihn ins Grab."* Und zwei Sekunden später schämte er sich auch für diesen Satz.

Zum Glück verstand die Frau kein Wort Deutsch, sonst hätte Evan jetzt bestimmt eine Ohrfeige bekommen.

Sie setzte die kleinabendliche Sonderführung fort und führte die beiden Männer in die große Halle von Carbisdale Castle, in welcher zahlreiche Marmorstatuen aus Italien aufgestellt waren. Obwohl Evan kein Kunsthistoriker war, versuchte er sich im Schätzen der Entstehungszeit der Statuen. Nach einminütiger Begutachtung gab er in künstlerisch übertriebener Mimik die Schätzung ab: *„Aufgrund des guten Erhalts der Statuen und der sehr gradlinigen und naturalistischen Darstellung der Körper würde ich auf das späte 19. Jahrhundert tippen."* Nachdem er das von sich gegeben hatte, musste Evan selbst darüber lachen, aber die Schätzung hatte er ernst gemeint und fragte auch nach, ob er ungefähr richtig lag und die Mitarbeiterin, die, wie Jonas herausgefunden hatte, Olivia hieß, meinte: *„Sie liegen in ihrer Schätzung nur knapp daneben. Die Statuen stammen vorwiegend aus dem Jahr 1857."* Während Olivia diese Worte aussprach, schnitt Jonas hinter Evans Rücken einige Grimassen und dachte in sich hinein: „Schaut mich an. Ich habe Geschichte studiert." Als Evan ihn dabei ertappte, mussten beide aber herzhaft lachen und schon war alles wieder vergessen. Den anderen ein wenig zu necken, gehörte nach der Meinung der Jungs einfach dazu. Dann zeigte die Frau ihnen den Ort eines alten Mechanismus, der früher einen Geheimgang im Schloss öffnete. Leider war dieser Mechanismus nicht mehr aktiv. Zum Abschluss der Führung präsentierte Olivia noch den Eingang zur Kunstgalerie, die sogar Kunstwerke aus dem 17. Jahrhundert beinhalten soll. Dies müssten sich die Herren dann aber morgen ansehen, weil die Galerie zu dieser späten Stunde schon geschlossen sei. Die letzte Amtshandlung der Dame bestand darin, den Herren eine gute Nacht zu wünschen und sich bis morgen zu verabschieden.

Evan und Jonas gingen daraufhin auf ihr Zimmer und schliefen kurze Zeit später ein.

Um 7 Uhr morgens saß Jonas seit langem einmal wieder senkrecht im Bett. Er wurde von Evan wieder mit einer kalten Dusche geweckt. Jonas meinte nur: *„Hast du sie nicht mehr alle? Ich dachte, du willst das nicht mehr machen."*
„Das war noch für gestern und außerdem macht das wirklich erst richtig Spaß, wenn du dich erschreckst. Wenn du dich wieder daran gewöhnt hast, lass ich es wieder." Jonas fiel zurück auf sein nasses Kissen und sagte: *„Na tolles Ei."* Nach dem Frühstück besichtigten sie dann gemeinsam die Kunstgalerie des Schlosses. Olivia hatte wirklich nicht zu viel versprochen. Es waren atemberaubende Schätze vorzufinden. Nicht ohne jeden Grund blieben Evan und Jonas bis in den tiefen Nachmittag in dieser Galerie. Am Abend speisten sie dann gemeinsam mit Olivia, die während des Essens noch vorschlug, mit Jonas und Evan zu einem Pub in der Nähe zu fahren. An diesem Tag lehnten sie noch ab, weil

sie der Besuch der Kunstgalerie ganz schön müde gemacht hatte, aber sie sagten ihr, dass sie möglicherweise in den nächsten Tagen auf dieses Angebot zurückkommen würden. Olivia hatte nichts dagegen. Ihr war jeder Tag recht, an dem sie abends mal aus der Jugendherberge raus könnte. Deshalb konnte sie sich auch gedulden.

Es vergingen drei Wochen, die sie in Carbisdale Castle verlebten. In erster Linie verbrachten sie die Tage damit, sich die einzigartige Schönheit der schlossnahen Wälder anzusehen. Sie hatten sich auch mit einigen Jugendlichen angefreundet, die ebenfalls in Carbisdale Castle zu Besuch waren. Evan musste in seiner Begeisterung etwas übertreiben. Er hatte sich durch verschiedene, englischsprachige Literatur gearbeitet und forschte selbst etwas an der Geschichte des Schlosses. Deshalb machte Olivia ihm auch das Angebot, die Führungen durch das Schloss nun gemeinsam mit ihm zu gestalten. So konnte Evan gleichzeitig noch etwas Geld dazu verdienen und musste vorerst nicht weiter das Konto belasten, obwohl Elia zu Hause eigentlich darauf wartete, dass er es tat, denn dann hätte sie an den Kontoauszügen absehen können, wo er sich gerade befand.

Wenn man es genau nahm, hatte Evan gleich zwei Nebenjobs angenommen. Auf der einen Seite machte er die Führungen mit Olivia und auf der anderen Seite hatte die Verwaltung der Jugendherberge bei ihm angefragt, ob er nicht eine kleine Chronik über das Schloss verfassen könnte, die dann im

Eingangsbereich des Hotels ausgestellt werden würde. Nach einer kurzen Besprechung mit Jonas stimmte er dem Angebot zu, das gar nicht schlecht honoriert wurde. Auf jeden Fall mussten sie dadurch einen weiteren Monat dort bleiben und weil Evan nun mehr oder weniger dort arbeitete, wurde ihnen die Unterkunft nicht weiter berechnet. Dies war natürlich noch eine Erleichterung für die Geldreserven.

Die nächsten Wochen war Evan also etwas gestresst, während Jonas sich erholte. Das merkte man ihm auch an seiner täglichen Stimmung an. Er war gutgelaunt, ausgeruht und Evan vermutete, dass er sich hier mittlerweile etwas heimisch fühlte. Er hoffte aber, dass sein Freund es sich hier nicht zu gemütlich machen würde, denn wenn die Chronik irgendwann fertig wäre, dann müssten sie wieder weiter. Evan hatte sich schon einen bestimmten Tag im Kalender ausgeguckt, wann sie weiterreisen würden. Dies würde er Jonas aber bis zur letzten Sekunde verschweigen. Evan hatte vor, genau am 24. Dezember weiterzuziehen. Er wusste, dass das eigentlich nicht gut überlegt war, mitten im schottischen Winter die warmen Zimmer des Schlosses zu verlassen, aber es ging ihm bei dieser Idee weniger um ihn selbst, sondern eher um Elia und Amy, die schon lange nichts mehr von ihren Männern gehört hatten und anders herum ebenfalls. Evan war der Meinung, dass sie ja schließlich auch nicht hierher gekommen seien, um sich zu erholen, sondern um Dinge zu sehen, die sie sich nur in ihren kühnsten Träumen erdacht hatten und um sich eine langjährigen gemeinsamen Traum zu erfüllen. Dies könnten sie auch im Winter.

Am 23. Dezember gab Evan dann die Chronik ab. Nachdem er dies getan hatte, weihte er Jonas ein, der mit dieser Entscheidung auch zufrieden war, denn ihm wurde in diesem Schloss so langsam langweilig. Als Evan das getan hatte, musste er noch einmal schnell in die Schlosshalle, um mit Olivia die letzte von zahlreichen Führungen zu machen. Danach berichtete er ihr, dass Jonas und er am folgenden Tag abreisen würden. Olivia war sehr enttäuscht. Sie hatte sich an die Anwesenheit der beiden Deutschen schon gewöhnt. Außerdem dachte sie, dass sie durch die Zwei an Weihnachten nicht alleine sein würde, aber diese Hoffnung mussten die Männer ihr nehmen. Einige Stunden später erhielt Evan dann das Geld bar ausgezahlt und half noch dabei die plakatähnliche Chronik aufzustellen. Danach bezahlte Evan von dem erworbenen Geld die kleine Rechnung, die für die Anfangszeit in der Jugendherberge noch ausstand. Evan sah, dass Olivia traurig über den Abschied war. Deshalb erinnerte Evan sie nun an das alte Angebot, das sie den Männern vor einiger Zeit gemacht hatte. Olivia rief von der Rezeption aus Jonas auf dem Zimmer an und bestellte ihn nach unten. Danach fuhren sie in Olivias Auto zu dem ungefähr fünf Kilometer entfernten Pub, von dem Olivia vor einiger Zeit berichtete. Dieser war klein und gemütlich. Es herrschte zwar ein gewisses Gedränge, aber genau so musste es in einem Pub sein. Man befand sich nur wenige Zentimeter entfernt von der Band, die auf einem kleinen Podest Platz genommen hatte. Elektrisches Licht gab es zwar, aber Olivia meinte, dass das in diesem Pub verpönt wäre. Im ganzen Pub spendeten nur Kerzen Licht, wodurch die Luft etwas drückend war. Einige Kerzen standen einfach so auf den Tischen und der Theke und diejenigen, die schon oft umgeworfen wurden, hatte der Barbesitzer in schützende Glasbehälter platziert. Trotzdem versprühte dieser Pub eine gewisse Dunkelheit, die auf Jonas etwas beängstigend wirkte. Man merkte ihm an, dass er sich hier nicht sehr wohlfühlte. Evan empfand die gesamte Atmosphäre allerdings als sehr angenehm, denn zu Hause war er auch kein großer Freund von elektrischem Licht und hatte deshalb ebenfalls viele Kerzen bei sich stehen.

Als sie so am Tisch saßen, gab Olivia eine Runde aus. Daraufhin fragte Jonas: *„Olivia, musst du nachher nicht noch fahren?"* *„Ja und?"*, war ihre kurze und knackige Antwort. *„Evan, sag du doch auch mal was"*, entgegnete Jonas, woraufhin Evan ihn aber nur schief anguckte. Jonas fing wieder mit seinem Kopfschütteln an, das Evan schon auf der Fahrt hierher genervt hatte. Jonas sah, dass Evan Luft holte, um etwas zu sagen und dachte, dass er Olivia nun das Trinken verbieten würde, aber Evan sprach: *„Jonas, das ist alles kein Problem. Wir gehen natürlich zu Fuß wieder zur Jugendherberge."* Jonas schaute Evan entgeistert an und sagte: *„Das sind fünf Kilometer!"* Immer wenn Jonas solche

Aussagen tätigte, pflegte Evan scherzhaft zu sagen: *„Zieh' verdammt nochmal deinen Rock aus!"*

Olivia musste herzhaft lachen und als die Jungs das sahen und sich gegenseitig anschauten, mussten sie das auch. Es wurde allgemein ein sehr lustiger Abend. Die Band spielte klassisch schottische Musik und Jonas war binnen weniger Stunden zu einem Fan der Bagpipes-Spieler geworden. Es wurde viel gelacht und Evan dachte für sich, dass dieser ganze Besuch von Carbisdale Castle wirklich gelungen war, einschließlich dieses Abschiedsabends.

Gegen 23 Uhr brachen die Drei in Richtung Schloss auf. Draußen war es eiskalt, aber sie hatten sich zum Glück warm angezogen und da es noch nicht geschneit hatte, war der Spaziergang recht angenehm, um wieder einen klareren Kopf zu bekommen.

Als sie dann an ihrem letzten Abend in ihren Betten lagen, konnten beide nicht schlafen. Evan beschäftigte der Abschied in der Hinsicht, dass er nun wieder etwas verlassen musste, obwohl er es richtig lieben gelernt hatte. Das Schloss, dessen Geschichte und die damit in Verbindung stehende Forschung waren ihm wirklich ans Herz gewachsen. Jonas hatte mit dem Schloss innerlich schon abgeschlossen. Ihm bereitet eher der harte und kalte Winter Sorgen, der ihnen bevorstehen würde. Vor allem wollten sie nun weiter Richtung Westen ziehen, um die unberührte Natur zu sehen und das ausgerechnet zu dieser Zeit. Evan hatte sich schon eine Ortschaft ausgeguckt, von wo aus sie dann zu Fuß an die Westküste marschieren würden und zwar Drumrunie, das ungefähr eine Stunde von Carbisdale Castle entfernt war, wenn man die A837 entlang fuhr. Sie wollten am nächsten Morgen früh aufstehen und deshalb eigentlich auch früh schlafen gehen. Dies gelang in dieser Nacht aber nur Jonas. Wenn er etwas getrunken hatte, schlief Jonas in der Regel wie ein Stein.

Evan hingegen stieg eine Stunde später wieder aus seinem Bett und spazierte ein letztes Mal durch die Gänge des Schlosses. Selbst nach den vielen Wochen, die Jonas und er mittlerweile dort verbracht hatten, war es ihm nicht möglich, jeden Winkel des Schlosses zu besichtigen. Das wollte er dann in dieser Nacht nachholen. An einem Bild im Nordteil des Schlosses wurde er allerdings etwas stutzig und nachdenklich. Auf dem Gemälde war eine Frau in weißen Gewändern abgebildet. Evan war sich sicher, dass er das schon irgendwo einmal gesehen hatte. Er stand ungefähr eine halbe Stunde vor dem Bild und auf eine fast magische Art und Weise wollte er von diesem Bild nicht mehr weichen. Er verspürte ein gewisses Kribbeln in der Brust, während er immer noch versuchte, sich an die Hintergründe zu dieser Malerei zu erinnern.

Er ging zu dem Arbeitszimmer, das man ihm für die Zeit, in der er an der Chronik gearbeitet hatte, zugewiesen hatte. In Evan wurde der Forschergeist geweckt. Er steckte seine Nase in ein paar Bücher und suchte nach einer weißen Frau in Carbisdale Castle. In dem vierten Buch hatte er dann einen Abschnitt zu einer Frau in weißen Gewändern gefunden.

In diesem Kapitel des Buches stand geschrieben, dass die „weiße Frau" ein Gespenst sei, das in vielen Adelsschlössern sein Unwesen getrieben habe und immer noch treiben soll. Die ersten Berichte über diesen Geist gehen bis in das späte Mittelalter zurück und der Glaube an diese Spukgestalt fand seinen Höhepunkt im 17. Jahrhundert. Angeblich will man diesen Geist vor längerer Zeit in diesem Schloss gesehen haben. Die „weiße Frau" wurde dadurch in dieser Region zu einer Sagengestalt und ihre Geschichte wird auch heute noch erzählt.

Angeblich geht ihre Geschichte auf die Witwe Kunigunde von Orlamünde zurück, die sich in Albrecht den Schönen verliebt hatte. Dieser ließ die Nachricht verbreiten, dass er sie heiraten würde, wenn die vier Augen sie nicht beobachteten. Kunigunde interpretierte diese Nachricht in eine ganz falsche Richtung. Sie dachte, dass er damit ihre beiden Kinder aus erster Ehe meinte, welche sie daraufhin ermordete, indem sie ihnen Nadeln in die Köpfe stach. Albrecht meinte aber damit seine Eltern, die gegen diese Hochzeit waren und als er von Kunigundes' Tat hörte, ließ er von ihr ab. Kunigunde, nach Vergebung suchend, machte eine Pilgerfahrt nach Rom und erlangte die gewünschte Vergebung vom Papst. Im Gegenzug musste sich Kunigunde verpflichten, ein Kloster zu stiften, in welches sie dann auch eintreten müsste. Hierbei soll es sich um das Kloster Himmelkron gehandelt haben, in welchem sie dann auch starb. Eine vollkommene, seelische Ruhe soll sie aber nie gefunden haben und deshalb geistere sie immer noch durch die Adelsschlösser.

Durch das Lesen dieses Abschnittes fühlte sich Evan in zwei seiner Thesen, die nichts mit dem Geist zu tun hatten, wieder bestätigt. Während er das Lesen des Abschnittes unterbrach, sprach er leise vor sich hin: *„Frauen bekommen aber auch fast alles in den falschen Hals. Und der Vatikan ist doch eine Bank!"* Daraufhin musste Evan schmunzeln, weil er an zu Hause dachte. Danach setzte er das Lesen fort.

In dem Abschnitt stand weiterhin geschrieben, dass die weiße Frau stets drei bestimmte Attribute aufweist. Erstens erscheint sie wohl immer dem Letzten eines Geschlechts, zweitens sagt sie immer bestimmte wichtige Familienereignisse voraus, wie z.B. Geburt oder Tod, und damit hatte auch ihre letzte Eigenschaft zu tun, denn wenn sie in einem weißen Gewand erscheint, dann zeigt sie eine Geburt an und bei einem schwarzen Gewand einen Todesfall. Evan begann zu grübeln. An Geister, Gespenster und solche Gestalten glaubte er nicht. Er glaubte, dass einem das Leben nur manchmal seltsame Streiche spielte. Er war sozusagen der Letzte seines Geschlechts und er blieb vor dem Gemälde einer „weißen Frau" stehen. Evan musste lachen: *„Welch ein Quatsch!"*, aber irgendwie ließ es ihn auch nicht mehr los.

Er schaute auf die Uhr. Es war mittlerweile 5 Uhr morgens geworden. *„Höchste Zeit um Jonas zu ärgern"*, aber in Wirklichkeit wollte er einfach auf andere Gedanken kommen.

Wenn man manchmal zu tief forscht, kann es sein, dass das Entdeckte einen nicht mehr loslässt.

Evan ging leise ins Zimmer und vollzog das übliche Morgenritual. *„Das macht dir auch nach ein paar Monaten immer noch Spaß, oder?*, bemerkte Jonas. Evan zuckte nur mit den Schultern.
Ihre Aufbruchsmechanismen hatten sie noch nicht verlernt. Olivia war extra früher aufgestanden, um beide noch zu verabschieden. Evan übergab den Zimmerschlüssel und den Schlüssel für das Arbeitszimmer, gab Olivia noch einen Kuss auf die Wange und dann gingen sie zum Auto. Es war zwar noch tiefschwarze Nacht draußen, aber Jonas konnte sich einen Blick zurück nicht verkneifen. Er konnte sehen, dass Olivia anfing zu weinen. Als er das Evan berichtete, sagte dieser nur: *„Na klar weint sie, mein Schnuckelchen. Sie stand ja auch dermaßen auf dich, dass sie dich niemals vergessen wird."* *„Dein Sarkasmus und deine Ironie werden eines Tages mal dein Untergang sein"*, erwiderte Jonas daraufhin. Evan antwortete nur: *„Gut möglich, aber ein würdiger Tod wäre das. Lass uns einfach ein Stückchen von hier wegfahren und dann in unser Postfach schauen. Ich kann diesen Ort gerade einfach nicht ertragen."*
Jonas merkte, dass seinen Freund etwas beschäftigte, aber aus Evan war kein Wort zu bekommen. Dieser wollte einfach

nur weg von diesem Ort, der ihm seit der letzten Nacht ein wenig suspekt geworden war.

Sie fuhren vielleicht eine Meile in die von ihnen geplante Richtung. Dann stellte Evan das Auto auf der rechten Fahrbahnseite ab und suchte auf der Rückbank nach dem Laptop. Er legte ihn auf seinen Schoß, öffnete das Postfach und fand wie erwartet zwei Nachrichten, die schon seit langem darauf warteten, beantwortet zu werden.

Zunächst lasen sie wieder die Nachricht von Amy.

Hallo mein Schatz, hallo Evan,

Zum Anfang hatte ich nicht die geringste Ahnung, was ich mit eurer Filmszene anfangen soll, die ihr da gedreht habt, aber nachdem ich mir das Ende von „Gladiator" noch mal angesehen hatte, wusste ich Bescheid.
Ich wusste gar nicht, dass ihr so tiefgründig sein könnt. ☺

Ich muss schon sagen, dass mir euer Schicksal ein bisschen die Augen geöffnet hat. Ihr werdet ja leider nie wieder die Chance haben, eure Eltern zu sehen. Deshalb möchte ich meine Eltern so oft wie möglich besuchen, denn wer weiß schon, wie lange sie mir noch bleiben. Eure Reise hat in der Stadt mittlerweile ganz schöne Wellen geschlagen. Das ist euch bestimmt gar nicht bewusst. Seitdem die Umstände eurer Reise bekannt wurden, steht das Telefon fast nicht mehr still. Viele wollen von mir wissen, wie es euch geht, was

ihr gerade macht und wann ihr wieder kommt. Es fällt mir nicht leicht, diesen Menschen zu sagen, dass ich kaum weiß, was ihr macht, aber das ist ja der Sinn eurer Reise. Außerdem sagen die Anrufer und auch Briefschreiber, dass sie wegen eurer Geschichte ebenfalls öfters bei ihren Eltern vorbeischauen.
Kurz gesagt, freut es mich euch sagen zu können, dass ihr unbewusst etwas bewirkt.

So wie ich euch kenne, habt ihr es sowieso nicht lange in Glasgow ausgehalten. Ich würde einiges darauf verwetten, dass ihr gleich weiter in die Highlands gefahren seid. Naja, ich werde das ja anhand eurer nächsten Nachricht sehen, die hoffentlich in näherer Zukunft hier eingehen wird.

Die nächste Zeit wird sicherlich nicht einfach, denn immerhin stehen demnächst die Feiertage vor der Tür. Ich werde die Feiertage dann wohl auch bei meinen Eltern verbringen.

Ich wollte mich übrigens noch auf eine andere Art und Weise bei euch bedanken. Zunächst einmal möchte ich Evan danken, dass er die letzte Mail geschrieben hat, weil du das nicht konntest. Hoffentlich kriegst du es beim nächsten Mal hin, denn es wäre wirklich schön, auch mal etwas Geschriebenes von dir zu lesen. Und ich möchte dir auch danken, weil du stolz auf mich bist, mein Schatz. Es ist schön,

solche Worte zu hören. Das kannst du gerne mehrmals machen. ☺
Ich denke an euch.

Ich liebe dich, mein Schatz.

Amy

Evan wusste zwar nicht, was Jonas gerade gepackt hatte, aber er stieg aus dem Auto aus und setzte sich auf die Motorhaube. Vielleicht war das alles in diesem Moment zu viel für ihn. Manchmal muss man einfach für sich allein sein. Deshalb ging Evan auch nicht hinterher, sondern ließ ihn gewähren.
Während Jonas also in den Himmel blickte und die Arme hinter den Kopf verschränkte, las Evan die Nachricht von Elia und Althea.

Hallo mein Liebling, hallo Jonas,

ich mache dann mal wieder den Anfang.
Abermals DANKE für die Fotos und die Filmsequenz. Es war schön, dich mal wieder in lebendigen Bewegungen zu sehen und nicht ausschließlich auf Fotos. Außerdem auch ein DANKE für das tolle Lied. Ich kenne es. Da hast du Recht, aber es traf genau das, was ich mir gewünscht hatte, zu hören.

Weißt du, Schatz, es gibt da etwas, was ich dir schon seit längerer Zeit sagen will, aber ich hatte mich nicht getraut, weil ich wieder vor den Folgen Angst hatte. Ich weiß, dass ich keine Angst haben brauche, aber wenn ich es dir gesagt hätte, dann wärst du mit Sicherheit nicht geflogen. Ich kenne dich. Du wärst geblieben, um bei mir zu sein.
An dem Tag, als wir Essen gehen wollten, war ich voller Hoffnung und ich wollte es dir erzählen, aber dann kam der Anruf, der alles verändern hat.
Ich wollte es dir dann an dem Tag sagen, an welchem wir beide am Frühstückstisch saßen, aber da hattest du mir von deinem Vorhaben mit Jonas erzählt und ich war mir bewusst, dass du gehen musstest. Ich hatte die Verzweiflung und den Wunsch in deinen Augen gesehen.

Evan, ich bin schwanger.

So, jetzt ist es gesagt und du weißt es. Ich weiß nicht, ob du dich freuen wirst. Ich kann mich gerade nicht in dich hinein fühlen. Ich weiß nicht, ob du alles schon ausreichend verarbeitet hast, um zurückzukehren, aber falls du noch nicht so weit bist, dann möchte ich, dass du noch da bleibst.

Ich möchte nicht, dass unser Kind einen Vater hat, der sich morgens nicht mehr selbst im Spiegel ansehen kann. Ich möchte nicht, dass unser Kind einen Vater hat, der nichts anderes als Selbst- und Welthass empfindet. Ich möchte, dass unserem Kind Liebe und Fürsorge vermittelt und entgegengebracht werden. Ich weiß, dass du das kannst, aber ich weiß nicht, ob du das jetzt schon kannst. Höre in dich hinein und kehre zurück, sobald du dazu bereit bist.

Du kannst dir gar nicht vorstellen, wie sehr ich dich liebe und wie sehr ich mir wünschen würde, dass alles anders gelaufen wäre, aber es ist jetzt so, wie es ist und daran werden wir nun nichts mehr ändern können.

Ich musste es dir nun einfach sagen. Es brannte jetzt schon so lange auf der Seele, dass es ausgesprochen werden musste. Ich hoffe, dass du mich auf irgendeine erdenkliche Weise verstehen kannst. Ich werde das Kind auf jeden Fall behalten. Ich weiß, dass du da nicht anders über dieses Thema denkst.

Ich freue mich sogar schon auf das Kind und vor allem, weil es von dir ist. Unser Traum wird also jetzt schon wahr. Es passt zwar überhaupt nicht in unsere Zeitplanung, aber wann hätte es denn jemals gepasst.

Ich habe dir ein Ultraschallbild mitgeschickt. Es ist zwar noch nicht zu erkennen, welches Geschlecht es hat, aber ich hoffe, dass dich das Bild erfreut. Althea war mit mir beim

Frauenarzt und sie wird mit mir auch weiterhin dahingehen. Ich glaube, ich habe die wichtigsten Dinge gesagt.

Es ist mir natürlich sehr wichtig, dass es dir gut geht und ich hoffe, dass du dich bester Gesundheit erfreust, aber ich glaube, dass du ja eher geistige Unterstützung brauchst. Deshalb höre ich jetzt lieber auch auf zu schreiben, denn ich würde nur weiter über das eine Thema erzählen können und ich weiß ja nicht, ob dir dieses Thema gefällt. Ich lasse deshalb jetzt lieber Althea weiterschreiben. Ich verbleibe in der Hoffnung bald wieder von euch zu hören.

Evan, ich liebe dich über alles und bitte sei mir nicht böse, dass ich dir erst jetzt von der Schwangerschaft erzähle, aber ich wollte einfach nicht, dass der Tod deiner Eltern die Schwangerschaftsnachricht überschattet. Ich bin zwar selbst voller Zweifel, ob ich das geschafft habe, aber ich hoffe, du verstehst meine Situation.

Hey Schatzi, hey Jonas,

Evan, ich weiß gar nicht, was ich sagen soll. Ich bin froh, dass Elia dir endlich von der Schwangerschaft erzählt hat. Du hattest einfach ein Recht darauf, es zu erfahren, selbst wenn du nicht bei ihr sein kannst. Das habe ich ihr versucht zu verdeutlichen und zum Glück hat sie auf mich gehört.

Mensch Evan, du wirst Vater!!! Das ist traumhaft. Herzlichen Glückwunsch!!!
Elia hat allerdings Recht. Ich weiß, dass du dafür bereit bist, Vater zu sein. Das bist du wahrscheinlich mit dem Lesen dieser Mail und ich traue dir zu, dass du dich für Elia und dein ungeborenes Kind so zusammenreißen könntest, dass du Elias Bitte vernachlässigen und zurückkehren könntest. Ganz ehrlich, Schatzi, ich bin aber auch dagegen, dass du in diesem Zustand zurückkommst. Du könntest dem Kind zwar ein Vater sein, aber wahrscheinlich nicht die Art von Vater, die du immer werden wolltest. Du wolltest deinen Kindern zwar deine Auffassungen von der Welt, aber auch Familienbewusstsein vermitteln. Bei ersterem mache ich mir keine Sorgen, denn damit bist du jeden Tag konfrontiert, aber bei der zweiten Sache habe ich meine begründeten Zweifel.

Du weißt, dass ich Recht habe, nicht wahr? Deshalb höre auf Elia und kehre zurück, wenn du so weit bist. Ich kann mir vorstellen, dass gerade alles in dir schreit und du quälende Schmerzen haben musst, aber konzentriere dich im Moment auf dich. Das ist wichtiger. Elia wird nicht alleine sein, denn ich bleibe so lange hier, bis du wieder da bist!
Hab euch lieb.

Althea

Nachdem Evan die Nachricht gelesen hatte, saß er wie eine Statue auf dem Fahrersitz. Eine halbe Stunde lang rührte sich nichts. Jonas saß auf der Motorhaube, Evan im Auto und beide bewegten sich nicht einen Zentimeter.

Dann wurde Jonas wohl etwas kalt und er stieg wieder in das Auto. Evan rührte sich immer noch nicht. Jonas pustete in seine Hände und rieb sie kräftig aneinander, um wenigstens ein bisschen Wärme zu fühlen.

„Hast du schon zurückgeschrieben?", fragte Jonas und erwartete eigentlich auch, dass Evan es getan hatte, aber dieser brachte nur heraus: *„Nicht einen einzigen Buchstaben."* Jonas schaute seinen Freund entsetzt an und sah bei ihm einen Gesichtsausdruck, der undefinierbar und völlig neu war. Es sah so aus, als wenn sein linkes Auge lachte, aber aus seinem rechten Auge lief eine lange Träne herunter. Evan hatte beide Hände zu Fäusten geballt und hatte seine Fingernägel in den Stoff seines Mantels vergraben. Jonas glaubte, dass er bei Evan gerade mehr erleben würde als seine übliche Krise. Da hatte sich ein regelrechter Krieg aufgestaut. Nach einigen Minuten absoluter Stille im Auto sprach Evan: *„Würdest du mir mal kurz den Laptop abnehmen?"* Jonas klappte den Laptop vorsichtig zu und legte ihn auf die Rückbank. Evan stieg aus dem Auto aus, machte den Kofferraum auf und nahm den Ersatzreifen heraus. Er ging auf die andere Seite der Straße, wo sich ein kleiner Steilhang anschloss, nahm den Reifen auf seine rechte Schulter und stieß ihn mit solch einem lauten

Schrei von sich weg, dass man ihn bestimmt noch auf Carbisdale Castle gehört hatte. Evan schaute dem Reifen hinterher und als er ihn nicht mehr sehen konnte, kniete er sich hin und blickte einfach in die Weite. Jonas dachte sich, dass Evan nichts fühlen musste, denn er stand mit offenem, vom Wind flatternden Mantel dar. Jonas traute sich aber auch nicht auszusteigen. Irgendwie hatte er ein wenig Angst vor Evan, aber er wollte auch nicht seine Augen von ihm abwenden. Er kam auch nicht auf die Idee, einfach Elias Mail zu lesen, denn dann hätte er bestimmt Evans Verhalten verstanden.

Als Evan wieder einstieg, zitterte er wie Espenlaub. Seine Lippen waren blau vor Kälte. Jonas rührte sich aber nicht, denn als Evan eingestiegen war, hatte dieser einen Blick aufgesetzt, der besagte, dass man ihn jetzt lieber in Ruhe lassen sollte. Jonas wartete darauf, dass Evan etwas sagte und saß derweil ganz steif.

Nachdem Evan wieder ein wenig Farbe im Gesicht bekommen hatte, legte er seinen Kopf auf das Lenkrad und murmelte zu Jonas: *„Ich werde Vater."* Jonas dachte, dass er sich verhört hatte und schaute seinen Freund fragend an. Als dieser das bemerkte, sprach er: *„Ich werde Vater. Elia ist schwanger."* Jonas dachte zwar immer noch, dass er nicht richtig gehört hatte, aber er hatte Evan akustisch verstanden. Aus diesem Grund sagte er auch: *„Aber Evan, das ist doch toll. Ich freue mich für dich. Herzlichen Glückwunsch!"* Evan unterbrach seinen Leidensgenossen und sprach: *„Sie wusste* *aber schon, dass sie schwanger ist, bevor wir gefahren sind."* Jonas wusste darauf nichts anderes zu sagen. *„Ja und genau das ist es, was mich so fertig macht und auch richtig sauer. Ich wäre zu Hause geblieben. Ich wäre bei ihr und meinem ungeborenen Kind geblieben. Was fällt Elia eigentlich ein? Sie hätte es mir sagen müssen! Ich bin immerhin der Vater! Ich kann ihre Beweggründe auf der einen Seite ja nachvollziehen, aber diese Gründe reichen nicht aus, um mir diese Nachricht zu verheimlichen"*, klagte Evan seine Frau an.

Jonas fragte daraufhin: *„Was willst du jetzt tun?"* Evan dachte nach und gab zunächst keine Antwort. Er griff nach hinten zum Laptop und öffnete die Datei, die das Ultraschallbild beinhaltete.

Als er das Bild betrachtete, wich seine Wut den riesigen Glücksgefühlen, die ihn durchströmten. Diesmal weinte er vor Freude und nicht vor Enttäuschung. Jonas umarmte Evan und beglückwünschte ihn nochmals. Einige Minuten lang betrachteten sie nur dieses Bild und dann beantwortete Evan die Frage: *„Ich glaube, ich muss nach Hause."* Im ersten Moment dachte Jonas, dass das auch die richtige Entscheidung wäre. Als Evan ihm allerdings den Laptop gab, damit er nun einmal selbst eine Nachricht an Amy schreiben konnte und Evan danach wieder aus dem Auto stieg, nutzte Jonas die Chance, um selbst die Nachricht von Elia und Althea zu lesen. Daraufhin änderte Jonas seine Meinung. Er wusste, dass der künftige Vater noch nicht so weit war, um nach Hause zurückzukehren. Im nächsten Augenblick öffnete Evan die Fahrertür und fragte Jonas, ob er dann schon fertig sei, aber dieser bat ihn einzusteigen. Evan wusste zwar nicht, was er jetzt von ihm wollte, aber er tat es einfach.

Jonas sprach: *„Schau mir in die Augen und sag mir, dass du bereit bist, dein altes Leben wieder aufzunehmen!"* Evan wandte seinen Blick ab und Jonas betonte erneut: *„Schau mir in die Augen und sag es!" „Ich weiß es nicht"*, lautete Evans Antwort. Beide sanken in ihre Sitze zurück und Jonas sprach das aus, was beide dachten: *„Dann bist du noch nicht bereit, um nach Hause zu fahren."* Sie atmeten beide einmal tief durch und es brach wieder Schweigen im Auto aus. Irgendwann begann Jonas einfach damit, seine Nachricht an Amy zu schreiben. Heute durfte jeder einzeln eine Nachricht verfassen. Es war Weihnachten und somit eine Ausnahme.

Hallo mein Schatz,

Wir fahren gerade nach einem längeren Aufenthalt in Carbisdale Castle, das in den Highlands liegt, wieder weiter. Du hattest Recht, dass wir es nicht lange in Glasgow aushalten würden. Wir machen uns jetzt auf den Weg Richtung Westküste, wo nur wenige Menschen leben. Ich weiß, was du jetzt denkst, aber wir wollten euch um jeden Preis an Weihnachten schreiben und deshalb haben wir den heutigen Tag ausgesucht, um weiterzureisen.

Aus diesem Grund wünsche ich dir und meinen Schwiegereltern ein frohes und besinnliches Fest und da ich dir leider kein Geschenk machen konnte, hoffe ich, dass du diese von mir selbst verfasste Nachricht als Präsent akzeptierst.

Evan und ich haben beschlossen, dass Feiertage für uns so lange keine Bedeutung haben, bis wir wieder daheim sind, deshalb wundere dich nicht, wenn zu Geburtstagen und anderen Dingen keine Nachricht in deinem Postfach findest. Evans Geburtstag haben wir ja schließlich auch nicht gefeiert.

Der hat gerade das schönste Weihnachtsgeschenk bekommen, das man sich vorstellen kann, denn Elia hat ihm geschrieben, dass sie schwanger ist. Wusstest du davon?
Es gibt im Moment zwischen uns gar kein anderes Thema mehr, aber das ist auch verständlich. Ich freue mich so wahnsinnig für ihn. So wie ich dich kenne, liest du die Nachricht sowieso erst weiter, wenn du bei Elia angerufen hast. Denn wenn du einmal das Wörtchen „schwanger" gelesen hast, bist du eh nicht mehr zu bremsen. Du und Babys...
Deshalb kann ich jetzt auch den unangenehmen Teil der Geschichte erzählen. Evan ist regelrecht im Wechselbad der Gefühle. Er ist auf der einen Seite überglücklich wegen dem Baby, aber auf der anderen Seite wusste Elia schon vor

unserer Abreise, dass sie schwanger ist und deshalb ist Evan auch sehr enttäuscht. Er denkt, dass sie es ihm hätte sagen müssen.
Ich weiß nicht, wie ich darüber denken soll. Ich versuche einfach, weiter für ihn da zu sein, so wie er es für mich ist. Es ist ja verständlich, wie er denkt, denn ich hätte auch gewollt, dass du es mir erzählt hättest, wenn es so gewesen wäre. Elia hat es aber auch wirklich nicht einfach. Ich mag mir gar nicht vorstellen, wie es um sie stehen würde, wenn Althea nicht wäre.

Ich liebe dich, mein Schatz.
Jonas

Jonas war dieses Mal richtig in Erzähllaune gewesen. Vielleicht war er ein bisschen durch die Weihnachtszeit beeinflusst worden und möglicherweise trug Evans Nachricht auch noch ein wenig dazu bei, denn seiner Meinung nach war es egal, welche Umstände um die Meldung rankten. Die Nachricht an sich war so schön, dass man sich einfach darüber freuen musste. Jonas gab den Laptop rüber und meinte zu Evan: *„Jetzt bist du dran."* Evan nahm zwar den Laptop, aber er schrieb lange nichts. Nach einer halben Stunde stieg Jonas aus dem Auto und ging spazieren. Er sagte nur noch, dass er ungefähr in einer halben Stunde wiederkommen würde. Trotzdem saß Evan nur da und tat an sich nichts. Als Jonas zurückkam und Evan immer noch nicht eine Zeile geschrieben hatte, musste er etwas unternehmen. Er sagte: *"Evan, schreib doch einfach über deine Gefühle. Du musst doch wissen, wie du dich fühlst."* Evan schüttelte mit dem Kopf und antwortete: *"Ich kann nicht sagen, wie ich mich fühle, weil ich es überhaupt nicht beschreiben kann und ich wollte schon mehr als das schreiben."* Jonas nickte. Meinte aber auch: *"Irgendwas musst du aber antworten. Wie sieht es denn aus, wenn ich etwas geschrieben habe und du nicht?" "Ich weiß, ich weiß"*, stöhnte Evan leise vor sich hin. Noch einmal atmete er tief durch und dann versuchte er sich doch.

Hallo meine Süße, hallo Schatzi,

ich weiß gar nicht, wie ich meine Gefühle richtig ausdrücken soll. Sie schwanken sekündlich. Sie gehen von überschwänglicher Freude über Entsetzen bis hin zu Selbstvorwürfen. Vielleicht versuche ich einfach, das zu beschreiben. Es mag euch zwar seltsam vorkommen und für mich auch total untypisch, aber manchmal weiß auch ich nicht, was ich sagen oder schreiben soll.

Ich bin natürlich auf der einen Seite überglücklich, Vater zu werden und mit dir gemeinsam eine Familie zu gründen, mein Schatz. Es ist so ein Gefühl, als wenn das richtige Leben gerade erst beginnt.

Auf einer anderen Seite bin ich so sauer auf dich, das kannst du dir gar nicht vorstellen. Ich bin natürlich nicht sauer, weil du jetzt schwanger bist. Du hast Recht, dass ein Kind nie so richtig in den Zeitplan passt. Ich bin so sauer, weil du es mir nicht gesagt hast, bevor ich geflogen bin. Ich wäre geblieben, hätte mich zusammengerissen. Ich hätte dich während der Schwangerschaft begleitet, wäre bei den Frauenarztbesuchen dabei gewesen und hätte gemeinsam mit dir die frohe Kunde zu deinen Eltern getragen. Wie konntest du mir diese Dinge verwehren?

Ich kann deine Gründe zwar nachvollziehen, aber ich kann sie nicht akzeptieren. Diese Gründe sind nicht genug. Sie reichen nicht aus, als dass du es dir herausnehmen könntest, mir diese Dinge zu nehmen. Und selbst wenn sich der Tod meiner Eltern mit der Nachricht deiner Schwangerschaft überschnitten hätte und ich vielleicht nicht in sofortigen Jubel ausgebrochen wäre, denn das wäre ohne Anstand gewesen, aber ich hätte mich innerlich bestimmt gefreut. Außerdem haben wir in unserer Beziehung doch schon so viele Dinge durchgemacht. Warum hätten wir das nicht schaffen sollen?

Jetzt mehren sich in mir auch wieder die Zweifel an der ganzen Reise. Ich frage mich, was ich überhaupt hier versuche. Ich müsste doch bei dir sein und für das einstehen, was ich in die Welt gesetzt habe. Ich war eigentlich auch schon der felsenfesten Überzeugung, dass ich mit sofortiger Wirkung zurückkomme, aber dann hat mich Jonas an etwas erinnert, was er mir vor langer Zeit einmal gesagt hat. Ich sei zwar ein mental sehr starker Mensch, aber auch ich sei nur ein Mensch. Ich besäße nicht die Macht, alles an mir abprallen zu lassen. Kein Mensch könne diese Kraft aufbringen, um mein Leben und meine Gedanken ohne jegliche innerlichen Schäden zu überstehen. So schwer es mir fällt, das ein weiteres Mal einzugestehen, aber leider hatte Jonas mit dieser Aussage Recht. Ich bin leider nicht allmächtig. Ich kann leider nicht alleine alles in die richtige Richtung lenken.

Ich werde also deiner Bitte folgen und so lange noch hier bleiben, wie es sein muss, damit ich dich und unser Kind glücklich machen kann. Du bist meiner Bitte ja auch nachgekommen.

Ich glaube, dass wir uns in näherer Zukunft nicht melden können, denn wir sind auf dem Weg an die Westküste und entweder werden wir irgendwo lange sesshaft bleiben oder wir werden jeden Tag nomadenartig ein Stückchen weiterziehen. Wahrscheinlich melden wir uns wieder, wenn wir in Richtung Stanraer unterwegs sind, denn das ist der typische Ort, um mit der Fähre nach Belfast zu kommen.

Auch wenn du mir mit der Nachricht das schönst mögliche Weihnachtsgeschenk gemacht hast, hätte ich mir gewünscht, dass du es mir früher gesagt hättest. Das hätte einige Dinge einfacher gemacht; vor allem für uns. Die Dinge sind aber nun so wie sie sind. Das hast du schon richtig gesagt.
Ich wünsche euch ein frohes und besinnliches Weihnachtsfest und an dieser Stelle auch einen guten Rutsch ins neue Jahr. Ich gehe jetzt einfach davon aus, dass ihr zu deinen Eltern hinübergegangen seid. Grüß sie mal lieb von mir. Ich wünsche auch ihnen ein frohes Fest.

Ich werde euch, vor allem in den nächsten Tagen, über alle Maßen vermissen.

An meiner Liebe zu dir hat das aber nichts geändert, mein Schatz. Hab dich lieb, Althea. Pass gut auf die „Zwei" auf.

Mit einem lachenden und einem weinenden Auge,

euer Evan

Evan hatte mit seiner Vermutung Recht. Althea und Elia waren an Heiligabend wirklich zu Klaus und Andrea gegangen und hatten dort einen besinnlichen Abend in kleiner Runde verbracht. Obwohl die Grundstimmung bei Elias Eltern wirklich positiv war, kam das leidige Thema in regelmäßigen Abständen immer wieder zur Sprache und das zum Missfallen von Elia. Sie fühlte sich durch ihre Schwangerschaft im Mittelpunkt des Abends, was ihr richtig gut tat und das wollte sie sich nicht dadurch kaputt machen lassen, dass sie nichts über Evan zu berichten hatte. Außerdem war es nur noch ein bisschen mehr als ein Monat bis das Semester zu Ende gehen sollte und dann könnte sie sich endlich komplett ihrem Kind widmen.

Gegen 22 Uhr gingen Althea und Elia dann aber wieder in Evans Elternhaus. Elia wollte noch ein letztes Mal in ihr Postfach schauen, bevor sie schlafen ging und dieses Mal war wirklich eine Nachricht von Evan da. Sie dachte die ganze Zeit, dass er einfach nicht antworten würde, weil er zu sauer auf sie sei. Als sie die Nachricht sah, rief sie im ganzen Haus nach Althea, die ganz schnell die Treppen hinauf gerannt kam, um mitzulesen.

Als beide mit dem Lesen der Nachricht fertig waren, waren auch sie auf der einen Seite glücklich und auf der anderen Seite traurig, denn sie hatten endlich wieder etwas von Evan gehört, aber er hatte die erwartete Reaktion gezeigt und Elia packte ein schlechtes Gewissen. Althea wusste bei ihr nicht mehr Freuden- von Trauertränen zu unterscheiden. Sie versuchte einfach die Schwangere durch Aufmunterungen zu beruhigen: *„Immerhin bleibt er immer ehrlich zu dir. Das ist doch besser als einen Lügner zum Vater zu machen. Außerdem hat er ja auch geschrieben, dass er sich riesig auf das Kind freue."* Althea versuchte zwar ihr Bestes, aber das reichte an diesem Abend und in dieser Nacht nicht aus. Sie musste sich an diesem Abend auch bei Elia mit ins Bett legen und wartete bis diese unter Tränen eingeschlafen war. Erst dann ging sie in ihr eigenes Bett.

Sie schrieben erst am nächsten Tag an Evan zurück. Für heute hatte das Weihnachtsfest genug Überraschungen gebracht.

Die Männer waren sehr spät in Drumrunie angekommen. Sie hatten so viele Stunden mit Reden, Diskutieren und Schreiben verbracht, dass sie erst ankamen, als es bereits tiefste Nacht war. Deshalb mussten sie im Auto schlafen. Zum Glück hatten sie die Schlafsäcke aus Glasgow noch. Die konnten sie jetzt gut gebrauchen.

Zum Abschluss des Tages sagte Evan leise vor sich hin: *„Die weiße Frau…"*

Diese unangenehme Nacht sollte sich aber lohnen, denn der nächste Tag hielt Traumhaftes für sie bereit…

Kapitel 10

Am nächsten Morgen waren Evan und Jonas förmlich durchgefroren. Ihnen war bewusst, was in den nächsten Tagen auf sie zukommen würde. Die Campingausrüstung sollte sich bezahlt machen. Sie packten ihre großen Rucksäcke bis zum Rand voll. Es passte nichts mehr rein, obwohl sie wirklich nur das Notwendigste eingepackt hatten. Das Wichtigste waren aber ihre dicken Daunenjacken, Hosen und Wanderstiefel. Diese Dinge waren zwar recht kostenintensiv gewesen, aber als während des Rucksackpackens der erste Schnee gefallen war, wussten sie, dass sich diese Einkäufe noch lohnen würden. Die letzten Besorgungen erledigten sie dann in der Ortschaft. Essen, Trinken und ein paar Medikamente könnten in den nächsten Tagen überlebenswichtig sein.

Sie hatten vor, der schmalen Straße zu folgen, die von Drumrunie nach Achiltibuie führte. Aber gleich zu Beginn der Wanderschaft wichen sie ein wenig von der geplanten Route ab. Jonas hatte ein Plateau entdeckt, von wo aus er sich eine atemberaubende Aussicht erwartete. Sie mussten zwar ein kleines bisschen klettern, um die Anhöhe zu erreichen, aber Jonas' Erwartungen wurden nicht enttäuscht. Evan ließ augenblicklich alles fallen und fiel auf die Knie. Er kniete aber weich, denn die gesamte Landschaft war von Moos und Gras bewachsen. Genau das war es, was er sehen wollte. Genau das war es, was die beiden Reisenden an diesem Land so faszinierte. Von dem Plateau aus konnte man tief ins Land hineinsehen. Es war nichts zu sehen außer unberührter Natur. Das Einzige, was von Menschenhand geschaffen wurde, war die kleine Straße, an der sie entlang wandern wollten. Durch die Landschaft erstreckten sich die drei großen Lochs Lurgainn, Bad a' Ghaill und Osgaig. Sie wirkten beinahe miteinander verschmolzen, sodass es schien, als wenn sie einen langen und vor allem breiten Fluss bildeten, der von Gebirge flankiert wurde. Im Hintergrund konnte man schon sehen, dass sich ein weiterer Schauer ankündigte. *„Hoffentlich ist es Regen"*, bemerkte Jonas, während Evan seinen Rucksack wieder auf den Rücken schnallte.

Sie entschieden, dass sie jedweder Zivilisation den Rücken kehren und somit nicht wie geplant, dieser Straße weiter folgen würden. Evan nahm seine Landkarte heraus und zeigte auf einige Seen, die hinter dem Berg liegen sollten, den sie zu ihrer Rechten erblickten. Die Seen sollten auch relativ dicht an ihrem eigentlichen Reiseziel, der Westküste, liegen. *„Das ist der Weg, den wir gehen werden"*, meinte Evan bestimmend. Jonas segnete diesen Plan ab und die Männer setzten ihre Wanderung fort. Wenn sie an diesem Tag noch den Zwischenstopp erreichen wollten, den sie auf der Karte ausgemacht hatten, mussten sie sich beeilen, denn in der Dunkelheit ist Wandern nicht gerade ratsam.

Eine Stunde bevor die Sonne untergehen sollte, hatten die Freunde ihr Tagesziel erreicht und sie begannen damit ihr Lager aufzubauen. Während Jonas hinter einem etwas größeren Felsen, der vor dem Wind Schutz bot, das Zelt aufbaute, hob Evan eine Feuerstelle aus und suchte nach Holz, damit sie später ein Feuer schüren konnten. Am abendlichen Feuer hatten sich die beiden schon in ihre Schlafsäcke gehüllt. Evan machte sich einen Spaß und hatte sich eine Sturmmaske über das Gesicht gezogen, die er aus Jux in Glasgow gekauft hatte, um fast sein ganzes Gesicht vor der Kälte zu schützen. Nun erfüllte sie einen guten Zweck. Zum Glück war ihr Stellplatz relativ windgeschützt. So konnte man die Witterungssituation noch aushalten. Es wurde natürlich auch über Elias Schwangerschaft erzählt. Diesmal fand diese Diskussion aber nur in einem fröhlich gesinnten Rahmen statt. Das Thema überhaupt war der Name für das Baby. Evan hatte keinen Vorschlag in die Antwortmail geschrieben und deshalb war großes Rätselraten angesagt. Evan ließ seinen Freund über die verschiedensten Namen nachdenken. Er war sich bezüglich eines Jungennamens ziemlich sicher, dass Elia ihn Konstantin nennen würde, weil sie sich zu ihren Jugendzeiten fast schon einvernehmlich auf diesen Namen geeinigt hatten. Evan wünschte sich auch als erstes Kind einen Jungen und vielleicht später dann noch ein Mädchen. Bei einem Mädchennamen hatten sie aber bisher noch keinen Konsens finden können. Elia fand den Namen Amelie schön. Evan hatte ebenfalls lange über diesen Namen nachgedacht und je häufiger er diesen leise vor sich her sprach, umso besser gefiel ihm dieser Name. Wenn es ein Mädchen werden sollte, dann würde er Elia ohnehin die Namensgebung überlassen. Letztlich war Evan die Namensgebung egal. Ihm war es nur wichtig, dass das Kind durch den Namen später nicht gehänselt werden könnte und noch viel wichtiger war ihm, dass es schlicht gesund war.

Bezüglich der Gesundheit ging es Evan seit Tagen schon sichtlich schlechter. An diesem Abend war die Krankheit dann endgültig ausgebrochen. Die Männer tippten, dass es Bronchitis war, weil Evan einen unappetitlichen, grünen Schleim hoch hustete. Obwohl Jonas alles versuchte, um Evan zur Rückkehr nach Drumrunie zu überreden, blieb dieser stur und wollte die Reise fortsetzen. *„Die Medikamente werden schon ausreichen bis wir irgendwann in Ullapool ankommen"* war Evans einfache Antwort dazu.

Ein Trugschluss mit glücklichem Ausgang…

Am nächsten Morgen ging es Evan zwar schon etwas besser, aber er hatte die Nacht so sehr geschwitzt, dass er dementsprechend aus seinem Schlafsack stieg. Deshalb machte er sich zum nahe gelegenen See auf. Er ging aber nicht schwimmen. Obwohl Evan zwar ein recht guter Schwimmer war, wäre ein solcher Akt vielleicht sein Tod gewesen. Er nahm einfach einen Waschlappen und wusch sich so gut wie möglich. Viel brachte es allerdings nicht. Er hatte zwar für kurze Zeit eine Erfrischung, aber er musste sich ja danach wieder dick anziehen und schwitzte deshalb wieder sehr stark. Er zündete nochmals ein Feuer an und wartete dann bis Jonas aufwachte, damit sie weiterkönnten. Evan versuchte sich irgendwie von seinen Brust- und Bauchschmerzen, die durch das ständige Husten verursacht wurden, abzulenken. Deshalb nahm er aus seinem Rucksack wieder Zettel und Stift und versuchte, seine Eindrücke niederzuschreiben. Es sollte ihm aber nicht gelingen, sich auf das Schreiben zu konzentrieren, weil er immer wieder husten musste. Ein dichter Nebel umgab ihr Lager und nur das Feuer konnte die Landschaft ein wenig erhellen. Nach einer Stunde stieg dann Jonas auch aus dem Zelt. *„Wie hast du geschlafen?"*, fragte er Evan. Dieser antwortete, nachdem er noch einmal richtig abgehustet hatte: *„Den Umständen entsprechend, und selbst?" „Ganz gut"*, erwiderte Jonas und fügte hinzu: *„Wie wollen wir bei diesem Nebel sehen, wo wir langgehen?"* Evan entgegnete seinem Freund: *„Ich habe vorhin beim Waschen in der Nähe des Sees einen kleinen Trampelpfad gesehen, der in Richtung Westen führt. Dem sollten wir zunächst folgen und sehen, was sich ergibt."* Jonas war zwar immer noch der Meinung, dass sie zurückgehen sollten, aber er hatte keine Muße mit Evan zu diskutieren. Der musste selber wissen, was sein Körper ertragen könnte.

Nachdem sie das Zelt abgebaut, alle Sachen eingepackt und das Feuer gelöscht hatten, marschierten sie weiter Richtung Westen. Wegen Evan kamen sie nur langsam voran, aber immerhin kamen sie an diesem Tag so weit, dass sie Loch Uidh Tarraigean erreichten. Dieses war nicht mehr weit von der Küste entfernt. Die Männer bauten wieder ihr Lager auf. Diesmal gab es allerdings nicht so viel Holz in der Nähe, sodass Evan sich weiter vom Lager entfernen musste, um etwas zu finden. Nach einer halben Stunde war Evan allerdings immer noch nicht zurück und deshalb machte sich Jonas auf die Suche nach ihm. Eine weitere halbe Stunde später hatte Jonas Glück, dass der Nebel nachgelassen hatte, denn nur so konnte er sehen, dass Evan beinahe bewusstlos unter einem Haufen Laub begraben lag. Wie der Zufall es so wollte, war ihm beim Holzsammeln ein mittelgroßer Ast auf den Kopf gefallen. Jonas sprach leise vor sich her: *„Wenn man schon kein Glück hat, dann kommt auch noch Pech dazu."* *„Das hab ich genau gehört"*, nuschelte es aus dem Laub leise hervor. Jonas schob den Ast zur Seite und befreite Evan aus dem Laub. Evan war allerdings zu schlapp, um selbst zu gehen, sodass Jonas ihn tragen musste. Wieder sprach Jonas leise vor sich her, während er Evan über seiner Schulter trug: *„Zum Glück ist der Typ nicht all zu weit gekommen."* *„Auch das hab ich gehört"*, erklang es von Jonas' Rücken aus. Jonas reagierte: *„Halt bloß den Mund, sonst schick ich dich gleich komplett ins Reich der Träume."*

Jonas konnte es zwar nicht sehen, aber Evan grinste übers ganze Gesicht.

Wieder im Lager angekommen, legte Jonas seinen Freund ins Zelt und wickelte ihn mit zwei zusätzlichen Decken ein. Evan war schnell eingeschlafen, sodass Jonas sich nun selbst auf die Suche nach Feuerholz machen konnte, denn ohne ein ordentliches Feuer sollte die Nacht ziemlich unangenehm werden. Er entfernte sich noch ein Stückchen weiter vom Lager, als es Evan zuvor getan hatte. Dabei machte Jonas eine Entdeckung. Er wollte sich gerade auf den Weg zurück zum Lager machen, da erblickte ein paar hundert Meter weiter eine Art Bauernhof. Zumindest konnte er in Grundrissen ein Haus und eine Scheune erkennen. Er hoffte, dass es sich hierbei nicht um eine Fata Morgana handelte, denn das wäre mit Sicherheit der bessere Ort für Evan, um sich auszukurieren als das kalte Zelt.

Es handelte sich allerdings nicht um ein Trugbild. Das Haus und die Scheune waren Wirklichkeit. Jonas fragte sich, was Menschen dazu veranlassen könnte, hier draußen zu leben, aber das war im Moment zweitrangig. Er klopfte an die Tür und nach einer Minute öffnete sich der Schacht am oberen Teil der Holztür, so wie man es aus älteren Gefängnissen kennt. Eine etwas ältere, krächzende Stimme fragte: *„Wer seid ihr? Was wollt ihr?"* Jonas war zwar erschrocken, aber trotzdem versuchte er zu antworten, ohne dass man seine Angst wahrnehmen konnte: *„Entschuldigen Sie die Störung. Mein bester Freund und ich befinden uns auf einer*

Schottlandreise. Wir sind auf dem Weg zur Westküste und wollten währenddessen etwas Naturluft genießen. Nun ist mein Freund aber schwer krank geworden und verletzt hat er sich heute auch noch. Könnten wir bei ihnen so lange unterkommen, bis er sich wieder erholt hat? Ich kann mir nicht vorstellen, dass das Zelt der richtige Ort für ihn ist, um wieder gesund zu werden. Wir können Sie für diesen Gefallen auch entlohnen." Die Tür öffnete sich und Jonas erkannte die etwas ältere Dame. Sie blickte aus der Tür heraus und fragte: *„Wo ist denn dein Freund. Ich sehe ihn nicht."* Jonas dachte sich, dass er doch gesagt hätte, dass er im Zelt liege, aber er wollte sich nicht beschweren, weil die Frau sehr hilfsbereit schien. Er antwortete: *„Ich müsste ihn zunächst noch aus dem Zelt holen. In einer Stunde könnte ich mit ihm hier sein."* Die alte Frau sprach daraufhin: *„In Ordnung. Bring ihn her. Du scheinst mir ein sehr netter, junger und vor allem ehrlicher Mann zu sein. Ihr könnt hier so lange unterkommen."* Jonas bedankte sich mehrere Male und lief dann sofort los, um Evan zu holen. Als er beim Lager ankam, war er zwar ganz außer Atem, aber er musste schnell machen, denn schon neigte sich der Tag wieder dem Ende und in der Dunkelheit würde es wesentlich schwieriger werden, das Haus wiederzufinden. Es blieb keine Zeit, die Sachen zusammenzupacken. Jonas ließ beinahe die gesamte Campingausrüstung zurück. Er warf sich den schlafenden Evan wieder über die eine Schulter und die beiden Decken über die andere. Dann machte sich Jonas flinken Fußes wieder auf den Weg. Die Sonne war gerade untergegangen, als Jonas total entkräftet wieder am Haus der alten Dame ankam. Sie hatte schon auf Jonas gewartet und zeigte ihm einen Platz im Haus, wo er Evan ablegen könnte. Als er das getan hatte, fragte er, wo er denn ein bisschen schlafen könne, denn er wäre von dem Weg geschafft. Die alte Frau sagte, dass er im Wohnzimmer auf der Couch schlafen könne. Jonas ließ keine Zeit verstreichen, um sich auszuziehen. Er fiel auf die Couch und schlief augenblicklich ein.

Am nächsten Morgen wachte Jonas auf und die alte Frau hatte schon das Frühstück vorbereitet. Sie freute sich über den jungen Besuch. Das war ein richtiges Erlebnis für sie. Jonas fragte die alte Dame: *„Haben Sie schon etwas von meinem Freund gehört oder ihn gesehen?"* Die Frau nickte, während sie Jonas und sich selbst gerade einen Tee zubereitete. Danach antwortete sie: *„Ich habe vorhin nach ihm gesehen. Er schlief tief und fest und ich glaube, dass sich das in den nächsten Tagen nicht großartig ändern wird. Ihr werdet euch wohl auf einen längeren Aufenthalt einstellen müssen."* Jonas wusste, dass die Frau Recht hatte und nickte mit zusammengekniffenen Lippen. Er dachte sich, dass, wenn sie schon länger hier blieben, dann könnte er auch nach ihrem Namen fragen: *„Entschuldigen Sie. Ich hab es gestern versäumt, mich vorzustellen. Ich bin Jonas und der Mann, den ich oben ins Bett gelegt habe, ist Evan. Dürfte ich erfahren, wie Sie heißen?"* Die Frau grinste. Sie freute sich über einen Menschen, der solche Manieren hatte wie Jonas. Sie erklärte: *„Sie können ruhig mehr erfahren. Ich habe sonst niemanden zum Erzählen. Mein Name ist Shona. Ich lebe seit meiner Kindheit in diesem Haus. Es ist allerdings schwieriger geworden, seitdem mein Mann Irvine vor drei Jahren gestorben ist. Ich kann das kleine Anwesen nicht mehr alleine in Stand halten." „Das tut mir wirklich leid mit ihrem Mann. Wir werden versuchen, Ihnen nicht zu sehr zur Last zu fallen und so schnell wie möglich wieder abzureisen. Mein Freund hat es während unserer Reise zu etwas Geld gebracht. Wir werden sie so gut wie möglich entschädigen",* antwortete Jonas zuvorkommend. Shona war natürlich an der Geschichte der beiden Männer interessiert und fing an, ein bisschen nachzufragen. Jonas hatte also mal wieder „seinen Satz" aufzusagen, der natürlich mit fortschreitender Dauer der Reise immer länger wurde. Shona setzte sich auf ihren Stuhl und hielt sich die Hand an ihre Brust. Sie war von der Geschichte sowohl gerührt als auch entsetzt. Das Traurigste war ihrer Meinung nach der Teil von Elias Schwangerschaft. Sie wusste auch nicht, auf welcher Seite sie bei diesem Thema stehen würde, insofern es Seiten gab.

Jonas half der alten Dame dabei, den Tisch abzuräumen. Danach ging sie in die Scheune, um die Tiere zu verpflegen, während Jonas nach Evan schauen wollte. Er öffnete leise die Tür und sah, dass Evan seelenruhig schlief. Er wollte ihn nicht wecken und schloss deshalb wieder ganz leise die Tür. Anschließend wollte er in die Scheune gehen, um zu schauen, ob er Shona helfen könnte. Als er die Scheune betrat, sah er, dass sich das Gebäude in einem äußerst maroden Zustand befand. Seit dem Tod von Irvine hatte sich wohl niemand mehr um die Instandhaltung gekümmert. Er half der alten Dame die Scheune, die sie eher als Stall nutzte, zu entmisten und fütterte die Tiere. Jonas war der Frau eine echte Hilfe, denn so waren sie mit dem Tagwerk schon kurz nach dem Mittag fertig.

Am nächsten Tag war Evan dann das erste Mal in der Lage, das Bett zu verlassen. Er war zunächst ratlos, denn er hatte keine Ahnung, wo er sich gerade befand. Er ging langsam und leise durch das Haus und überraschte Jonas, der mit Shona zusammen zu Mittag aß. Als Evan Jonas sah, war er natürlich beruhigt. Als er allerdings Shona sah, war er etwas erschrocken, denn immerhin stand er nur in T-Shirt und Unterhose da. Jonas stellte dann Evan und Shona einander vor und er verdeutlichte seinem Freund auch, was er der Frau alles zu verdanken habe. Daraufhin bedankte sich Evan mehrere Male höflich. Dann verabschiedete er sich aber auch schon wieder, denn die Kraft, um einen ganzen Tag bestreiten zu können, hatte er noch nicht. Er ging wieder ins Bett und schlief sofort wieder ein. Zumindest war sein Husten schon etwas abgeklungen.

Danach machte sich Jonas auf den Weg, um die restliche Ausrüstung aus ihrem alten Lager zu holen. Als er allerdings dort ankam, war nicht mehr viel von ihren Sachen übrig geblieben. In der Nacht hatten sich die wilden Tiere daran gemacht, alles nach Fressbarem zu durchsuchen und dabei waren sie mit der Ausrüstung nicht gerade sorgfältig umgegangen. Jonas sammelte das, was noch brauchbar war, ein, wozu noch die Schlafsäcke, Geld und diverse Kleidungsstücke zählten und machte sich dann wieder auf den Rückweg. Viel war es allerdings nicht mehr. Vor allem war der ganze Proviant, der für die weitere Reise geplant war, aufgefressen worden. Shona war von der Nachricht auch nicht begeistert und als sie sah, wie wenig Jonas retten konnte, war sie noch enttäuschter.

Am darauffolgenden Tag sah das schon wieder anders aus. Evan war ungefähr zur gleichen Zeit wach geworden wie Shona und beide trafen sich ungefähr zur selben Zeit in der Küche des Hauses, wodurch sie automatisch ins Gespräch kamen. Shona, die wohl mitfühlendste Frau der Welt, war sehr erleichtert, als sie Evans fortschreitende Gesundung sah und das war wohl auch der Grund dafür, dass sie die Geschichte mit der Schwangerschaft von Elia genauer interessierte. Sie fragte zum Beispiel nach, ob er die Schwangere denn schon geheiratet hätte. Als er diese Frage verneinend beantwortete, war Shona zwar brüskiert, weil sie noch der etwas konservativeren Generation angehörte, aber verurteilt hatte sie Evan nicht. Dieser erklärte der Dame, dass er eigentlich niemals heiraten wolle in seinem Leben. Shona riet ihm sich das nochmals gehörig zu überdenken, denn ihren Irvine zu heiraten, war für sie wohl der größte Glücksfall in ihrem Leben und Heiraten an sich sei ohnehin das Schönste im Leben für jede Frau. Allerdings wusste sie keine Antwort auf Evans Einwand, dass man im heutigen Leben alles ohne Hochzeit haben könne. Shona verstand diese moderne Welt nicht, aber sie musste und wollte es auch nicht mehr, denn im Gespräch erwähnte sie nebenbei, dass sie bereits 75 Jahre alt sei und versetzte Evan dadurch ganz schön ins Staunen. Evan sprach Shona wiederum auf den relativ schlechten Zustand der Scheune und des Hauses an, den Jonas bei Evans kurzem Besuch am Mittagstisch des vorigen Tages erwähnt hatte. Shona war natürlich selbst enttäuscht über den schlechten Zustand ihres Hofes, aber sie war auch ehrlich genug, sich einzugestehen, dass sie das alles allein einfach nicht mehr schaffte. Vielleicht war es die Art, wie sich Shona um die Männer kümmerte, oder vielleicht war es auch schlicht die Dankbarkeit, die Evan ihr gegenüber empfand, aber er meinte zu ihr, dass, obwohl er nie einen handwerklichen Beruf erlernt hatte, sich die Baumängel der Scheune und des Hauses in den nächsten Tagen einmal anschauen würde.

Shona war ihm dafür wieder so dankbar, dass sie ihn gleich umarmte. Evan meinte zwar, dass er ihr nichts versprechen kann, aber er würde sein Bestes versuchen. Außerdem wäre Jonas ja auch noch da. Der wusste von seinem Glück aber noch nichts.

In den nächsten Tagen hatte sich Evan gut erholt, Shonas Hausmittel waren beinahe Wundermittel. Sie rührte ihm zwar Kräuter an, von denen er noch nie etwas gehört hatte, aber das interessierte ihn nicht sonderlich. Auf jeden Fall wirkten die so gut, dass Evan nach zehn Tagen wieder fit war. Auf diese Weise Silvester zu begehen, war natürlich schade, aber die Jungs hatten ja sowieso nichts zu feiern und Shona auch nicht, sodass der Jahreswechsel eigentlich ohne besondere Geschehnisse über die Bühne ging. Die Frauen zu Hause hatten zwar eine kleine Hoffnung darin gesetzt, dass die Männer extra, wie zu Weihnachten, weiterziehen würden, aber keine Nachricht erreichte das Postfach der wartenden Frauen.

Anfang Januar fing es dann aber an zu schneien und zwar in einer Stärke, die bedrohlich für Haus und Hof war. Evan und Jonas mussten sich bei der Stabilisation der Scheune beeilen, denn möglicherweise würde diese der Last der Schneemassen nicht standhalten, wodurch das Ende für das gesamte Vieh besiegelt wäre.

Am Vormittag schauten sich die beiden Möchtegernhandwerker erneut die Situation in der Scheune an und sie machten sich wirklich Sorgen, weil das Dach schon seltsame Geräusche machte und die Seitenwände beugten sich ebenfalls schon nach innen, was bedeutete, dass das Dach nach unten drückte. Als kurzfristige Lösung kam den beiden nur eine Konstruktion aus Stützbalken in den Sinn. Evan glaubte, dass sie zumindest vier Stück bräuchten, um die Seitenwände nach außen zu drücken; zwei zu jeder Seite hin. Für das Dach würden sie wohl mindestens drei Stützbalken brauchen. Sie hofften neben der Stütze auch, dass sie das Dach vielleicht wieder etwas nach oben drücken könnten. Jonas bekam die undankbare Aufgabe damit zu beginnen, den Schnee von den Dächern des Hauses und der Scheune zu schieben, um so zumindest frühzeitig ein bisschen dagegen anzugehen. Evan stand währenddessen zuerst in der Scheune und maß die Länge für die Balken aus. Als er damit fertig war, schaute er sich Shonas Holzreserven an. Aus diesen Beständen waren aber nur die vier Balken für die Seitenwände zu gewinnen. Für die Stützbalken des Daches müssten längere Bäume her; mindestens zwei. Evan nahm sich also Irvines alte Axt aus dem verfallenen Schuppen, der neben dem Haus stand. Es gab zwar nur wenige Bäume in der Nähe, aber einer war schon beinahe abgestorben. Deshalb hatte Evan auch kein schlechtes Gewissen, als er den Baum fällte. Das Problem war allerdings, dass der Baum zu schwer und zu dick war, um ihn zunächst in die Scheune zu tragen und dort zu verarbeiten. Das musste er also vor Ort erledigen und der Schnee erleichterte die Arbeit keineswegs. Nach zwei Tagen war Evan kurz davor, das Vorhaben aufzugeben, weil er kaum Fortschritte an dem Stamm machte. Shona hatte gegenüber Evan erwähnt, dass Irvine auch eine ältere Motorsäge hatte, aber sie wusste nicht mehr, wo er sie aufbewahrt hatte. Evan verdrehte die Augen und dachte sich, dass sie ihm das auch früher hätte sagen können. Nach halbtägiger Suche hatte Evan sie dann im verfallenen, wahrscheinlich nur noch von dem herum wachsenden Gestrüpp zusammengehaltenen Schuppen gefunden.

Jonas verstand die Welt nicht mehr. Erst schneite es monatelang nicht und nun schon seit Tagen durchgängig. Auf seine Schneeschippe, mit welcher er die meiste Zeit auf den Dächern des Hauses und der Scheune verbrachte, hatte er sich mittlerweile schon ein Gesicht gemalt, weil er teilweise schon vereinsamte. Von 24 Stunden des Tages verbrachte er neun Stunden auf den Dächern. Er hatte nicht einmal die Zeit, um das Haus an sich von dem herumliegenden Schnee zu befreien, sodass sie mittlerweile schon beinahe eingeschneit waren. Immerhin konnte Shona sie noch einmal täglich mit einer warmen Mahlzeit beglücken. Es war zwar meistens Rührei, aber solange die Holzvorräte für den alten Herd das noch hergaben, schmeckte das tägliche Rührei göttlich.

Nach weiteren drei Tagen hatte Evan es geschafft, aus dem Baumstamm drei Balken zu sägen. Es wurde auch Zeit, dass er damit fertig wurde, denn das Benzin für die Säge neigte sich dem Ende. An dem letzten Tag musste Jonas seinem Freund dann helfen, die Balken in die Scheune zu tragen. Die Dächer mussten für diese Zeit einfach so standhalten. In der späten Nacht hatten die Männer es dann geschafft die drei Balken aufzustellen und zu befestigen. Die Wände der Scheune waren nun ohne Krümmungen und Einbeulungen von dem schweren Schnee. Die Schneelast verteilte sich nun auf den Balken und um die Scheune brauchten sich Shona und die Herren nun keine Sorgen mehr machen.

Wie der Zufall es so wollte, hörte der Schneefall in dieser Nacht auf. Als Jonas am nächsten Morgen automatisch mit Lissy, der Schneeschippe, auf das Dach des Hauses kletterte, bot sich ihm ein ungewohntes Bild, denn es war kaum Schnee da, den er herunter schieben konnte. Im Nachhinein merkte Jonas aber, dass er einen riesigen Fehler gemacht hatte. Er hatte nur im Kopf gehabt, den Schnee irgendwie vom Dach herunter zu bekommen und hatte nicht darauf geachtet, wohin er ihn ablud. Als er wieder ins Haus ging, schaute Shona ihn verdutzt an und fragte, ob er denn schon fertig sei. Als er das bejahte, machte Shona die Haustür auf und verwies ihn auf den ganzen Schnee, der um das Haus herum lag. Sie hatte es schon schwer, überhaupt noch bis zur Scheune zu kommen. Jonas verdrehte die Augen und Shona ging kichernd wieder in die Küche. Während Jonas beim erneuten und energischen Wegschaufeln des gleichen Schnees langsam rot im Gesicht wurde, begradigte Evan einige Schwachstellen im Haus. Mit den geschrumpften Holzvorräten aus der Scheune war aber nicht mehr viel machbar. Immerhin konnte er dafür sorgen, dass kein Wasser und kein Schnee mehr durch das Loch im Dach dringen konnten. Das restliche Holz aus der Scheune schlug er zu Feuerholz. Der Kamin war nämlich die einzige Wärmequelle des Hauses. Deshalb musste er stetig angeheizt werden. Mit dem übrigen Kaminholz und dem aus der Scheune sollten sie über den Winter kommen, insofern er nicht über den April hinausginge.

Die Wochen und Monate vergingen und es wurde schon Mai, bis der Winter vorbei war. Der Schnee war beinahe weggeschmolzen.

In Deutschland fiel den ganzen Winter über nicht eine einzige Schneeflocke. Die Zeit der Besinnlichkeit und Gemeinsamkeit war geprägt von Bedenken und Sorgen, denn seit Monaten war keine Nachricht mehr von den Männern eingegangen. Es war die größte Nachrichtenpause in die Heimat, die die Männer bisher zugelassen hatten.

Aber selbst diese Dinge konnten Elia im März dieses Jahres nicht die Laune verderben. Sie war voller Hoffnung an diesem Tag das Geschlecht des Kindes erfahren zu können. Seit einem Monat war das Semester vorbei und die letzten Hausarbeiten hatte sie auch schon abgegeben. Sie beschäftigte sich nun damit, Babysachen einzukaufen und obwohl sie erst im fünften Monat war, hatte sie schon viele Sachen beisammen. Sie konnte das Geschlecht des Babys nicht mehr abwarten und wollte in ihren Shoppingrausch verfallen. Sie war da etwas fanatisch, aber sie achtete trotzdem auf neutrale Farben, damit sowohl eine Junge als auch ein Mädchen die Sachen tragen konnten.

Als sie mit Althea wieder einmal beim Frauenarzt warteten, fragte Althea ganz frech: *„Und was wünscht du dir?"* Elia antwortete: *„Wünschen tue ich mir ein Mädchen, aber mein*

Gefühl sagt mir, dass es ein Junge wird. Evans Familie war in der Anzahl schon immer von Männern dominiert. Warum sollte es diesmal anders sein?" „Hast Recht.", war Altheas einzige Bemerkung.

Auch der Arzt fragte während des Ultraschalls noch einmal nach, was sich Elia denn wünsche. Sie gab ihm die gleiche Antwort wie Althea im Warteraum. Der Frauenarzt sagte daraufhin: *„Ihr Bauchgefühl hat sie nicht enttäuscht. Es ist ein Junge. Sehen sie, wie ihr Baby die Beine spreizt? Das ist ein Zeichen dafür, dass es irgendwas daran hindert, die Beine zu schließen. Mädchen haben die Beine länger zusammen und wenn sie mal genauer hinsehen, können sie da auch schon etwas erkennen."*

Die erste Reaktion der Frauen war natürlich, dass sie es gewusst haben. Ernüchterung machte sich allerdings nicht breit. Die Freude darüber war einfach zu groß. Elia verband damit aber noch eine andere Freude. *„Jetzt können wir endlich Sachen für Jungs kaufen gehen",* sagte sie und klatschte dabei vor Freude in die Hände.

Zu Hause angekommen, brach Elia eine eiserne Regel. Sie scannte das Ultraschallbild ein, schrieb in die Nachricht nur zwei Worte – *„Junge"* und *„Konstantin"* und schickte die Nachricht ab.

Sie konnte einfach nicht mehr darauf warten, bis Evan endlich auf ihre vorige E-Mail antwortete. Sie wollte ihm bezüglich des Babys wohl nicht schon wieder etwas vorenthalten. Diese Vorwürfe nagten immer noch an ihr.

Auch diese Nachricht würde Evan wieder längere Zeit nicht lesen.

Evan und Jonas konnten sich also wieder an die Arbeit machen. Es gab immer noch einige kleinere Verbesserungen am Haus zu erledigen. Der Winter war nicht spurlos daran vorbei gegangen. Außerdem wollten sie den Schuppen wieder aufrichten. Für diese Vorhaben musste aber zunächst wieder ein Holzvorrat angelegt werden. Seit Irvines Tod hatte sich Shona nicht mehr darum gekümmert, wie auch. Sie war froh, wenn sie ihre Tiere am Leben und das Haus soweit instand halten konnte.

Die Männer waren keine Freunde davon, Bäume zu fällen. Dass Evan den einen Baum im Winter gefällt hatte, war auch nur den Umständen geschuldet, dass er lange Balken brauchte und dieser dicke Baum ausreichte, um genug Balken aus dem Stamm zu sägen, sodass kein weiterer Baum gefällt werden musste.

Sie nahmen sich Irvines alte Schubkarre und mussten einen langen Tagesmarsch zurücklegen, um zum nächstgelegenen Waldstück zu gelangen. Sie hatten aber nur eine kleine Axt mitgenommen, denn sie wollten höchstens niedrig gewachsene Äste von den Bäumen abschlagen und abgefallenes Nutzholz einsammeln. Nachdem die erste Schubkarre das erste Mal gefüllt war, brachte Jonas diese zum Haus, während Evan weitersammelte. Als Jonas dann zurückkam, beluden sie die Karre erneut und Evan brachte diese dann zu Shona und als Evan zurückkehrte, hatte Jonas schon die letzte Fuhre für diesen Tag fertig. Evan klemmte sich zusätzlich noch ein paar kleinere Äste unter die Arme und dann gingen sie gemeinsam zurück. Mehr als drei Ladungen waren am Tag nicht zu schaffen.

Dieses Schauspiel wiederholte sich sogar mehrere Wochen lang. Der Holzvorrat musste entsprechend groß ausfallen, denn irgendwann würden die Männer ja wieder verschwinden und dann müsste Shona wieder alleine zurechtkommen.

Als der Holzvorrat im Mai eine stattliche Größe erreicht hatte und die kleineren Verbesserungen am Haus erledigt waren, machten sich Evan und Jonas daran, den Schuppen wieder aufzubauen. Das Ausmaß dieser Aufgabe wurde ihnen aber erst bewusst, als sie das herum wachsende Gestrüpp entfernt hatten. Dann fiel der Schuppen nämlich in sich zusammen. Shona, die in diesem Augenblick mit bei den Jungs stand, sagte nur: *„Viel Spaß, Jungs!"* Daraufhin sagte Jonas zu Evan: *„Wenn die Frau nicht so goldig wäre, dann…"* Evan unterbrach ihn allerdings und bemerkte: *„Denk gar nicht daran, diesen Gedanken zu Ende zu spinnen"*, während er seinen Freund nur schief anschaute.

An dem Schuppen hatte die Männer wieder einige Wochen zu bauen. Als er dann fertig war, war Evan mit seiner Arbeit noch nicht fertig. Eine Woche lang durfte niemand den

Schuppen betreten, weil er darin an einer Konstruktion arbeiten wollte.

Auch nach mehrmaligem Nachfragen wollte er nicht verraten, was er baute. Erst nach der einen Woche stellte er dann sein Werk auf den Steg des hausnahen Lochs. Als er dann bei der morgendlichen Präsentation das weiße Tuch von dem Bauwerk abnahm, schmunzelten Shona und Jonas. „Das hätte ich mir auch gleich denken können", war Jonas' Kommentar des Tages. Danach verschwanden Jonas und Shona wieder ins Haus. Evan hingegen genoss den neuen Frühling und das Loch von seinem selbst gebauten Schaukelstuhl aus.

Dabei fühlte er sich natürlich nach Hause versetzt. Schließlich war sein eigen konstruierter Schaukelstuhl dem von zu Hause nachempfunden. Evan dachte seit langem einmal wieder intensiv an Elia und Althea. Selbstverständlich waren sie stetig in seinen Gedanken. Allerdings fehlte der direkte Bezug zu ihnen. Mit diesem Schaukelstuhl hatte er nun etwas, das ihn direkt an zu Hause erinnerte. Deshalb war es auch nicht verwunderlich, dass er sich den ganzen Tag nicht aus dem Schaukelstuhl entfernte.

Es gingen ein paar Tage ins Land. Evan verbrachte den Großteil seiner Zeit damit, im Schaukelstuhl die Natur um ihn herum zu genießen. In der Regel kam er nur noch ins Haus, um mit Jonas und Shona gemeinsam Abendbrot zu essen. Als sie an einem Tag zu Abend aßen, meinte Jonas: *„Sag mal Evan, wollen wir das gute Wetter nicht nutzen, um* *nun weiter an die Westküste zu wandern? Eigentlich wollten wir ja nur so lange bleiben, bis du wieder gesund bist und schau dir an, wie viele Monate wir schon hier verbracht haben."* Evan nickte und sagte daraufhin: *„Ja. Shona hat uns ja mittlerweile mit Unmassen von Kleidung eingedeckt. Wir können uns wirklich glücklich schätzen, dass sie auch Irvines Sachen aufgehoben hat, sonst wären wir im Winter erfroren. Ich denke, dass wir gut genug gewappnet sind, um diesen Trip auf uns nehmen zu können. Wir müssen uns nur noch ein Zelt anfertigen. Sonst wird es nachts ziemlich kalt."* Jonas stimmte zu und meinte, dass sie ja somit in den nächsten Tagen ein bisschen was zu tun hätten.

Eine Woche später brachen sie dann zur Westküste auf. Eine große Abschiedsszene gab es nicht, denn die Männer hatten vor, nochmals zurückzukehren, um nach dem Rechten zu sehen und sich dann vernünftig zu verabschieden. Shona wohnte gar nicht so weit entfernt von der Küste, sodass der Marsch ihnen keine Schwierigkeiten bereitete. Viel schwieriger gestaltete sich die Suche nach einem Platz, an dem sie das Zelt aufstellen konnten, das sie im Schuppen angefertigt hatten. Nachdem sie noch eine halbe Stunde in Richtung Norden gewandert waren, fanden sie endlich eine Wind schützende Felsenkonstruktion, in die das Zelt hineinpasste.

Es war ein sehr windiger, aber auch klarer Frühlingstag, was selten genug war. Jonas richtete sich gerade noch ein bisschen im Zelt ein und blickte kurz zu Evan rüber. Dieser hatte sich an die Klippen gestellt und die Arme zur Seite ausgestreckt. Wenn Jonas ihn nicht so gut kennen würde, hätte er gedacht, dass Evan springen wolle. Jonas war aber klar, dass Evan nur den Wind und die klare Luft genoss. Er nutzte die Chance, um nach längerer Zeit mal wieder seine Kamera zu benutzen. Er stellte sich seitlich von Evan hin, der sich noch nicht einen Millimeter gerührt hatte und dort stand wie eine Statue. Jonas wollte unbedingt dieses Bild einfangen, weil Evan wieder seinen langen Mantel anhatte, der nun wieder hinter ihm wehte. Das Foto, das Jonas da gemacht hatte, hatte also Wiedererkennungswert. Elia dürfte dieses Bild zwar gar nicht gefallen, wenn sie es zu Gesicht bekäme, aber er dachte, dass sie sich doch über jedes Foto freuen sollte.

Als Evan mit seiner Show fertig war, zeigte Jonas ihm das Bild und Evan behauptete, dass er das überhaupt nicht mitbekommen habe. Jonas wollte jetzt ein Foto mit Evan zusammen haben. Deshalb stellte er den Selbstauslöser ein und platzierte die Kamera auf dem nahe stehenden Felsen. Auf diesem Bild standen die Männer mit verschränkten Armen versetzt nebeneinander. Jonas war im Vordergrund zu sehen und Evan weiter hinten. Durch den Wind kamen bei Jonas ein paar Tränen hervor, die ihm sogar nach hinten weg flossen. Er wusste, dass die Frauen zu Hause diese Tränen fälschlich interpretieren würden, aber das Bild drückte doch viel Richtiges aus und deshalb löschte er es auch nicht. Jonas hatte wohl gerade Spaß daran gefunden, Fotos zu machen und wollte ein weiteres schießen. Evan fühlte sich zwar langsam etwas genervt, aber er ließ sich diesen traumhaften Ausblick auf den Atlantischen Ozean von nichts verderben. Jonas fotografierte Evan diesmal von hinten. Dadurch war zwar nur sein Rücken zu sehen, aber es kam ihm bei diesem Bild mehr auf das an, was links und rechts von Evan zu sehen war. Im Hintergrund waren nämlich sich brechende Wellen zu erblicken, die sich ihren Weg zu den Felsenklippen bahnten, um dort ein solch lautes Geräusch erschallen zu lassen, dass es einem manchmal schwer fiel, sein eigenes Wort zu verstehen.

Jonas war sich sicher, dass sich die Frauen, trotz einiger Hintergedanken, über diese aussagekräftigen Bilder sehr freuen würden.

Zwei Tage später gingen ihre Vorräte zur Neige und sie beschlossen wieder zurück zu Shona zu wandern. Dort wollten sie dann ihre Nahrungsvorräte wieder aufstocken und wieder zurück nach Drumrunie gehen, in der Hoffnung, dass das Auto nicht gestohlen worden ist und den Winter gut überstanden hatte.

Als die Freunde dann wieder bei Shonas Hof eintrafen, konnten sie nicht glauben, was sie da sahen. Die Männer hatten zwar das Haus geflickt, den Schuppen wieder aufgebaut und die Scheune stabilisiert, aber die Scheune hatten sie halt nur notdürftig mit den Stützbalken gefestigt. Sie hatten sich darauf verlassen, dass diese Holzbalken ausreichen würden. Die Chance, die Scheune von Grund auf zu sanieren, haben sie bisher versäumt. Nun war der ganze hintere Teil der Scheune in sich zusammen gefallen. Das Vieh ist bei diesem Unfall allerdings nicht zu Schaden gekommen.

Shona hatte schon auf die Jungs gewartet. Sie wusste sich in dieser Situation nicht zu helfen und bat die beiden ihr zur Seite zu stehen. Eigentlich waren die Männer gekommen, um sich vielleicht noch ein paar Brote für ihre Weiterreise zu holen und sich ordentlich von ihrer Gastgeberin zu verabschieden. Als sich Evan und Jonas gegenseitig anschauten, wussten sie, dass sie dieses Thema gar nicht weiter besprechen mussten.

Zunächst brachten sie die aufgelöste Shona wieder ins Haus. Da draußen wäre sie an diesem Tag keine große Hilfe gewesen. Danach schauten sie sich den Schaden genauer an. Beide hatten keine Ahnung, wie man solch ein großes Gebäude komplett wieder herrichten soll. Sie waren halt auch nur zu zweit. Mit ein paar Flaschenzügen konnten sie zwar einiges bewirken, aber diese Arbeitsweise war zeitaufwändig.

„So war das alles aber nicht geplant, Evan", bemerkte Jonas leicht vorwurfsvoll. Evan entgegnete ihm nachdenklich grinsend: *„Seit wann kann man eigentlich im Leben irgendetwas planen?"* Jonas war natürlich klar, worauf sein Freund anspielte und auch er konnte sich ein Lächeln nicht verkneifen.

Daraufhin zogen sich die Herren ebenfalls ins Haus zurück, um einen Bauplan zu erarbeiten. Am Ende des Tages stand dann der Plan soweit fest. Da der größte Teil der Scheune ja noch stand, wollten sie das als Grundgerüst nehmen, um auf dem angebrochenen Mittelbalken des Daches den neuen Mittelbalken anzubringen, sodass sie dann teilweise überlappten. Für die Konstruktion an sich sollte das keine Probleme darstellen. Es würde vielleicht von außen etwas komisch aussehen, weil eine kleine Stufe im Dachwerk zu sehen wäre, aber in dieser Gegend war das Aussehen der Scheune nicht relevant. Nur eine Sache war für die Männer von Bedeutung – dass die Scheune stabil wäre.

In den nächsten Tagen lag ihr Hauptaugenmerk darauf, das ganze alte Holz und sämtliches Material, das nicht mehr brauchbar war, von der Baustelle zu entfernen. Als sie dann eines Abends vor einer Scheune standen, der ein gutes Viertel fehlte, fassten sich beide an den Kopf und in den Gesichtern konnte man ablesen: „Was habe ich mir denn hier eingebrockt?"

Sie trieben den Bau wirklich mit allen Anstrengungen voran, aber Fortschritte waren nur sehr langsam erkennbar. Oft brachen Teile ihrer Bauarbeiten ein und so war manchmal gleich die Arbeit von mehreren Tagen wieder zerstört. Es glich schon bald einem Wunder, dass sich niemand bei diesen Einstürzen verletzte.

Die Wochen strichen an Evan und Jonas vorbei. Es war bereits Mitte Juli geworden und zu diesem Zeitpunkt waren sie gerade einmal mit der Hälfte der Arbeit fertig. Immerhin hatten sie es bis dahin geschafft, ein ordentliches Baugerüst aufzurichten. Der Rest war dann nur noch eine Frage der Zeit.

Mitte Juli war es denn auch für Elia so weit.
Am Mittagstisch riss sie plötzlich die Augen weit auf, krallte sich in den Küchentisch und stieß einen Schrei aus, den Althea auf der anderen Seite des Tisches beinahe vom Stuhl fallen ließ. Diesen Moment hatten die beiden Frauen schon durchgeplant. Binnen weniger Sekunden hatte Althea die Tasche mit ein paar Sachen in das Auto geworfen und war danach gleich wieder bei Elia, um sie ins Auto zu bringen.
Deren Fruchtblase war geplatzt.
Althea fuhr in einem mörderischen Tempo zum Krankenhaus und Elia wurde nach der Ankunft sofort in den Kreissaal gebracht. Althea saß währenddessen im Warteraum und rief Elias Eltern an. Als die davon erfuhren, dass Elia im Krankenhaus war und das Kind kommen würde, ließen sie alles stehen und liegen und liefen im schnellstmöglichen Tempo zur Klinik. Zu Fuß waren sie einfach schneller als mit dem Auto.
Als Klaus und Andrea dann vor dem Kreissaal ankamen, konnte Althea ihnen aber noch nichts Neues berichten. Die drei Leidenden hatten aber keine Ahnung, was für Schmerzen Elia gerade aushalten musste, bis sie aus dem Kreissaal Elia schreien hörten: *„Evan! Evaaaaan!"* Althea, Klaus und Andrea saßen in Denkerpose auf ihren Stühlen und mussten sich Elias Hilfeschreie nach Evan mit anhören.

Elia hatte sich nichts sehnlicher gewünscht, als Evans stützende Hand im Kreissaal. Diese blieb ihr zugegebenermaßen in ihrer bisher schmerzhaftesten Zeit des Lebens verwehrt.

Nach einer Stunde verstummten allerdings Elias Hilfeschreie. Nun war ein anderes Geschrei zu hören, aber dieses löste einen ausgelassenen Jubeltaumel unter den Anwesenden aus. Das Baby, Konstantin, trug seine erste kräftige Botschaft in die Welt hinaus.

Konstantin wurde Elia nach kurzer Begutachtung sofort zur Erstuntersuchung weggenommen. Erschöpft von den Anstrengungen der Geburt schlief Elia kurz darauf ein. Als sie dann einige Stunden später in ihrem Krankenzimmer wieder aufwachte, brachte eine Krankschwester ihren soeben geborenen Sohn gerade in den Raum. Elias Eltern und Althea waren ebenfalls im Zimmer und beglückwünschten die frischgewordene Mutter zu ihrem Nachwuchs. Nachdem der kleine Mann von den Angehörigen beinahe einer Leibesvisitation unterzogen wurde, übergab die Krankenschwester Konstantin doch endlich seiner Mutter, die trotz der relativ schnellen Geburt noch total erschöpft war. Althea wusste, dass auf ihr nicht nur eine körperliche Last bei dieser Geburt gewirkt hatte und gedanklich verurteilte sie Evan zutiefst dafür, dass er immer noch nicht zurückgekehrt war und sich somit dieses Ereignis hat entgehen lassen. Im nächsten Moment machte sie sich aber auch selbst Vorwürfe, denn durch ihre Bitte, dass er erst zurückkehren solle, wenn er so weit sei, hatte sie das Werden dieser Situation teilweise provoziert.

Konstantins Vater und seinen besten Freund beschäftigten zu dieser Zeit ganz andere Probleme, weil er von den Geschehnissen natürlich keine Ahnung hatte. Ihm war Elias Schwangerschaft selbstverständlich allgegenwärtig und rechnen konnte er auch. Er konnte sich schon ausmalen, dass sein Kind entweder schon geboren war oder dies in nächster Zeit geschehen würde. Im Moment hatte der nichts ahnende Vater aber mit einer Dachkonstruktion zu kämpfen.

Evan war eigentlich begierig darauf, die Reise weiter fortzusetzen, damit er erfahren könnte, was daheim so geschehen war. Seine Geistesabwesenheit war auch nicht gerade förderlich für das Fortschreiten der Bauarbeiten. Mit jedem Tag, der verstrich, wurde ihm bewusster, dass er nun bereits Vater sein musste. Die ohnehin gering ausgeprägten Baukünste der Männer, die nun durch Evans Zerstreutheit noch stärker zum Vorschein kamen, waren die Ursache dafür, dass die Scheune erst im September fertig wurde.

Danach war von Evans Aufbruchsstimmung nichts mehr zu erahnen. Er saß tagelang nur noch in seinem Schaukelstuhl herum und tat nichts, außer ein wenig hin und her zu schaukeln. Ein schöner Anblick war dieses Häufchen Elend nicht, das da auf dem Steg bereits Eindrücke und Schleifspuren auf den Holzlatten hinterlassen hatte. Noch zwei Wochen weiter und er würde mit seinem Schaukelstuhl durch den Steg brechen, war Jonas' Vermutung, der in der Zeit von Evans geistiger Vernebelung für Shona nochmals Holz heranschaffte und auf Kamingröße zerhackte.

Zumindest er bereitete sich auf die Weiterreise vor…

Es war ein schöner Sommermorgen, an dem Jonas seinen besten Freund für seine Idee zu begeistern versuchte: *„Hey Evan, was hältst du davon, wenn wir heute einen Ausflug machen und heute Nachmittag nochmals in Richtung Westküste aufbrechen, bevor wir nach Drumrunie zurückkehren?"* Dieser wirkte allerdings komplett abwesend. Jonas bezweifelte sogar, dass Evan seine Frage überhaupt gehört hatte, denn der blickte nur starr in sein Wasserglas. Aus diesem Grund stand Jonas auch vom Frühstückstisch auf und fasste Evan von hinten an die Schulter. *„Was ist denn?"*, fragte Evan erschrocken, als ihm ein kleiner Schauer durch den Körper lief. Jonas wiederholte seine zuvor gestellte Frage, aber Evan schüttelte nur ablehnend mit dem Kopf. Jonas entgegnete seinem Freund: *„Wieso denn nicht? Wir sind schon so lange hier. Wir haben aus Dankbarkeit zu Shona ihren Hof noch mal auf Vordermann gebracht. Wir haben alles beisammen, um los zu marschieren. Was hält dich noch hier? Dein Schaukelstuhl? Wenn du noch lange in dem hin und her schaukelst, brichst du noch durch den Steg. Komm schon. Lass unter weiter."* Evan blieb stumm. Er wusste, dass sein Kumpel Recht hatte, aber ein Weggang von hier fiel ihm nicht leicht. Auch wenn sich seine kurzzeitige Aufbruchsstimmung in ein regelrechtes Depressionsloch gewandelt hatte, vermittelte ihm irgendetwas an diesem Ort das Gefühl des Wohlbefindens. Nach einer einminütigen Stille stand er einfach auf und ging in sein Zimmer. Jonas atmete einmal tief durch und räumte daraufhin den Frühstückstisch ab. Er stellte sich auf ein paar weitere Wochen an Shonas Hof ein. Nachdem der Tisch aufgeräumt war, machte er sich auf den Weg in die Scheune, um der alten Dame zur Hand zu gehen.

Nach einer Stunde sah er wie Evan mit Sack und Pack vor der Scheune stand. Jonas schaute ihn ganz verdutzt an und fragte: *„Wo willst du denn hin?"* Evan hingegen schmunzelte nur verwegen, indem er einen Mundwickel leicht nach oben zog. Jonas hatte die Nachricht verstanden und rannte sofort ins Haus, um seine Sachen zu packen. Ihm war ein überstürzter Aufbruch lieber als gar kein Aufbruch. Währenddessen verabschiedete sich Evan von Shona und bedankte sich für die Gastfreundschaft. Diese war ihrer Art treu geblieben und bedankte sich ihrerseits für die tatkräftige Hilfe der Jungs in den letzten Monaten. *„Nicht dafür, Shona, nicht dafür. Ich hoffe, dass wir den Hof noch mal so hergerichtet haben, dass Sie hier einen schönen Lebensabend haben werden.",* waren die letzten Worte, die Evan verlor, bevor er die alte Dame zum Abschied umarmte und sich dann von ihr abwandte. Er ging schon ein kleines Stück voraus und wartete auf dem nahe gelegenen Hügel bis sich auch

Jonas von Shona verabschiedet hatte. Danach folgte er Evan auf den Hügel. Beide machten sich daraufhin weiter auf den Weg Richtung Westen zu den schottischen Steilküsten.

Nur Jonas wandte seinen Blick noch einmal zurück…

Kapitel 11

Die Männer wussten nur, dass sie auf einen ihnen unbekannten Wanderpfad waren, der in Richtung Westen und somit wieder in Richtung des Atlantischen Ozeans führte. Sie wollten keinesfalls noch einmal den gleichen Weg wie beim ersten Mal gehen. Daher hatten sie auch keine Ahnung, wo genau sie sich befanden. Sie dachten sich, dass der Weg ja irgendwann zu Ende sein musste und sie es spätestens merken würden, wenn sie die Klippe herunterfielen. Es gab auch keine hilfreichen Orientierungspunkte. Alles sah gleich aus, aber die Jungs konnten sich daran nicht satt sehen. Die ewige Aneinanderkettung von Hügeln, Tälern und Seen ließ bei ihnen niemals Langeweile aufkommen. Nach ungefähr 15 Kilometern konnten sie schon hören, wie die Wellen des Atlantischen Ozeans an die Steilküste brandeten. Der Wind hatte sehr aufgefrischt und man mochte sich gar nicht vorstellen, wie stark er dann auf See wehen würde. Einige hundert Meter weiter war das Salzwasser dann schon zu riechen. Evan und Jonas wussten, dass sie es bald geschafft hätten. Voller Vorfreude rannten sie trotz schweren Gepäcks auf den nächstgelegenen Hügel und konnten die Küste schon erahnen. Bei beiden war ein erleichterter Blick zu erkennen. *„Ich bin froh, das nochmals mit dir erleben zu dürfen"*, sagte Jonas zu seinem Begleiter, der daraufhin zwar kein Wort erwiderte, aber zumindest zustimmend nickte. Diese

Reaktion hatte Jonas erwartet und war deshalb auch nicht enttäuscht. Evan sprach es zwar nicht aus, aber die Geste an sich vermittelte Jonas schon die richtige Botschaft.

In der Gewissheit ihr Ziel im Visier zu haben, gingen die Reisenden ihren restlichen Weg hin zur Küste recht gemächlich. Als sie da ankamen, blieb ihnen so die Luft weg, dass sie zunächst nur ihr ganzes Gepäck fallen ließen, um eine halbe Stunde einfach dazustehen, den Wellengang zu beobachten und sich den starken Wind ums Gesicht pfeifen zu lassen. Danach sprach Evan einige Sätze, die Jonas in nächster Zeit sehr zum Nachdenken anregten. *„Ich stelle mir gerade vor, was andere Menschen sagen würden, wenn sie wie wir an diesem Ort stehen würden. Sie würden das weite Grün, die Klippen, das Wasser und die Berge sehen. Diese Bilder verschwimmen bei mir zu einem Eindruck und ich weiß nicht, wie ich den genau bezeichnen soll. Ich versuche nicht einfach nur zu sehen, sondern vor allem zu fühlen, was hier ist. Es ist ruhig und friedlich um mich herum, obwohl die Wellen mit aller Kraft an die Klippen branden. Es ist bunt, obwohl hier doch fast ausschließlich grün und blau zu sehen ist, alles um mich herum erscheint so offen, obwohl der Horizont mir doch die Grenzen weist. Wenn ich ein Wort für dieses Gefühl finden müsste, wäre der Begriff Freiheit, etwas, was ich nie zu erreichen glaubte, vielleicht richtig gewählt. Ich habe zwar immer noch Zweifel daran, hier Freiheit zu genießen, aber ganz gleich, was ich hier genieße, es umgibt mich vor allem mit all dem, was mir eine innere*

Ruhe beschert, die ich schon lange nicht mehr gefühlt habe. Einsamkeit muss nicht immer schmerzen."

Zunächst dachte Jonas, dass Evan einfach wieder seine Gedanken schweifen ließ und somit einen seiner nachdenklichen Monologe hielt, aber der letzte Satz hatte ihn sehr stutzig gemacht. Er traute sich nicht nachzufragen, was Evan damit genau gemeint hatte, aber für ihn war Einsamkeit unerträglich. Dabei dachte er gleich wieder an Amy, die allein daheim kauerte. „Sollte diese Einsamkeit förderlich sein?", dachte er sich. Er konnte sich keinen Fall ausmalen, in dem Einsamkeit hilfreich wäre, aber Evan wird sich dabei schon etwas gedacht haben. Kurz danach fragte Jonas nach dem Laptop, denn schließlich war es mehr als überfällig eine Nachricht in die Heimat zu schicken. Evan hatte schon Angst vor dieser Frage. Er wusste nicht, was ihn mittlerweile in dem Postfach erwarten würde. Er holte den Laptop aus der Tasche und fand drei Nachrichten vor, von denen zwei schon älter waren und eine etwas jünger. Die Männer wunderten sich, warum Elia denn zwei Nachrichten abgesendet hatte. Von der Überraschung bewogen, öffneten sie zunächst die neueste Mail. Da fanden sie das Ultraschallbild und die beiden Worte „*Junge*" und „*Konstantin*". Während Jonas vor überschwänglicher Freude Evan umarmte und beglückwünschte, saß dieser wie paralysiert dar. Für Evan war zwar ein Traum wahr geworden, denn es ist ein Junge geworden und er trägt auch seinen Wunschnamen, aber er war im tiefsten Schottland und sein vor kurzem geborener

Sohn in Deutschland. Es quälten ihn die alten Fragen: Warum bin ich hier und nicht daheim? Wieso ist alles so gekommen? Jonas wunderte sich sehr darüber, dass sein Freund sich nicht richtig über seinen Nachwuchs freuen konnte, aber als er sich in seine Situation hinein versetzte, hatte er doch durchaus Verständnis für sein Verhalten. Daraufhin öffnete Evan die Mail von Elia, die noch vor dem Ultraschallbild geschrieben wurde:

Hallo mein Schatz, hallo Jonas,

ich möchte mich so kurz wie möglich fassen, weil es mir im Moment sehr schwer fällt, überhaupt ein paar Zeilen zustande zu bekommen, wie du dir sicher vorstellen kannst.

Evan, es ist schön zu hören, dass du dich auf das Kind freust. Du kannst dir gar nicht vorstellen, wie erleichternd das für mich ist. Ich kann auch verstehen, dass du ein bisschen sauer auf mich bist, aber ich glaube, dass du das Gleiche getan hättest, wenn du in meiner Situation gewesen wärst. Und auch auf die Gefahr hin, dass ich mich wiederhole: Du wärst nicht gegangen, wenn ich es dir gesagt hätte. Das weißt du und das hätte ich dir nicht auch noch zumuten können. Ich weiß nicht, wann wir uns das nächste Mal sehen oder schreiben, aber ich freue mich auf deine Heimkehr und dein Kind wird das mit Sicherheit auch tun. Lass dir von mir aber bloß kein schlechtes Gewissen einreden.

Ich liebe dich über alles.

Jonas, pass' mir bitte gut auf meinen Schatz auf. Ich weiß, dass du das ohnehin tust, aber habe bitte in nächster Zeit ein besonderes Auge auf ihn.

Hab dich lieb.

Mit ganz lieben Grüßen aus der Heimat,
Elia

Evan schrieb auf diese Nachricht nach einem guten halben Jahr die sehnlichst erwartete Antwort:

Hallo Elia mein Engel, hallo Schatzi,

ich weiß nicht so richtig, wo oder wie ich anfangen soll. Das zu sagen, war vielleicht schon einmal ein guter Anfang. Ich weiß, dass ihr euch bestimmt riesige Sorgen gemacht habt, denn ich weiß schon gar nicht mehr genau, wann wir uns das letzte Mal geschrieben haben. Ich möchte zunächst einmal gleich auf den Punkt kommen: Ist er gesund?
Es tut mir so leid, dass ich mich erst jetzt wieder melde, aber du kennst ja die Regel. Wir sind erst vor kurzem von unserem letzten Aufenthaltsort, einem Hof einer netten alten Dame namens Shona, aufgebrochen. Dort haben wir jede Menge

Zeit verbracht. Es würde zu lange dauern, diese Dinge hier jetzt zu erzählen. Es reicht, wenn du weißt, dass wir von einer sehr hilfsbereiten Frau gut aufgenommen und unglaublich gut versorgt wurden.

Ansonsten geht es uns beiden ganz gut. Wir sind gerade an der schottischen Westküste in absoluter Abgeschiedenheit. Ich weiß nicht genau, wann ich mich das nächste Mal melden werde. Wahrscheinlich wird der nächste Halt unserer Reise Stanraer sein, weil wir von da aus mit der Fähre nach Irland wollen.

Mir ist gerade aufgefallen, dass wir leider überhaupt gar keine Fotos von dem Hof gemacht haben, sodass ich dir auch gar kein aktuelles Bild schicken kann. Tut mir leid...
Aus Stanraer bekommst du dann sicher eines zugeschickt.

Pass gut auf dich und den kleinen Konstantin auf.

Ich vermisse euch,, Evan.

P.S. An Schatzi: Pass mir auf dich und die anderen beiden gut auf! Du hast jetzt für noch eine Person mehr Verantwortung zu tragen. ;-) Ich hab' dich lieb.

Danach übergab Evan den Laptop an Jonas, der natürlich auch begierig war, die Nachricht von Amy endlich lesen zu können:

Hey mein Schatz, hey Evan,

zunächst einmal möchte ich sagen, dass es mir ganz gut geht. Ich hoffe, ihr habt euch keine Erfrierungen bei den Temperaturen zugezogen. Viel habe ich euch eigentlich nicht zu berichten. Das Leben geht hier seinen halbwegs gewohnten Gang. Selbstverständlich wäre es mit euch hier noch um einiges angenehmer, aber ich will mich momentan nicht beklagen, denn eigentlich sollte man froh sein, dass nicht gerade wieder die nächste Katastrophe dabei ist, alles durcheinander zu bringen. Ich bin zwar momentan verständlicherweise nicht glücklich, aber doch zufrieden, denn ich bin guter Hoffnung, dass sich in nächster Zeit alles wieder zum Guten wenden wird.

Ich wiederhole mich mit Sicherheit ständig, aber ich freue mich ernsthaft schon auf eure Rückkehr. Ihr seid jetzt schon so lange weg, aber das Umfeld hat sich irgendwie immer noch nicht auf diese Situation eingestellt. Es ist immer irgendwie so, als wenn ein Loch da wäre, das nicht richtig gefüllt werden kann, aber ich hatte ja gesagt, dass ich mich nicht beklagen will.

Ich bin schon auf eure nächste Nachricht gespannt und bin guter Dinge, dass euch eure Reise bald wieder in die Heimat verschlagen wird.

Ich liebe dich, mein Schatz.

Deine Amy

„Naja, eine sehr aufbauende Nachricht war das aber nicht", dachte sich Jonas. Daraufhin machte er Evan einen recht obskuren Vorschlag: *„Evan? Lass uns eine Vereinbarung treffen. Ich bin der Auffassung, dass es nicht gerade förderlich für die Frauen in der Heimat ist, wenn wir ihnen ständig Nachrichten schreiben. Sie werden dann nur ständig daran erinnert, dass wir immer noch nicht nach Hause kommen."* Evan konterte daraufhin: *„Aber dann würden sie ja auch nicht erfahren, dass mit uns alles in Ordnung ist."* *„Sagt man nicht gerade von denen, die sich nicht melden, dass mit ihnen alles in Ordnung ist?"*, entgegnete Jonas seinem Freund mit der Gewissheit, ihn damit genau an der richtigen Stelle getroffen zu haben. Evan fragte daraufhin: *„Was soll denn nun dein Vorschlag sein?"* *„Ich schreibe jetzt nur noch eine ganz kurze Nachricht an Amy und danach schreiben wir erst wieder, wenn wir wieder in die Heimat fahren. Bist du damit einverstanden?"*, waren die Worte von Jonas. Sein Begleiter brauchte erst einmal ein paar Minuten, um sich über die Folgen dieser Tat bewusst zu werden.

Schließlich willigte Evan in den Gedanken ein. *"Es wird schwer sein, nichts mehr aus der Heimat zu hören, aber ich glaube nicht, dass es mir gut tut, wenn ich die ganze Zeit höre, wie gut sich mein Sohn entwickelt. Ich freue mich schon darauf, ihn eines Tages in meine Arme schließen zu können, aber so bringt es keinen weiter. Schreib' Amy dann aber bitte, dass sie Elia und Althea auch darüber in Kenntnis setzen soll, sie sich aber trotzdem keine Sorgen machen brauchen. Wir kommen wieder!" "Gut, so machen wir das"*, war Jonas' Antwort, der sich auch sofort an die letzte Nachricht in das heimische Deutschland machte.

Hallo mein Schatz,

uns geht es gut. Wir machen uns jetzt auf den Weg nach Stanraer, von wo aus wir nach Irland übersetzen werden. Wir werden uns von nun an nicht mehr melden, weil es uns sehr schwer fällt, immer wieder in die Heimat zu schreiben. Du brauchst dir aber keine Sorgen zu machen, dass wir nicht zurückkommen wollen oder so etwas Ähnliches denken. Wir kommen mit Sicherheit wieder. Ich möchte dich dann noch dringend darum bitten, Elia und Althea auch darüber zu informieren.

Wir melden uns wieder, wenn wir den Heimflug antreten können. Ich hoffe, dass ihr für diesen Entschluss Verständnis habt, denn nur so ist es uns möglich, komplett Abstand zu allen Dingen zu gewinnen. Seid uns bitte nicht böse...

Ich liebe dich, dein Jonas

Richtig herzlich war die Nachricht von Jonas natürlich nicht, aber das war wohl auch so beabsichtigt. Evan hatte indes das gesamte Inventar in die Rucksäcke eingepackt und war bereit, wieder in die kleine Ortschaft Drumrunie aufzubrechen, wo sie vor langer Zeit ihren Leihwagen abgestellt hatten. Sie waren noch gar nicht lange an der Küste, auf die sie sich erneut so sehr gefreut hatten. Trotzdem konnten sie nicht lange an diesem Ort verharren. Sie saßen noch einige Stunden an der Klippe und schauten zu, wie die Wellen an diese brandeten. Es wurde nicht ein Wort miteinander gewechselt. Die Eindrücke der Landschaft wurden einfach aufgesogen, die Luft tief eingeatmet und Kräfte gesammelt für die nächsten anstrengenden Tage. Irgendwann stand Evan dann auf und klopfte einem sehr bedrückten Jonas auf die Schulter. Es war das Zeichen zum Aufbruch.

Ihnen stand nun ein beinahe sechsstündiger Marsch zurück nach Drumrunie bevor, obwohl sie nicht einmal wussten, ob sie da überhaupt noch ein fahrtüchtiges Auto vorfinden würden. Als sie dann endlich ohne weitere Komplikationen in dem kleinen Ort ankamen, stand das Auto wirklich noch an der gleichen Stelle wie am Anfang des letzten Winters.

Mit so viel Glück hatten sie nicht gerechnet. Sie waren seelisch und moralisch bereits darauf vorbereitet, mit dem Bus nach Glasgow und von da aus weiter nach Stanraer reisen zu müssen. Nun mussten natürlich die im Verlauf des Winters am Auto entstandenen Mängel beseitigt werden. Die Reifen waren platt und der harte Winter hatte auch seine Spuren am Lack hinterlassen. Die Männer schoben das Auto zu der kleinen Autowerkstatt des Dorfes, ließen das Auto einmal grundlegend durchchecken und die aufgetretenen Schäden reparieren. Leider konnten die Automechaniker das Auto nicht an einem Tag herrichten, sodass Evan und Jonas eine Unterkunft für die Nacht brauchten. Einer der Automechaniker zeigte den beiden einen kleinen Raum hinter der Werkstatt, wo zwei alte Klappbetten, ein Tisch und mehrere leere Flaschen Whiskey standen. *„Wir haben wohl das Feierabendstübchen entdeckt“*, bemerkte Evan in der Gewissheit, dass der Mechaniker nicht der deutschen Sprache mächtig war. *„Schade, dass die Flaschen leer sind“*, fügte er noch hinzu. Dieses Zimmer bot der Mechaniker den Jungs an und die dachten sich, dass das besser sei als gar nichts.

Am nächsten Morgen konnte die Männer dann ihre Schottlandreise fortsetzen. Knapp 320 Meilen lagen nun zwischen ihnen und ihrem nächsten Etappenziel am Loch Ryan. Dort liegt die Stadt Stanraer, wo sich die Freunde auf die Überfahrt nach Belfast vorbereiten wollten. Um von Drumrunie aus dorthin zu kommen, würden sie den ganzen Tag unterwegs sein. Außerdem kämen sie an dem einen oder anderen Ort ihrer bisherigen Reise nochmals vorbei. Jonas fragte Evan, ob sie nicht einen kleinen Umweg machen wollten, um nochmals einen kurzen Abstecher nach Carbisdale Castle zu machen. Evan stutzte kurz, lehnte dann aber entschieden ab. Wahrscheinlich war es aber auch nur ein kleines Necken von Jonas, weil er damals gemerkt hatte, dass vor allem von Olivias Seite etwas mehr vorhanden war als reine Freundschaft.

Man sieht sich immer zweimal im Leben…

Die beiden Freunde wählten aber die Route, die sie über Ullapool, Inverness und Glasgow schließlich nach Stanraer führen sollte. Sie dachten beinahe gar nicht darüber nach, ob sie nochmals länger irgendwo rasten sollten. Kein weiteres Ziel hatte ausreichend Anziehungskraft, als dass man die Jungs dazu hätte anhalten können. Ihre Gedanken waren schon zu sehr auf Stanraer und die dort bevorstehende Überfahrt nach Irland gerichtet. Nach einer knapp achtstündigen Fahrt hatten sie den Ort Cairnryan erreicht. Von diesem Vorort Stanraers aus, wird der Fährverkehr nach Belfast betrieben. Die Fähre, die die Jungs in einigen Tagen nach Irland bringen sollte, war gerade in Begriff einzulaufen, sodass Evan und Jonas am Straßenrand hielten, um sich die Einfahrt des Schiffes anzuschauen. Dort wurden sie auf ein Plakat aufmerksam, dass für den heutigen Abend ein Nachholspiel zwischen den beiden Fußballvereinen Stanraer

FC und Albion Rovers ankündigte. Sie beschlossen sich rasch auf den Weg in die Stadt zu machen, um zunächst eine Bleibe für die Nacht zu suchen und anschließend dem Spiel beizuwohnen. Im Auto merkten sie aber, dass die Zeit zu knapp sein würde, um noch lange nach einer Übernachtungsmöglichkeit zu suchen. Aus diesem Grund beschlossen sie, sich doch erst das Spiel anzusehen. Sie parkten beinahe direkt vor dem kleinen Stadion, das etwas mehr als 5000 Zuschauer beherbergen konnte. Sie hatten gewaltiges Glück noch solch einen Parkplatz zu bekommen, denn schließlich sollte das Spiel in wenigen Minuten beginnen. Aus diesem Grund dachten sie auch nicht großartig darüber nach, was für Karten sie an der Kasse kauften. Sie wollten einfach nur noch schnell ins Stadion, um den Anpfiff nicht zu verpassen. Als sie dann in den Block gingen, merkten sie, dass sie sich inmitten des Fanblocks befanden. Sie hatten sich auf dem Weg zum Block schon über die enorme Lautstärke gewundert, die ihnen entgegen kam. Die beiden Gefährten wollten sich nach langer Zeit einfach einmal wieder ungestört ein Fußballspiel ansehen. Sie dachten dabei weder an irgendwelche Zauberkunststücke, denn die beiden Mannschaften spielten immerhin nur in der dritten Liga, noch an das Mitschreien irgendwelcher Fangesänge. Aus diesem Grund stellten sich Jonas und Evan einfach an den Rand der Masse und versuchten, nicht aufzufallen. Das Spiel plätscherte so vor sich hin und endete schließlich 0:0. *„Ein müder Kick"*, merkte Jonas auf dem

Weg aus dem Block an. Selbstverständlich versuchten sich sämtliche Anhänger direkt nach dem Abpfiff durch den Zugang vom Block zu drängeln. Jonas kam durch die Rempeleien zum Stolpern und riss in seinem Fall zwei weitere Fans mit zu Boden. Diese standen erbost auf und begannen den am Boden liegenden Jonas anzumaueln. Evan versuchte daraufhin die Situation zu schlichten. Allerdings bemerkten die beiden Fans an der Aussprache, dass er kein Einheimischer sein konnte. Nachdem Evan seinem etwas durchgeschüttelten Freund wieder auf die Beine geholfen hatte, entschuldigte er sich bei den beiden Angerempelten und wollte gleich weiter gehen. Allerdings wurden sie von einem der beiden Fans aufgehalten. *„Woher kommt ihr?"* fragte dieser mit einem skeptischen Blick. *„Aus Deutschland. Ich bin Evan und dies ist mein stolpernder Freund Jonas. Hört zu, wir wollen keinen Ärger. Es ist nichts weiter passiert. Lasst uns einfach gehen"* antworte Evan und hoffte durch seine freundliche Vorstellung gehen zu können. Der skeptische Blick des Fans wandelte sich in Verwunderung. *„Ihr kommt mal mit"* sagte der Fan des Stanraer FC. Evan dachte, dass sie nur an einen unbeobachteten Ort gehen wollten, um Jonas und ihm den Rest zu geben. Eine realistische Chance hätten die beiden Freunde definitiv nicht gehabt, denn die beiden Fans waren von einer Angst einflößenden Statur. Anstatt sich an Evan und Jonas für die Rempelei zu revanchieren, fanden sich die vier Männer am Tresen der stadioninternen Kneipe wieder. Jonas und Evan stutzten etwas, was denn nun mit ihnen geschehen sollte. Zu ihrer Verwunderung drückten die beiden neuen Bekannten ihnen jeweils ein Bier in die Hand. Einer sprach: *„Entschuldigt unser rüdes Auftreten. Da wir euch noch nie hier gesehen haben, dachten wir, ihr gehört zu diesen neuen Möchtegernfans, die einfach ins Stadion kommen, um Randale zu machen. Ich bin Clyde und mein Kumpel hier heißt Alister. Was verschlägt zwei Deutsche in diese schottische Provinz? Habt ihr euch verlaufen?"* Jonas und Evan fiel ein Stein vom Herzen, als sie merkten, dass die beiden Fans nur an ihrer Geschichte interessiert waren. Jonas waltete daraufhin seines Amtes und erzählte den Männern, warum sie sich in diesen Gefilden aufhielten. Im ersten Augenblick waren Clyde und Alister geschockt. Sie hatten mit einer harmloseren Geschichte gerechnet und bekundeten zunächst spontan ihr Beileid, um anschließend nicht bei diesem Thema zu verweilen. Alister meinte, eine typische Floskel bringen zu müssen: *„Es wird auch wieder vorwärts gehen."* Clyde ergänzte ihn: *„Wir nehmen euch nachher mit in die Stammkneipe unseres Fanclubs. Wir haben hier nicht oft deutschen Besuch."* Evan und Jonas hatten nichts einzuwenden und freuten sich auch ein wenig, nach längerer Zeit wieder etwas unter Menschen zu sein.

Der Abend wurde also feuchtfröhlich mit den Fans des Heimatvereins begangen. Evan und Jonas schlossen schnell Freundschaft mit den ansässigen Fans. Sie fühlten sich schon nach kurzer Zeit als Teil der Gemeinschaft und sie wurden auch recht offenherzig in diesem Kreis aufgenommen. Alister fragte die Jungs sogar, ob sie bereit wären, in wenigen Tagen zum Auswärtsspiel gegen die Berwick Rangers mitzukommen. *„Diesen englischen Muttersöhnchen werden wir auf ihrem Boden ganz schön die Hölle heiß machen"*, grölte Clyde in die Runde, von der er lautstarke Unterstützung erhielt. Evan antwortete bereits leicht lallend: *„Nein Leute. Wir fahren in ein paar Tagen mit der Fähre nach Belfast."* Ein enttäuschtes Stöhnen kam aus der Runde. Letzten Endes hatten aber alle Verständnis für ihre Entscheidung. Als Jonas und Evan am frühen Morgen den Pub verließen, merkten sie, dass sie sich gar nicht mehr darum gekümmert hatten, wo sie die Nacht verbringen könnten. Es wurde also eine recht unbequeme und auch kurze Nacht im Auto.

Am nächsten Morgen wachten die Männer total verkatert auf. *„Ich muss dringend unter die Dusche"*, war das erste Lebenszeichen, das von Jonas zu vernehmen war. *„Dann lass uns jetzt ein Hotel suchen"*, stammelte der immer noch angetrunkene Evan. Nachdem sie in einem kleinen Hotel in der Stadtmitte ihren Kater bekämpft hatten, machten sie sich auf den Weg, um die Stadt noch ein wenig zu erkunden. Alister bemerkte am gestrigen Abend beiläufig, dass es in Stanraer mit dem Loch Ryan und dem Wachtturm in der Stadtmitte eigentlich nur zwei Sehenswürdigkeiten gäbe. Deshalb war der Stadtrundgang für die beiden Freunde auch recht schnell beendet, sodass man sich der Vorbereitung auf die Weiterreise widmen konnte. Wenige Tage später waren die Männer dann seelisch und moralisch soweit, sich auf den Weg zur Fähre zu machen. Sie checkten aus, packten ihr Hab und Gut zusammen und fuhren wieder nach Cairnryan. Als Evan und Jonas dort ankamen, mussten sie eine herbe Enttäuschung verkraften. Ein Arbeiter der Fähre berichtete: *„Wir können in den nächsten Tagen wohl nicht ablegen. Bei der morgendlichen Überprüfung des Schiffes mussten wir feststellen, dass der Antrieb seltsame Geräusche macht. Wir müssen zunächst sicher gehen, dass nichts beschädigt ist und notfalls Reparaturen anordnen."* *„Wären wir doch nur früher gefahren"*, war der enttäuschte Kommentar von Evans bestem Freund. Jonas war in den letzten Tagen ohnehin stiller geworden, dachte sich Evan. Er konnte sich nicht erklären, wie das zustande kam, aber er hatte auch nicht das Bedürfnis ihn darauf anzusprechen. Wenn Jonas etwas loswerden wollte, sagte er es immer automatisch. Nachfragen war eigentlich nie nötig. Die Jungs saßen nun beide versteinert im Auto und dachten über ihre nächsten Schritte nach. Eigentlich war Evan nicht nach großer Unternehmung. Die Laune seines Gefährten wollte er so aber nicht mit nach Irland nehmen. Evan sagte: *„Sag mal Jonas, kannst du dich noch ansatzweise an den Abend im Pub mit Clyde, Alister und den anderen Verrückten erinnern?"* Jonas grummelte bejahend. *„Die Jungs hatten uns doch gefragt, ob wir mit zum Auswärtsspiel nach Berwick wollen. Wenn wir Glück haben, erwischen wir sie noch am Pub, bevor sie abfahren.*

Was hältst du davon?", führte Evan fort. *„Ich weiß nicht"*, antwortete Jonas. *„Nun komm schon. Wenn wir schon hier noch ein wenig festsitzen, können wir auch da mitfahren. Nun hab' dich mal nicht so."* *„Na gut"*, lautete Jonas' knappe Zustimmung. Evan fuhr daraufhin zum Pub, wo sich Alister, Clyde und die weiteren Mitglieder des Fanclubs gerade in Richtung Berwick aufmachen wollten. *„Sie haben es sich doch anders überlegt!"*, rief Clyde den anderen zu. Sie stiegen in den Kleintransporter ein, in dem auch Alister, Clyde und dessen Sohn Reid saßen. Während der gesamten Fahrt wollte der kleine Junge von seinem Sitznachbarn Evan beschäftigt werden. Dies war keine leichte Aufgabe, denn immerhin sollte die Fahrt ungefähr vier Stunden dauern. Zu Evans Glück sollte der kleine aufgedrehte Junge nach einer Stunde Fahrt einschlafen. Als sie dann in Berwick ankamen, weckte Evan den Jungen, der innerhalb weniger Minuten schon Feuer und Flamme für das Spiel war. *„Wieso kannst du mich nicht auch so sanft wecken?"*, fragte Jonas. *„Weil der kleine Mann direkt nach dem Aufstehen schon wieder begeisterungsfähig ist. Du bist ein Morgenmuffel. Deshalb kriegst du wohlfühlendes Wasser ins Gesicht. Dann bist du immerhin gleich wach"*, erwiderte Evan und ließ einen etwas düster dreinblickenden Jonas zurück. Zwei Biere später hatte Jonas den Spruch von Evan schon wieder vergessen. Das Fußballspiel entwickelte sich zu einem regelrechten Abstiegsthriller. Nachdem die Berwick Rangers fünf Minuten vor Schluss mit 1:0 in Führung gingen, konnte die

Mannschaft aus Stanraer in der Nachspielzeit noch den Ausgleich erzielen und sich so vorübergehend vor einem Abstiegsplatz bewahren. In dem Jubel über den Treffer vergaßen viele alles um sich herum. Jubeln, Abklatschen und Umarmen stand auf der Tagesordnung. Als sich alle wieder beruhigt hatten, merkte Clyde, dass Reid nicht mehr neben ihm stand. Clyde suchte zunächst seine nähere Umgebung ab. Von dem kleinen Jungen war allerdings keine Spur. Clyde berichtete dies Alister, Jonas und Evan, die neben ihm standen. Die Männer machten sich daraufhin auf die Suche nach dem Kind. Im gesamten Block war er allerdings nicht aufzufinden. Auch auf den Gängen, die zum Block führten, war er nicht. Die Männer beschlossen, sich aufzuteilen und getrennt nach dem Jungen zu suchen. In einer halben Stunde wollten sie sich dann wieder am Blockeingang treffen und wenn ihn dann immer noch keiner gefunden hätte, wollten sie den Stadionsprecher eine Durchsage machen lassen.

Alister suchte den Stadionvorplatz ab. Clyde ging zum Transporter, um zu schauen, ob der Junge nicht einfach schon vorgegangen war. Evan machte einen Stadionrundgang zu den anderen Blöcken und Jonas suchte die Toiletten ab. Die Suche von Alister, Evan und Clyde sollte erfolglos bleiben. Jonas sollte dann derjenige sein, der den kleinen Mann weinend und mit einer kleinen Wunde am Kopf auf einer der Toiletten finden sollte. Ein anderer Herr hatte bereits versucht, Reid zu beruhigen und reinigte notdürftig die Wunde am Kopf mit etwas Wasser und einem

Taschentuch. Jonas brachte den Jungen dann zum vereinbarten Treffpunkt und alle waren überaus glücklich, als Jonas mit dem Vermissten wieder zurückkehrte. Clyde war schon voller Sorge und dementsprechend erleichtert, seinen Sohn wieder in die Arme zu schließen. Reid erzählte: *„Beim Tor bin ich die Treppe runter gefallen und hab mir den Kopf gestoßen. Ich hab mir an die schmerzende Stelle gefasst und Blut an der Hand gehabt. Ich wollte es abwaschen gehen und dann kam nachher auch schon Jonas."* Clyde wollte seinen Sohn erst eine richtige Standpauke halten, beließ es am Ende aber bei ein paar mahnenden Worten: *„An sich hast du es ja richtig gemacht. Trotzdem hättest du mir Bescheid sagen sollen. Wir haben uns unheimliche Sorgen gemacht, weil wir nicht wussten, wo du bist und was mit dir passiert war."* *„Ja, tut mir leid"*, sagte Reid etwas verschämt und fügte hinzu: *„Ihr hattet euch alle gerade so gefreut und da wollte ich euch nicht damit stören."* *„Aber du störst doch nicht"*, waren die vorletzten Worte zu diesem Fall. *„Ich dachte, wir machen den Engländern hier die Hölle heiß. Stattdessen macht dies jetzt meine Frau daheim mit mir."* Nachdem man sich vergewissert hatte, dass Reids Wunde nicht genäht werden musste, machte sich die Gemeinschaft auf den Weg zum Transporter, um wieder nach Stanraer zu fahren. Mitten in der Nacht kamen die Männer dann wieder an der Westküste Schottlands an. Entkräftet von der Fahrt verschwanden alle schnell in ihre Betten.

Die nächsten Tage sollten ohne weitere Vorkommnisse verlaufen. Jonas und Evan warteten auf den Tag, an dem die Fähre wieder betriebsfähig sein sollte. Jeden Tag fuhr Evan mit dem Auto nach Cairnryan, um sich über den Stand der Dinge zu erkundigen. Am dritten Tag, an dem sie nun in Stanraer festsaßen, kam Evan mit der Nachricht zurück, dass die Fähre morgen wieder führe. Die Männer beschlossen, den letzten Abend nochmals mit Alister und Clyde im Pub zu verbringen, bevor es dann am nächsten Morgen in Richtung Irland gehen sollte. Die erste Frage von Evan an Clyde sollte nicht lange auf sich warten lassen: *„Na, was hat deine Frau zu Reids Wunde am Kopf gesagt? So wie es aussieht, hat sie dir ja nicht das Gleiche angetan."* *„Haha, du deutscher Witzbold"*, entgegnete Clyde. Alister fuhr fort: *„Mit der Ausnahme, dass er seit Tagen nicht mehr ran darf und auf der Couch schlafen muss, geht es ihm ganz gut."* Daraufhin bekam Alister einen schmerzenden Schlag auf die Schulter durch Clyde verpasst, der noch hinzufügte: *„Hältst du jetzt den Mund?"* Evan und Jonas konnten sich das Lachen nicht länger verkneifen. Nachdem sich alle wieder beruhigt hatten, bezahlte Jonas erst einmal eine Runde und sagte: *„Hier Clyde, damit du die Nacht auf der Couch besser erträgst."* Dieser antwortete: *„Fang du jetzt nicht auch noch an. Sonst erwartet dich das gleiche Schicksal wie Alister."*

Man merkte Clyde durchaus an, dass er etwas angefressen war und schnellstmöglich das Thema wechseln wollte. Er sagte: *„Ich habe euch schon seit Tagen nicht mehr gesehen.*

Was führt euch hierher?" Evan und Jonas schauten sich gegenseitig an, wer denn nun antworten solle. Schließlich antwortet Evan: *„Ich war heute in Cairnryan. Man sagte mir dort, dass die Fähre ab morgen wieder fährt. Deshalb wollten wir uns heute von euch verabschieden."* Alister fragte dann: *„Habt ihr euch denn schon entschieden, welche Reiseroute ihr in Irland nehmen wollt?"* Jonas antwortete: *„Wir hatten eigentlich vor, von Belfast aus nach Sligo weiterzureisen und dann schauen wir mal weiter. Vielleicht immer weiter die Küste entlang."* Der restliche Abend war wie erwartet feuchtfröhlich und mit einer längeren Verabschiedungsarie verbunden, da man sich ja wohl nie wieder sehen würde. Als Abschiedgeschenk überließen ihnen Clyde und Alister zwei ihrer besten Zigarren, die sie in einem ganz bestimmten Moment rauchen sollten. Evan steckte die Zigarren in die Innentasche seiner Lederjacke und versprach den beiden neu gewonnenen Freunden, sie dort erst wieder rauszuholen, wenn sie nach Hause fliegen würden.

Der Morgen der Weiterreise war angebrochen. Ein letztes Mal setzte der einstudierte Trott ein: Packen, ins Auto laden und bezahlen. Als sie an diesem Morgen in Cairnryan ankamen, kaufte Jonas die Karten für die Überfahrt, während Evan am Münztelefon der Hafenanlage einen Anruf tätigte. Er rief den Rezeptionisten an, von dem er einst das Auto erhalten hatte und berichtete ihm, dass er das Auto nun abholen könne. Der Mann, der damals das Wetttrinken verloren hatte, hätte nicht gedacht, dass sich Evan nach solch langer Zeit noch melden würde und hatte das Auto gedanklich schon abgeschrieben. Als er erfuhr, dass das Auto in Cairnryan steht, fiel ihm die Kinnlade herunter: *„Das ist ja am Arsch der Welt!"*, sagte er zu Evan am Telefon. *„Am Arsch der Welt oder nicht. Das Auto steht hier und wartet darauf abgeholt zu werden. Die Autoschlüssel sind im Radkasten. Beeil dich lieber, bevor das jemand anderes herausfindet. Machs gut"*, war die kurze Ansage von Evan, bevor er das Gespräch abrupt beendete. Im Hintergrund rief nämlich schon Jonas, dass die Fähre gleich ablegen möchte. Die Männer hatten sich also mit dem Notwendigsten bepackt und waren bereit, die nächste Etappe ihrer Reise anzutreten.

Wer hätte da gedacht, dass alles wieder anders kommen sollte…

Während der Überfahrt war Evan sehr nachdenklich geworden. Irgendwie übertrug sich die niedergeschlagene Stimmung, die vorübergehend Jonas erfasst hatte, jetzt auf Evan und das, obwohl sie die irische Küste mittlerweile vor Augen hatten. *„Was ist mit dir los?"*, fragte Jonas frei heraus. Evan antwortete: *„Nicht so wichtig."* Jonas erwiderte: *„Ich kenne diesen Gesichtsausdruck. Irgendwas bereitet dir Kopfzerbrechen und ich kann mir auch denken, was es ist. Reid hat dich an Konstantin erinnert, nicht wahr?"* Evan nickte lediglich zustimmend. Er verdrückte sich die Tränen, während Jonas ihm auf die Schulter fasste und ihm Mut zusprach: *"Bald wirst du ihn sehen. Da bin ich mir sehr sicher."* Evan grinste seinen besten Freund freudig an und sprach: *"Auf diesen Tag freue ich mich auch schon. Ich wüsste gar nicht, wie ich an der Stelle von Clyde reagiert hätte. Er war zwar etwas aufgebracht, aber er behielt irgendwie auch die Ruhe und Besonnenheit."* *"Das hättest du auch"*, sprach Jonas seinem Freund gut zu. *"Ich weiß nicht so recht"*, entgegnete Evan. Kurz darauf legte die Fähre dann in Belfast an.

Die Männer betraten das Festland und spürten gleich den unbeschreiblichen Charme, den dieses Land ausmachte. Es war nichts, was man mit den Augen sehen konnte. Die Jungs spürten so etwas wie eine Aura um sich herum, die ihnen das Gefühl von Geborgenheit vermittelte, wie sie es schon längere Zeit nicht mehr gespürt hatten. Die weitere Reise sollte für die beiden Freunde nicht mehr so komfortabel sein. Sie hatten kein Auto mehr und waren auch nicht gewillt, sich einen Leihwagen zu holen, weil sie ja nie wussten, ob sie nochmals an den Ort zurückkehren würden, wo sie den Wagen gemietet hatten. Belfast versprühte in gewisser Weise seine eigene Magie. Es war eine Großstadt, die sich trotz Modernisierung und Globalisierung den irischen Charme noch nicht hatte nehmen lassen. Von dieser ganzen modernen Welt wollten die beiden Männer ohnehin nichts wissen. Sie suchten wieder nach einem altmodischen Pub, in dem man am besten auch gleich übernachten konnte. Ihre Wahl fiel auf das „Botanic Inn" im Süden von Belfast, welches den Ruf einer hervorragenden Sportbar besaß, in welcher man zugleich auch gut essen konnte. Live-Musik wurde ebenfalls jeden Abend gespielt. Dort wollten sie einige Tage verbringen, bevor sie mit dem Bus nach Sligo weiterfahren würden, von wo aus sie wieder einen Ausflug in die unberührte Natur im Landesinneren wagen wollten.

Am dritten Abend, den sie in diesem Pub verbrachten, sollten sie überraschenden Besuch bekommen. Olivia betrat an diesem Abend überraschend das Etablissement. Sowohl die beiden Reisenden als auch Olivia staunten nicht schlecht, als sich ihre Augen trafen. Olivia umarmte beide mit einem freudigen Gesicht und setzte sich mit an ihren Tisch. Olivia fragte: *„Was hat euch denn hierher verschlagen?"* *„Das Gleiche könnten wir dich auch fragen. Was machst du in Belfast?"*, entgegnete Evan überrascht. Olivia schaute die beiden einige Sekunden lang skeptisch an und antwortete schließlich: *„Ich habe euch nie erzählt, dass ich ursprünglich aus Nordirland komme, oder?"* Jonas und Evan schauten sich erstaunt an, zuckten mit den Schultern und schüttelten gleichzeitig den Kopf. *„Nein, hast du nicht"*, fügte Evan ergänzend hinzu. *„Tja, über private Sachen haben wir leider nie gesprochen"*, ergänzte Olivia, schaute Evan dabei an und fuhr fort: *„Ich habe zwei Wochen Urlaub und besuche meine Eltern hier in Belfast. Und wenn ich schon einmal hier bin, kann ich euch beiden Chaoten auch gleich die Stadt etwas zeigen."* *„Unsere eigene Stadtführerin"*, sagte Evan. Jonas schaute indes etwas skeptisch drein und fragte Evan ganz offen, ob dies wirklich eine gute Idee sei. Evan teilte allerdings nicht die Bedenken seines Freundes. Schließlich würden sie ja ohnehin demnächst in Richtung Westen nach Sligo aufbrechen. In den nächsten Tagen zeigte Olivia ihren beiden Bekannten die Sehenswürdigkeiten der Stadt. Überaus interessant waren hierbei vor allem die Friedenslinien, die sich zahlreich durch das Stadtbild Belfasts schlängeln. Diese dienten als Abtrennung zwischen den Wohngebieten britischer Unionisten und irischer Nationalisten, um in früheren Zeiten für mehr Sicherheit innerhalb der Stadt zu sorgen. Selbstverständlich durfte Belfast Castle in diesem Zusammenhang nicht fehlen. Olivia wusste aufgrund ihrer Tätigkeit natürlich nicht nur über Carbisdale Castle hervorragend Bescheid, sondern über beinahe alle Schlösser in Großbritannien. Belfast Castle war eine traumhafte Anlage mit einem unbeschreibbar schönen Garten, in welchem oftmals Eheschließungen vollzogen wurden. Außerdem zeigte Olivia den reisenden Männern noch das Titanic-Museum, das auf dem Werftgelände errichtet wurde, wo einst das berühmte Schiff entstand. Der Abschluss dieser mehrtägigen Stadttour fand dann in dem wohl berühmtesten Pub Nordirlands namens „Crown Liquor Saloon" statt. Obwohl der Pub eine überaus erstaunliche Größe hat, versprühte er trotzdem das Gefühl von Gemütlichkeit und Gemeinschaft, wie man es aus Pubs nun einmal gewohnt war. Der Abend in dem Pub wurde sehr lang. Jonas fiel es sichtlich schwer, seine Augen offen zu halten und verabschiedete sich aus diesem Grund frühzeitig von Evan und Olivia, um sich ins Bett zu begeben. Olivia und Evan hatten sich ohnehin etwas in Arbeitsgespräche über Carbisdale Castle vertieft, zu denen Jonas in dieser Verfassung nicht viel beizutragen hatte. Olivia und Evan tauschten sich über die neuesten Geschehnissen in Carbisdale Castle aus, sprachen über die vergangene Zeit und welch spannende Ereignisse dort stattgefunden haben. Als Evan dann Olivia berichtete, wie die weitere Reiseplanung der beiden Männer aussah und sie wohl zeitnah die Stadt verlassen würden, wurde ihr klar, dass sie bald ein weiteres Mal Abschied von Evan nehmen müsste, was ihr bereits jetzt in der Brust schmerzte. Im ersten Moment dachte sie einfach nur daran, Evan direkt ins Gesicht zu sagen, dass sie seit seiner Zeit in Carbisdale Castle in ihn verliebt war und es einfach ein wunderschöner Zufall war, dass sie sich in ihrer Heimatstadt wieder trafen. Sie plagten aber Gewissensbisse, denn sie kannte nun einmal die Geschichte von ihm und Jonas und somit war ihr auch bekannt, dass Elia in Deutschland auf Evan wartete. Deshalb war es ihr auch nie möglich, ihm ihre Gefühle in Gänze zu gestehen. Ihn einfach wieder ziehen zu lassen, konnte sie aber auch nicht. Sie musste Zeit gewinnen und darüber nachdenken, ob sie Evan alles gestehen oder ihn ziehen lassen sollte. Aus diesem Grund lud sie Jonas und ihn am nächsten Tag zum Abendessen zu ihren Eltern ein. Bis dahin wäre sie sich ihrer Gefühle wohl endgültig klar geworden und hätte für sich endgültig entschieden, ob sie ihm ihre Liebe gestehen würde oder nicht.

Als Jonas und Evan am nächsten Morgen in ihren Quartieren aufwachten, waren sie vom vorangegangenen Abend noch total erschöpft. Am liebsten hätten sie sich gar nicht aus dem Bett bewegt. Immer noch geschafft saßen sie am Frühstückstisch. Jonas versuchte schließlich ein paar Worte zu sagen: *„Wie war es denn gestern noch? Warst du noch lange da?"* Evan schaute ihn mit einem gläsernen Blick an und sagte: *„Ehrlich gesagt, habe ich keine Ahnung. Das Letzte, woran ich mich noch erinnern kann, ist, dass wir heute Abend zum Abendessen bei Olivias Eltern eingeladen sind. Ich glaube, sie hat einen Zettel mit der Adresse in meine Jackentasche gesteckt."* Zunächst stutzte Jonas etwas. Ihm war der übertriebene Kontakt zwischen Olivia und Evan nicht genehm. Er wusste zwar, dass er sich in dieser Beziehung um Evan keine Sorgen machen brauchte, aber Jonas wollte stets auf der sicheren Seite sein. In diesem Moment fehlte ihm aber auch schlichtweg die Lust, um gegen dieses Vorhaben anzugehen. Er verschwand nach dem Frühstück sofort wieder im Bett und schlief noch etwas weiter. Indes setzte sich Evan in den Sessel vor dem Fernseher und deckte sich zu, weil er unglaublich fror. Der Tag verstrich ohne weitere Vorkommnisse, bis sie sich auf den Besuch bei Olivias Eltern vorbereiteten. Das Anziehen von angemessener Abendgarderobe fiel beiden immer noch sichtlich schwer. Sie hatten keine feste Zeit ausgemacht und falls doch, hatte Evan diese vergessen. Aus diesem Grund wollten sie einfach um 18 Uhr an der angegebenen Adresse erscheinen. Auf dem Weg dahin kauften die immer noch sichtlich angeschlagenen Männer einen kleinen Strauß Blumen, um wenigstens etwas die Etikette wahren zu können. Als sie dann mit dem Taxi bei der Adresse ankamen, schaute Jonas nochmals zu Evan rüber und fragte ihn: *„Wollen wir da wirklich rein?"* Nach einer kurzen nachdenklichen Phase antwortete er: *„Naja, irgendwo müssen wir ja unseren Kater von gestern bekämpfen." „Also bei mir geht's schon wieder"*, entgegnete Jonas in der Hoffnung doch noch diesem Besuch entgehen zu können. Evans Erwiderung ließ nicht lange auf sich warten: *„Umso mehr ein Grund rein zu gehen."* Jonas verdrehte die Augen, während Evan bereits in Begriff war, das Auto zu verlassen. Nachdem sie an der Haustür geklingelt hatten, öffnete Olivia die Tür und musste erst einmal herzvoll lachen. *„Wie seht ihr denn aus?"*, brachte sie trotz des Lachens hervor. Die Männer schauten sich gegenseitig an und Jonas meinte: *„Im Gegensatz zum heutigen Morgen sehen wir doch schon wieder ganz frisch aus."* Als sich Olivia beruhigt hatte, sagte sie: *„Nein. Das meine ich nicht. Wieso seid ihr so angezogen, als wenn ihr schick essen gehen wollt?"* Die Jungs wussten keine richtige Antwort darauf und flüchteten sich in nichtssagende Floskeln. *„Wir wollten einfach nur einen guten Eindruck hinterlassen"*, sagte Evan. *„Genau. Wir wollen ja in guter Erinnerung bleiben, bevor wir morgen* *weiterreisen"*, betonte Jonas zusätzlich. Olivias Lachen verringerte sich auf ein betretenes Schmunzeln. „Ist Evan einfach nur dämlich oder merkt er das wirklich nicht?", dachte sich Jonas.

Die Männer begrüßten höflich Olivias Eltern, Matthew und Chloe, die gerade dabei waren, den Tisch zu decken und Evan übergab der Dame des Hauses den Blumenstrauß, welchen sie umgehend in eine Vase steckte. Anschließend tischte Chloe das leckere Essen auf. Da sie zwei Gäste zu bewirten hatte, dachte sie sich, dass sie ihnen einmal typisch nordirische Küche servieren würde. Es gab Lammkeule in Minzsoße als Hauptspeise und ein sehr malzhaltiges Brot als Beilage. Dies sagte Jonas und Evan weniger zu. Auch als Chloe den schwarzen Tee brachte, überkam die beiden Reisenden keine überschwängliche Freude. Aus Höflichkeit und Anstand aßen sie trotzdem ordentlich und hinterließen den Anschein, dass es ihnen gut geschmeckt hatte. Während des Essens war es eher still. Jonas und Evan empfanden es auch nicht als anständig, nun das Schweigen zu brechen. Sie hofften darauf, dass Olivia ein Thema ansprechen würde, in das sie dann einsteigen könnten. Nachdem alle dabei geholfen hatten, den Tisch abzuräumen, brachte Chloe dann die Zungenlockerer. Guinness und Whiskey wurden auf den Tisch gestellt. Nachdem alle miteinander angestoßen hatten, eröffnete ein etwas skeptischer Matthew das Gespräch: *„Nun. Olivia erzählte uns, dass ihr zwei Deutsche seid, die eine längere Reise unternehmen. Ihr seid schon ziemlich* *herumgekommen, nicht wahr?"* Evan antwortete: *„Das stimmt. Wir waren beinahe ein Jahr in Schottland unterwegs und haben dort viele interessante Menschen kennengelernt."* *„Pah, Schotten. Über die kann ich nur lachen. Diese Geizhälse!"*, unterbrach Matthew seinen Gast. *„Wir haben die Schotten als ein recht wohlwollendes und spaßiges Volk schätzen gelernt, das ab und zu auch einmal über die Stränge schlägt"*, fuhr Evan fort, während Jonas dies etwas schmunzelnd abnickte. Matthew hatte ähnlich wie seine Tochter für längere Zeit in Schottland gearbeitet und wurde langsam warm mit dem etwas ungewöhnlichen Besuch aus Deutschland. *„Naja, dann müsst ihr die Bekanntschaft mit der besseren Hälfte dieser rothaarigen Wilden gemacht haben"*, konterte Olivias Vater. *„Jetzt ist aber auch wieder gut mit deiner Hetze"*, meinte Olivia, die ihre Hand auf die ihres Vaters legte. *„Na. Du sollst am Tisch nicht immer solche Sachen erzählen"*, ergänzte Chloe und gab Matthew einen nicht ernst gemeinten Klaps auf den Hinterkopf, bevor sie sich wieder ihren Gästen zuwandte. *„Ihr dürft ihn nicht immer ernst nehmen"*, sagte sie, während Matthew hinter ihrem Rücken eine nörgelnde Grimasse zog. Aus diesem Grund bekam er auch gleich noch einen Klaps auf den Oberschenkel von Olivia, die das mitbekommen hatte. Jonas und Evan lachten herzhaft, aber keineswegs beschämend. Evan wollte erst wieder etwas sagen, um Jonas etwas zu ärgern, aber in diesem Fall hielt er doch einmal zurück. Matthew fragte anschließend: *„Und was habt ihr beiden* *nach dem heutigen Abend vor?" „Für Schottland hatten wir noch einen relativ festgelegten Plan. Für Irland haben wir uns nicht so festgelegt und wollten das Land auf eine eher zufälligere Weise erkunden. Morgen fahren wir aber definitiv weiter nach Sligo"*, sagte Jonas mit aller Entschlossenheit und sah dabei Olivia etwas von der Seite an, die sich bislang sehr zurückgehalten hatte. *„Wenn ich euch einen Rat geben darf"*, so Matthew *„dann fahrt unbedingt zum Lough Mask und mietet euch dort einen Bungalow. Chloe und ich haben dort einmal zwei Wochen Urlaub gemacht. Es war wunderbar." „Ja, das war ein großartiger Urlaub. Olivia war da noch recht klein und planschte beinahe den ganzen Tag im Wasser, wenn sie nicht irgendwelchen Jungs hinterher jagte. Ich hole schnell das Fotoalbum aus dem Wohnzimmer. Dann könnt ihr euch schon ein paar Bilder von der Gegend ansehen"*, sagte Chloe. Olivia widersprach: *„Bist du wahnsinnig? Da sind Kinderfotos von mir drin!" „Nun hab dich mal nicht so. Ich will deinen Freunden doch nur die Gegend da zeigen"*, entgegnete Olivias Mutter. Jonas und Evan mussten sich sehr zusammenreißen, um Olivias Beschämtheit nicht noch durch Lachen zu verstärken. Selbstverständlich konnten sich Jonas und Evan den einen oder anderen Kommentar beim Anblick des Fotoalbums nicht verkneifen. *„Och Mensch, warst du ein süßes Kind. Was hast du mit der Süße angestellt?"*, fragte Evan. *„Wenn deine Mutter nicht gesagt hätte, dass du das bist, hätte ich dich gar nicht erkannt. Schau an! Auf dem Foto verfolgst du*

einen Jungen mit einer Schaufel", fügte Jonas hinzu. Matthew und Chloe mussten bei dem Schwelgen an diese Erinnerungen anfangen zu lachen. Olivia hingegen saß total beschämt am anderen Ende neben Evan und hielt sich in regelmäßigen Abständen die Hände vor das Gesicht. Schließlich beendete Evan die Fotoshow und meinte: *„Also die Gegend sieht wirklich beschaulich aus. Was hältst du davon, Jonas? Von Sligo aus dorthin?"* *„Können wir machen"*, war seine kurze Antwort. *„Dann ist es beschlossen. Danke für den tollen Rat"*, schloss Evan.
In den nächsten Stunden ging einer nach dem anderen ins Bett. Nachdem sich Matthew und Chloe verabschiedet hatten, fuhr auch Jonas zurück zum Pub, um schon alles für den morgigen Tag vorzubereiten.
So saßen schließlich nur noch Olivia und Evan zusammen. Nachdem sie wieder über die gemeinsame Zeit auf Carbisdale Castle gesprochen hatten, sammelte sich Olivia, um alles auf eine Karte zu setzen. Evan war gerade in die Küche gegangen, um noch ein letztes Mal die Whiskeygläser zu füllen, denn auch Evan war in Begriff gehen zu wollen. Es war also Olivias letzte Chance, um etwas zu sagen. Sie nahm allen Mut zusammen: *„Evan? Setzt du dich mal bitte hin?"* *„Klar. Was gibt's?"*, fragte Evan ohne böse Vorahnung. Er schaute sie an und wartete mehrere Sekunden darauf, dass Olivia irgendetwas sagte. In ihr tobte ein innerlicher Kampf. Auf der einen Seite wollte sie ihm nun unbedingt ihre Liebe gestehen. Sie hatte es sich für diesen Abend felsenfest

vorgenommen. Sie dachte sich schon beinahe, dass es Schicksal sein musste, ihn vor einigen Tagen in einem ihrer Lieblingspubs wiederzutreffen. Sie wollte ihn auffordern, nicht zu gehen. Am liebsten hätte sie ihn auf der Stelle geküsst, ohne irgendetwas zu sagen, weil dieser Kuss einfach alles gesagt hätte. Auf der anderen Seite kamen ihr doch Zweifel, ob ihr Vorhaben wirklich richtig war. Als ihr dann auch noch aufgrund ihres inneren Kampfes die erste Träne die Wange herunter lief, fragte Evan ganz offen: *„Es ist doch offensichtlich, dass dich irgendetwas bedrückt. Du kannst mit mir ruhig darüber reden."* Olivia sagte schließlich nur: *„Nein, kann ich nicht. Du solltest jetzt gehen."* Evan hinterfragte nochmals verdutzt: *„Habe ich irgendetwas falsch gemacht?" „Nein, überhaupt nicht. Trotzdem solltest du jetzt lieber gehen"*, beschwichtigte Olivia ihn. Evan beugte sich natürlich ihrem Wunsch und ging in den Flur, um sich seine Schuhe und die Jacke anzuziehen. Als Olivia ihn dann zur Tür hinaus begleitete, fragte er noch ein letztes Mal nach: *„Willst du mir vielleicht doch noch irgendetwas sagen?" „Nein"*, sagte sie ihm leise. *„In Ordnung. Ich werde denn jetzt gehen"*, erwiderte er etwas bedrückt. Anschließend umarmten sie sich und Olivia wollte sich gar nicht von ihm lösen. Als sie ihn dann doch los ließ und in die Ferne gehen sah, fühlte sie den gleichen Schmerz, den sie schon beim Abschied in Carbisdale Castle gefühlt hatte. Verstärkt wurde dieses Gefühl noch zusätzlich dadurch, dass sich Evan noch einmal umdrehte, um ihr zum Abschied zuzuwinken.

Anschließend schloss Olivia die Tür und sackte dann in sich zusammen. Sie setzte sich hin und lehnte ihren Rücken an die Tür. „Was habe ich nur getan?", dachte sie sich. Einige Minuten später ging Olivia ebenfalls zu Bett. Sie drehte sich zwar die ganze Nacht nur von links nach recht und anders herum und sollte keinen Schlaf finden, aber mit einer Sache hatte sie sich endgültig abgefunden: Evan gehörte nicht zu ihr.

Evan ging zur Taxistation und auch er sah es nun endgültig ein. Er interpretierte sämtliche Anzeichen zwar schon als sehr intensive Gefühle, die sie für ihn hatte, aber er dachte stets, dass sich diese auf freundschaftlicher Ebene bewegten. Er dachte, mit Olivia würde sich ein ähnliches Verhältnis entwickeln, wie er es mit Althea pflegte. Nun schien es ihm aber auch so, als wenn von Olivias Seite mehr vorhanden und gewünscht war als eine intensive und innige Freundschaft. Aus diesem Grund war er auch ganz froh, nun doch zum Gehen aufgefordert worden zu sein. Er mochte sich gar nicht ausmalen, was passiert wäre, wenn sie ihm nun wirklich gestanden hätte, dass sie in ihn verliebt war. Das hätte wohl ein sehr langes Gespräch nach sich gezogen, in welchem er Olivia unglaublich hätte verletzen müssen, denn für ihn gab es nur Elia und keine andere.

Als Evan dann aufs Zimmer kam, in dem Jonas bereits wieder seelenruhig schlief, setzte er sich an das Fenster und dachte über den heutigen Tag nach. Er überlegte, ob er nochmals zu ihr zurückfahren sollte, um die Angelegenheit endgültig aus der Welt zu schaffen. Die ganze Sache ließ ihn ebenfalls nicht zur Ruhe kommen. Er machte sich auch Vorwürfe, dass er es so weit hatte kommen lassen. Er hatte auch Gefühle für Olivia, aber es waren schlichtweg nicht solche, wie jene, die sie für ihn empfand. Evan schaute zum schlafenden Jonas hinüber und wurde sich bewusst, dass ihre Reise weitergehen musste. Olivia hatte seines Erachtens die Chance gehabt, um mit ihm zu reden. Auch wenn sie es nicht direkt miteinander besprochen hatten, so doch eher auf einer mentalen Ebene. Die Körpersprache hatte viel verraten und letztlich wurde Evan klar, dass ein weiteres Gespräch keinen Sinn machen würde. Es würde so aussehen, als wenn er nur gekommen wäre, um ihr weh zu tun und das konnte Evan auch nicht über das Herz bringen. Jonas wachte an diesem Morgen früh auf und erschrak, als er Evan auf dem Fensterbrett sitzen sah. *„Ich bin wach! Ich brauche heute kein Eiswasser!"*, sagte Jonas und schaute zu Evans Bett. Auf diesem hatte er bereits sein gesamtes Hab und Gut für die Reise bereit gelegt. Jonas fuhr fort: *„Was ist denn mit dir los? Warst du überhaupt im Bett?" „Nein, das ist aber auch nicht weiter schlimm. Komm Schönheit, wir wollen nach Sligo. Auf geht's"*, entgegnete Evan seinem noch in der Aufwachphase befindlichen Freund. Bereits eine halbe Stunde später saßen sie im Bus, der nach Sligo fuhr. Jonas war immer noch nicht so richtig wach, aber trotzdem fragte er seinen Kumpel: *„Was ist bloß mit dir los? Solch einen überstürzten Aufbruch hatten wir nur, als wir von*

Carbisdale...oh, ich glaube, ich verstehe." Daraufhin schaute er Evan in die Augen und hinterfragte nur ein einziges Mal: *„Gibt es irgendetwas, was ich wissen sollte?"* Evan schüttelte lediglich mit dem Kopf. Obwohl er mit der Gesamtsituation abgeschlossen hatte, hatte ihn der gestrige Tag doch etwas die Sprache verschlagen. *„Gut"*, war das letzte Wort, das in diesem Zusammenhang von Jonas fallen sollte, bevor er wieder einschlief und den am Fenster sitzenden Evan den Anblick der Landschaft aus Felsen und Grün überließ.

Evan sollte Olivia niemals wiedersehen…

Kapitel 12

Jonas und Evan verließen also Nordirland, um mit einem Zwischenstopp in Sligo dann ein gewisse Zeit am Lough Mask zu verbringen. Nach einer ungemütlichen Busfahrt kamen die beiden Reisenden gegen Mittag in Sligo an und bezogen auf Empfehlung des Busfahrers eine Unterkunft am Stadtrand. In dieser Stadt sollten sie mehr als einen Monat verbringen, da es unglaublich viel zu entdecken gab. Vor allem die Kirchen hatten es ihnen wieder angetan. Sligo Cathedral und Calry Church durften deshalb keineswegs auf der Tagesordnung fehlen. Ebenso verbrachten sie einen ganzen Tag in Sligo Abbey, das wohl von allen Gebäuden, die sie während ihrer Reise besucht hatten, das eindrucksvollste war. Ein überraschend gut erhaltener Kreuzgang, ein beeindruckender Hochaltar und eine Ansammlung von Bildhauereien sind charakteristisch für diese Abtei und machten sie unvergesslich für die Männer. Aber nicht nur die Stadt an sich war sehr eindrucksvoll. Ebenso hatte die Landschaft den unnachahmlich irischen Charme. Die Stadt lag direkt an der Küste und so bot sich eine angenehme Abwechslung zwischen Wasser- und Landschaubildern. An der stürmischen Küste gingen Jonas und Evan gern und häufig spazieren. Außerdem machten sie Tagesausflüge in das weite Grün der irischen Landschaft und erforschten klein angelegte Wanderpfade, die in die

Hügellandschaften führten. Tag um Tag verging und es wurde immer ungemütlicher. Es wurde kühler und regenreicher, als es ohnehin fast immer war. Als Jonas und Evan eines Tages wieder auf einem Spaziergang am Strand von Sligo befanden, fühlte sich Jonas an den Winter des letzten Jahres erinnert. Er sagte zu Evan: *„Ich glaube, wir sollten uns langsam entscheiden, wo wir den Winter verbringen. Ich glaube nicht, dass es eine gute Idee wäre, wenn wir den Winter wieder im Freien ausharren."* Dieser erwiderte: *„Ja, das ist schon richtig. Der letzte Winter hat uns zwar auch die eine oder andere schöne Begebenheit beschert, aber noch einmal möchte ich nicht so krank werden."* Jonas fuhr daraufhin fort: *„Ich glaube, es wird Zeit, dass wir weiterziehen. Den Winter sollten wir am Lough Mask verbringen. Auf den Fotos von Chloe war die Gegend im Frühling zu sehen. Wir sehen sie dann halt im Winter."* Evan musste zwar etwas schmunzeln, aber er hatte keinerlei Einwände. Den letzten Abend vor der Weiterreise verbrachten sie traditionsgemäß in einem Pub, von denen es zahlreiche in Sligo gab. Die Stimmung an dem Tisch von Jonas und Evan war etwas bedrückend. Sie hatten wirklich schöne Wochen in Sligo verbracht, die sie komplett haben abschalten lassen. Nun, da sie sich entschlossen hatten, wieder aufzubrechen, wurden sie wieder nachdenklicher. Das Guinness wollte an diesem Abend irgendwie auch nicht schmecken. Auf einmal stellte Jonas eine Frage, über die sich die Männer schon seit längerem keine Gedanken mehr gemacht haben: *"Was Amy und Elia wohl gerade machen?"* Evan blieb lange Zeit still. Jonas erwartete trotzdem irgendwie eine Antwort von seinem Freund. Dieser sagte dann: *"Ich bin mir sicher, dass es ihnen gut geht."* Mehr wusste er auf diese Frage nicht zu antworten und Jonas wollte nun auch nicht weiter auf dieser Frage eingehen, weil er natürlich gemerkt hatte, dass diese Frage die Stimmung nur noch weiter verschlechterte.

Als Jonas dann von der Toilette kam, rempelte er ohne böse Absicht einen älteren Herren an, der gerade an der Bar stand. Dieser schubste deshalb sein Whiskeyglas um und war darüber alles andere als erfreut. Jonas versuchte natürlich den Mann zu beruhigen und gab ihm einen neuen Whiskey aus. Als er dann noch merkte, dass der Herr wohl alleine im Pub zu sein schien, fragte er ihn, ob er nicht Lust hätte, sich mit an ihren Tisch zu setzen. Der ältere Herr namens Kilian hatte sehr interessante Geschichten zu erzählen. So berichtete er zum Beispiel, nachdem man ihm ein paar Biere ausgegeben hatte, dass er viele Länder in Europa bereist hätte. Nach Spanien, Italien und Österreich hatte es ihn verschlagen. Allerdings hatte er nie die Gelegenheit eine Reise nach Deutschland zu machen. Aus diesem Grund war er überaus interessiert, die Deutschen etwas genauer kennenzulernen. Allerdings ließ er Jonas und Evan zunächst gar nicht zu Wort kommen. Er hatte sich in einen kleinen Rausch geredet und erzählte und erzählte. Er schien gern zu reden, zumindest wenn er dafür etwas zu trinken bekam. Irgendwann sprach er auch über seine Familie. Er sagte: *„Mein Vater und meine Mutter waren arm. Er arbeitete als Schuster und sie in einer Wäscherei. Viel hatten wir wirklich nicht zum Leben, aber egal, wie schlecht es uns ging, sie haben sich immer geliebt und waren beinahe 60 Jahre verheiratet. Schade, dass sie das nicht mehr geschafft haben."* Evan und Jonas waren gerührt von der Lebensgeschichte des alten Mannes und ließen ihn deshalb einfach immer weitersprechen. *„Wie es für Eltern nun einmal üblich ist, wollten sie stets, dass es ihre Kinder eines Tages besser haben würden. Deshalb achteten sie auch wirklich immer auf meine Schulnoten und passten auf, dass ich keinen Unfug trieb. Auch wenn mein Vater dies mit einer etwas strengeren Hand tat als meine Mutter, bin ich wirklich froh, solche Eltern gehabt zu haben. So konnte ich ein kleines Sportgeschäft eröffnen, das mein eigener Sohn nun übernommen hat. Leider konnte meine Frau das nicht mehr miterleben. Sie verstarb vor zwei Jahren an Lungenkrebs. Sie war eine wundervolle Frau. Auch wenn sie ein kleiner Meckerkopf war, ihre Fürsorglichkeit glich das alles wieder aus."* *„Da hast du wirklich Glück gehabt"*, sprach Jonas dem nun etwas geknickt wirkenden Mann etwas Mut zu. Anschließend war es eine kurze Zeit ruhig am Tisch. Evan und Jonas erwarteten eigentlich, dass Kilian gleich wieder weiter erzählen würde. Zu ihrer Überraschung sagte er aber: *„So, nun habe ich genug von mir erzählt. Jetzt berichtet einmal von euch. Wie kommt ihr eigentlich hierher?"* Evan schaute zu Jonas rüber, was dieser als

Zeichen dafür deuten sollte, dass er doch bitte die gemeinsame Geschichte erzählen sollte, die sie an diesen Punkt geführt hatte. Evan verabschiedete sich kurz vom Tisch, damit er sich nun erleichtern gehen konnte. Als er einige Minuten später an den Tisch zurückkehrte, war Jonas gerade an der Stelle angelangt, wie es sie nach Sligo verschlagen hatte. Kilian stockte der Atem und schaute zunächst sehr ungläubig drein, bis er dann sagte: *„Und ich dachte schon meine Lebensgeschichte sei aufreibend. Ihr seht gar nicht so aus, als wenn ihr so aufregend seid." „Ganz trocken. So gefällt mir das. Ich kann das Kompliment aber nur zurückgeben"*, entgegnete Evan. Kilian darauf wieder: *„Na, jetzt werd' mal nicht frech, mein Jungchen. So einen wie dich stecke ich auch heute noch locker in die Tasche."* Alle am Tisch mussten lachen.

Eine halbe Stunde später verabschiedeten sich Jonas und Evan von ihrer neu gewonnen Bekanntschaft und machten sich auf den Weg ins Hotel. Auf dem Weg dorthin wirkten beide sehr in sich gekehrt. Es wurde währenddessen kaum ein Wort gewechselt. Der Abend mit Kilian hatte anscheinend seine Spuren hinterlassen und Erinnerungen an die Hinterbliebenen in der Heimat geweckt.

Am nächsten Morgen fuhren sie mit dem Bus bis nach Castlebar und von dort aus mit dem Taxi in das 30 Kilometer entfernte Ballinrobe, wo man sich die Bungalows mieten konnte. Dem Inhaber dieses Unternehmens erschien es zwar etwas sonderbar, dass zwei Deutsche gerade jetzt hierher reisten, aber das sollte ja nicht sein Problem sein. An diese als Angelort überaus bekannte Bucht kamen Touristen eher im Sommer. In der Nebensaison waren hier zumeist nur Einheimische anzutreffen. Der Bungalow war überraschend gut ausgestattet. Es gab ein Schlafzimmer, ein Wohnzimmer, fließend warmes Wasser, einen Kühlschrank und Gasherd. „Was will man mehr?", dachte sich Jonas. Lough Mask war wirklich ein idyllischer Ort: Ruhig, beschaulich und wunderbar als Ausgangspunkt für Entdeckungstouren geeignet. Bei einem ersten Rundgang durch das Gelände sahen sie auch die Orte, an denen Matthew und Chloe die gezeigten Bilder gemacht hatten. In den folgenden Wochen und Monaten sollte den Jungs nicht Gelegenheit gegeben werden, noch zahlreiche Unternehmungen zu tätigen. Zu Beginn konnten sie noch einige Ausflüge durch die in der Nähe liegenden Birkenwälder machen oder ihre Klappstühle direkt am Wasser aufstellen und Vögel beobachten. Dieses Naturidyll wurde dann Mitte Dezember durch eine dicke Schneeschicht bedeckt, sodass Jonas und Evan gezwungen waren, den Großteil ihrer Zeit im Bungalow zu verbringen. Dadurch waren sie also mit sich selbst und ihren Gedanken beschäftigt. Die einzige Ablenkung in diesen kalten und schneereichen Wochen waren der Fernseher und ein älteres Ehepaar, das im Bungalow nebenan wohnte. Der Betreiber des Geländes hatte schon alle Hände voll damit zu tun, die Wege so frei wie möglich zu halten. Da konnte er sich nicht auch noch um jeden einzelnen Zugang zu den Bungalows kümmern. Eines frühen Morgens sah Evan aus dem Fenster, wie das Ehepaar versuchte durch die Fenster des Bungalows nach draußen zu gelangen. „Eine etwas gewagte Aktion", dachte sich Evan. Aus diesem Grund rief er aus dem Fenster, dass sie warten sollen und er mit seinem Freund rüber käme. Evan ging kurz nach draußen, holte etwas Schnee und schmierte es Jonas mit den Worten ins Gesicht: *„Da ist es wieder! Komm Hübscher, wir haben Arbeit!"* Jonas atmete tief durch, dachte kurz nach und sagte dann leise vor sich her: *„Gut, heute ist er fällig."*

Sie gingen also herüber und merkten, dass die Tür des Bungalows schlichtweg angefroren war. Evan hatte das ähnliche Problem an diesem Morgen auch gehabt, aber mit einem kräftigen Ruck war die Tür bei den Männern aufzukriegen gewesen. Mit einem ähnlichen Kraftaufwand wollte er es jetzt auch hier versuchen. Evan und Jonas holten also etwas Schwung und drückten ihre Schultern an die Tür. Plötzlich ging die Tür auf und sie fielen regelrecht in die kleine Wohnung hinein. Das ältere Ehepaar bedankte sich mehrfach und lud die Helfer zum Frühstück ein. Die Männer hatten allerdings keinen Appetit und verabschiedeten sich wieder schnell. Sie sagten aber, dass sie ruhig rufen könnten, wenn wieder irgendetwas sein sollte. Dieses Angebot wiederum wurde gerne angenommen. Evan und Jonas waren gerade aus dem Bungalow herausgegangen, da stellte Jonas seinem Freund ein Bein, gab ihm einen kräftigen Schubs und ließ ihn mit dem Gesicht voraus in einen Schneehaufen fallen. *„So, jetzt weißt du auch, wie das ist"*, fügte Jonas hinzu. Er ging wenige Schritte weiter, da hatte Evan schon einen Schneeball geformt und ihn Jonas an den Hinterkopf geworfen. *„Hast du sie nicht mehr alle?"*, schrie Jonas. *„Na, komm doch!"*, forderte Evan ihn spaßeshalber heraus. Es entwickelte sich eine kleine Schneeballschlacht, die den Jungs nach längerer Wartezeit im Bungalow wieder ein Lächeln ins Gesicht zauberte. Trotzdem konnte auch dieser unterhaltsame und spaßige Zeitvertreib nicht darüber hinwegtäuschen, dass die Jungs in diesen Wintermonaten darüber nachdachten, ob und wie es mit ihrer Reise weitergehen soll. Weihnachten war gekommen und wieder gegangen. Das neue Jahr kam, ohne von den Jungs großartig Resonanz zu erfahren. Ende Januar setzte endlich das Tauwetter ein und man konnte wieder mehr draußen machen als ausschließlich Winterspaziergänge, die zwar im schneebedeckten Waldstück zweifelsohne ihren Reiz hatten, aber auf Dauer auch langweilig wurden.

Jonas' Nachdenklichkeit in den letzten Wochen hatte dazu geführt, dass er die Heimat mehr und mehr vermisste. Sein Verlangen nach Amy wurde vor allem in den Wintermonaten stärker und stärker. Es war nicht so, dass er sich an Irland satt gesehen hätte. Ganz im Gegenteil, er hätte in dieser traumhaften Landschaft noch Jahre oder sogar sein ganzes Leben verbringen können. Außerdem waren sie ja noch gar nicht im Süden von Irland gewesen. Aber sein Leben war nun einmal nicht hier, sondern in Deutschland. Er hatte vor allem in den letzten Tagen viel über das Gespräch mit Kilian in Sligo nachgedacht. Seine Eltern waren beinahe 60 Jahre verheiratet gewesen und hatten wirklich versucht, beinahe jede Sekunde ihres Lebens miteinander zu verbringen. So ähnlich wollte auch er sein Leben mit Amy gestalten. Er hatte nun also nach reiflicher Überlegung endgültig den Entschluss gefasst, wieder nach Hause, zu seiner Frau, zu fahren. Er hatte die Sinnfrage seines Lebens für sich geklärt. Die Frage war allerdings, wie er das Evan begreiflich machen sollte und ob er ihn überreden konnte, mitzukommen. Evan hatte an diesem Morgen gerade den Frühstückstisch gedeckt und Jonas dazu gerufen. Dieser saß sehr zurückgezogen auf seinem Stuhl. Evan wunderte sich. Immerhin hatte er die frische Erdbeermarmelade auf den Tisch gestellt, die er von den Nachbarn bekommen hatte. Sonst war Jonas eigentlich kaum zu halten, wenn es das gab. Evan stutzte umso mehr, je länger Jonas nur an seinem Kaffee nippte, aber nicht die Anstalten machte, eine Scheibe Brot zu nehmen. Schließlich fragte er: *„Hast du keinen Hunger?"* „Evan, wir müssen reden", kam als Antwort zurück. Evan entgegnete: *„Oh oh, wenn eine Unterhaltung so anfängt, hat das nie etwas Gutes zu bedeuten. Hast du irgendetwas angestellt, von dem ich wissen müsste?"* „Es ist weniger das, was ich getan habe als das, was ich tun werde", meinte Jonas. Sein Gefährte wirkte sichtlich irritiert: *„Sprich nicht in Rätseln! Wenn ich etwas immer sehr an dir geschätzt habe, dann, dass du immer gerade heraus warst und nicht um den heißen Brei* *herumgeredet hast. Was liegt dir auf dem Herzen?"* „Ich werde nach Hause fliegen", waren die Worte, die Evan zwangen, sich hinzusetzen. Er sprach leise und vorsichtig: *„Das muss ich erst einmal sacken lassen. Bist du so weit?"* Jonas brachte ihm ein entschlossenes, aber auch etwas zittriges *„Ja"* entgegen. Jedes weitere Wort über diese Entscheidung war überflüssig. Sie war gefallen und Jonas würde sie in wenigen Tagen definitiv in die Tat umsetzen. Eigentlich stand nämlich die schwerwiegendere Frage im Raum, der sich beide nun nicht mehr verschließen konnten. Jonas stellte Evan nun vor das offene Problem: *„Kommst du mit?"* Evan schwieg. Er stand auf, um im Raum auf und ab zu gehen. Was sollte er alleine hier machen? Sollte er mitgehen? Konnte er das schon? Diese und noch viele weitere Fragen schwirrten ihm durch den Kopf. Einige Minuten später setzte sich Evan wieder hin. Jonas hatte ihn gewähren lassen und wartete einfach auf seine Antwort. Selbstverständlich hoffte er inständig, dass Evan ihn begleiten würde. Er schaute ihn mit hoffnungsvollem, aber auch etwas reumütigem Gesicht an. *„Nein"*, war das eine Wort, das sämtliche Geschicke der weiteren Geschehnisse beeinflussen sollte. Jonas schloss die Augen und atmete tief durch, weil er wusste, was das zu bedeuten hatte. Sie würden sich nun trennen. Jonas konnte die Situation aber nicht einfach auf sich beruhen und Evan ziehen lassen. Er brauchte Antworten. Jonas versuchte inständig, Evan zu überreden: *„Ach Evan, was soll der Quatsch? Komm mit nach Hause.*

Es ist Zeit. Denk alleine mal darüber nach, wie lange wir zwei schon unterwegs sind!" „Scheiß auf Zeit", war Evans deprimierende Antwort. Längere Zeit war wieder betretenes Schweigen eingekehrt, da sich keiner richtig vorstellen konnte, ohne den anderen an einem jeweils unterschiedlichen Ort zu sein. Zu lange Zeit hatten sie sich jeden Tag gesehen und jede Kleinigkeit vom anderen mitbekommen. Diesem Verlust wollten beide Männer aus dem Weg gehen. Eine gewisse Zeit später hatte Evan dann aber die Worte gesammelt, die er nun Jonas übermitteln wollte: *„Ich kann einfach noch nicht zurück, Jonas. Ich schaffe das noch nicht. Ich bin aber der Meinung, dass du gehen solltest. Du solltest nicht weiter mit mir ziehen, wenn du es nicht möchtest. Und komme mir jetzt nur nicht mit der Geschichte, dass du ein schlechtes Gewissen hast, wenn du allein gehst. Das funktioniert nicht."* Jonas sagte nichts weiter. Er war gleichzeitig enttäuscht, weil sich Evans und seine Wege scheiden würden, und stolz, da Evan es ihm nicht übel nahm, nun wieder nach Hause zu wollen. Evan zog sich daraufhin seine Jacke an und ging vor die Tür des Bungalows mit der Aufforderung an Jonas, ihm zu folgen. Jonas hatte zwar keine Ahnung, was nun auf ihn warten würde, aber da es sein letzter Tag mit Evan sein sollte, ging er auch mit raus. Evan griff an die Innentasche seiner Jacke und holte eine der beiden Zigarren heraus, die sie aus Stanraer mitbekommen hatten. *„Hieß es nicht, dass wir die erst rauchen, wenn wir wieder in die Heimat fliegen"*, hinterfragte Jonas. *„Nun ja,* *immerhin einer von uns tut es bereits. Also können wir auch eine von den beiden Hübschen rauchen, oder?"*, entgegnete Evan. Jonas willigte ein und so genossen beide diese letzte Zigarre, bevor Jonas sich darauf vorbereiten sollte, Evan zu verlassen. Nachdem sie aufgeraucht hatten und wieder in den Bungalow gegangen waren, sagte Evan: *„Die andere rauchen wir beide eines schönen Tages, wenn ich zurückkomme. Bewahrst du die zweite Zigarre so lange für mich auf? Ich glaube, bei mir ist die Wahrscheinlichkeit höher, dass sie verloren geht." „Auf diesen Tag freue ich mich schon"*, sagte Jonas in dem Moment als er die Zigarre an sich nahm und fuhr einige Sekunden später fort: *„Ich möchte dich aber an dieser Stelle nochmals an das Versprechen erinnern, das wir beide abgegeben haben. Wir beide werden zurückkehren. Nicht nur ich, auch du, Evan. Willst du denn deinen Sohn nicht aufwachsen sehen?"*, sprach Jonas in einem sehr bestimmenden Ton, den man sonst nicht von ihm kannte. Evan schaute aus dem Fenster und sagte lange nichts. Er hatte gehofft, um diese Frage herumkommen zu können. Dann schaute er Jonas an und hatte dabei schon Tränen in den Augen und sein Gesichtsausdruck wollte sagen, dass er das wohl nicht vorhabe. Jonas ging auf ihn zu, fasste ihm an die Schulter und sagte lautstark: *„Du hast es versprochen!"* Evan konnte immer noch nicht sprechen. Nach kurzer Überlegung nickte er aber, was Jonas als Versprechen genügte. Evan hingegen sah darin zunächst nur das Geständnis, dass er es versprochen hatte. Er wollte damit aber nicht ausdrücken, dass er dieses auch halten wolle. Er war schlichtweg glücklich, dass sich Jonas mit dieser Geste zufrieden gab und dieser war froh, Evan überhaupt diese Gebärde entlocken zu können. Die Stimmung des Tages war mit dieser Unterhaltung bestimmt und eine Besserung war nicht mehr möglich. Etwas, das man als Gespräch bezeichnen könnte, sollte an diesem schweren Tag nicht mehr zustande kommen. Alles plätscherte irgendwie vor sich her und der Tag kam beiden unendlich lang vor. Das Packen von Jonas' Sachen sollte den beiden am Abend aber die notwendige Beschäftigung geben. Obwohl beide in dieser Nacht in ihren Betten lagen, konnte keiner von ihnen ein Auge zu machen. Sie schauten starr nach oben und dachten über ihre weiteren Schritte nach. Jonas wollte es mit Bus und Taxi irgendwie schaffen nach Dublin zu kommen, von wo aus er wieder nach Deutschland fliegen wollte. Evans Gedanken waren nicht so geordnet. Er würde noch etwas länger darüber nachdenken müssen, wie es mit ihm weitergehen sollte.

Als der nächste Morgen gekommen war, ließ sich Jonas den mittlerweile schon eingestaubten Laptop von Evan geben und schrieb die Nachricht seiner Rückkehr an Amy, auf welche sie bereits so lange gewartet hatte. Anschließend brachte Evan seinen besten Freund noch bis zum Ende des Geländes. Wenn es ausschließlich um sie ging, waren sie keine Freunde von großartigen Verabschiedungsszenen. In dieser Situation war ihnen das allerdings egal. Eine längere Umarmung ließen beide nach dieser ganzen Zeit gern zu. Jonas überlegte kurz, ob er noch einen allerletzten Versuch unternehmen sollte, um Evan davon zu überzeugen, ebenfalls den Heimweg anzutreten. Als er gerade Luft holen wollte, um dies zu tun, stockte er aber und ließ es sein. Es hätte in dieser Situation keinen Sinn gemacht, eine neue Diskussion zu beginnen. Die beiden Freunde, deren Gemeinschaft an dieser Stelle ein Ende fand, hatten sich für diesen Weg entschieden. Daran würde keiner von beiden mehr etwas ändern können. Anschließend ging Jonas die ersten Schritte, blickte dann aber nochmals zurück, um Evan zu sagen: *„Bis bald."* Evan grinste, drehte sich seinerseits um und ging wieder zum Bungalow. Es war ein schwerer Gang, der Evan mit jedem Schritt mehr und mehr schmerzte. Jonas ging es ähnlich. Zu Beginn stockte er alle paar Meter, wandte seinen Blick zurück und überlegte, ob er nicht doch zurückgehen sollte, um nochmals auf Evan einzureden. Schließlich ging er aber einfach weiter, ohne ein weiteres Mal zurückzublicken. Als Evan wieder am Bungalow ankam, setzte er sich an den Tisch im Gemeinschaftsraum und wusste nichts mit sich anzufangen. Noch drei weitere Tage sollte er damit zu bringen, zu überlegen, was passiert war, wie Jonas alles hinter sich lassen konnte und wie ab jetzt sein Weg aussehen sollte. Jonas hingegen suchte umgehend einen Weg, um nach Dublin zu kommen. Von Ballinrobe aus fuhr er mit einem Taxi nach Galway, um am nächsten Tag dann mit dem Zug weiter nach Dublin zu reisen. Als er es dann zur Mittagszeit dieses Tages zum Flughafen geschafft hatte, konnte er eines der letzten Flugtickets einer Maschine ergattern, die noch an diesem Abend nach Berlin abfliegen sollte. Daraufhin ging er zu einem Münztelefon und rief daheim an. Als Amy ran ging, meldete sie sich mit: *„Ja? Hallo?"* Im ersten Moment dachte Jonas darüber nach, ihr einen Streich zu spielen, aber dann sagte er doch: *„Hallo mein Schatz, hier ist Jonas."* Ein lautes, freudiges Kreischen war auf der anderen Seite zu hören, während Jonas weitere Münzen nachzahlte. Amy ließ Jonas anfangs gar nicht zu Wort kommen. Sie stellte ihm so viele Fragen, dass er die erste bereits wieder vergessen hatte, als er die letzte hörte. Irgendwann redete er einfach dazwischen: *„Schatz, hör zu. Ich komme nach Hause. Ich habe die letzte Maschine für heute Abend nach Berlin bekommen. Kommst du mich abholen?"* Auf der anderen Seite des Telefons war wieder freudiges Geschrei zu hören. *„Natürlich. Natürlich, hole ich dich ab. Soll ich Elia auch Bescheid sagen? Wann kommst du denn voraussichtlich an?"* Jonas blieb lange Zeit still, sodass Amy nachfragte: *„Schatz? Bist du noch dran?" „Ja klar. Ich bin noch dran. Also ich dürfte in gegen 23 Uhr in Berlin ankommen, wenn alles normal verläuft. Ich weiß nicht, ob es eine so gute Idee wäre, Elia anzurufen, denn Evan kommt noch nicht mit"*, sprach Jonas und löste damit bei Amy Entsetzen aus: *„Wie, Evan kommt nicht mit? Will er alleine da bleiben, oder was?"* Ein trauriges und bedrückendes *„Ja"* war Jonas' Antwort. Amy wollte zunächst nachfragen, wie es denn dazu kommen konnte, aber an Jonas' Schweigen am Telefon merkte sie, dass das nun nicht der richtige Moment war. Jonas sagte daraufhin: *„Ich habe dir so viel zu erzählen. Aber das hebe ich mir für den Moment auf, wenn ich wieder bei dir bin. Mir gehen nämlich langsam die Münzen aus. Es war schön, deine Stimme zu hören und ich freue mich schon auf dich. Ich liebe dich."* *„Ich liebe dich auch. Bis nachher"*, waren Amys letzte Worte, bevor sie den Hörer auflegte.

Amy war voller Vorfreude auf den heutigen Abend. Endlich würde Jonas zu ihr zurückkehren. Sie konnte es kaum erwarten. Nachdem sich diese anfängliche Euphorie ein wenig gelegt hatte, bekam sie aber ein schlechtes Gewissen, da sie Elia nichts sagen sollte. Sie rang beinahe den ganzen Tag mit sich, bis sie sich dann auf den Weg nach Berlin machen musste, wenn sie noch pünktlich zu Jonas' Ankunft kommen wollte. Amy war sehr aufgeregt und musste sich immer wieder dazu zwingen, ihre Gedanken der Straße zu widmen. Am Flughafen angekommen, wartete sie in der Vorhalle auf Jonas. An der Tafel konnte sie lesen, dass der Flug ungefähr eine Stunde später ankommen würde als geplant. Zwar ärgerte sie sich im ersten Moment, aber dann dachte sie, dass sie nun schon so lange auf ihn gewartet hatte, dass eine Stunde mehr nun auch kein Problem mehr sein sollte. Sie ging nervös den Gang auf und ab und etwas mehr als ein Stunde später erspähten sich dann endlich Jonas und Amys Augen. Amy lief auf ihn zu. Er ließ alles fallen und ließ sie in seine Arme fallen. Sie drückte ihn so sehr an ihn, dass ihm schon beinahe die Luft wegblieb. Allerdings war ihm das egal. Er hatte seine Frau wieder und hatte nicht vor, sie noch einmal zu verlassen. Jonas war trotzdem ein zerrissener Mensch. Im Flugzeug hatte er viel Zeit zum Nachdenken gehabt. Seine Gedanken kreisten um das Wiedersehen mit Amy, aber gleichzeitig auch um den zurückgelassenen Evan. Ein wenig plagten ihn deshalb Schuldgefühle, die er auch trotz der Umarmung von Amy nicht vergessen konnte. Im jetzigen Moment war aber Amy wichtiger. *„Ich hab dich so unglaublich vermisst"*, sagte er zu ihr und küsste sie. *„Und ich dich erst"*, kam von Amy zurück. Sie brachten Jonas' übriges Hab und Gut zum Auto und fuhren nach Hause. Amy wollte bereits während der Fahrt sämtliche Fragen stellen, die sie am Telefon nicht mehr fragen konnte, aber Jonas hatte nicht die ausführlichen Antworten parat, die Amy gern gehört hätte. Deshalb ließ sie es bereits früh mit der Fragerei sein. Auf die Frage *„Wie war es denn?"* antwortete er nur: *„Schön. Traumhaft schön."* Und auf die Frage *„Ist es euch in der Zeit wenigstens gut ergangen?"* entgegnete er lediglich: *„Mir schon. Evan war einmal krank."* Damit waren sie bereits an dem Thema angekommen, das offensichtlich in der Luft lag. Allerdings traute sich Amy nicht nachzufragen, warum Evan nicht mitgekommen war. Sie hatte Angst davor, damit etwas anzusprechen, was die freudige Stimmung dieser Nacht verderben könnte. Diese Nacht ging allerdings recht unauffällig zu Ende. Jonas schien noch nicht richtig angekommen zu sein und gedanklich recht abwesend. Er fand erst richtig Ruhe, als er wieder neben Amy im Bett lag. Das war ein Gefühl der Geborgenheit, das ihm kein Tag in Schottland oder Irland hätte geben können.

Am nächsten Tag hatte er sich vorgenommen, persönlich zu Elia zu fahren und ihr zu erklären, dass Evan noch nicht wieder zurückgekommen ist.

Der Weg zum Auto fiel ihm schon schwer, weil er an diesem Morgen wusste, was auf ihm zukommen würde. Als er dann an der Tür klingelte, musste er sehr bei sich halten. Althea öffnete die Tür und schaute ihn verdutzt, aber auch gleichzeitig überglücklich an, umarmte ihn und bat ihn hinein. Ihre ersten Worte waren klar: *„Schön, dich endlich wieder hier zu haben. Wo hast du denn Evan gelassen? Ich dachte, ihr wolltet euch melden, wenn ihr wieder nach Hause kommt. Wir haben aber keine Nachricht bekommen."* Jonas schaute sie mit einer betroffenen und beinahe schon unterwürfigen Miene an. Althea wusste ganz genau, was das zu bedeuten hatte, wandte zunächst ihren Blick ab und rief kurze Zeit später Elia dazu, die gerade im Kinderzimmer bei Konstantin war. Ihn auf dem Arm tragend kam sie die Treppen hinunter und sah Jonas im Flur stehen. Verzweifelt suchte ihr Blick weiter nach Evan, der aber nicht auffindbar war. Sie schaute dann zu Jonas, welcher nur leicht mit dem Kopf schüttelte. Elia setzte sich hin und stellte die einzige Frage, die sie in diesem Augenblick interessierte: *„Wie lange noch?"* Jonas konnte keine verbindliche Antwort geben. Er brachte nur über die Lippen: *„Das kann ich dir nicht sagen. Ich bin nur hier, um dir persönlich zu sagen, dass er nicht mit mir zurückgekehrt ist."* Elia war nicht nach Reden zumute. Sie ging enttäuscht, niedergeschlagen und auch etwas wütend mit Konstantin wieder ins Kinderzimmer. Althea und Jonas gingen in die Küche, um die Situation etwas mehr mit Informationen zu erhellen. Altheas Frage war klar: *„Warum?"* Jonas' Antwort war genau so präzise wie nichtssagend: *„Ich war bereit heimzukehren. Er hingegen ist es einfach noch nicht und ich bezweifle, dass das in den nächsten Tagen geschehen wird."* Althea atmetete einmal kräftig durch und konnte den Kommentar nicht zurückhalten: *„Wieso muss dieser Mensch nur so sein?"* Sie war im ersten Moment unbeschreiblich sauer auf ihren Freund. Diese Wut artete letzten Endes darin aus, dass sie sich vor dem Computer setzte, um Evan eine Nachricht zu schreiben. Sie wusste zwar, dass Evan diese ja erst lesen würde, wenn er selbst bereit wäre, zurückzukehren, aber Althea musste sich alles einmal von der Seele schreiben:

Hallo Evan,

Jonas ist gerade bei uns. Er wollte uns persönlich sagen, dass er wieder da ist, du aber noch nicht vorhast, zu kommen. Mehr konnte er nicht sagen. Ich kann es nicht fassen, dass du uns das antust. Wieso musst du so sein? Dein Sohn wächst und wächst, und du willst dir das anscheinend

nicht ansehen und miterleben. Ich hätte dich nicht so eingeschätzt. Ich bin gerade so dermaßen wütend auf dich, das kannst du dir gar nicht vorstellen!
Ich mag dir gar nicht schreiben, wie sich Elia gerade fühlt. Sie lässt Konstantin beinahe keine Sekunde aus den Augen! Sie braucht dich. Wir brauchen dich. Du fehlst.
Evan, komm heim. Komm zurück.

Althea

Gerade als sie die Nachricht abgeschickt hatte, fühlte sie sich zwar etwas erleichtert, als wenn ihr ein Stein vom Herzen gefallen wäre, aber beinahe im selben Atemzug überkam sie auch ein wenig Reue. Ihr war wieder ins Gedächtnis gekommen, aus welchem Grund sie damals aufgebrochen waren. Sie hätte nur nicht gedacht, dass Evan so viel Zeit benötigen würde, um das für sich zu verarbeiten. Sie ahnte einfach nicht, dass sich viele Dinge bei ihm aufgestaut hatten.
Evan saß in der Zwischenzeit immer noch betrübt im Bungalow. Über die letzten Tage hinweg, hatte er sich nicht von dort wegbewegt. Auch wenn der Schnee mittlerweile komplett geschmolzen war, wollte er keinen Schritt vor die Tür machen. An einem regnerischen Tag fing er dann an, sich zu hinterfragen und plante seinen nun persönlichen Weg. Er war sich sicher, dass es noch nicht an der Zeit war, wieder nach Hause zu fliegen. Genau so sicher war er sich aber

auch, dass ein Verweilen an diesem Ort genau so wenig förderlich sein würde. Er wollte irgendwo hin, wo er sich auch nur ansatzweise glücklich gefühlt hatte. Schließlich wurde ihm bewusst, dass es nur einen Ort auf ihrer Reise gab, an dem er auch nur die geringste Möglichkeit sah, seinem teilweise selbst ausgehobenen Loch endgültig zu entfliehen. Er packte aufgeregt seine Sachen zusammen. Er wollte noch an diesem Tag aufbrechen und Lough Mask den Rücken kehren. Überall, wo er hinschaute, erinnerten ihn Dinge an Jonas, ohne dessen Beistand er nun vorankommen musste. Das war für Evan keine leichte Aufgabe, wenn man bedachte, dass ihn das Alleinsein zwar nicht störte, aber nur selten voran brachte. Unterbewusst war ihm das klar und deshalb konnte es für ihn nur einen Ort geben, um aus dem besagten Loch zu klettern. Er brach rasch auf und fuhr auf den gleichen Weg wieder nach Belfast, wie er einst mit Jonas von dort weggefahren war. Als er in der Stadt ankam, kreisten seine Gedanken für kurze Zeit um Olivia. Aber er wusste, dass es nicht an der Zeit war, um diese Angelegenheit zu klären. Er dachte sich sogar, dass diese Zeit wohl niemals kommen wird.

Als er auf der Fähre war, die ihn wieder nach Cairnryan führen sollte und er seinen Blick auf das immer kleiner werdende Belfast richtete, war er sich endgültig sicher, nun einen ganz wichtigen und richtigen Schritt zu machen. Als er wieder in Schottland ankam, war das Auto, das er einst dort abgestellt hatte, leider schon weg. Er musste also den Bus nach Stanraer nehmen. Immerhin war er eine Stunde später dann in der Stadt. Er ging in den altbekannten Pub, in welchem er hoffte, Clyde und Alister anzutreffen. Zu seinem Glück saßen die beiden Haudegen an diesem Abend dort an der Bar und waren noch nicht so betrunken, dass man nicht mehr mit ihnen hätte reden können. Evan tat dann etwas, was für ihn absolut untypisch war. Er bat um Hilfe. Er hätte den vor sich liegenden Weg auch mit dem Bus zurücklegen können, aber das wäre wohl mehr als umständlich geworden. Deshalb hoffte er, dass ihm seine hier ansässigen Bekannten etwas unter die Arme greifen könnten. Diese wunderten sich selbstverständlich, dass er alleine unterwegs war. Auf Nachfrage war es nun zum ersten Mal Evan, der eine Geschichte erzählen musste. Eigentlich hatte weder Alister noch Clyde richtig Lust darauf, Evan durch Schottland zu fahren, aber letzten Endes meinte Clyde: *„Naja, eigentlich schulde ich deinem Kumpel ja noch einen Gefallen. Dann ist meine Schuld damit beglichen."* Da sich Evan sicher sein konnte, dass sein Freund ohnehin nichts mehr von dem Gefallen haben würde, nahm er das Angebot an. Evan verbrachte den Abend mit den Männern und berichtete von den irischen Landen. So richtig interessierten sich die Männer zwar nicht für ihre Nachbarn, aber sie waren immerhin so höflich zuzuhören. Wenn Clyde schon so gütig war, Evan am nächsten Tag zu fahren, dann sollte Alister immerhin die Güte besitzen, Evan bei sich übernachten zu lassen. Evan wollte zwar zunächst ablehnen, weil er ihnen nicht zusätzlich zur Last fallen wollte, aber Alister bestand am Ende darauf. Bei ihm daheim machte er dann die Bekanntschaft mit dessen Frau, die schon einige Geschichten über den reisenden Deutschen gehört hatte. Sie gab ihm Kissen und Decke, damit er es sich auf der Couch ein wenig bequem machen konnte. Trotzdem war Evan ihr abweisender Blick nicht verborgen geblieben. Er wollte dem aber nicht weiter nachgehen. Er hatte ja nicht vor, lange an diesem Ort zu verweilen. Am nächsten Morgen fragte er bei Alister trotzdem einmal nach: *„Sag mal Alister, hat deine Frau etwas gegen mich?" „Ich wollte es dir eigentlich nicht erzählen, aber meine Frau hat nicht so viel Verständnis für eure Reise wie Clyde und ich. Sie hält euch für verantwortungslos. Aber sei jetzt nicht betrübt. Frauen sind komische Wesen und meine ist ein ganz besonderes Exemplar"*, antwortete Alister. Um diese kleine Peinlichkeit zu überdecken, grinste Evan einfach mit. Trotzdem war es erneut ein Moment, sich zu hinterfragen. Jonas und Evan waren einst mit der Überzeugung aufgebrochen, tatsächlich verantwortungsvoll zu handeln. Es war ihm aber auch klar, dass andere Menschen nicht die ganze Geschichte kannten und er sich keine Vorwürfe machen bräuchte, wenn sich unbeteiligte Personen zu der Angelegenheit äußerten.

Gut, dass er in diesem Moment nicht Altheas Nachricht gelesen hatte.

Evan ging anschließend zu Clyde. Dieser kam gerade aus dem Haus, als er bei ihm ankam. Sie verstauten Evans Gepäck, setzten sich ins Auto und Clyde ließ den Motor an. Gerade als er den Gang einlegen wollte, fiel ihm ein, dass er gar nicht wusste, wohin genau die Reise gehen soll. Evan hatte ihm an dem Abend nur gesagt, dass es eine etwas längere Fahrt für ihn werden würde und sie wohl den ganzen Tag unterwegs sein werden. *„Welches Ziel soll ich denn nun ins Navi eingeben?"*, fragte er. Evan antwortete: *„Drumrunie."*

Evan schaute seinen Fahrer etwas verstohlen an. Clyde dachte sich nur, dass er sich da ja was Schönes eingebrockt hatte und fuhr einfach los. Nach einer beinahe siebenstündigen Fahrt kamen sie dann in dem kleinen, verschlafenen Örtchen an. Evan bedankte sich mehrere Male bei Clyde und versprach ihm, Jonas zu erzählen, was er für ihn getan hatte. Nachdem Clyde seinem Beifahrer alles Gute für sein weiteres Vorankommen gewünscht hatte, verabschiedeten sich beide auch abrupt voneinander. Immerhin lag ja noch eine nicht gerade kurze Rückreise vor Clyde. Und auch Evan hatte an diesem Tag noch einen längeren Fußmarsch vor sich.

An diesem Abend war Shona gerade wieder dabei, die Tiere zu füttern, als plötzlich jemand im Haus ihren Namen rief. Als sie im Haus nachsah, stand Evan vor ihr. Shona war verblüfft und wusste erst gar nicht, was sie machen sollte. Sie umarmte ihn einfach und fragte sich gleichzeitig, was er hier mache. Sie freute sich zwar, diesen Bekannten, der im Laufe der Zeit, die er hier verbracht hatte, ein Freund geworden war, wieder bei sich begrüßen zu können, aber sie konnte sich schlichtweg keinen Reim darauf machen, was er hier suchte. Außerdem schien es ihr sonderbar, warum er ohne Jonas hier erschienen war. Sie machte Tee und setzte sich mit Evan an den Tisch, an dem sie früher schon so häufig gesessen hatten. Selbstverständlich war sie neugierig zu erfahren, was ihn wieder hierher verschlagen hatte. Aber irgendwie erschien es ihr auch unfreundlich, ihn direkt darauf anzusprechen, denn sie wollte nicht gleich mit ihrem ersten Satz einen wunden Punkt anstoßen: *„Hast du hier etwas Wichtiges vergessen oder verloren?"*, fragte sie deshalb mit Hintergedanken. Evan wusste es wirklich zu schätzen, dass Shona ihm nicht direkt irgendwelche Probleme unterstellte, die ihn wieder hierher führten, obwohl dies offensichtlich war. Warum sollte sonst ein Mann zu dieser Uhrzeit bei ihr auftauchen? Evan schätzte diese einfühlende Ader von ihr. Selten hatte er so etwas bei einem Menschen gesehen. Er dachte sich: „Irvine hatte damals wirklich Glück mit dieser Frau." Trotzdem schuldete er Shona immer noch eine Antwort für sein Erscheinen. Er entschloss sich einfach offen an diese Sache heranzugehen. Jede schwammige oder undeutliche Antwort hatte diese Frau einfach nicht verdient. Er sagte: *„Jonas und ich, wir waren in Stanraer, Belfast, Sligo und am Lough Mask. Alles war ertragbar, als ich Jonas um mich hatte. Seitdem er wieder nach Hause gefahren ist,*

ist alles wieder so niederdrückend. Wenn ich mir das Grün dieser Länder angeschaut habe, war nirgends Farbe zu erkennen. Alles war für mich grau in grau. Ich habe mich tagelang gefragt, wie es mit mir weitergehen kann. Ich habe mich gefragt, wie ich den gleichen Schritt schaffen kann wie Jonas. Ich musste an einen Ort, wo ich mich zumindest ein wenig lebendiger gefühlt habe als irgendwo anders während dieser Reise. Da kamst nur du mir in den Sinn. In dieser Abgeschiedenheit habe ich mich wohl gefühlt und ich hatte nette Gesellschaft, die mich über die Zeit gebracht hat. Ich hoffe einfach, dass ich hier den Weg finde, genau die gleiche Hürde zu meistern, die Jonas bereits überwunden hat. Ich hoffe, du verstehst das und lässt mich hier wieder für eine gewisse Zeit unterkommen."
Shona war sichtlich gerührt aufgrund dieser Worte und meinte: *„Natürlich kannst du hier wieder zur Ruhe kommen."* Sie war eine Meisterin, wenn es darum ging, das Gesprächsthema gleich wieder in eine produktive Zukunft zu lenken. Sie fuhr fort: *„Und weißt du, es gibt genug Dinge, bei denen du mir hier wieder zur Hand gehen kannst. Der Winter ist vorbei und wie du dir vorstellen kannst, hat er hier einige Spuren hinterlassen. Ausruhen ist hier nicht. Dann wirst du wieder ordentlich mit anpacken." „Kein Problem. Du weißt doch, dass ich offene Arbeit nicht sehen kann"*, lautete seine Antwort, die Shona genau so hören wollte. Trotzdem war er von dieser zeitintensiven Reise ziemlich geschafft und an diesem Tag am Ende seiner Kräfte.

Nachdem ihm Shona Bettwäsche gebracht hatte, bezog er noch sein Bett und legte sich sofort hin. Trotz Müdigkeit fand Evan nicht in den Schlaf. Er drehte sich stundenlang im Bett, aber fand nie die richtige Position, die ihn in den Schlaf bringen sollte. Er stand also nach einigen Stunden wieder auf, setzte sich auf das Fensterbrett und blickte nach draußen. Nachdem er so lange auf dem Fensterbrett saß, dass er auch den Sonnenaufgang betrachten konnte, ging er in die Küche. Als er merkte, dass weder Kaffee noch Brot im Haus und die übrigen Schränke beinahe gähnend leer waren, machte er sich lediglich einen Tee und setzte sich in den Schaukelstuhl, den er einst gebaut hatte und nach seiner Abreise von Shona in das Wohnzimmer gestellt wurde. Es schien definitiv so, als wenn Shona selbst einige Stunden darin verbracht hatte. Evan hatte durch die Erlebnisse mit Olivia gelernt, Anzeichen nicht mehr einfach als solche stehen zu lassen. Er hinterfragte sie nun schneller und intensiver nach ihrer Bedeutung. Er glaubte nun, hier gebraucht zu werden. Shona schien einfach schon zu schwach zu sein, um für sich selbst sorgen zu können. Allerdings hätte niemand es über das Herz bringen können, sie von ihrem Hof zu holen. Wer sollte das auch machen? Sie hatte keinerlei Verwandtschaft mehr. Eine knappe Stunde später hörte man dann auch, wie Shona langsam die Treppe herunter kam. Evan wunderte sich bereits, warum sie so lange im Bett lag. Sonst war sie immer schon auf, wenn Evan herunterkam. Irgendwie schienen sich die Rollen zu tauschen. Er konnte nicht mehr derjenige sein, um den man sich kümmerte. Er war nun derjenige, der sich um jemanden kümmern musste. Shona sah nicht gut aus, als sie ins Wohnzimmer kam. Am gestrigen Abend sah das noch ganz anders aus. Sie war wie ausgewechselt. Mit einer dünnen Decke ummantelt, kämpfte sie sich förmlich in die Küche. Evan erhob sich aus seinem Schaukelstuhl und fragte: *„Alles in Ordnung, Shona?" „Oh Evan, du bist schon wach?"*, entgegnete sie. *„Das war keine Antwort auf meine Frage. Alles in Ordnung, Shona?"*, wiederholte er. Shona stutze für lange Zeit. Sie wusste, dass Evan jede Lüge wittern würde. Das gestrige Schauspiel hatte sie schon ausreichend Überwindung gekostet. Aus diesem Grund sagte sie ihm auch schlicht die Wahrheit, auch wenn sie wusste, dass ihm diese nicht gefallen würde. Sie konnte es ihm allerdings nicht ersparen, ihre Antwort aggressiv zu formulieren: *„Evan, mir geht es von Tag zu Tag schlechter. Ich bekomme immer weniger Luft, sämtliche Körperteile tun mir weh und ich quäle mich Tag für Tag aus dem Bett. Jetzt weißt du Bescheid. Es ist bei Gott nicht alles in Ordnung und nun lass mich bitte frühstücken."*

Evans erste Gedanken kreisten darum, sie zu befragen, was ihr denn fehle, welche Krankheit sie habe und ob irgendwelche Medikamente dagegen helfen könnten. Er blickte in ihre alten Augen, die schon so viele Tage erlebt und jede Menge Leid gesehen haben, aber gleichzeitig auch zu stolz waren, um Hilfe zu erbitten. Er unterließ das Nachfragen. Sie wären für die aktuelle Stimmung nicht

förderlich gewesen. Wenn es noch etwas geben sollte, was er wissen sollte, würde Shona von alleine an ihn herantreten. Er sagte lediglich zu ihr: *„Ich werde mich um dich kümmern."* Shona lehnte selbstverständlich ab und meinte, dass er sich zunächst um sich selbst kümmern sollte. Seine Entscheidung war allerdings gefallen. Er hatte dieser Frau so viel zu verdanken und wollte diese Chance nutzen, um sich zu bedanken. Bevor er sich aus dem Zimmer entfernte, sagte er nur noch: *„Es ist nichts zum Frühstücken mehr da."*
Noch am selben Tag brach er wieder nach Drumrunie auf, um Nahrungsmittel und andere Sachen zu kaufen, die sie in den nächsten Tagen und Wochen brauchen würden. Als er sich voll bepackt auf dem Rückweg zum Bauernhof befand, rastete er für eine kurze Zeit auf der Hälfte des Weges und überlegte, ob das alles so richtig sei. Zumindest war alles komplett anders geplant. Nach einer gewissen Zeit machte er sich aber wieder eine Lehre klar, die Jonas und ihn seit Beginn dieser Reise begleitet hatte: Planung und Realität sind zwei ganz unterschiedliche Dinge. Er war der Überzeugung, dass er nun etwas hinten anstehen müsse, weil ihn andere Menschen mehr bräuchten.

Kapitel 13

Evan war an diesem Ort zwar eine Verpflichtung eingegangen, aber er vergaß dabei nicht, sich auch um sein eigenes Wohl zu kümmern. Darauf achtete nicht nur er. Auch Shona hatte immer ein Auge darauf, dass Evan sich nicht nur um ihre Belange kümmerte. Shona versuchte noch zu helfen, wo sie konnte. Sie hatte aber nicht gescherzt, wenn sie sagte, dass es ihr von Tag zu Tag schlechter ging. Jede Woche, die Evan dort verbrachte, konnte Shona weniger Aufgaben auf dem Hof erfüllen. Dementsprechend musste er immer mehr Arbeiten bewältigen. Letztendlich war es dann so weit, dass Evan beinahe sämtliche Dinge auf dem Hof erledigte, soweit dies für eine einzige Person überhaupt möglich war. Shona kümmerte sich gelegentlich noch um das Essen. Oftmals konnte sie aber nicht einmal mehr das. Evan störte das nicht weiter. Er dachte sich, dass ihm ein paar Kilos weniger auf den Rippen sogar ganz gut tun würden

An manchen Abenden ließ es sich Shona aber nicht nehmen, Zeit mit ihrem Gast zu verbringen. Sie spielten gerne Schach am Küchentisch und redeten dabei über den Tag, bevor Evan dann als Ausklang des Tages wieder in seinem Schaukelstuhl versank. An einem dieser Abende begann das Gespräch ganz üblich. Shona fragte: *„Ist alles soweit in Ordnung?"* Ihr Gast meinte: *„An sich ist meiner Meinung nach alles im Rahmen auf dem Hof. Ich sollte allerdings langsam wieder mit dem*

Holzhacken anfangen, denn mit den Resten, die noch im Schuppen sind, kommt man nicht über die Wintermonate und …" „Evan, jetzt hör mir mal zu…", unterbrach ihn Shona. *„Ich werde diesen Winter nicht mehr erleben und wohl noch in diesem Sommer sterben. Du brauchst hier keine Sachen zu tun, von denen am Ende keiner mehr etwas hat."* Evan schaute entsetzt und gleichzeitig besorgt auf die andere Seite des Tisches. Er wusste erst gar nicht, was er sagen sollte. Allerdings wäre es auch nicht angemessen, in einer solchen Situation nichts zu sagen. Deshalb brachte er nur heraus: *„Woher kommt diese Gewissheit?"* Sie antwortete in ihrer trockenen, aber gleichzeitig ehrlichen Art und Weise: *„Ich bin alt, krank und halte mich kaum noch alleine auf den Beinen. Was meinst du, was mich noch erwartet?"* Evan war sich durchaus bewusst, dass sie damit nicht falsch lag. Es war ihm aber auch klar, dass er es sich nicht verzeihen könnte, wenn er keine Vorkehrungen für den Winter treffen würde. Er sagte auf diese niederdrückende Aussage von Shona nichts mehr. Sie spielten die Partie noch zu Ende. Eine Stunde später sagte die Gastgeberin lediglich: *„Schachmatt."*

„Glückwunsch", antwortete Evan achtungsvoll. Anschließend bat Shona Evan dann das erste Mal, sie ins Bett zu bringen. Sie bezweifelte stark, dass sie die Treppen noch alleine hochkommen würde. Nachdem Evan dies getan hatte, ging er auch relativ zeitnah in sein Bett und schlief das erste Mal seit seiner Rückkehr zu Shona gut und lang.

Evan hatte zwar vom frühen Morgen bis in den Abend zu tun, sämtliche Sachen zu erledigen, aber er merkte in sich, dass er sich von Woche zu Woche etwas freier fühlte. Der sonnige und wolkenfreie Sommer trug natürlich sein Übriges zu dieser Stimmungslage bei. Wenn er seine schweißtreibenden Arbeiten auf dem Hof erledigt hatte, ließ er sich zumeist für eine oder zwei Stunden mit seinem Schaukelstuhl auf dem Steg nieder, wo er früher bereits saß. In diesem Fall war es kein bedrücktes und niedergeschlagenes Dasein. Dieses Mal saß dort jemand in seinem Schaukelstuhl, der einfach nach einem harten Arbeitstag die Umgebung genoss. Noch nie sah für ihn die Landschaft so bunt aus wie in diesen Wochen und Monaten.

Entgegen ihrer Vermutung hatte Shona den Sommer überstanden. Sie war weiterhin unglaublich schwach und es war ihr nicht mehr möglich, sich ohne Hilfe im Haus zu bewegen. Aus diesem Grund musste sie manchmal stundenlang ausharren, wenn Evan gerade länger draußen zu tun hatte. Er hatte zwar versucht, seine Arbeiten so nah wie möglich am Haus zu tätigen, damit er Shona rufen hören konnte, aber es war schlichtweg unmöglich, jede Tätigkeit in Hausnähe durchzuführen. So kam es ab und zu vor, dass Evan seine Gastgeberin in ihrem eigenen Urin sitzend vorfand. Einmal hatte sie versucht, alleine auf die Toilette zu kommen und stürzte dabei auf den Boden. Als Evan sie fand, konnte sie sich kaum noch rühren. Sie tat ihm unglaublich leid. Er konnte sie aber auch zu nichts überreden. Sie wollte in kein Krankenhaus. Kein Arzt sollte zu ihr nach Hause kommen. Sie wollte keine Medikamente nehmen. Evan war sich nun bewusst, dass sie zwar den Sommer überstanden hatte, den Winter aber nicht mehr erleben würde. Anfang Herbst lag Shona nur noch in ihrem Bett. Sie konnte sich nicht mehr auf den Beinen halten. Wenn sie auf Toilette musste, trug Evan sie dorthin, wenn er bei Gelegenheit in der Nähe war. Wenn sie es nicht mehr halten konnte, zog er sie um und verbrannte jene Sachen, die zu dreckig geworden waren. Auch beim Essen, Trinken und Waschen musste Evan ihr einige Tage später helfen. Es war für ihn kein schöner Anblick und immer wenn er ihr Zimmer betrat, musste er seine Tränen zurückhalten. Auch Shona war die Situation merkbar unangenehm, aber sie hatte keine andere Wahl. Es war absehbar, dass ihr Leid in den nächsten Tagen zu Ende gehen würde. Einmal bat sie ihn darum, ihrem Leben ein Ende zu setzen, aber Evan lehnte ab. Er hatte zwar unterbewusst die Meinung, dass ihr das jede Menge Leid ersparen würde, aber er konnte es nicht übers Herz bringen, dieser Dame etwas anzutun oder ihr nur dabei zu helfen, sich selbst etwas anzutun.

Eines Abends hatte er gerade gemeinsam mit Shona das Abendessen eingenommen. Sie hatten es sich zur Angewohnheit gemacht, dass Evan ihr jeden Tag ein Kapitel eines Romans vorlaß, bevor er dann zu Bett ging. Als er gerade mit einem weiteren Teil des Buches fertig war, hörte er wie Shona schon schnarchte. Evan schmunzelte und verließ daraufhin leise das Zimmer. Am nächsten Morgen brachte er Shona das Frühstück nach oben. Er kam in den Raum und bemerkte, dass Shona nun nicht mehr atmete. Er versuchte noch, sie zu wecken, denn es hätte ja sein können, dass sie nur so schwach atmete, dass er das nicht mehr hören konnte. Wenige Sekunden später war es dann aber Gewissheit. Shona hatte die Nacht nicht überstanden. Evan wollte sie gerade vernünftig ins Bett legen, als er auf dem Betttisch einen kleinen Brief entdeckte, auf dessen Rückseite sein Name stand. Sie musste ihn bereits vor längerer Zeit geschrieben und in dieser Nacht dort hingelegt haben. „Ach Shona", dachte er sich. Nachdem er sein Vorhaben beendet und ein Tuch über ihr Gesicht gelegt hatte, setzte er sich in den Stuhl, von wo aus er ihr immer vorgelesen hatte und begann zu lesen:

Hallo Evan,

wenn du das hier liest, bin ich nicht mehr.
Ich wollte dir immerhin ein paar liebe Zeilen hinterlassen, bevor ich vielleicht auch noch die Fähigkeit zum Schreiben verliere.
Als Jonas dich einst in mein Haus getragen hat, hätte ich nie gedacht, dass du eines Tages mein Sterbebegleiter sein würdest. Ich dachte, zwei Menschen brauchen Hilfe, suchen Unterschlupf und sind in einigen Tagen wieder fort. Aus Bekannten wurden aber mit der Zeit Freunde und dich kann

ich sogar einen Vertrauten nennen. Du hättest der Sohn sein können, der Irvine und mir versagt blieb.

Ich danke dir für alles, was du für mich getan hast. Du hast mir eine Menge Arbeit abgenommen und ich könnte wetten, dass ich viele der letzten Monate nicht erlebt hätte, wenn du dich nicht so rührend um mich gekümmert hättest. Ich weiß, dass du dafür weder Lob noch Anerkennung möchtest, aber ich wollte es nicht ungesagt lassen.

In der ganzen Zeit, die du nun hier verbracht hast, kamen wir leider nicht dazu, über deine Probleme zu reden. Wahrscheinlich hätte ich die Zeit unserer Schachspiele dafür nutzen sollen, aber ich wollte die schöne Stimmung am Tisch nicht zerstören, indem ich solche Themen anschneide. Ich hoffe und glaube, du verstehst das. Jetzt, da ich die letzten Tage meines Lebens verbringe, komme ich nicht umhin, dir noch die eine oder andere Sache mit auf den Weg zu geben. Ich glaube, ich habe in letzter Zeit mitbekommen, dass es dir Stück für Stück besser geht. Falls ich das alles richtig gedeutet habe, freut mich das. Ich wünsche dir, dass du die Kraft findest, um nach Hause zu fahren. Deine Frau wird dich bestimmt unglaublich vermissen.

Ich weiß nicht, ob dich noch irgendetwas hier hält, da ich nicht mehr bin. Du kannst natürlich hier bleiben, solange du möchtest. Niemand wird sich nach meinem Tod um dieses Haus kümmern und einen Erben gibt es ebenfalls nicht. Ich möchte aber, dass du mir einen letzten Wunsch erfüllst. Verbrenne meinen Körper bitte und verstreue die Asche über

das Wasser. Ich weiß, dass das viel verlangt ist, aber bitte tue mir diesen Gefallen. Ich möchte in keinem Sarg enden.
Außerdem möchte ich dich für deine Zeit hier etwas entschädigen. Ich bestehe darauf, dass du das Geld nimmst. Benutze es für den Heimflug.
Zum Abschied wünsche ich dir alles Gute und ein erfülltes Leben in einem behüteten Heim.

Shona

Evan atmete kräftig durch, nachdem er den Brief gelesen hatte und war schockiert über die große Summe, die in dem Briefumschlag war. Evan war zwar traurig, dass Shona nun gestorben war, aber er hatte sehr viel Zeit, um sich darauf vorzubereiten. Er hatte mehr oder minder bereits vorgetrauert, weshalb sich die Bestürzung über diesen Verlust in Grenzen hielt. Er hatte auch nicht übermäßig Zeit, um zu trauern. Er hatte Shona noch einen letzten Wunsch zu erfüllen. Evan baute ein Podest aus Holzstäben, die er immer wieder quer übereinander legte, damit auch ausreichend Luft für das Feuer blieb. Er stopfte immer wieder Stroh als Zündmaterial zwischen die Balken und kippte das restliche Benzin, das einst für die Motorsäge gedacht war, über das gesamte Holz. Am späten Nachmittag trug er dann Shona aus ihrem Sterbebett nach draußen und legte sie auf das Holzpodest. Zwischen ihre verschränkten Hände legte er ein Bild von ihr und Irvine als letzten Begleitgegenstand. Es gab keine Grabrede. Kein weiteres Wort kam über Evans Lippen. Er zündete das Holzpodest rundherum an, stellte sich dann in sicherer Entfernung an die Seite und beobachtete, wie sich die Flammen langsam ihren Weg zu Shonas Körper bahnten, den er in ein weißes Tuch gewickelt hatte. Einige Stunden später war von dem Podest nur noch Asche übrig. Diese sammelte er in einer Truhe zusammen und verstreute die Masse dann kurz vor Sonnenuntergang über den See. Anschließend atmete er tief durch, um sich dieser Tat in einem ruhigen Moment bewusst zu werden.

Er ging daraufhin wieder ins Haus und setzte sich vor den Kamin. Er schlief in dieser Nacht nicht, sondern blickte stundenlang in die Flammen. Die Geschehnisse des Tages waren noch zu frisch. Als die Sonne dann aufging, nahm er sich eine Decke und seinen Schaukelstuhl und kuschelte sich auf dem Steg ein, von wo aus er Shonas Asche am gestrigen Tag verstreut hatte. Anschließend fasste er sich an die Innentasche seiner Jacke und holte Stift und Papier hervor. Er begann zu schreiben. Seite für Seite füllte sich. Er war der Meinung, dass vor allem die vergangenen Wochen es wert waren, niedergeschrieben und für die Nachwelt festgehalten zu werden. Nach knapp zwei Jahren schrieb Evan wieder mehrere Stunden am Stück. Nachdem er sich wirklich alles von der Seele geschrieben hatte, war es bereits Mittag. Er packte seine Zeilen in den Umschlag, in welchem er auch Shonas Brief aufbewahrte und steckte alles wieder in die Innentasche seiner Jacke. Er verbrachte noch eine Stunde dort am Steg. Er tat so, als wenn Shona noch Leben wäre und sprach zu ihr. Er fragte sie auch, was er nun machen solle. Selbstverständlich erwartete er keine Antwort. Evan blickte in die Ferne über das Grün und die Hügel hinweg und dachte darüber nach, was er alles gesehen, erlebt, verarbeitet und vor allem gelernt hatte. Insbesondere als er über den letzten Teil nachdachte, wurde ihm klar, was nun als nächster Schritt zu tun war. Er tat nochmals so, als würde er zu Shona sprechen: *„Ich glaube, du hast mir gezeigt, was nun zu tun ist. Ich werde nach Hause fliegen."*

Evan trug seinen Schaukelstuhl wieder ins Haus und fütterte ein letztes Mal die Tiere in der Scheune. Anschließend packte er seine wenigen Sachen zusammen, ging auf den nächstgelegenen Hügel, von wo aus er den ganzen Hof noch einmal überblicken konnte und machte sich dann auf den Weg zum nächstgelegenen Gehöft. Der dort wohnenden Frau erklärte er, dass er einen Bauernhof ganz in der Nähe gefunden habe, wo niemand zu sein schien. Die Frau stutzte. Sie wusste, dass Shona dort seit langem allein wohnte und hatte seit langer Zeit nichts mehr von ihr gehört. Sie versprach Evan, später dort einmal vorbei zu schauen. Damit konnte sich Evan sicher sein, dass man sich um die Tiere und das Haus kümmern würde. Daraufhin ging es wieder auf dem Wanderpfad nach Drumrunie, von wo aus er sich über mehrere Busse nach Edinburgh befördern lassen wollte. Seine sechsstündige Reise über Ullapool, Inverness und Perth führte ihn schließlich wieder zum Ausgangspunkt der vor knapp zwei Jahren begonnenen Reise. Er checkte in ein kleines Hotel ein und kaufte ein Ticket für einen Flug, der in zwei Tagen nach Berlin gehen sollte.

An diesem Abend war er verständlicherweise stark erschöpft und verbrachte den Rest des Tages in seinem kleinen Zimmer. Seine letzte Amtshandlung dieses Tages bestand darin, die Nachricht nach Hause zu schreiben, zu der Jonas schon vor einigen Monaten den Mut hatte. Als er sein Postfach nach ewiger Zeit wieder öffnete, war er fassungslos, als er die Nachricht von Althea las. Diese Bestürzung über die Nachricht war aber recht schnell überwunden, denn er erahnte, was die Nachricht auslösen würde, die er nun schickte:

Hallo ihr Lieben,

ich weiß nicht, ob ihr euch noch an mich erinnern könnt. Hier ist derjenige, der durch kürzlich geschehene Ereignisse begriffen hat, was es heißt, zu leben.
Ich habe deshalb den Entschluss gefasst, nach Hause zu kommen. Leider hebt der nächste Flieger erst in zwei Tagen aus Edinburgh ab, aber ich glaube, dass wir diese auch noch überstehen werden.
Ich könnte an dieser Stelle so viel schreiben. Ich hätte noch so unfassbar viel zu erzählen. Ich habe aber auch ein paar Dinge gesehen und erlebt, die ich wohl lieber für mich behalten werde.

Seitdem Jonas sich verabschiedet hat, ist schon wieder so viel Zeit ins Land gegangen. Aber irgendwie kommt es mir auch so vor, als wenn es erst gestern gewesen wäre. Ich habe zwischenzeitlich ein bisschen das Zeitgefühl verloren. Jonas wird euch mit Sicherheit erzählt haben, dass wir bei unserer Trennung gerade am Lough Mask in Irland waren. Ich bin dort auch nicht mehr lange geblieben. Kurze Zeit darauf bin ich wieder mit der Fähre von Belfast nach Cairnryan übergesetzt. Clyde hat mich dann von Stanraer nach Drumrunie gefahren, von wo aus ich mich wieder auf den Weg zu einer netten alten Dame namens Shona gemacht habe. Sie hat mir wirklich wieder auf den rechten Weg geholfen. Dafür bin ich ihr unglaublich dankbar. Ich kann euch gerne alle Einzelheiten erzählen, wenn ich wieder da bin.

Der Flug dürfte gegen 13 Uhr ankommen. Ihr braucht euch nicht die Mühe machen und nach Berlin kommen, um mich abzuholen. Ich fahre vom Hauptbahnhof aus weiter nach Hause. Ich müsste um 16:55 Uhr ankommen. Es wäre wirklich schön, wenn mich dann von dort jemand abholen könnte. Wenn ihr es nicht schafft, fahre ich mit dem Taxi zum Haus.

Ich freue mich schon unglaublich darauf, euch alle wieder in die Arme schließen zu können. Ich kann es gar nicht erwarten, meinen Sohn zu sehen.

Ich bin einfach schon voller Vorfreude wieder nach Hause zu kommen und ein normales Leben zu führen.

Ich habe mir an dieser Stelle gedacht, dass ich eine kleine süße Tradition wieder aufleben lasse und ein Lied anhänge, das die Situation erfasst. Habt viel Spaß mit dem Song „Open Your Eyes" von Snow Patrol. Beziehet es einfach auf mich. Es gibt einfach kein besseres Lied für diesen Moment. Also dann, wir sehen uns dann hoffentlich in den nächsten Tagen. Falls irgendwer von euch nicht kann, komme ich denjenigen oder diejenige auf jeden Fall zeitnah besuchen. Bleibt bis dahin alle gesund und in Vorfreude.

Mit aller Liebe, die ich aufbringen kann,
Evan

Als Evan diese Nachricht aus Edinburgh an alle Beteiligten abschickte, war es in Deutschland gerade 23 Uhr. Althea beantwortete gerade ein paar E-Mails für die Arbeit. Da kam Evans Nachricht im Postfach an. Althea wollte gerade lauthals nach Elia schreien, als ihr einfiel, dass Konstantin im Nebenzimmer lag und schlief. Deshalb lief sie schell ins Wohnzimmer, wo sich Elia gerade mit einem Buch ablenkte. Sie wunderte sich schon, warum Althea so aufgeregt die Treppe heruntergelaufen kam. *„Was ist los?"*, fragte sie. Althea sagte lediglich: *„Evan"*, und strahlte dabei. Elia sprang auf und umarmte ihre Freundin. Trotzdem musste sie sich vergewissern, weil sie es noch nicht so richtig glauben konnte: *„Wirklich?" „Ja, wirklich. In diesem Punkt kann ich dich doch nicht anschwindeln"*, antwortete Althea bestimmend. Elia fing vor Freude an, in Tränen auszubrechen und auch bei Althea liefen ein paar Freudentränen. Sie wusste nun, dass die Zeit überstanden war und konnte ihre Gefühle nicht zurückhalten. Sie hatten zwar aufgepasst, aber trotzdem waren die Frauen so laut, dass sie Konstantin geweckt haben. Dieser schrie nun oben in seinem Kinderbettchen. Elia ging freudestrahlend in sein Zimmer. Nicht einmal das Schreien ihres Sohnes, den sie wie einen Augapfel bewachte, konnte sie in diesem Moment aus der Fassung bringen. Immer wieder sagte sie leise zu Konstantin: *„Alles wird gut. Papa kommt nach Hause. Alles wird gut."* Während Elia mit Konstantin beschäftigt war, konnte es sich Althea nicht verkneifen, trotz der späten Stunde bei Jonas und Amy anzurufen und ihnen die Nachricht zu überbringen, denn sie würden um diese Uhrzeit bestimmt nicht noch in ihr Postfach geschaut haben. Jonas saß in diesem Moment gerade noch vor dem Fernseher. Ihm fielen schon ein wenig die Augen zu, als auf einmal das Telefon direkt neben seinem Ohr klingelte. Kurz kamen ihm die Weckkommandos mit Eiswasser wieder in den Sinn, als er an das Telefon ging. Er brachte lediglich ein müdes: *„Ja?"* hervor. Althea hingegen war von der Nachricht noch total aufgewühlt und sprach am Telefon so schnell, dass Jonas den Hauptteil schon fast überhört hätte: *„Hallo Jonas, hier ist Althea. Entschuldige den Anruf zu dieser Zeit, aber bei der Nachricht verzeihst du mir mit Sicherheit. Öffne mal dein Postfach."* Jonas, der das Telefon kurz auf dem Tisch ablegte, um sich den Laptop auf den Schoß zu stellen, öffnete sein Postfach und war beim Lesen von Evans Nachricht mit sofortiger Wirkung wieder wach. Als er parallel versuchte das Telefon zu greifen ohne den Blick vom Bildschirm abzuwenden, verlor er das Gleichgewicht und fiel von der Couch. Althea fragte schon aufgrund des lauten Geräusches: *„Ist alles in Ordnung?"* Nachdem sich Jonas wieder aufgerichtet hatte, ergriff er nun endlich das Telefon und sagte mit einem noch etwas schmerzverzerrten Gesicht: *„Das ist unglaublich! Ich werde es gleich Amy sagen"*, verabschiedete sich daraufhin und legte anschließend auf. Diese schlief zwar bereits, aber Jonas war von der Nachricht so Adrenalin geladen, dass er es ihr unbedingt sofort sagen musste. Er platzte mehr oder weniger in das Schlafzimmer. Durch den Krach wachte Amy direkt auf und fragte ihren Mann, ob es denn nötig sei, zu dieser Stunde noch solch einen Lärm zu machen. Er meinte nur, dass es natürlich sei, weil Evan wieder nach Hause käme. Auch wenn Evan in seiner Nachricht geschrieben hatte, dass sie ihn nicht abholen bräuchten, machte Jonas augenblicklich Pläne, um ihn mit der ganzen Truppe wieder zu begrüßen. Er wusste zu diesem Zeitpunkt nicht, dass auch Althea und Elia parallel an einem gleichen Plan arbeiteten.

Als Elia am nächsten Tag bei Jonas anrief, liefen ihr schon wieder Tränen der Freude an den Wangen herunter, als sie mit ihm über Evans Rückkehr sprach. Lange brauchten die beiden nicht miteinander zu telefonieren. Elia sagte nur: *„Was denkt sich dieser Kerl? Dass wir ihn nicht abholen* würden." „Du weißt doch, wie er ist. Er will immer alles irgendwie in der Hand behalten, auch seine Heimkehr", meinte Jonas. „Auf jeden Fall werden wir ihm einen schönen Empfang bereiten, indem wir ihn alle überraschen. Ich glaube, insgeheim rechnet er auch damit, dass wir alle kommen." „Das bezweifle ich zwar, aber wir werden ihn dort definitiv überraschen, egal, ob er es erwartet oder nicht", ergänzte er Elia. Nach kurzer Pause sprach er weiter: „Meinst du, es reicht, wenn wir um 10 Uhr losfahren?" „Ja, ich denke schon. Kommt vorher zu uns. Dann frühstücken wir noch zusammen. In Ordnung?", fragte Elia. „In Ordnung, wir sind dann um 8 Uhr bei euch. Bis dann." „Super, ich freu mich schon", antwortete Elia zuletzt und fühlte sich nun gut darauf vorbereitet, Evan wiederzusehen.

Dieser hatte sich entschlossen, seinen letzten Tag ruhig und klassisch ausklingen zu lassen. Er machte noch letzte Besorgungen in der Stadt, legte schon alles für den nächsten Tag bereit und verbrachte den letzten Abend dieser Reise ganz klassisch in einem nahe gelegenen Pub. Er saß ganz normal am Tresen, trank das Übliche und genoss die Musik. Das Lied „Pieces" von Sum 41 veranlasste ihn, gedanklich einen Blick zurückzuwerfen und er erinnerte sich an all die schönen und dunklen Seiten dieser Reise. Er blickte verträumt an die dunklen Wände des Pubs, während der Barkeeper ihm nochmals einschenkte und ging im Kopf die einzelnen Stationen und Personen des Trips durch: Edinburgh, Carbisdale Castle, Olivia, Shona, Stanraer,

Belfast, Sligo, Lough Mask und auf Umwegen wieder zurück. Als er so alles durchging, musste er an so mancher Stelle schmunzeln. Insbesondere wenn er an die ganzen, kleinen, lustigen Geschichten mit Jonas dachte, wusste er, dass sich dieser ausgiebige Ausflug, wenn man ihn ironischerweise so nennen möchte, wirklich gelohnt hatte. So mancher Gedanke, den er auch an Olivia und Shona verlor, stimmte ihn zwischendurch auch bekümmerter, aber das Ende dieser Reise hatte sich bezahlt gemacht. Ein schlichter Abend, ohne jede Besonderheit, ohne jedes Vorkommnis und ohne jede Aufregung ging für Evan langsam zur Neige. „Einfach ein Tag zum Genießen. So wie man Schottland kennt", dachte er sich. „So und nicht anders hatte seines Erachtens ein solcher letzter Abend zu verlaufen."

Sein Resümee dieser Reise war schlussendlich grundlegend positiv. Auch wenn diese Reise durch jede Menge Leid ausgelöst wurde und auch Leid erfahren hatte, waren alle diese Dinge entscheidende Bausteine für die Wandlung, die Evan in dieser Zeit vollzogen hatte. Durch sie wurde er genau an diesen Punkt geführt, der ihn nun in die Heimat trieb. Es war bereits tiefe Nacht. Der Barkeeper hatte soeben den Zapfenstreich ausgerufen. Evan wollte noch nicht gehen. Dieser Abend, mit dieser Musik, in diesem Ambiente hätte für ihn ruhig noch so lange gehen können, bis er zum Flughafen muss. Als er den Pub verließ, ging bereits die Sonne auf. „Heute ist der ersehnte Tag", dachte er. Er erhoffte sich einen genau so einfachen Tag wie den gestrigen.

Allerdings war ihm klar, dass dies bei seiner Rückkehr wohl unwahrscheinlich sein würde. Zum Schlafen war keine Zeit mehr. Er hätte ohnehin keine Ruhe gefunden, auch wenn es nach außen nicht so wirkte.

Er hatte noch etwas Zeit, bevor er zum Flughafen musste. Er ließ sich unten an der Rezeption ein Taxi rufen, das ihn in einer halben Stunde abholen sollte. Die übrige Zeit verbrachte er in dem Café, das gleich an das Hotel angrenzte. Er trank einen Kaffee und genoss noch ein letztes Mal die Beschaulichkeit dieser Stadt. Er wusste, dass er dieses Land und die Menschen sehr vermissen würde. In den zwei Jahren hatte er hier ein zweites Heim gefunden. Aus einer Flucht war ein zu Hause geworden. Dessen wurde er sich bewusst, als er sich gerade im Taxi befand, das ihn zum Flughafen brachte. Als er so im Flugzeug saß und Schottland nur noch in der Ferne zu erblicken war, hatte er bei diesem Anblick auch etwas Schmerzen in der Brust, aber er war sich so sicher, dass alles, was in Deutschland auf ihn warten würde, diesen Wehmut hundertfach vergelten würde.

Während Evan sich gerade fertig machte, um wieder in die Heimat zu fliegen, bereiteten sich fünf Menschen darauf vor, die Fahrt nach Berlin anzutreten. Schon als Amy und Jonas an der Tür klingelten und von Elia, ihrem Nachwuchs und Althea begrüßt wurden, bemerkte man eine freudige Stimmung in der Luft. Irgendwie fiel ihnen vieles leichter. Die Beschwertheit der vergangenen Monate verflüchtigte sich und wurde durch Erleichterung und Hoffnung ersetzt.

Dies war ein Stimmungswandel, den sie aufgrund des rapiden Umschwungs alle noch viel intensiver erlebten. Nach dem gemeinsamen Frühstück machten sie sich in Jonas' großm Auto auf den Weg, um Evan vom Flughafen abzuholen. Die Fahrt nach Berlin verlief ruhig. Das lag nicht nur an dem schlafenden Konstantin, sondern auch daran, dass beinahe alle nochmals die Torturen der letzten zwei Jahre durch den Kopf gingen ließen. Mit dem heutigen Tag sollte dieses Kapitel ihres Lebens abgeschlossen und anschließend nur noch in die Zukunft geblickt werden.

Sie kamen eine halbe Stunde vor Evans Ankunft am Flughafen an. Trotzdem dachte niemand daran, den Ort auch nur für einen Moment zu verlassen. Konstantin konnte das ganze Warten nicht richtig einordnen und tat seine Langeweile auch kund. Elia beschwichtigte ihn immer wieder damit, dass sein Papa gleich kommen würde. Natürlich verstand Konstantin in seinem jungen Alter noch nicht, was seine Mutter genau von ihm wollte. Er konnte sich zwar schon ganz gut auf den Beinen halten, einige Worte und gebrochene Sätze sagen, aber er verstand nicht, welch ein einschneidendes Ereignis seines Lebens hier vor ihm lag. Um 13:07 Uhr landete Evans Flieger. Alle standen gespannt in der Vorhalle, als dort die anderen Passagiere der Maschine bereits von ihren Verwandten begrüßt wurden. Als einer der letzten Insassen traf dann auch Evan in der Vorhalle ein. Als er um die Kurve bog, trafen sich sofort sein und Elias Blick. Sie trug Konstantin auf dem Arm. Als er sie alle dort versammelt sah, blieb er zunächst stehen. Es gingen ihm so viele Gedanken durch den Kopf. Auf der einen Seite hatte er nicht damit gerechnet, sie hier geschlossen anzutreffen. Es war ein überwältigendes Gefühl, einen solchen Anblick miterleben zu dürfen. Es war ein Zeichen der wahren Freundschaft und der echten Liebe, etwas, was man erst erreichen kann, wenn es Dinge im Leben gibt, die man derart geteilt hat, dass Schicksale unaufhaltsam miteinander verbunden wurden. Auf der anderen Seite empfand er auch schlichtweg unglaubliche Freude. Am liebsten wäre er ihnen allen in die Arme gerannt. Aber er war der Auffassung, dass dieser Moment tiefer ging als dieser bloße Akt der Zuneigung. Er wollte, dass sich jede einzelne Sekunde dieses Moments in seinen Kopf und sein Herz einbrennen. Evan kam der Gruppe näher. Jonas stellte sich, seit dem Evan um die Kurve gegangen kam, die Frage, was er wohl in der verbliebenen Zeit noch alles erlebt hatte. Amy und Althea wischten sich ihre Tränen bereits mit einem Taschentuch weg. Fünf Meter vor Elia kam Evan wieder zum Stehen, betrachtete aus dieser Entfernung ganz genau seinen Jungen und ließ sämtliche Gepäckstücke fallen. Auch Elia war den Tränen nahe. Auch sie wollte Evan einfach nur in die Arme laufen, aber ihr gemeinsamer Sohn sollte in diesem Moment den Vorrang erhalten. Sie stellte ihn langsam auf dem Boden ab und sagte: *„Schau mal, das ist dein Papa."* Er versicherte sich nochmals: *„Da?"*, und zeigte dabei mit seinem Zeigefinger auf den ihm bislang komplett fremden Mann.

Evan kniete sich hin und schaute den Jungen an. Elia musste dem Jungen einen kleinen Schups auf den Hintern geben, aber dann ging Konstantin kleinen Fußes und sich mehrmals zurückblickend zu seinem Vater, der ihn in seine Arme schloss. Elia musste schon die Hand vor den Mund halten, um die Tränen zurückzuhalten. Evan stand wieder auf und drückte Konstantin gefühlvoll an sich. Als Evan die Augen wieder öffnete, blickte er über Konstantins Schulter zu seinen weiteren Liebsten. Anschließend ging Evan langsam auf Elia zu. Kurz vor ihr blieb er stehen und setzte Konstantin wieder auf dem Boden ab. Anschließend fing Elia kurz an, ihm einige Schläge auf seine Brust zu versetzen, aber nur, um sich im Endeffekt von ihm in die Arme schließen zu lassen und zu weinen. In diesem Moment entlud sie sich an Evans Brust alles, was sich wohl in der gesamten Zeit von seiner Abwesenheit aufgestaut hat. Als Elia sich wieder einigermaßen beruhigt hatte, küsste Evan sie nach einer gefühlten Ewigkeit wieder. So lange hatte Elia diese Zärtlichkeiten vermisst. Anschließend wandte sich Evan Althea zu und lachte sie freudig an. Sie grinste auch freudig zurück und gerade als er sie umarmen wollte, gab sie ihm eine kräftige Ohrfeige. Evan schluckte das einmal kurz herunter und sagte mit einem Wort schlichtweg alles, was er diesem Menschen in dieser Situation schuldig war: *„Danke."*
„Gern geschehen", erwiderte Althea, bevor sie von Evan in die Arme geschlossen wurde. Bei der Umarmung von Althea musste er sich anhören: *„Du bist aber auch ein furchtbarer*

Idiot. Weißt du das?" „Ja", war Evans kurze Antwort, bevor er zu Jonas kam. Es waren keine bedeutenden Worte nötig zwischen diesen beiden Männern, die die schlimmsten Tage ihres Lebens miteinander geteilt haben. *„Du siehst furchtbar aus"*, sagte Jonas lediglich zu seinem besten Freund. Beide mussten grinsen und umarmten sich kurz. Dann sah er Amy in die Augen und erntete zunächst nur einen strafenden Blick, bevor auch sie sich erleichtert umarmten. Anschließend küsste Evan erneut Elia und Konstantin. Daraufhin nahm er sein Gepäck und die Gruppe machte sich auf den Weg zum Auto. Zwei Stunden später kamen sie dann bei Evans altem Elternhaus an. Für den Ankömmling war es natürlich ein überwältigendes Gefühl nach zwei Jahren wieder nach Hause gekommen zu sein. Er fühlte sich sofort wohl. Von der einstigen Bedrückung, die er an diesem Ort verspürte, war nichts mehr zu merken. Diese Auszeit hatte ihm geholfen, sämtliche Sachen, die hier auf ihn warten würden, zu verstehen, zu verarbeiten und anzunehmen. Die Freunde verbrachten den gesamten Tag im Haus und bereits nach einer kurzen Zeit konnte man wieder anfangen Scherze zu machen. So meinte Evan zum Beispiel: *„Mensch, Mensch Althea, du hast dich aber richtig häuslich eingerichtet hier"*, als er Altheas Arbeitsbereich sah. Erst schaute sie ihn mit einem bösen Blick an. Aber lange konnte sie diesen nicht halten. Sie legte von hinten ihren Kopf auf seine Schulter und meinte: „Ich bin einfach froh, dass du wieder hier bist. *Hier gehörst du nämlich hin."*

Es wurde langsam Abend. Während die Frauen im Wohnzimmer ihren gewohnten Aktivitäten nachgingen, begaben sich Jonas und Evan auf die Terrasse. Sie setzten sich. *„Wir haben noch etwas zu erledigen"*, meinte Jonas. *„Das glaube ich auch"*, bestätige Evan ihn. Jonas holte die Zigarre hervor, die ihm Evan einst am Lough Mask gegeben hatte. Während sie diese genüsslich rauchten, stellte Jonas zwei Fragen, die ihm schon im Auto auf der Seele lagen: *„Was hast du in den Monaten, seitdem ich weg war, getrieben und was hat dich bewogen, wieder zurück zu fliegen?"* Evan meinte: *„Beide Fragen beantworte ich dir zusammen."* Er holte aus der Innentasche seiner Jacke den Briefumschlag mit dem Abschiedsbrief von Shona und seinen Notizen heraus und übergab diesen seinem Freund. Dieser stutzte natürlich zuerst. Zuerst dachte er, dass Evan irgendwie wieder mit Olivia in Kontakt getreten wäre, aber dem war nicht so. Jonas las den Abschiedsbrief von Shona. Damit war ihm klar, wo Evan die letzten Monate verbracht hatte. Shonas Tod erschütterte Jonas zwar, aber ihm war schon bei seinem Abschied vom Hof klar gewesen, dass sie wohl nicht mehr lange leben würde. Gerührt war er allerdings davon, dass Evan sich so sehr um sie gekümmert hatte. Jonas unterbrach das Lesen und fragte seinen Freund: *„Warst du bei ihr, als es geschah?"* Evan antwortete: *„Nein, leider nicht. Sie starb wohl im Schlaf. Sie musste aber gewusst haben, dass es soweit war. Als ich den Raum an dem Abend verließ, lag noch kein Brief auf dem Nachttisch. Als ich* *jedoch am Morgen wieder rein kam, lag er dort."* „Meinst du, dass sie sich...", war Jonas im Begriff ein Frage zu formulieren, als er von Evan unterbrochen wurde: *„Nein. Das glaube ich nicht. Sie bat mich einmal darum, ihr beim Sterben zu helfen, aber ich lehnte ab. Ich habe auch keine Anzeichen in diese Richtung gefunden und ich bezweifle, dass sie in ihrem Zustand noch in der Lage war, sich selbst etwas anzutun. Sie hat wohl einfach gemerkt, dass es zu Ende ging."* Jonas war sichtlich von dieser Nachricht gezeichnet. Er mochte sich die letzten Tage, die Evan mit Shona verbracht hatte, gar nicht vorstellen.

Einige Minuten später schaute er sich dann die weiteren Blätter an, die noch in dem Umschlag waren. Er erkannte Evans Handschrift sofort wieder. *„Du schreibst wieder?"*, fragte er ungläubig. *„Ja, Shona hat mir wieder gezeigt, wie es geht"*, antwortete Evan. Jonas verstand überhaupt nicht, was Evan damit meinte. Das war aber auch nicht wichtig. Einzig und allein der Fakt, dass Evan wieder schrieb, war für Jonas eine Erleichterung, sodass er den Weg dahin gar nicht vollends nachvollziehen musste. Anschließend berichtete Evan von seinem Weg zu Shona: *„Übrigens soll ich dir von Clyde sagen, dass seine Schuld bei dir beglichen ist."* *„Inwiefern?"*, hinterfragte Jonas. *„Nun ja, man kommt ja nicht einfach so nach Drumrunie, nicht wahr?"* *„Hat er dich etwa gefahren?"*, aber auf die Antwort dieser Frage musste Jonas nicht warten. Evan lächelte einfach. Deshalb sprach Jonas: *„Da lässt er sich auf meine Kosten chauffieren"*, und schüttelte spaßeshalber ungläubig mit dem Kopf. Er ergänzte mit einem kleinen Hintergedanken: *„Hast du mir sonst noch was zu beichten?"* *„Nein, ich denke, das war so weit alles"*, entgegnete Evan in einem etwas sarkastischen Ton.

Anschließend kamen die Frauen auf die Terrasse und schauten, was die Männer wieder für Pläne schmiedeten. Es war ein Moment, der zweifellos als Neuanfang gedeutet werden konnte. Sie waren wieder komplett. Jede Lücke war durch einen besonderen Menschen geschlossen worden und alle konnten voller Hoffnung in die Zukunft blicken, weil sie immer bei dem jeweils anderen einen Zufluchtsort für schlechte Zeiten hatten. Anschließend verabschiedeten sich Amy und Jonas. Für den folgenden Tag verabredeten sich aber die Männer an dem Friedhof, wo Jonas' Eltern begraben lagen. Auch Althea und Elia gingen langsam zu Bett. Als Elia Evan fragte, ob er nicht mitkommen wolle, sagte dieser, dass er gleich nachkommen würde. Einige Minuten später folgte Evan auch ins Schlafzimmer und legte sich zu Elia. Sie sagte: *„Wunderschön, dich wieder mit im Bett liegen zu haben."* *„Traumhaft, wieder jemanden zu haben, der auf einem im Bett wartet"*, antwortete Evan, während sich Elia an ihn kuschelte. Elia und Evan schliefen so gut wie schon lange nicht mehr und auch Konstantin ließ ihnen in der ersten Nacht die Ruhe, um sich wieder anzunähern.

Am nächsten Morgen eines verregten Samstags trafen sich dann Evan und Jonas an dem Grab von Andreas und Ingrid. Selbstverständlich war die Stimmung etwas gedrückt.

Vermehrtes Reden ist an dieser Stelle ja auch fehl am Platze. Einige wenige Worte wechselten die Männer dann aber doch: *„Bist du jeden Samstag hier?"*, fragte Evan seinen Freund. Dieser antwortete: *„An sich schon. Nur wenn wir bei Amys Eltern zum Frühstück eingeladen sind, klappt es halt nicht."* Jonas wirkte etwas niedergeschlagen. Dies tat ihm aber eher gut als alles andere. Er sagte: *„Es ist einfach schön, dies einmal mit dir zusammen zu machen."* Evan nickte seinem Freund nur zustimmend zu. Er lenkte das Gespräch möglichst schnell auf ein anderes Thema und meinte: *„Du wirst in Zukunft jede Menge zu tun haben."* Anschließend flüsterte Evan seinem Freund ein paar Worte ins Ohr, die ihm ein freudiges Schmunzeln ins Gesicht zauberten.

Konstantin war an diesem Abend mehr als quengelig. Elia und Evan mussten ihn immer wieder beruhigen. Kurz vor Mitternacht hatten sie es dann aber geschafft, den kleinen Mann in den Schlaf zu wiegen. Sie konnten sich also auch endlich ins Bett begeben und schlafen, was sie auch mit sofortiger Wirkung taten. Konstantin hatte das Elternpaar den ganzen Tag wirklich auf Trapp gehalten.

Gerade ging die Sonne draußen auf. Pünktlich mit dem Sonnenaufgang begann auch Konstantin wieder zu schreien. Elia wollte gerade aufstehen, um zu ihm zu gehen. Da sagte Evan zu ihr: *„Schatz, bleib liegen. Ich gehe schon. Du hast das in letzter Zeit so oft machen müssen. Jetzt übernehme ich das."* Elia war noch so unglaublich müde, dass sie das Angebot gern annahm und versuchte, weiterzuschlafen.

Evan stand also auf und machte sich auf in das Kinderzimmer. Als er die Tür öffnete, kam ihm ein so energischer Schrei entgegen, dass er sich schon die Ohren zu halten wollte. *„Man, du kannst aber auch brüllen"*, sagte er zu seinem Sohn. Zunächst war Evan guter Hoffnung, Konstantin schnell beruhigen zu können. Diese Hoffnung musste allerdings schnell der Realität weichen. Der kleine Junge schrie lauthals weiter. „Diese Kondition hast du definitiv von deiner Mutter", dachte sich Evan. Konstantin schrie unterdessen immer weiter und weiter. Evan wusste sich beinahe schon nicht mehr zu helfen. Trotz wiegen und schaukeln im Schaukelstuhl kam Konstantin nicht zur Ruhe. Evan wurde klar, dass er heute wohl nicht mehr ins Bett zurückkehren würde. Dann könnte er auch mit seinem Sohn draußen den Sonnenaufgang genießen. Vielleicht würde ihn das ja beruhigen. Er setzte Konstantin wieder in seinem Kinderbettchen ab. Anschließend stellte er den Schaukelstuhl auf die Terrasse und legte eine Decke bereits so über diesen aus, dass sie sich nur noch hineinkuscheln brauchten. Daraufhin zog er Konstantin noch etwas wärmer an, um sicher sein zu können, dass er sich draußen nicht erkälten würde. Auch diese Tortur ließ der Junge nur ungern über sich ergehen. Auch Evan zog sich anschließend noch seine Jacke über, nahm dann Konstantin auf den Arm, holte noch das kleine Radio aus der Küche und setzte sich dann, mit seinem Sohn auf dem Schoß, in den vorbereiteten Schaukelstuhl. Er machte das Radio an und stellte dieses neben dem Stuhl ab.

Dann legte er die Decke um sich und seinen Sohn und schaukelte ihn langsam wieder in den Schlaf. „Endlich ist er wieder zur Ruhe gekommen", dachte sich Evan.

Er schaukelte mit seinem Sohn über eine Stunde auf der Terrasse. Dann hörte er schon in der Ferne, wie jemand langsam die Treppe herunter kam. Elia schlich sich behutsam durch das Wohnzimmer hin zur Terrasse. Sie nahm Evan den kleinen Mann ab, setzte sich dann selbst auf Evans Schoß und legte den schlafenden Konstantin dann wiederum auf ihren. Die kleine Familie war also vereint.

Im Radio lief in diesem Moment „The Book Of Love" von Peter Gabriel. Evan dachte sich, dass es wohl nie wieder einen solch wunderschönen und einzigartigen Moment geben würde, um das zu tun, was er ohnehin in den nächsten Tagen vorhatte. Er bat Elia etwas auf die Seite zu rutschen, damit er an die Innentasche seiner Jacke kam. Genau in der Liedzeile „You ought to give me wedding rings" holte er ein kleines Etui heraus, in dem sich ein Ring befand. So lange hatte Elia darauf gewartet, dass Evan die magische Frage: „Willst du meine Frau werden?" aussprach. Nun hatte er es auf seine Weise getan. Ihr blieb die Luft weg. Nach wenigen Sekunden, die Evan wie Stunden vorkamen, sagte sie aber: *„Ja, ich will."*

Daraufhin sagte Evan so leise vor sich hin, dass es keiner hören konnte: *„Jetzt bin ich frei."*

Danksagung

Ich möchte es an dieser Stelle nicht versäumen, jenen Menschen zu danken, die die Veröffentlichung dieses Buches ermöglicht haben. In erster Linie sei hierbei Nelly genannt, die mit mir das Manuskript überarbeitet hat. Weiterhin möchte ich meiner Mutter danken, die uns Raum und Zeit für die Überarbeitung zur Verfügung gestellt hat. Abschließend möchte ich auch Bea und Tim meinen Dank aussprechen, deren Beistand geholfen hat, dieses Projekt abzuschließen. Ohne euch wäre es nicht so weit gekommen.